JANET EVANOVICH

Aller guten Dinge sind vier

Buch

Stephanie Plum hat einen nicht ganz alltäglichen Job: Sie spürt mutmaßliche Ganoven auf, die gegen Kaution freigelassen wurden und sich dann aus dem Staub gemacht haben. Der Übeltäter ist diesmal eine junge Frau, Maxine Nowicki, die das schicke Auto ihres Ex-Freunds Eddie gekapert und sich damit abgesetzt hat. Als Maxine nicht zur Verhandlung erscheint, wendet sich Eddie an Stephanie. Aber so leicht läßt sich Maxine nicht fassen. Mittels einer Art Schnitzeljagd hetzt sie den armen Eddie samt Stephanie von einer Station zur nächsten. Da zeigt sich, daß die Sache über eine harmlose Kautionsflucht hinausgeht: Eine Arbeitskollegin Maxines erleidet einen merkwürdigen Unfall, ihre Mutter verliert unter unnatürlichen Umständen ihre Haarpracht, eine ihrer Freundinnen wird ermordet, und Eddie Kuntz hat man entführt sowie von Kopf bis Fuß mit Beschimpfungen tätowiert. Und auch Stephanie selbst muß einer großen Gefahr ins Auge sehen: Nachdem ihr Appartment einem Brandanschlag zum Opfer fällt, muß sie samt Hamster Rex bei Joe Morelli Unterschlupf suchen, dem unwiderstehlichen Polizisten und bekannten Schwerenöter …

Autorin

Janet Evanovich stammt aus South River, New Jersey, und lebt heute in Fairfax, Virginia. Sie hatte bereits eine Serie von romantischen Frauenromanen veröffentlicht, bevor sie sich dem Schreiben von Kriminalromanen zuwandte und ihre unvergleichliche Hauptfigur Stephanie Plum ins Leben rief. Die Autorin wurde von der Crime Writers Association mit dem »Last Laugh Award« und dem »Silver Dagger« ausgezeichnet. Bereits zweimal erhielt sie den Krimipreis des Verbands der unabhängigen Buchhändler in den USA.

Von Janet Evanovich sind bei Goldmann lieferbar:

Einmal ist keinmal. Roman (42877) · Zweimal ist einmal zuviel. Roman (42878) · Eins, zwei, drei und du bist frei. Roman (44581) · Vier Morde und ein Hochzeitsfest. Roman (54135) · Tödliche Versuchung. Roman (54154) · Mitten ins Herz. Roman (45628) · Heiße Beute. Roman (45831) · Liebe für Anfänger. Roman (45731)

Janet Evanovich

Aller guten Dinge sind vier

Roman

Aus dem Amerikanischen
von Mechtild Sandberg-Ciletti

GOLDMANN

Die amerikanische Originalausgabe erschien 1998
unter dem Titel »Four to Score« bei St. Martin's Press, New York.

Umwelthinweis:
Alle bedruckten Materialien dieses Taschenbuches
sind chlorfrei und umweltschonend.

Einmalige Sonderausgabe Februar 2005

Umschlaggestaltung: Design Team München
Umschlagfoto: IFA
Druck: GGP Media GmbH, Pößneck
Made in Germany · Titelnummer: 45891

ISBN 3-442-45891-9
www.goldmann-verlag.de

- 1 -

Im Juli lebt sich's in Trenton wie in einem riesigen Pizzaofen. Man schmort in Dämpfen und Gerüchen.

Weil ich von dem großen Sommer-Happening auf keinen Fall was versäumen wollte, hatte ich das Schiebedach meines Honda CRX geöffnet. Mein braunes Haar war zum Pferdeschwanz gebunden, die Locken vom Wind zerzaust. Die Sonne brannte mir auf den Kopf, und unter meinem schwarzen Spandex-Sport-BH tröpfelte der Schweiß. Ich hatte passende Spandex-Shorts an und ein ärmelloses schlabberiges Baseballhemd der Trenton Thunders. Ein ideales Ensemble eigentlich, nur ließ es mir keinen Platz für meine .38er. Das hieß, ich würde mir eine Kanone leihen müssen, um meinen Vetter Vinnie abzuknallen.

Ich ließ den Wagen vor dem Laden stehen, in dem Vinnie seine Geschäfte als gewerblicher Kautionssteller betreibt, sprang raus, rannte über den Bürgersteig und riß die Bürotür auf. »Wo ist er? Wo ist dieses miese Schwein, das die Frechheit besitzt, sich Mensch zu nennen?«

»O-o!« sagte Lula, die hinter dem Aktenschrank stand. »Alarmstufe hundert.«

Lula ist früher mal anschaffen gegangen, jetzt ist sie für die Ablage zuständig und gibt mir manchmal Hilfestellung, wenn ich auf flüchtige Klienten Jagd mache. Wenn Menschen Autos wären, wäre Lula ein wuchtiger schwarzer 53er Packard mit chromblitzendem Kühlergrill, überdimensionalen Scheinwerfern und dem Knurren eines Fleischerhundes. Strotzt vor Muskeln. Viel zu üppig für einen Kompaktwagen.

Connie Rosolli, die Büroleiterin, rückte ein Stück von ihrem Schreibtisch ab, als ich reinkam. Dieses Vorzimmer, in das Freunde und Verwandte von Übeltätern aller Art kamen, um finanzielle Unterstützung zu erbitten, war ihre Domäne. Hinten, im Allerheiligsten, saß mein Vetter Vinnie, machte Mr. Johnson die Hölle heiß und beriet sich mit seinem Buchmacher.

»Hey«, rief Connie, »ich weiß schon, warum du so sauer bist, aber ich hab damit nichts zu tun. Ich an deiner Stelle würde diesem Mistkerl einen solchen Tritt in den Hintern geben, daß er bis zur nächsten Kreuzung fliegt.«

Ich schob mir die Haarsträhne, die sich aus dem Pferdeschwanz gelöst hatte, aus dem Gesicht. »Ein Tritt reicht nicht. Ich glaub, ich knall ihn ab.«

»Dann mal los!« sagte Lula.

»Genau«, stimmte Connie zu. »Knall ihn ab.«

Lula musterte mich von oben bis unten. »Brauchst du eine Kanone? Ich seh nirgends an dem Spandexzeug sowas wie eine Ausbuchtung von einer Waffe.« Sie lupfte ihr T-Shirt und zog eine Chief Special aus dem Bund ihrer abgeschnittenen Jeansshorts. »Du kannst meine nehmen. Mußt nur aufpassen; sie hat ein bißchen Schlagseite.«

»Was willst du mit so einer Spielzeugpistole«, sagte Connie und zog ihre Schreibtischschublade auf. »Ich habe eine Fünfundvierziger. Die reißt ein richtig schön großes Loch.«

Lula griff nach ihrer Handtasche. »Moment mal. Wenn du so was willst, geb ich dir meinen Kracher, eine vierundvierziger Magnum. Wenn's da knallt, passiert echt was, verstehst du? Die reißt ein Loch, da könntest du einen VW-Bus durchfahren.«

»Eigentlich hab ich das mit dem Abknallen nicht so ernst gemeint«, sagte ich.

»Schade«, meinte Connie.

Lula schob ihre Pistole wieder in ihre Shorts. »Ja, das ist eine echte Enttäuschung.«

»Also, wo ist er? Ist er da?«

»Hey, Vinnie!« schrie Connie. »Stephanie will dich sprechen.«

Die Tür zum hinteren Büro ging auf, und Vinnie schob seinen Kopf raus. »Was ist?«

Vinnie ist einsfünfundsechzig groß, schaut aus wie ein Wiesel, denkt wie ein Wiesel, stinkt wie eine französische Hure und war mal in eine Ente verknallt.

»Das weißt du doch ganz genau!« gab ich zurück, die Hände in die Hüften gestemmt. »Joyce Barnhardt! Meine Großmutter war beim Friseur und hat gehört, daß du Joyce als Ermittlerin angeheuert hast.«

»Ich hab Joyce Barnhardt eingestellt. Na und?«

»Joyce Barnhardt ist Änderungsschneiderin bei Macy's.«

»Und du hast früher mal Damenunterwäsche verkauft.«

»Das war was ganz andres. Ich hab mir den Job bei dir mit Erpressung erzwungen.«

»Genau«, sagte Vinnie. »Was willst du eigentlich?«

»Na schön!« schrie ich. »Sieh nur zu, daß sie mir nicht in die Quere kommt. Ich hasse Joyce Barnhardt!«

Und jeder wußte, warum. Im zarten Alter von vierundzwanzig, nach weniger als einem Jahr Ehe, hatte ich Joyce splitterfasernackt auf meinem Eßzimmertisch erwischt, wo sie mit meinem Göttergatten Such-die-Salami spielte. Es war das einzige Mal, daß diese Frau mir einen Gefallen tat. Wir waren zusammen zur Schule gegangen, wo sie getratscht, gelogen, Freundschaften zerstört und unter den Kabinentüren in der Mädchentoilette durchgeschaut hatte, um zu sehen, was die anderen für Schlüpfer trugen.

Sie war ein dicker Brummer mit einem wahnsinnigen Überbiß gewesen. Der Überbiß hatte sich mit Zahnspangen halbwegs regulieren lasen, und bis zu ihrem fünfzehnten Lebensjahr hatte sie so abgenommen, daß sie wie eine Steroid-Barbie aussah. Sie hatte chemisch aufbereitetes rotes Haar, zu imposanter Lockenpracht auftoupiert. Ihre Fingernägel waren lang und lackiert, ihre Lippen hatten einen irisierenden Glanz, ihre Augen waren marineblau umrandet, ihre Wimpern mit mitternachtsblauer Tusche verklumpt. Sie war zirka drei Zentimeter kleiner als ich, zwei Kilo schwerer und schlug mich beim Brustumfang um zwei Cup-Größen. Sie hatte drei Ex-Ehemänner und keine Kinder. Man munkelte, sie triebe es mit großen Hunden.

Joyce und Vinnie waren wie füreinander geschaffen. Zu schade, daß Vinnie bereits mit einer ausgesprochen netten Frau verheiratet war, deren Vater »Harry der Hammer« war. Harry war seinen Papieren zufolge »Spediteur« und verbrachte viel Zeit in Gesellschaft von Männern, die breitkrempige Filzhüte und lange schwarze Mäntel trugen.

»Mach du einfach deine Arbeit«, sagte Vinnie. »Benimm dich wie ein Profi.« Er winkte Connie zu. »Gib ihr was zu tun. Gib ihr diese neue Sache, die gerade reingekommen ist.«

Connie nahm einen braunen Hefter von ihrem Schreibtisch. »Maxine Nowicki. Angeklagt, den Wagen ihres Freundes gestohlen zu haben. Hat sich von uns die Kaution vorstrecken lassen und ist dann zu ihrem Verhandlungstermin nicht erschienen.«

Dank der von uns gestellten Sicherheitsleistung war Nowicki bis zum Verhandlungstermin aus dem Knast in die Gesellschaft entlassen worden. Nun war sie nicht vor Gericht erschienen. Oder, in Kopfgeldjägersprache, sie war NVG, nicht vor Gericht erschienen. Durch diesen rechtlichen Fauxpas hatte sich Nowickis Status geändert, sie galt jetzt als flüchtige Verbrecherin, und mein Vetter Vinnie hatte Angst, das Gericht könnte es für angebracht halten, die von ihm vorgestreckte Kaution zu kassieren.

Von mir als Ermittlerin wurde erwartet, Nowicki ausfindig zu machen und zurückzubringen. Für diese Dienstleistung würde ich zehn Prozent des Kautionsbetrags als Honorar erhalten.

Nicht schlecht, da es sich in diesem Fall nur um eine Art familiären Zwist zu handeln schien, bei dem ich nicht fürchten mußte, daß der Delinquent es sich einfallen lassen würde, mich mit einer .45er auszupusten.

Ich sah mir die Unterlagen an, die aus Nowickis Kautionsvertrag, einem Foto und einer Kopie des Polizeiprotokolls bestanden.

»Weißt du, was ich tun würde?« sagte Lula. »Ich würde mich mal mit dem Freund unterhalten. Wenn einer so angesäuert ist, daß er seine Freundin verhaften läßt, weil sie ihm seine Karre geklaut hat, hat er bestimmt keine Skrupel, sie zu verpfeifen. Wahrscheinlich wartet er nur drauf, jemandem erzählen zu können, wo sie zu finden ist.«

Der Gedanke war mir auch schon gekommen. Ich las aus Nowickis Polizeiprotokoll vor: »Edward Kuntz, weiß, ledig, Alter siebenundzwanzig. Wohnsitz Muffett Street siebzehn. Von Beruf Koch.«

Ich parkte vor Kuntz' Haus und fragte mich, was der Mann, der da drinnen wohnte, für ein Typ war. Es war ein weißgestrichenes Holzschindelhaus mit knallblauen Fensterrahmen und einer mandarinroten Tür, Teil eines gut gepflegten Doppelhauses mit einem winzigen Vorgarten. Eine ein Meter hohe Marienfigur in Blaßblau und Weiß stand auf dem perfekt gemähten Fleckchen Rasen. An der Tür des Nachbarhauses hing ein holzgeschnitztes Herz mit roter Schrift und kleinen weißen Gänseblümchen drum herum, das besagte, daß hier die Familie Glick wohnte. Das Kuntz-Haus war schmucklos.

Ich ging den Weg hinauf zur Vorderveranda, die mit grünem Allwetterteppich ausgelegt war, und läutete bei Kuntz. Ein verschwitzter, muskelbepackter, halbnackter Mann machte mir auf.

»Was gibt's?«

»Eddie Kuntz?«

»Ja?«

Ich drückte ihm meine Karte in die Hand. »Stephanie Plum. Ich bin Vollstreckungsbeauftragte des Kautionsbüros und suche Maxine Nowicki. Ich hatte gehofft, Sie könnten mir weiterhelfen.«

»Worauf Sie sich verlassen können. Sie hat meinen Wagen mitgehen lassen. So eine Frechheit!« Er wies mit seinem stoppeligen Kinn zum Bordstein hinaus. »Da steht er. Ein Glück für sie, daß sie ihn nicht ramponiert hat. Die Bullen haben sie geschnappt, als sie damit durch die Stadt gegondelt ist, und mir den Wagen zurückgebracht.«

Ich drehte mich nach dem Auto um. Ein weißer Chevy Blazer. Frisch gewaschen. Beinahe war ich versucht, ihn selbst zu stehlen.

»Sie haben zusammengelebt?«

»Ja, eine Zeitlang. Ungefähr vier Monate. Dann hatten wir Krach, und weg war sie mit meinem Wagen. Mir ging's ja gar nicht drum, daß sie in den Knast kommt – ich wollte nur mein Auto zurück. Darum hab ich die Polizei angerufen. Ich wollte meinen Wagen wiederhaben.«

»Haben Sie eine Ahnung, wo sie sich jetzt aufhalten könnte?«

»Nein. Ich hab versucht, sie zu erreichen, ich wollt wieder Frieden schließen, verstehen Sie, aber ich hab sie nirgends gefunden. Ihren Job im Diner hat sie aufgegeben, und kein Mensch hat sie gesehen. Ich bin zweimal bei ihr zu Hause vorbeigefahren, aber es war nie jemand da. Ich hab ihre Mutter angerufen und zwei von ihren Freundinnen. Aber die wissen angeblich alle nichts. Kann natürlich sein, daß sie mich angelogen haben, aber ich glaub's nicht.« Er zwinkerte mir zu. »Mich lügt keine Frau an, wenn Sie verstehen, was ich meine?«

»Nein«, sagte ich. »Ich verstehe nicht, was Sie meinen.«

»Na ja, ich will ja nicht angeben, aber mit Frauen kann ich's gut.«

»Ah ja.« Es konnte nur der durchdringende Duft sein, den sie so attraktiv fanden. Oder vielleicht die mit Steroiden vollgepumpten Muskeln, an der Brust so aufgebläht, daß er aussah, als brauchte er einen Büstenhalter. Aber vielleicht war es auch seine Art, sich beim gepflegten Gespräch ständig an den Eiern zu kratzen.

»Also, was kann ich für Sie tun?« fragte Kuntz.

Eine halbe Stunde später machte ich mich mit einer Liste von Maxines Freunden und Verwandten wieder auf die Socken. Ich wußte jetzt, wo Maxine ihre Bankgeschäfte erledigte, ihren Alkohol besorgte, ihre Einkäufe machte, welche Reinigung sie benutzte, wo sie sich ihr Haar machen ließ. Kuntz hatte mir versprochen, mich sofort anzurufen, wenn er von Maxine hören sollte, und ich hatte versprochen, desgleichen zu tun, wenn ich etwas von Interesse in Erfahrung bringen sollte. Natürlich hatte ich die Finger gekreuzt, als ich dieses Versprechen gab. Ich hatte den Verdacht, Kuntz' Geschick im Umgang mit Frauen bestand darin, sie soweit zu treiben, daß sie schreiend davonliefen.

Er stand auf der Veranda und beobachtete mich, als ich mich in mein Auto schob.

»Geil«, rief er. »Ich find das spitze, wenn Frauen schnittige kleine Sportwagen fahren.«

Ich bedachte ihn mit einem Lächeln, das wohl eher eine Grimasse war, und gab Gas. Ich hatte mir den CRX im Februar gekauft, verführt von einer glänzenden neuen Lackschicht und einem Tachometerstand von 12 000 Meilen. Erstklassiger Zustand, hatte der Eigentümer versichert. Kaum gefahren. Und das war nicht mal ganz gelogen. Kaum mit angeschlossenem Tacho gefahren. Aber das spielte keine Rolle. Der Preis war in Ordnung gewesen, und ich sah gut aus hinter dem Steuer. Der Auspuff hatte zwar mittlerweile ein Loch von ansehnlicher Größe, aber wenn ich die Metallica-Kassette laut genug aufdrehte, konnte ich das Knattern kaum hören. Ich hätte mir den Kauf des Wagens vielleicht zweimal überlegt, wenn ich gewußt hätte, daß Eddie Kuntz ihn geil finden würde.

Zuerst fuhr ich zum Silver Dollar Diner. Maxine hatte dort sieben Jahre lang gearbeitet und keine andere Einkommensquelle angegeben. Das Silver Dollar war rund um die Uhr geöffnet und, da man dort ordentliches Essen in großen Portionen servierte, immer knallvoll. Die Klientel bestand größtenteils aus gefräßigen Dicken und sparsamen Senioren. Die Dicken pflegten ihre Teller ratzekahl leerzuessen, und die Alten ließen sich die Reste für zu Hause einpacken – abgepackte Butter, Brötchen, Beutelzucker, halb gegessene Schollenfilets, Krautsalat, Fruchtpudding, fetttriefende Pommes. Von einer Mahlzeit im Silver Dollar konnte ein Senior gut drei Tage leben.

Das Silver Dollar lag im Stadtteil Hamilton in einer Straße, in der sich Billigläden und kleine Einkaufspassagen drängten. Es war fast Mittag, und die Gäste im Diner mampften Hamburger und dicke Schinkensandwiches mit Tomaten und Mayonnaise. Ich machte mich mit der Frau an der Kasse bekannt und fragte nach Maxine.

»Ich kann überhaupt nicht verstehen, wie sie in solche Schwierigkeiten geraten ist«, sagte die Frau. »Maxine war immer eine pflichtbewußte Person. Ausgesprochen zuverlässig.« Sie richtete einen Stapel Speisekarten gerade. »Und diese Geschichte mit dem Auto!« Sie rollte theatralisch die Augen. »Maxine ist oft mit dem Wagen zur Arbeit gekommen. Er hat ihr die Schlüssel gegeben. Und dann wird sie plötzlich wegen Diebstahl festgenommen.« Sie schnaubte angewidert. »Diese Männer!«

Ich trat einen Schritt zur Seite, um einem Paar Platz zu machen, das bezahlen wollte. Nachdem die beiden Pfefferminztaler, Streichholzheftchen und Zahnstocher eingesteckt hatten, die es für den guten Gast gratis gab, räumten sie das Feld, und ich setzte mein Gespräch mit der Kassiererin fort.

»Maxine ist zu ihrem Verhandlungstermin bei Gericht nicht erschienen«, sagte ich. »Hat sie etwas davon verlauten lassen, daß sie verreisen wollte?«

»Sie wollte Urlaub machen, und wir fanden alle, der stünde ihr zu. Sie arbeitet seit sieben Jahren hier und hat nicht ein einziges Mal Urlaub genommen.«

»Hat inzwischen jemand von ihr gehört?«

»Soviel ich weiß, nicht. Margie vielleicht. Maxine und Margie haben immer dieselbe Schicht gearbeitet. Von vier bis zehn. Wenn Sie mit Margie reden wollen, sollten Sie gegen acht noch mal wiederkommen. Um vier ist hier Hochbetrieb, da gibt's immer unser Vorabendmenü zum Sonderpreis, aber gegen acht läßt's dann etwas nach.«

Ich dankte der Frau und ging zu meinem Wagen zurück. Als nächstes wollte ich Nowickis Wohnung aufsuchen. Kuntz zufolge hatte Nowicki vier Monate lang mit ihm zusammengelebt, aber sie hatte ihre eigene Wohnung nie aufgegeben. Sie war nur ungefähr einen halben Kilometer vom Diner entfernt, und Nowicki hatte in ihrem Kautionsvertrag angegeben, daß sie dort seit sechs Jahren ihren Wohnsitz hatte. Alle früheren Wohnsitze waren ebenfalls am Ort gewesen. Maxine Nowicki war nie aus Trenton herausgekommen.

Die Wohnung befand sich in einem Wohnblock einstöckiger roter Backsteingebäude, die, um asphaltierte Parkplätze gruppiert, auf Inseln versengten Rasens standen. Nowicki wohnte in der ersten Etage mit Wohnungstür zu ebener Erde und eigener Treppe. Nicht geeignet, um einen Blick durchs Fenster zu werfen. Alle oberen Wohnungen hatten hinten kleine Balkone, aber um da raufzukommen, hätte ich eine Leiter gebraucht. Und eine Frau auf einer Leiter hätte wahrscheinlich Verdacht erregt.

Ich beschloß, das Naheliegende zu tun und einfach an ihrer Tür zu läuten. Wenn niemand öffnete, würde ich den Hausmeister bitten, mich hineinzulassen. Die Hausmeister waren in der Beziehung oft sehr hilfsbereit, besonders wenn sie sich von meinem falschen Dienstausweis ins Boxhorn jagen ließen.

Unten waren zwei Haustüren nebeneinander. Die eine war für oben, die andere für unten. Der Name auf dem Schild unter der Glocke für oben war Nowicki. Der Name auf dem andern Schild Pease.

Ich läutete bei Nowicki, und prompt ging unten die andere Tür auf. Eine alte Frau schaute heraus.

»Sie ist nicht zu Hause.«

»Sind Sie Mrs. Pease?« fragte ich.

»Ja.«

»Wissen Sie genau, daß Maxine nicht zu Hause ist?«

»Na, das möcht ich meinen. In diesen Schrottwohnungen hört man ja jeden Pups von den Nachbarn. Wenn sie da wäre, würde ich ihren Fernseher hören. Ich würd sie rumlaufen hören. Und außerdem wäre sie bei mir vorbeigekommen, um mir zu sagen, daß sie wieder da ist und um ihre Post zu holen.«

Aha! Die Frau hob Maxine die Post auf. Vielleicht hatte sie auch Maxines Schlüssel.

»Ja, aber wenn sie nun eines Abends spät nach Hause gekommen ist und Sie nicht wecken wollte«, meinte ich. »Und wenn sie dann einen Schlaganfall hatte.«

»Auf den Gedanken bin ich überhaupt nicht gekommen.«

»Es kann doch leicht sein, daß sie jetzt da oben liegt und ihren letzten Schnaufer tut.«

Die Frau verdrehte die Augen himmelwärts, als könnte sie durch Wände sehen. »Hmmm.«

»Haben Sie einen Schlüssel?«

»Ja, schon …«

»Und was ist mit ihren Pflanzen? Gießen Sie bei ihr die Blumen?«

»Sie hat mich nicht drum gebeten.«

»Vielleicht sollten wir mal raufgehen und nachschauen. Nur um zu sehen, ob alles in Ordnung ist.«

»Sind Sie mit Maxine befreundet?«

Ich hielt zwei Finger aneinandergepreßt in die Höhe. »So.«

»Na ja, es kann wahrscheinlich nicht schaden, mal nach dem Rechten zu sehen. Ich bin gleich wieder da. Ich hol nur den Schlüssel aus der Küche.«

Na schön, ich hatte ein wenig geflunkert. Aber es geschah ja für eine gute Sache. Außerdem konnte sie ja wirklich tot in ihrem Bett liegen. Und ihre Pflanzen schon hinüber sein.

»Da ist er.« Mrs. Pease schwenkte den Schlüssel.

Sie drehte ihn im Schloß und stieß die Tür auf.

»Hal-loo«, rief sie mit ihrer zitternden Altfrauenstimme. »Ist jemand da?«

Als alles still blieb, schlichen wir die Treppe hinauf. Wir gelangten in einen kleinen Vorraum. Dort blieben wir stehen und spähten in das Wohnzimmer mit Eßnische.

»Na, eine tolle Hausfrau ist sie nicht«, stellte Mrs. Pease fest.

Aber Mangel an hausfraulichen Tugenden hatte mit diesem Chaos nichts zu tun. Irgend jemand hatte die ganze Wohnung auseinandergenommen. Ein Kampf hatte offenbar nicht stattgefunden, denn es war nichts beschädigt. Aber sämtliche Polster waren vom Sofa gerissen und auf den Boden geschleudert worden. Schranktüren standen offen. Schubladen waren herausgezogen und ausgeleert worden. Ich ging einmal schnell durch die Wohnung und traf mehr desselben im Schlafzimmer und im Bad an. Da hatte jemand was gesucht. Geld? Drogen? Wenn es sich um Raub handelte, war es um etwas ganz Bestimmtes gegangen; der Fernsehapparat und der Videorecorder waren nämlich unberührt.

»Die Wohnung ist durchsucht worden«, sagte ich zu Mrs. Pease. »Es wundert mich, daß Sie nichts gehört haben.«

»Wenn ich zu Hause gewesen wäre, hätt ich's bestimmt

gehört. Es muß an meinem Bingoabend gewesen sein. Ich geh nämlich jeden Mittwoch und Freitag zum Bingo. Da komm ich immer erst um elf nach Hause. Meinen Sie, wir sollten das der Polizei melden?«

»Das hätte im Augenblick wenig Sinn.« Außer daß die Polizei mir draufgekommen wäre, daß ich mehr oder weniger unberechtigt Maxines Wohnung betreten hatte. »Wir wissen ja nicht mal, ob was gestohlen worden ist. Am besten ist es wahrscheinlich, wir warten, bis Maxine nach Hause kommt, und überlassen es ihr, die Polizei zu benachrichtigen.«

Wir entdeckten keine Pflanzen, die Wasser brauchten, huschten auf Zehenspitzen wieder die Treppe hinunter und schlossen unten ab.

Ich gab Mrs. Pease meine Karte und bat sie, sich bei mir zu melden, wenn sie etwas Verdächtiges hören oder sehen sollte.

Sie sah sich die Karte an. »Ah, eine Kopfgeldjägerin«, sagte sie überrascht.

»Man tut, was man tun muß«, entgegnete ich.

Sie sah auf und nickte zustimmend. »Ja, das ist vermutlich wahr.«

Ich sah mit zusammengekniffenen Augen zum Parkplatz hinüber. »Soweit ich informiert bin, fährt Maxine einen vierundachtziger Fairlane. Der steht aber nicht hier.«

»Mit dem ist sie weggefahren«, erklärte Mrs. Pease. »War eine ziemliche Plage dieses Auto. Immer war irgendwas kaputt. Aber ich hab gesehen, wie sie ihren Koffer reingeworfen hat und abgebraust ist.«

»Hat sie was gesagt, wohin sie wollte?«

»Urlaub.«

»Das war alles?«

»Ja«, sagte Mrs. Pease. »Sonst ist Maxine immer sehr gesprächig, aber diesmal hat sie keinen Ton gesagt. Sie hatte es eilig, und sie hat keinen Ton gesagt.«

Nowickis Mutter wohnte in der Howser Street. Sie hatte die Kaution bei uns beantragt und als Sicherheit dafür ihr Haus geboten. Auf den ersten Blick schien das für meinen Vetter Vinnie eine todsichere Sache zu sein. Aber in Wirklichkeit ist es ein Riesentheater, jemanden aus seinem Haus rauszukriegen, und der Beliebtheit in der Gemeinde ist es auch nicht zuträglich.

Ich holte meinen Stadtplan raus und suchte die Howser Street. Sie war im Norden von Trenton. Ich fuhr also den Weg zurück, den ich gekommen war, und entdeckte, daß Mrs. Nowicki nur zwei Straßen von Eddie Kuntz entfernt wohnte. Dasselbe Viertel gepflegter Häuser. Bis auf das Haus der Familie Nowicki. Es war ein Einfamilienhaus, und es war eine Bruchbude. An den Mauern blätterte die Farbe, auf dem Dach fehlten Schindeln, die Vorderveranda hing schief vor Altersschwäche, im Vorgarten war mehr Dreck als Gras.

Ich stieg vorsichtig die morschen Verandastufen hinauf und klopfte an die Tür. Die Frau, die mir öffnete, war verblichener Glanz in einem Bademantel. Es war Nachmittag, aber Mrs. Nowicki sah aus, als hätte sie sich gerade erst aus dem Bett gewälzt. Sie war vielleicht sechzig, mit einem Gesicht, das vom Alkohol und von den Enttäuschungen des Lebens verwüstet war. Ihre kalkweiße Haut trug noch Spuren von Schminke, die sie vor dem Zubettgehen nicht entfernt hatte. Ihre Stimme hatte das heisere Timbre von mindestens zwei Schachteln Zigaretten pro Tag, und ihr Atem war hundertprozentig.

»Mrs. Nowicki?«

»Ja«, sagte sie.

»Ich suche Maxine.«

»Sind Sie eine Freundin von ihr?«

Ich gab ihr meine Karte. »Ich bin bei der Agentur Plum. Maxine ist zu ihrem Gerichtstermin nicht erschienen. Ich bemühe mich, sie zu finden, damit wir einen neuen Termin mit ihr vereinbaren können.«

Mrs. Nowicki zog eine gemalte braune Augenbraue hoch. »Ich bin doch nicht von gestern, Kleine. Sie sind Kopfgeldjägerin und haben's auf meine Tochter abgesehen.«

»Sie wissen nicht, wo sie ist?«

»Ich würd's Ihnen auch nicht sagen, wenn ich's wüßte. Die taucht schon wieder auf, wenn's ihr paßt.«

»Sie haben Ihr Haus als Sicherheit für die Kaution angeboten. Wenn Maxine sich nicht meldet, könnten Sie Ihr Haus verlieren.«

»Na, das wär wirklich tragisch.« Sie kramte in der Tasche ihres Chenillebademantels und zog eine Packung Kool heraus. »Die von *Haus und Garten* wollen schon ewig einen Fototermin, aber ich find einfach die Zeit nicht.« Sie schob die Zigarette zwischen die Lippen und zündete sie an. Sie inhalierte tief und musterte mich mit zusammengekniffenen Augen durch die Rauchschwaden. »Ich bin fünf Jahre Steuern schuldig. Wenn Sie dieses Haus haben wollen, müssen Sie eine Nummer ziehen und sich hinten anstellen.«

Manchmal sind Leute, die ihre Kaution verfallen lassen, ganz einfach zu Hause und versuchen, so zu tun, als wäre alles in bester Ordnung; als würde das ganze Problem sich in Luft auflösen, wenn sie die Vorladung zur Verhandlung ignorieren. Ich hatte ursprünglich geglaubt, Maxine Nowicki gehörte zu diesem Typ. Sie hatte keinerlei Vorstrafen, und es lag ja nichts Schwerwiegendes gegen sie vor. Sie hatte wirklich keinen Grund zu türmen.

Jetzt war ich nicht mehr so sicher. Die gute Maxine kam mir allmählich nicht mehr ganz koscher vor. Ihre Wohnung war durchsucht worden, und ihre Mutter hatte mir den Eindruck vermittelt, daß Maxine vorläufig vielleicht gar nicht gefunden werden wollte. Ich setzte mich wieder in meinen Wagen und dachte mir, daß meine Überlegungen weit fruchtbringender sein würden, wenn ich dazu ein Donut aß. Ich fuhr also quer durch die Stadt nach Hamilton und parkte vor der Tasty-Pastry-Bäckerei.

Als ich noch in der High-School gewesen war, hatte ich als Aushilfe in der Bäckerei gearbeitet. Seither hatte sich dort kaum was verändert. Derselbe grün-weiße Linoleumboden. Dieselben blitzenden Glasvitrinen mit italienischem Gebäck, Schokoladenplätzchen, Biscotti, Amarettini, frischem Brot und Mokkakuchen. Derselbe appetitliche Geruch nach frischem Teig und Zimt.

Lennie Smulenski und Anthony Zuck backen die Leckereien im Hinterzimmer in großen Stahlöfen und Riesenfriteusen. Wolken von Mehl und Zucker rieseln auf die Arbeitstische und den Boden und machen ihn glatt und rutschig. Und gewaltige Mengen Fett finden täglich ihren Weg direkt aus den Großpackungen in Trentoner Bäuche.

Ich nahm zwei Cremedonuts und steckte ein paar Servietten ein. Als ich rauskam, stand Joe Morelli ganz lässig an meinen Wagen gelehnt. Ich kannte Joe Morelli seit Ewigkeiten. Erst als frechen kleinen Jungen, dann als gefährlichen Teenager. Und schließlich als den Typen, der mich mit achtzehn eines Tages nach der Arbeit hinter der Eclair-Vitrine verführte und meiner Jungfräulichkeit beraubte. Morelli war jetzt bei der Polizei, und an die Wäsche würde er mir höchstens unter Todesandrohung noch mal kommen. Er war bei der Sitte und machte den Eindruck, als wüßte er einiges zum Thema aus persönlicher Erfahrung. Er trug eine verwaschene Levi's und ein marineblaues T-Shirt. Sein Haar war zu lang, und sein Körper war vollkommen, schlank und muskulös mit dem knackigsten Hintern von ganz Trenton… vielleicht sogar der Welt. Zum Reinbeißen.

Ich hatte allerdings nicht die Absicht, mir an Morelli die Zähne auszubeißen. Er hatte eine äußerst enervierende Art, von Zeit zu Zeit unversehens in meinem Leben aufzutauchen, mir nichts als Frust zu machen und dann in den Sonnenuntergang zu verschwinden. Gegen sein plötzliches Auftauchen und Verschwinden konnte ich nicht viel tun, aber gegen den Frust schon. Morelli war bei mir unten durch. Berühren verboten, war mein Motto.

Er lachte mich strahlend an. »Du willst doch diese beiden Donuts nicht ganz allein essen?«

»Doch, das habe ich vor. Was tust du denn hier?«

»Bin zufällig vorbeigekommen und hab deinen Wagen gesehen. Ich dachte, du brauchst sicher Hilfe bei den Cremedonuts.«

»Woher weißt du, daß es Cremedonuts sind?«

»Du ißt immer Cremedonuts.«

Das letztemal hatte ich Morelli im Februar gesehen. Wir lagen innig umschlungen auf meinem Sofa, seine Hand auf meinem Schenkel, da legte plötzlich sein Piepser los, und weg war er. Um sich fünf Monate lang nicht mehr blicken zu lassen. Und jetzt stand er hier, als wäre nichts geschehen, und schnupperte an meinen Donuts.

»Lange nicht gesehen«, sagte ich.

»Ich hab undercover gearbeitet.«

Na klar.

»Okay«, sagte er, »ich hätte anrufen sollen.«

»Ich dachte, du wärst vielleicht tot.«

Das Lächeln trübte sich ein wenig. »Sollte da der Wunsch der Vater des Gedankens gewesen sein?«

»Du bist ein Schwein, Morelli.«

Er seufzte tief. »Du hast keine Lust, die Donuts mit mir zu teilen, hm?«

Ich stieg in meinen Wagen, knallte die Tür zu und brauste mit quietschenden Reifen davon, Kurs auf zu Hause. Als ich meine Wohnung erreichte, hatte ich beide Donuts verdrückt, und es ging mir viel besser. Ich dachte über Maxine Nowicki nach. Sie war fünf Jahre älter als Kuntz. High-School. Zweimal verheiratet. Keine Kinder. Das Foto aus der Akte zeigte eine aufgedonnerte Blondine mit einer Riesenmähne, stark geschminkt und schlank, die lachend in die Sonne blinzelte. Sie hatte Schuhe mit superhohen Absätzen an, eine schwarze Stretchhose und einen losen Pulli, dessen Ärmel zu den Ellbogen hochgeschoben waren. Der V-Ausschnitt war so tief, daß er ihren Busenansatz zeigte. Ich erwartete beinahe, hinten auf dem Bild einen kleinen Merkspruch zu finden … »Wenn Sie sich's mal nettmachen wollen, rufen Sie Maxine Nowicki an.«

Wahrscheinlich hatte sie genau das getan, was sie gesagt hatte. Wahrscheinlich hatte sie die Nase voll gehabt und war in Urlaub gefahren. Wahrscheinlich sollte ich mich gar nicht so ins Zeug legen, weil sie sowieso demnächst nach Hause kommen würde.

Und was war mit ihrer Wohnung? Das mit der Wohnung war irgendwie beunruhigend. Es verriet mir, daß Maxine größere Probleme hatte als eine simple Anklage wegen Autodiebstahls. Am besten ließ ich die Wohnung einfach außen vor. Die Geschichte brachte nur Sand ins Getriebe und hatte mit meinem Auftrag nichts zu tun. Mein Auftrag war einfach: Maxine ausfindig machen und vorführen.

Ich schloß den Wagen ab und ging über den Parkplatz. Mr. Landowsky kam hinten aus dem Haus, als ich mich näherte. Er war zweiundachtzig, und sein Brustkasten war im Lauf der Jahre so geschrumpft, daß er seine Hose jetzt bis unter die Achselhöhlen hochziehen mußte.

»Puh!« sagte er. »Diese Hitze. Ich krieg überhaupt keine Luft. Da sollte mal jemand was unternehmen.«

Ich nahm an, er spreche von Gott.

»Dieser Wettermensch von den Morgennachrichten. Der gehört erschossen. Wie soll ein Mensch bei diesem Wetter vor die Tür gehen? Und in den Supermärkten ist es eiskalt. Heiß, kalt. Ich krieg Durchfall davon.«

Ich war froh, daß ich eine Pistole besaß. Wenn ich nämlich so alt werden sollte wie Mr. Landowsky, würde ich mir die Kugel geben. Beim ersten Durchfall im Supermarkt würde Schluß sein. Peng! Aus und vorbei.

Ich nahm den Aufzug in den ersten Stock und sperrte meine Wohnungstür auf. Schlafzimmer, Bad, Wohn-Eßzimmer, unoriginelle aber adäquate Küche, kleiner Flur mit Haken an den Wänden für Mäntel, Hüte und Revolvergürtel.

Mein Hamster Rex sauste im Stand in seinem Laufrad, als ich reinkam. Ich erzählte ihm von meinem Tag und entschuldigte mich, daß ich ihm nichts von den Donuts aufgehoben hatte. Er machte ein enttäuschtes Gesicht, als er das hörte, und ich gab ihm zur Entschädigung ein paar Weintrauben, die ich noch im Kühlschrank fand. Mit den Trauben zog Rex sich in seine Suppendose zurück. Das Leben ist ziemlich einfach, wenn man ein Hamster ist.

Ich ging wieder in die Küche und hörte meinen Anrufbeantworter ab.

»Stephanie, hier ist deine Mutter. Vergiß nicht das Abendessen. Es gibt Brathühnchen.«

Samstag abend, und ich würde zum Abendessen bei meinen Eltern sein. Es war nicht das erstemal. Es war ein wöchentliches Ereignis. Ich hatte kein Eigenleben.

Ich schleppte mich ins Schlafzimmer, ließ mich auf das Bett fallen und sah dem kriechenden Fortschritt des Minutenzeigers meiner Armbanduhr zu, bis es Zeit war, zu meinen Eltern zu fahren. Meine Eltern essen um sechs. Auf die Minute. So war's immer schon. Abendessen um sechs, sonst geht die Welt unter.

Meine Eltern wohnen in einer schmalen Doppelhaushälfte auf einem schmalen Grundstück in einer schmalen Straße in einem Wohnviertel von Trenton, das nur die Burg genannt wird. Als ich ankam, wartete meine Mutter schon an der Tür.

»Wie bist du denn angezogen?« fragte sie sofort. »Das kann man doch beim besten Willen nicht als Kleid bezeichnen.«

»Das ist ein Baseballhemd von den Thunders«, erklärte ich ihr. »Ich unterstütze den lokalen Sport.«

Hinter meiner Mutter erschien Großmutter Mazur. Großmutter Mazur ist bei meinen Eltern eingezogen, kurz nachdem mein Großvater sich himmelwärts begab, um mit Elvis an einer Tafel zu speisen. Großmama ist der Auffassung, sie sei in einem Alter, wo Konventionen überholt sind. Mein Vater ist der Auffassung, sie sei in einem Alter, wo das Leben überholt ist.

»So ein Hemd brauch ich«, sagte sie jetzt. »Wetten, mir laufen sämtliche Männer in der Straße nach, wenn ich mich in so einem Ding zeige.«

»Ja, Stiva, der Bestattungsunternehmer«, brummte mein Vater, der im Wohnzimmer Zeitung las. »Mit seinem Maßband.«

Großmama hakte mich unter. »Ich hab heute eine schöne Überraschung für dich. Wart nur, du wirst staunen.«

Im Wohnzimmer wurde die Zeitung gesenkt, und mein Vater zog die Brauen hoch.

Meine Mutter bekreuzigte sich.

»Vielleicht solltest du mir sagen, was es ist«, schlug ich Großmama vor.

»Also, eigentlich sollte es ja eine Überraschung werden, aber ich werd's dir verraten. Da er ja sowieso gleich aufkreuzen wird.«

Es wurde totenstill.

»Ich hab deinen Freund zum Essen eingeladen«, sagte Großmama.

»Ich habe keinen Freund!«

»Aber jetzt hast du einen. Ich hab alles arrangiert.«

Ich machte auf dem Absatz kehrt und lief zur Tür. »Ich gehe.«

»Das kannst du nicht tun!« schrie Großmama. »Da wär er bestimmt furchtbar enttäuscht. Wir haben uns so gut unterhalten. Und er hat gesagt, es stört ihn überhaupt nicht, daß du dafür bezahlt wirst, daß du Leute umlegst.«

»Ich werde nicht dafür bezahlt, daß ich Leute umlege. Ich lege fast nie jemanden um.« Ich schlug mit dem Kopf gegen die Wand. »Ich laß mich nicht verkuppeln. Ich hasse das!«

»Na, viel schlimmer als deine Ehe mit dem Kerl, den du geheiratet hast, kann's nicht werden«, meinte Großmama. »Nach dem Fiasko kann's nur aufwärts gehen.«

Sie hatte recht. Meine kurze Ehe war ein Fiasko gewesen.

Es klopfte, und wie auf Kommando drehten wir alle die Köpfe zum Flur.

»Eddie Kuntz!« stöhnte ich.

»Genau«, sagte Großmama. »So heißt er. Er hat hier angerufen, weil er dich gesucht hat, und da hab ich ihn zum Essen eingeladen.«

»Hallo!« rief Eddie durch die Fliegengittertür.

Er hatte ein kurzärmeliges graues Hemd an, das fast bis zum Nabel offenstand, dazu eine Hose mit messerscharfer Bügelfalte, Gucci-Slipper, keine Socken. In der einen Hand hielt er eine Flasche Rotwein.

»Hallo!« antworteten wir alle gemeinsam.

»Darf ich reinkommen?«

»Aber natürlich«, sagte Großmama. »Gutaussehende Männer lassen wir immer rein.«

Er drückte Großmama den Wein in die Hand und zwinkerte. »Bitte sehr, schöne Frau.«

Großmama lachte. »Sie sind mir einer!«

»Ich lege nie jemanden um«, sagte ich. »*Fast* nie.«

»Ich auch nicht«, erwiderte er. »Ich hasse unnötige Gewalt.«

Ich trat einen Schritt zurück. »Entschuldigen Sie. Ich muß in der Küche helfen.«

Meine Mutter rannte mir nach. »Kommt gar nicht in Frage!«

»Was?«

»Das weißt du genau! Du wolltest dich durch die Hintertür aus dem Staub machen.«

»Er ist nicht mein Typ.«

Meine Mutter begann, die Schüsseln zu füllen – Kartoffelpüree, grüne Bohnen, Rotkraut. »Was paßt dir denn nicht an ihm?«

»Sein Hemd ist zu weit offen.«

»Es könnte doch sein, daß er sich als netter Mensch entpuppt«, meinte meine Mutter. »Gib ihm wenigstens eine Chance. Was kostet dich das schon? Und was soll sonst aus dem Essen werden? Wir können doch nicht dieses schöne Huhn vergeuden. Was willst du denn essen, wenn du jetzt nicht bleibst.«

»Er hat Großmama schöne Frau genannt!«

Meine Mutter war dabei, das Huhn zu tranchieren. Sie nahm eine Keule und ließ sie zu Boden fallen. Sie schob sie ein wenig herum, hob sie auf und legte sie auf den Rand der Platte. »So«, sagte sie, »diese Keule bekommt er.«

»Einverstanden.«

»Und zum Nachtisch hab ich Bananencremekuchen«, fügte sie hinzu. »Ich würde dir also raten zu bleiben.«

Was soll man da machen?

- 2 -

Bei Tisch saß ich neben Eddie Kuntz. »Sie haben versucht, mich zu erreichen?«

»Ja. Ich hab Ihre Karte verloren. Ich hab sie irgendwo hingelegt und konnte sie dann nicht mehr finden. Da hab ich im Telefonbuch nachgeschaut – aber da bin ich an Ihre Eltern geraten. Ein Glück eigentlich. Die Oma hier hat mir erzählt, daß Sie dringend nen Mann suchen, und ich bin im Moment solo. Ich hab nichts dagegen, wenn eine ein bißchen älter ist. Na, ist das Ihr Glückstag?«

Ich hätte ihm am liebsten meine Gabel ins grinsende Gesicht gerammt. »Weswegen wollten Sie mich denn sprechen?«

»Maxine hat mich angerufen. Sie sagte, sie hätte eine Nachricht für mich, und die käme morgen per Luftpost. Darauf hab ich gesagt, daß morgen Sonntag ist, sie soll's mir doch gleich am

Telefon sagen. Aber sie hat mich nur beschimpft.« Er machte ein tief gekränktes Gesicht, als hätte Maxine ihn ohne jeden Grund verletzt. »Auf die gemeinste Weise«, fügte er hinzu.

»Und das war alles?«

»Das war alles. Das heißt, sie hat noch gesagt, sie würde mir das Leben zur Hölle machen. Dann hat sie aufgelegt.«

Als endlich der Bananencremekuchen auf den Tisch kam, hatte ich Ameisen unterm Hintern. Nowicki hatte Kuntz angerufen, folglich war Nowicki am Leben, und das war gut. Leider hatte sie ihm eine Luftpostsendung versprochen. Luftpost hieß weit weg. Und das war schlecht. Noch unerquicklicher war die Tatsache, daß die Serviette, die Eddie Kuntz auf dem Schoß hatte, sich eigendynamisch bewegte. Mein erster Impuls war, »Vorsicht, Schlange!« zu rufen und zu schießen, aber das hätte wahrscheinlich vor Gericht nicht standgehalten. Außerdem konnte ich, so widerlich mir Eddie Kuntz war, mich irgendwie mit einem Mann identifizieren, der bei Bananencremekuchen einen Ständer kriegte.

Ich aß hastig ein Stück Kuchen und sah auf meine Uhr. »Mann, schon so spät!«

Meine Mutter warf mir einen langgeübten resignierten Blick zu. Na schön, dann geh, sagte dieser Blick, wenigstens hab ich dich dazu gebracht, zum Nachtisch zu bleiben, und weiß jetzt, daß du diese Woche eine ordentliche Mahlzeit gegessen hast. Und warum kannst du dir nicht an deiner Schwester Valerie ein Beispiel nehmen, die verheiratet ist und zwei Kinder hat und kochen kann.

»Tut mir leid, ich muß los«, sagte ich und stand auf.

Kuntz' Gabel blieb in der Luft hängen. »Was? Wir gehen?«

Ich holte meine Umhängetasche aus der Küche. »*Ich* gehe.«

»Er geht auch«, sagte mein Vater, den Kopf über seinen Kuchen gebeugt.

»Also, das war doch wirklich nett«, meinte Großmama. »Ist doch gar nicht schlecht gelaufen.«

Kuntz stand tänzelnd hinter mir, als ich die Wagentür aufmachte. Auf den Fußballen. Ein wahres Energiebündel. Tony Testosteron. »Gehen wir doch noch einen trinken.«

»Ich kann nicht. Ich muß arbeiten. Habe noch einen Hinweis, dem ich nachgehen muß.«

»Geht's dabei um Maxine. Ich kann mitkommen.«

Ich setzte mich hinters Steuer und ließ den Motor an. »Das ist keine gute Idee. Aber ich ruf Sie an, wenn sich irgendwas ergeben sollte.«

Der Diner war knapp zur Hälfte gefüllt, als ich ankam. Die meisten Leute saßen beim Kaffee. In ungefähr einer Stunde würde die junge Truppe anrollen, um sich nach dem Kino noch was Süßes oder eine Portion Pommes zu genehmigen.

Die Schicht hatte gewechselt, ich kannte die Frau an der Kasse nicht. Nachdem ich mich vorgestellt hatte, fragte ich nach Margie.

»Tut mir leid«, sagte die Frau. »Margie ist heut nicht da. Sie hat sich krank gemeldet. Sie hat gesagt, sie würde wahrscheinlich auch morgen nicht kommen.«

Ich kehrte zu meinem Wagen zurück und kramte in meiner Tasche nach der Liste von Angehörigen und Freunden, die ich von Kuntz bekommen hatte. Im schwindenden Licht ging ich die Namen durch. Es war tatsächlich eine Margie dabei. Allerdings ohne Nachnamen und Telefonnummer, und anstelle der Adresse hatte Kuntz geschrieben, »gelbes Haus in der Barnet Street«. Er hatte hinzugefügt, daß Margie einen roten Isuzu fuhr.

Die Sonne war nur noch ein schmaler Streifen verwischten Rots am Horizont, als ich in die Barnet Street einbog, aber es gelang mir ohne Mühe, den gelben Bungalow und das rote Auto zu finden. Eine Frau mit dick bandagierter Hand trat gerade in dem

Moment aus dem gelben Haus, um ihre Katze hereinzuholen, als ich am Bordstein anhielt. Kaum hatte sie mich bemerkt, da packte sie die graue Katze und verschwand hinter ihrer Haustür. Selbst von der Straße aus konnte ich hören, wie der Riegel vorgeschoben wurde.

Nun, wenigstens war sie zu Hause. Ich hatte schon gefürchtet, sie wäre verschwunden und amüsierte sich mit Maxine in Cancún.

Ich schob mir meine Umhängetasche über die Schulter, setzte ein freundliches Lächeln auf, marschierte den kurzen betonierten Weg hinauf zur Haustür und klopfte.

Die Tür wurde nur einen Spalt geöffnet, bei vorgelegter Kette. »Ja?«

Ich schob meine Karte durch den Spalt. »Stephanie Plum. Ich würde mich gern mal mit Ihnen unterhalten. Über Maxine Nowicki.«

»Tut mir leid«, entgegnete sie. »Ich habe nichts über Maxine zu sagen. Und außerdem geht's mir nicht gut.«

Ich linste durch den Türspalt und sah, daß sie ihre bandagierte Hand an ihre Brust gedrückt hielt. »Was ist denn passiert?«

Ihre Gesichtszüge waren schlaff, ihre Augen wie erloschen, sie hatte offensichtlich irgendwelche Medikamente genommen. »Es war ein Unfall. Ein Haushaltsunfall.«

»Sieht ziemlich übel aus.«

Sie machte ein Gesicht, als würde sie gleich zu weinen anfangen. »Ich hab einen Finger verloren. Das heißt, ich hab ihn nicht wirklich verloren. Er lag auf der Arbeitsplatte in der Küche. Ich hab ihn mit ins Krankenhaus genommen, und da haben sie ihn wieder angenäht.«

Ich sah den Finger auf der Arbeitsplatte liegen. Einen Moment wurde mir schwarz vor Augen, und ich spürte, wie mir auf der Oberlippe der Schweiß ausbrach. »Das tut mir wirklich leid!«

»Es war ein Unfall«, wiederholte sie. »Ein Unfall.«

»Welcher Finger war es denn?«

»Der Mittelfinger.«

»Oh, Mann, das ist mein Lieblingsfinger.«

»Nehmen Sie's mir nicht übel«, sagte sie, »aber ich muß mich hinlegen.«

»Warten Sie! Nur noch einen Moment. Ich muß unbedingt wissen, was mit Maxine ist.«

»Da gibt's nichts zu wissen. Sie ist weg. Mehr kann ich Ihnen auch nicht sagen.«

Wieder in meinem Wagen, holte ich erst mal tief Luft. Von jetzt an würde ich in der Küche vorsichtiger sein. Nicht mehr im Müllschlucker nach verlorenen Flaschendeckeln kramen; nicht mehr mit der Verve eines Fernsehkochs Zwiebeln hacken.

Es war zu spät, um an diesem Abend noch etwas zu unternehmen, deshalb fuhr ich nach Hause. Die Temperatur war um ein paar Grad gefallen, und die Luft, die durch das offene Schiebedach in den Wagen wehte, war angenehm. Ich fuhr in gemächlichem Tempo quer durch die Stadt, parkte hinter meinem Haus und ging nach oben.

Rex bremste seinen Sprint im Laufrad ab, als ich ins Wohnzimmer kam, und beäugte mich mit zuckenden Schnurrhaaren.

»Frag gar nicht erst«, sagte ich. »Das willst du sowieso nicht wissen.« Rex war zimperlich, wenn es um abgehackte Finger und dergleichen ging.

Meine Mutter hatte mir etwas Hühnchen und Kuchen mitgegeben. Ich brach ein Stück vom Rand des Kuchens ab und gab es Rex. Er stopfte es in seine Backentaschen, sein kleines Gesicht so stark aufgebläht, daß ihm beinahe die blitzblanken schwarzen Äuglein aus dem Kopf sprangen. So hatte ich wahrscheinlich heute mittag ausgesehen, als Morelli ein Donut von mir haben wollte.

Daß Sonntag ist, merke ich immer daran, daß ich mit einem Anflug von schlechtem Gewissen erwache. Das ist das Coole daran, katholisch zu sein – es ist eine vielgesichtige Erfahrung. Auch wenn einem der Glaube abhanden kommt, bleibt einem meistens die Schuld, man ist also nicht total weg vom Fenster. Ich drehte den Kopf und sah auf die Digitalanzeige meiner Uhr. Acht. Noch Zeit, um es zur Messe zu schaffen. Ich sollte wirklich gehen. Mir wurden die Lider schwer bei dem Gedanken.

Als ich das nächstemal die Augen öffnete, war es elf. Hoppla! Zu spät für den Kirchgang. Ich wälzte mich aus dem Bett und trottete auf nackten Füßen ins Badezimmer. Es sei schon okay, tröstete ich mich, Gott werde solche kleinen Versäumnisse bestimmt verzeihen. Im Lauf der Jahre hatte ich mir meine eigene Religion zurechtgebastelt und den wohlwollenden Gott kreiert. Den wohlwollenden Gott kümmerten auch solche Lappalien wie Fluchen und Flunkern nicht. Der wohlwollende Gott blickte einem Menschen ins Herz und erkannte, ob er im ganzen gesehen gut oder böse war. In meinem persönlichen Glauben gaben sich Gott und der Heilige Nikolaus nicht mit den Kleinigkeiten des täglichen Lebens ab. Das hieß natürlich, daß man auch nicht auf ihre Hilfe zählen konnte, wenn man abnehmen wollte.

Ich hüpfte aus der Dusche und schüttelte, statt mir die Haare zu legen, ein paarmal kräftig den Kopf. Über meine gewohnte Uniform aus Spandex-Shorts und Sport-BH zog ich diesmal ein Hockeyshirt der Rangers. Nach einem zweiten Blick auf mein Haar fand ich, es brauche doch etwas Hilfe, und donnerte es mit Gel, Fön und Haarspray auf. Als ich fertig war, war ich einige Zentimeter größer. Ich stellte mich vor den Spiegel und zog meine Powerfrau-Nummer ab, Beine gespreizt, Hände in den Hüften. »Du kannst mich mal, Arschloch«, sagte ich zum Spiegel. Dann probierte ich es als Scarlett, Hand aufs Herz, neckisches Lächeln. »Rhett, Sie Schelm, Sie machen mich verlegen.«

Weder das eine noch das andere schien mir für den Tag zu

stimmen, deshalb ging ich in die Küche, um zu sehen, ob ich meine Identität im Kühlschrank finden könnte. Ich zog mir gerade einen dicken Käsekuchen rein, als das Telefon läutete.

»Hallo«, sagte Eddie Kuntz.

»Hallo«, antwortete ich.

»Ich hab den Brief von Maxine bekommen. Ich hab mir gedacht, Sie würden ihn vielleicht sehen wollen.«

Ich fuhr rüber in die Muffet Street. Eddie Kuntz stand mit hängenden Armen in seinem winzigen Vorgarten und starrte sein vorderes Fenster an. Es war hinüber. Ein Riesenloch mittendrin. Ein ganzes Spinnennetz von Sprüngen drum herum.

Ich knallte die Autotür zu, als ich ausstieg, aber Kuntz drehte sich weder nach dem Geräusch noch nach mir um. Einen Moment lang standen wir beide stumm nebeneinander und betrachteten das Fenster.

»Gute Arbeit«, bemerkte ich.

Er nickte. »Genau in die Mitte. Maxine war in der High-School in der Schlagballmannschaft.«

»Hat sie das gestern abend fabriziert?«

Wieder ein Nicken. »Ich wollt gerade ins Bett gehen. Ich hab das Licht ausgemacht, und krachbum – fliegt plötzlich ein Ziegelstein durch mein Fenster.«

»Luftpost«, sagte ich.

»Expreß, ja. Meine Tante springt im Quadrat. Sie ist meine Vermieterin. Sie und Onkel Leo wohnen in der anderen Hälfte dieser Baracke. Die steht jetzt bloß deshalb nicht hier draußen und krakeelt, weil sie in der Kirche ist.«

»Ich wußte gar nicht, daß Sie zur Miete wohnen.«

»Ja, glauben Sie vielleicht, ich würde mir solche Farben aussuchen? Seh ich vielleicht aus wie ne Schwuchtel?«

Weiß Gott nicht. Keine Schwuchtel würde ein zerrissenes Unterhemd als kühnes modisches Statement sehen.

Er reichte mir ein Blatt weißes Papier. »Das war um den Ziegelstein gewickelt.«

Der Brief war mit der Hand geschrieben und an Kuntz gerichtet. Darin stand kurz und bündig, er habe sich wie ein fieses Schwein benommen, und wenn er sein Eigentum zurückhaben wolle, würde er auf eine Schnitzeljagd gehen müssen. Sein erster Hinweis, hieß es, befinde sich ›in dem großen roten‹. Eine Reihe durcheinandergewürfelter Buchstaben folgte.

»Was soll das heißen?« fragte ich ihn.

»Wenn ich das wüßte, hätt ich Sie nicht angerufen. Da wär ich jetzt schon unterwegs.« Er warf die Hände hoch. »Die Frau ist völlig durchgeknallt. Ich hätt's von Anfang an merken müssen. Dauernd hatte sie's mit Spionage und Spionen. Jeden blöden James-Bond-Film mußte sie sich anschauen. Ich hab's ihr von hinten gemacht, und sie hat sich in der Glotze James Bond angeschaut. Können Sie sich das vorstellen?«

O ja!

»Sie schnüffeln doch von Berufs wegen, stimmt's?« sagte er. »Kennen Sie sich aus mit Spionage und so? Sie wissen doch bestimmt, wie man Codes entschlüsselt?«

»Ich hab von Spionage keine Ahnung«, versetzte ich. »Und ich hab auch keine Ahnung, was das hier bedeuten soll.«

Tatsache war, daß ich nicht nur von Spionage nichts verstand, sondern auch in der Kopfgeldjägerei ein ziemliches Waisenkind war. Ich wurstelte mich einfach so durch, versuchte, pünktlich meine Miete zu bezahlen, und hoffte, ich würde im Lotto gewinnen.

»Und was machen wir jetzt?« fragte Kuntz.

Ich las den Brief noch einmal. »Was meint sie, wenn sie von Ihrem Eigentum spricht?«

Er starrte mich mit leerem Blick an, lange. »Liebesbriefe«, antwortete er schließlich. »Ich hab ihr ein paar Liebesbriefe geschrieben, und ich will sie zurückhaben. Ich will auf keinen Fall, daß die jetzt, wo's zwischen uns aus ist, überall rumfliegen. Da stehen ein paar ganz schön peinliche Sachen drin.«

Eddie Kuntz schien mir nicht der Typ zu sein, der Liebesbriefe schrieb, aber was weiß ich schon? Mir schien er viel eher der Typ zu sein, der fremde Wohnungen auf den Kopf stellte. »Waren Sie in ihrer Wohnung und haben die Briefe gesucht?«

»Ja, aber die Wohnung war abgeschlossen.«

»Sie sind nicht eingebrochen? Sie haben keinen Schlüssel?«

»Eingebrochen? Sie meinen, ob ich die Tür eingetreten hab?«

»Ich war gestern in Maxines Wohnung. Irgend jemand hat sie völlig auseinandergenommen.«

Wieder dieser leere Blick. »Damit hab ich nichts zu tun.«

»Ich glaube, daß da jemand was gesucht hat. Wäre es möglich, daß Maxine Drogen in ihrer Wohnung hatte?«

Er zuckte die Achseln. »Bei Maxine ist alles möglich. Ich hab's Ihnen schon gesagt, die ist total durchgeknallt.«

Es war gut, zu wissen, daß Maxine noch in der Gegend war, aber abgesehen davon konnte ein Brief, den ich nicht lesen konnte, mich nicht in Euphorie versetzen. Und auf keinen Fall wollte ich weitere Einzelheiten über Kuntz' Sexualleben hören.

Er legte mir einen Arm um die Schultern und drückte sich an mich. »Ich werd ehrlich sein mit Ihnen, Süße. Ich will diese Briefe zurück haben. Es würde sich für Sie lohnen. Sie verstehen, was ich meine? Sie arbeiten zwar für diesen Kautionsmenschen, aber das heißt doch noch lange nicht, daß Sie nicht auch für mich arbeiten können, richtig? Ich würde gut zahlen. Sie bräuchten nichts weiter zu tun, als mich mit Maxine reden zu lassen, ehe Sie sie den Bullen übergeben.«

»Manche Leute würden das als doppeltes Spiel bezeichnen.«

»Tausend Dollar«, sagte Kuntz. »Das ist mein letztes Angebot. Überlegen Sie es sich.«

»Abgemacht.«

Okay, ich bin käuflich. Aber wenigstens bin ich nicht billig.

Und außerdem diente es ja einem guten Zweck. Mir war Eddie Kuntz zwar nicht sonderlich sympathisch, aber seine Sorge wegen peinlicher Liebesbriefe konnte ich nachvollziehen, ich hatte selbst einige geschrieben. Sie waren an meinen Ex-Mann, diesen alten Schleimer, gerichtet gewesen, und ich würde tausend Dollar nicht als verschwendet ansehen, wenn ich sie dafür zurückbekäme.

»Ich brauch den Brief«, sagte ich zu ihm.

Er gab ihn mir und puffte mich in die Schulter. »Packen Sie's an.«

In dem Brief stand, der erste Hinweis fände sich ›in dem großen roten‹. Ich sah mir das bunte Allerlei von Buchstaben an, das folgte, und konnte kein Muster erkennen. Ein Wunder war das nicht, da mir das Rätselchromosom fehlte, ich bekam nicht einmal Kinderrätsel raus. Zum Glück wohnte ich in einem Haus voller Senioren, die den ganzen Tag rumsaßen und Kreuzworträtsel lösten. Und das hier war ja so was Ähnliches.

Zuerst ging ich zu Mr. Kleinschmidt in die Wohnung 315.

»Hoho«, sagte Mr. Kleinschmidt, als er aufmachte. »Wenn das nicht unsere unerschrockene Kopfgeldjägerin ist! Haben Sie heute schon ein paar Ganoven gefangen?«

»Noch nicht, aber ich arbeite daran.« Ich reichte ihm Maxine Nowickis Schreiben. »Können Sie das auseinanderklamüsern?«

Mr. Kleinschmidt schüttelte den Kopf. »Ich beschäftige mich mit Kreuzworträtseln. Das ist ein Buchstabenrätsel. Da müssen Sie Lorraine Klausner im Erdgeschoß fragen, die ist für so was Spezialistin.«

»Heutzutage ist jeder ein Spezialist.«

»Wenn Micky Maus fliegen könnte, wäre sie Donald Duck.«

Ich war mir nicht ganz sicher, was er damit meinte, aber ich dankte ihm trotzdem und stiefelte die zwei Treppen runter ins Erdgeschoß. Gerade wollte ich bei Lorraine läuten, da öffnete sich die Tür.

»Sol Kleinschmidt hat mich schon angerufen und mir von Ihrer verschlüsselten Botschaft erzählt«, sagte Lorraine. »Kommen Sie rein. Ich habe auch ein paar Plätzchen da.«

Ich setzte mich Lorraine gegenüber an den Küchentisch und wartete, während sie das Buchstabenpotpourri studierte.

»Ein richtiges Buchstabenrätsel ist das nicht«, bemerkte sie, ganz auf den Brief konzentriert. »Ich weiß nicht, wie ich das lösen soll. Ich mach nur die klassischen Buchstabenrätsel.« Sie tippte mit dem Finger auf den Tisch. »Aber ich weiß jemanden, der Ihnen vielleicht helfen kann. Nur –«

»Nur?«

»Mein Neffe Salvatore hat ein besonderes Talent für solche Geschichten. Schon als ganz kleiner Junge konnte er alle möglichen Rätsel lösen. Eine dieser seltenen Begabungen.«

Ich sah sie erwartungsvoll an.

»Er kann nur manchmal ziemlich sonderbar sein. Ich glaube, er macht gerade so eine nonkonformistische Phase durch.«

Ich hoffte, er hätte keinen Brilli in der Zunge. Wenn ich mit Leuten mit Brillis in der Zunge redete, mußte ich mich immer fürchterlich zusammenreißen, um nicht unartikulierte Tierlaute von mir zu geben. »Wo wohnt er?«

Sie schrieb mir die Adresse auf die Rückseite des Briefs. »Er ist Musiker und arbeitet meistens abends. Er müßte also jetzt zu Hause sein, aber vielleicht ruf ich am besten vorher an.«

Salvatore Sweet wohnte in einem Hochhaus aus Beton und schwarzem Glas mit Blick auf den Fluß. Die Grünanlagen waren dürftig, aber gut gepflegt. Das Foyer war frisch gestrichen und mit einem Teppich in Mauve- und Grautönen ausgelegt. Kaum ein Nonkonformistenparadies. Und bestimmt auch nicht billig.

Ich fuhr mit dem Aufzug in den achten Stock hinauf und läutete bei Sweet. Was mir aufmachte, war entweder eine sehr häßliche Frau oder ein sehr schwuler Typ.

»Sie sind sicher Stephanie.«

Ich nickte.

»Ich bin Sally Sweet. Tante Lorraine hat mich angerufen und mir erzählt, daß Sie ein Problem haben.«

Er hatte eine knallenge schwarze Lederhose an, an den Seiten vom Knöchel bis zur Taille mit Lederbändern geschnürt, zwischen denen bleiche weiße Haut hindurchschimmerte. Dazu trug er eine schwarze Lederweste, die sich formvollendet um zwei herrliche spitze Brüste schmiegte, um die Madonna ihn beneidet hätte. In seinen schwarzen Plateauschuhen maß er an die zwei Meter. Er hatte eine große Hakennase, einen mit roten Rosen tätowierten Bizeps, und – dem Herrn sei Dank – er hatte keinen Brilli in der Zunge. Er trug eine blonde Farrah-Fawcett-Perücke, künstliche Wimpern und rostroten Lippenstift mit Glanz. Seine Nägel waren passend zum Lippenstift lackiert.

»Vielleicht komme ich lieber ein andermal wieder«, sagte ich.

»Unsinn! Kommen Sie rein.«

Ich wußte nicht, was sagen oder wohin schauen. Um ehrlich zu sein, er war faszinierend. Schaurig schön wie ein Gruselfilm. Er sah an sich hinunter. »Sie wundern sich wahrscheinlich über meine Aufmachung.«

»Sie ist toll.«

»Ja, die Weste habe ich mir extra anfertigen lassen. Ich bin erster Gitarrist bei den Lovelies. Und eins kann ich Ihnen sagen, als Gitarrist kann man die Nagelpflege vergessen, wenn man übers Wochenende spielen muß. Wenn ich gewußt hätte, wie's bei mir mal laufen würde, hätte ich Schlagzeug gelernt.«

»Aber Sie scheinen Erfolg zu haben.«

»Das können Sie zweimal sagen. Vor zwei Jahren war ich noch stinknormal, da hab ich für die Howling Dogs gespielt. Haben Sie schon mal von den Howling Dogs gehört?«

Ich schüttelte den Kopf. »Nein.«

»Kein beschissenes Schwein hat je von den Howling Dogs

gehört. Ich hab in einem beschissenen Pappkarton in einem beschissenen Hof hinter Romanos Pizza gehaust. Ich hab Punk, Funk, Grunge und Rhythm and Blues gemacht. Ich hab mit den Funky Butts, den Pitts, den Beggar Boys und den Howling Dogs gespielt. Bei den Howling Dogs war ich am längsten. War ne beschissene Zeit, das kann ich Ihnen sagen. Dauernd diese beschissenen Songs über gebrochene Herzen und die rote Abendsonne. Und dann mußte ich mich noch anhosen wie son beschissener Westernheld. Ich mein, was bleibt einem noch an Selbstachtung, wenn man sich in einem Cowboyhut auf die Bühne stellen muß?«

Ich war ziemlich gut im Umgang mit Kraftausdrücken, aber mit Sally konnte ich es nicht aufnehmen. Selbst an meinem besten Tag hätte ich nicht so viele ›beschissen‹ in einen kurzen Vortrag quetschen können. »Mann, das Fluchen haben Sie echt drauf«, sagte ich.

»Als Musiker muß man fluchen können.«

Ich wußte, daß das stimmte, ich schaute mir nämlich manchmal Rocksendungen auf MTV an. Mein Blick flog zu seinem Haar. »Und jetzt tragen Sie eine Farrah-Fawcett-Perücke. Ist das nicht nur eine andere Form von Cowboyhut?«

»Stimmt, aber gleichzeitig ist es ein Statement, verstehen Sie. Es ist politisch korrekt. Der sensible Mann auf die Spitze getrieben. Man läßt seine weibliche Seite raus. Und hier sehen Sie meine vor sich.«

»Ah, ja.«

»Und außerdem mach ich ein Schweinegeld. Diesmal bin ich auf den richtigen Zug aufgesprungen. Das ist das Jahr der Transvestiten. Wir überrollen alles.« Er nahm mir den Brief aus der Hand und sah ihn sich an. »Ich bin nicht nur über zwei Jahre für jedes Wochenende ausgebucht... Sie stopfen mir sogar Geld in die Hosen. Ich hab so viel Geld, daß ich nicht weiß, was ich damit anfangen soll.«

»Da sind Sie wahrscheinlich froh, daß Sie schwul sind.«

»Na ja, ganz unter uns gesagt, ich bin gar nicht schwul.«

»Sie sind ein Transvestit.«

»Richtig. So was in der Richtung. Ich mein, ich hätt nichts dagegen, wenn ich ein bißchen schwul wär. Wissen Sie, ich könnt bestimmt mit nem Kerl tanzen, aber an meinen Allerwertesten laß ich keinen ran.«

Ich nickte. So sah ich das auch.

Er nahm einen Stift von einem Tisch im Flur und kritzelte was auf den Brief. »Lorraine hat gesagt, daß Sie Kopfgeldjägerin sind.«

»Aber ich lege fast nie jemanden um«, sagte ich.

»Wenn ich Kopfgeldjäger wäre, würde ich die Leute reihenweise kaltmachen.« Er legte den Stift wieder weg und gab mir den Brief zurück.

»Sie werden's mir wahrscheinlich nicht glauben, aber als Kind hatte ich so meine Macken.«

»Tatsächlich?«

»Ja. Ich war – na ja – ich war irgendwie nie ganz da. Da hab ich mich viel mit Spock unterhalten. Spock und ich, wir haben uns immer Botschaften geschickt, codierte.«

»Sie meinen Spock aus *Raumschiff Enterprise*?«

»Genau, das ist der Typ. Mann, Spock und ich, wir waren die dicksten Freunde. Jahrelang haben wir uns jeden Tag solche verschlüsselten Botschaften zugeschickt. Aber unsere Codes waren echt schwer zu knacken. Der hier ist viel zu einfach. Das sind ja nur ein paar durcheinandergeschmissene Buchstaben mit einem bißchen Extrascheiß. ›Rot und grün und blau. Fahr zum Cluck in a Bucket und schau.‹«

»Das Cluck in a Bucket kenn ich«, sagte ich. »Das ist gleich neben unserer Agentur.«

Die Müllcontainer auf dem Parkplatz vom Cluck in a Bucket sind rot, grün und blau. Der grüne und der blaue sind für Altpapier und Aluminium. Der große rote ist für den Hausmüll. Der nächste Fingerzeig auf dem Weg zu meinem Honorar steckte also im Müll.

Ein zweiter Mann kam an die Tür, sehr adrett gekleidet in Khakihose und einem tadellos gebügelten Hemd, kleiner als Sweet, vielleicht einsfünfundsiebzig. Er war schlank, sein Kopf so kahl wie ein haarloser Chihuahua. Die braunen Augen hinter den dicken Brillengläsern wirkten sanft, sein Mund zu groß, zu sinnlich für dieses kleine, etwas verkniffene Gesicht mit der Knopfnase.

»Was ist denn los?« fragte er.

»Das ist Stephanie Plum«, sagte Sally. »Du weißt schon, die Frau, wegen der Lorraine eben angerufen hat.«

Der Mann reichte mir die Hand. »Gregory Stern. Aber alle nennen mich Sugar.«

»Sugar und ich wohnen zusammen«, erklärte Sally. »Und wir spielen zusammen in der Band.«

»Ich bin die Bandsirene«, sagte Sugar. »Manchmal singe ich sogar.«

»Ich wollte immer in einer Band singen«, erwiderte ich. »Ich kann nur leider nicht singen.«

»Ich wette, Sie könnten's«, meinte Sugar. »Sie wären bestimmt umwerfend.«

»Zieh dir jetzt lieber was an«, sagte Sally zu Sugar. »Sonst kommst du wieder zu spät.«

»Wir haben heute nachmittag ein Engagement«, erklärte Sugar. »Bei einem Hochzeitsempfang.«

Du meine Güte.

Das Cluck in a Bucket ist in der Hamilton Street in einem Betonkasten mit Fenstern auf drei Seiten. Bekannt ist es nicht etwa für seine hervorragende Küche, sondern wegen des riesigen Plastikhuhns, das an einem zehn Meter hohen Fahnenmast auf dem Parkplatz aufgespießt ist und sich unentwegt dreht.

Ich fuhr direkt auf den Parkplatz und hielt kurz vor dem roten Müllcontainer an. Es waren mindestens vierzig Grad im Schatten, und die Luft tropfte vor Feuchtigkeit. Mein Schiebedach war offen, und als ich den Wagen abstellte, spürte ich förmlich, wie sich das Gewicht der Hitze auf mir niederließ. Wenn es mir wirklich gelingen sollte, Nowicki aufzustöbern, würde ich vielleicht die Klimaanlage richten lassen. Oder ich könnte ein paar Tage an den Strand fahren… Oder vielleicht meine Miete zahlen und der Zwangsräumung entgehen.

»Riecht ziemlich streng«, bemerkte ich. »Vielleicht sollten Sie ein paar alte Klamotten überziehen, ehe Sie da reinsteigen.«

»Was, Sie sind wohl komplett bescheuert? In den Dreck steige ich bestimmt nicht rein.«

»Es ist doch Ihr Brief.«

»Ja, aber ich hab *Sie* angeheuert«, versetzte Eddie.

»Nicht als Wühlmaus.«

»Sie sollen sie finden. Das ist alles, was ich will. Ich will nichts weiter, als daß Sie sie aufstöbern.«

Er hatte zwei Piepser an seinen Spandex-Shorts hängen, einer von ihnen begann zu dudeln, und auf der Anzeige erschien eine Nachricht. Eddie las sie und seufzte. »Weiber«, sagte er. »Die geben doch nie auf.«

Nein, nie. Wahrscheinlich war es seine Mutter.

Er ging zu seinem Wagen und machte von seinem Funktelefon aus zwei Anrufe. Danach kam er wieder zu mir. »Okay«, sagte er, »es ist alles geregelt. Sie brauchen nur hierzubleiben und auf Carlos zu warten. Ich würde ja gern auch bleiben, aber ich hab anderes zu tun.«

Nachdem er abgefahren war, drehte ich mich einmal um mich selbst und schaute blinzelnd über den Parkplatz. »Hey, Maxine«, schrie ich. »Sind Sie irgendwo in der Nähe?« Ich an ihrer Stelle hätte den Anblick eines bis zum Bauch im Müll watenden Eddie Kuntz nicht missen mögen. »Hören Sie«, rief ich, »die Idee war gut, aber leider hat's nicht geklappt. Wie wär's, wenn ich Sie zu einem halben Hähnchen einlade?«

Maxine meldete sich nicht. Ich setzte mich also in meinen Wagen und wartete auf Carlos. Nach ungefähr zwanzig Minuten fuhr ein Pritschenwagen auf den Parkplatz und lud einen kleinen Bagger ab. Der Fahrer des Wagens ließ den Bagger an, rollte bis zu dem Müllcontainer und schob die Baggerschaufel unter den unteren Rand des Containers. Im Zeitlupentempo kippte der Container vornüber und landete krachend auf dem Bürgersteig, wo er wie ein großer toter Dinosaurier liegenblieb. Müllsäcke knallten zu Boden und platzten, und ein Glasbehälter schlug klirrend auf den Asphalt, rollte zwischen den Müllsäcken hindurch und kam wenige Schritte von mir entfernt zum Stillstand. Mit Leuchtstift hatte jemand ›nächster Hinweis‹ außen auf das Glas geschrieben.

Der Baggerführer schaute zu mir herüber. »Sind Sie Stephanie?«

Ich starrte wie gebannt auf den Müllcontainer und die Bescherung vor meinen Füßen. Mir war ganz schlecht. »Ja.«

»Soll ich das Zeug noch ein bißchen mehr ausbreiten?«

»Nein!«

Überall an den Türen standen Leute, andere gafften hinter den Fenstern des Cluck in a Bucket. Zwei junge Bedienungen in den gelb-roten Kostümen des Lokals rannten über den Parkplatz auf den Bagger zu.

»Was tun Sie da? Was tun Sie da?« rief eine von ihnen.

»Hey, brauchst nicht gleich Zustände zu kriegen, Kleine«, sagte der Mann zu dem jungen Mädchen. »Dafür ist das Leben zu kurz.« Er manövrierte den Bagger wieder auf den Pritschenwagen, setzte sich hinters Steuer, salutierte militärisch und fuhr davon.

Und wir schauten ihm entgeistert nach.

Dann fragte mich das eine junge Mädchen: »Kennen Sie ihn?«

»Nein«, antwortete ich. »Ich hab ihn noch nie gesehen.«

Meine Wohnung war nicht weit von hier. Ich packte deshalb kurzerhand das Glas, sprang in meinen Wagen und zischte ab in Richtung Heimat. Unterwegs drehte ich mich immer wieder um, beinahe sicher, daß die Müllpolizei sich mir an die Fersen heften würde.

Oben sperrte ich meine Tür auf und rief Rex zu: »Das war vielleicht wieder mal ein Tag.«

Rex schlief selig in seiner Suppendose und reagierte nicht. Ich ging in die Küche, machte mir ein Brot mit Erdnußbutter und Oliven und nahm mir ein Bier. Beim Essen studierte ich die neue, ebenfalls verschlüsselte Botschaft. Ich suchte nach »durcheinandergeschmissenen Buchstaben und ein bißchen Extrascheiße«, aber es kam absolut nichts dabei heraus. Am Ende gab ich auf und rief Sally an. Nach dreimaligem Läuten meldete sich sein Anrufbeantworter.

»Sally und Sugar sind im Moment nicht zu Hause, aber sie würden liebend gern mit Ihnen sprechen. Hinterlassen Sie doch eine Nachricht.«

Ich hinterließ meinen Namen und meine Nummer und setzte mich wieder über das Blatt Papier mit der verschlüsselten Botschaft. Es wurde drei Uhr, meine Augen brannten, und noch immer hatte sich Sally nicht gemeldet. Ich beschloß, mein Glück noch einmal bei den Senioren zu versuchen. Mr. Kleinschmidt erklärte, er beschäftige sich nur mit Kreuzworträtseln. Lorraine erklärte, ihre Spezialität seien Buchstabenrätsel. Mr. Markovitz sagte, er müsse jetzt fernsehen und habe keine Zeit für solchen Unsinn.

Als ich in meine Küche zurückkehrte, blinkte mein Anrufbeantworter.

Die erste Nachricht war von Eddie Kuntz. »Also, wo ist sie?« Das war alles. Das war die ganze Nachricht.

»So ein Blödmann«, sagte ich zum Anrufbeantworter.

Die zweite Nachricht war von Ranger. »Ruf mich an.«

Ranger ist einer, der nicht viele Worte macht, Amerikaner kubanischer Abstammung, ehemaliger Angehöriger einer Spezialeinheit des Militärs und Vinnies Kopfgeldjäger Nummer eins, ein Mann, den man besser zum Freund als zum Feind hat. Ich wählte seine Nummer und wartete auf Atemgeräusche. Manchmal war das das einzige, was einem beschieden wurde.

»Yo«, sagte Ranger.

»Ganz meinerseits.«

»Ich brauch dich. Du mußt mir helfen, einen Flüchtigen zu kassieren.«

Das konnte nur zweierlei bedeuten: Entweder wollte Ranger mal wieder herzlich lachen, oder er brauchte ein weißes weibliches Wesen, um es als Köder einzusetzen. Nie im Leben hätte er mich angerufen, wenn er echte Muckis gebraucht hätte. Er kannte Leute, die es für eine Packung Camel und die Aussicht auf ein bißchen Spaß mit dem Terminator aufgenommen hätten.

»Ich muß einen NVGler aus einem Haus rauslocken, aber mir fehlt leider das nötige Rüstzeug«, sagte Ranger.

»Und welcher Art genau ist dieses Rüstzeug?«

»Glatte weiße Haut, appetitlich verpackt in ein kurzes Röckchen und einen engen Pulli. Vor zwei Tagen hat Sammy der Schimpanse den Löffel abgegeben. Er liegt jetzt in Leonis Bestattungsinstitut, und Kenny Martin, der Mann, den ich suche, ist jetzt dort, um ihm die letzte Ehre zu erweisen.«

»Warum wartest du nicht einfach, bis er rauskommt?«

»Er ist mit seiner Mutter und seiner Schwester und seinem Onkel Vito dort. Ich vermute, die werden zusammen gehen, und ich habe keine Lust, es mit der ganzen Familie Grizolli aufzunehmen, um mir den Burschen zu schnappen.«

Kein Wunder. Die ganze Gegend war verseucht mit den Überresten von Leuten, die versucht hatten, es mit Vito Grizolli aufzunehmen.

»Eigentlich hatte ich schon Pläne für heute abend«, sagte ich.

»Dazu gehört unter anderem, daß ich gern noch ein bißchen länger leben würde.«

»Du sollst mir den Mann nur zur Hintertür rauslocken. Alles andere erledige ich.«

Ich hörte, daß er auflegte, aber ich schrie trotzdem ins Telefon: »Sag mal, bist du eigentlich total verrückt?«

Eine Viertelstunde später schlüpfte ich in ein Paar Nuttenpumps mit Zwölfzentimeterabsätzen, preßte mich in ein tief ausgeschnittenes schwarzes Lycrakleid hinein, das ich mit der Absicht gekauft hatte, zwei Kilo abzunehmen, motzte meine Augen mit viel schwarzer Wimperntusche auf und meinen Busen mit wohlgerundeten Einlagen.

Ranger wartete in der Roebling Street, vielleicht hundert Meter von dem Bestattungsinstitut entfernt. Er drehte sich nicht um, als ich an den Bordstein fuhr, aber ich sah, daß er mich im Rückspiegel beobachtete.

Er lächelte, als ich zu ihm in den Wagen stieg. »Schicke kleine Nummer, die du da beinahe anhast. Hast du schon mal dran gedacht, den Beruf zu wechseln?«

»Ich denke dauernd dran. Jetzt zum Beispiel.«

Ranger reichte mir ein Foto. »Kenny Martin. Zweiundzwanzig Jahre alt. Kleiner Gauner auf der Verliererstraße. Angeklagt wegen bewaffneten Raubüberfalls.« Er warf einen Blick auf die schwarze Ledertasche, die über meiner Schulter hing. »Hast du ne Waffe mit?«

»Ja.«

»Geladen?«

Ich schob meine Hand in die Tasche und kramte darin herum. »Ich bin sicher, aber ich glaube, ich hatte irgendwo ein paar Patronen …«

»Handschellen?«

»Handschellen hab ich mit, ganz bestimmt.«

»Abwehrspray?«

»Ja. Abwehrspray hab ich.«

»Dann auf sie mit Gebrüll.«

Ich stakste hüftschwenkend über die Straße und stieg die Treppe zu Leonis Bestattungsinstitut hinauf. Eine kleine Gruppe alter Italiener stand rauchend auf der vorderen Veranda. Die Gespräche verstummten, als ich kam, und die Gruppe teilte sich, um mich durchzulassen. Auch im Vestibül waren Leute. Kenny Martin war nicht unter ihnen. Ich trat in Raum eins, wo Sammy der Schimpanse ruhig und in Frieden in einem teuren Mahagonisarg lag. Alles war voller Blumen und alter italienischer Frauen. Niemand schien allzu bekümmert über Sammys Ableben. Keine schmerzbetäubte Witwe. Keine heulende Mutter. Kein Kenny. Ich sagte Sammy Lebwohl und stöckelte auf meinen hohen Absätzen den Flur hinunter. Hinten war noch einmal ein kleines Foyer mit einer Tür ins Freie. Vor dieser Tür stand Kenny Martin und genehmigte sich eine heimliche Zigarette. Auf der anderen Seite der Tür war eine überdachte Auffahrt, und irgendwo jenseits war Ranger.

Ich lehnte mich Kenny gegenüber an die Wand und lächelte. »Hallo.«

Er fixierte meinen wohlgerundeten Busen. »Sind Sie wegen Sammy hier?«

Ich schüttelte den Kopf. »Mrs. Kowalski, Raum zwei.«

»So richtig fertig schauen Sie aber nicht aus.«

Ich zuckte die Achseln.

»Wenn Sie so richtig fertig wären, könnte ich Sie trösten. Davon versteh ich nämlich was, wie man Frauen tröstet, mein ich.«

Ich zog eine Augenbraue hoch. »Ach?«

Er war einsfünfundsiebzig groß, an die fünfundachtzig Kilo kompaktes Fleisch. Er trug einen dunkelblauen Anzug und ein weißes Hemd, dessen oberster Knopf geöffnet war.

»Wie haben Sie's denn gern, Süße?« fragte er.

Ich musterte ihn von oben bis unten und lächelte, als gefiele mir, was ich sah. »Wie heißen Sie?«

»Kenny. Kenny ›der Mann‹ Martin.«

Kenny der Mann. Ach so! Ich bot ihm die Hand. »Stephanie.«

Anstatt mir die Hand zu geben, schob er seine Finger zwischen meine und trat einen Schritt näher. »Hübscher Name.«

»Ich wollte gerade rausgehen und ein bißchen frische Luft schnappen. Kommen Sie mit?«

»Ja, klar. Hier drinnen sind ja sowieso nur lauter Tote. Sogar die Lebendigen sind tot, Sie verstehen, was ich meine?«

Ein kleines Mädchen kam uns durch den Flur entgegengelaufen. »Kenny, Mama hat gesagt, wir müssen jetzt gehen.«

»Sag ihr, ich komm gleich.«

»Aber sie hat gesagt, ich soll dich jetzt gleich mitbringen!«

Kenny hob die Hände zum Zeichen der Kapitulation. Jeder weiß, daß gegen eine italienische Mama kein Kraut gewachsen ist. »Vielleicht kann ich Sie mal anrufen?« sagte er zu mir. »Vielleicht können wir uns später treffen.«

Die Wirkung eines wohlgefüllten BHs ist eben nicht zu unterschätzen. »Gern. Kommen Sie doch einen Moment mit raus, dann schreib ich Ihnen meine Nummer auf. Ich brauche wirklich dringend frische Luft.«

»Komm jetzt!« brüllte die Kleine.

Kenny sprang auf sie zu, als wollte er ihr eine langen, und sie wirbelte herum und rannte kreischend zurück zur Mama.

»Ich muß wirklich gehen«, sagte Kenny.

»Einen Moment noch. Ich geb Ihnen meine Karte.« Ich wühlte in meiner Tasche nach meinem Abwehrspray. Wenn ich ihn nicht dazu bewegen konnte, freiwillig mit mir rauszugehen, würde ich ihm eine Dosis Spray verpassen und ihn mit Gewalt rauszerren.

Ich hörte energische Schritte auf dem Teppich, blickte auf

und sah eine Frau auf uns zukommen. Sie war schlank und hübsch, mit kurzem blonden Haar. Sie trug ein graues Kostüm und hohe Absätze, und ihr Gesicht wurde ernst, als sie mich mit Kenny stehen sah.

»Jetzt versteh ich«, sagte sie zu Kenny. »Deine Mutter hat mich geschickt, dich zu holen, aber hier gibt's anscheinend Komplikationen.«

»Keine Komplikationen«, versetzte Kenny. »Sag ihr, sie soll sich nicht künstlich aufregen.«

»Klar«, antwortete die Frau, »genau das werd ich deiner Mutter sagen. Da wird sie sich freuen.« Sie sah erst mich an, dann Kenny und lächelte. »Du hast keine Ahnung, was?« fragte sie Kenny.

Ich suchte immer noch nach dem Spray. Haarbürste, Taschenlampe, Tampons. Verdammt noch mal, wo war das Spray?

»Keine Ahnung wovon?« sagte Kenny. »Was redest du da?«

»Liest du nie die Zeitung? Das ist Stephanie Plum. Sie hat letztes Jahr das Bestattungsinstitut in die Luft gejagt. Sie ist Kopfgeldjägerin.«

»Du willst mich wohl verarschen!«

Mann o Mann.

- 3 -

Kenny gab mir einen Stoß, daß ich mehrere Schritte rückwärts flog. »Ist das wahr, was Terry eben gesagt hat? Sind Sie Kopfgeldjägerin?«

»Hey!« rief ich. »Hände weg.«

Als Antwort verpaßte er mir noch einen Rempler. Ich taumelte an die Wand. »Mir scheint, Ihnen muß mal einer beibringen, daß es nicht gesund ist, sich mit Kenny Martin anzulegen.«

»Und mir scheint, *Ihnen* muß mal einer beibringen, daß es

nicht gesund ist, Gerichtstermine platzen zu lassen, besonders wenn andere die Kaution vorgestreckt haben.« Ich hatte meine Hand immer noch in der Tasche, und da ich das blöde Abwehrspray nicht finden konnte, riß ich eine Dose Superstark Hairspray raus und spritzte ihm den Saft mitten ins Gesicht, daß es zischte.

»Aua aua!« Heulend schlug Kenny die Hände vor sein Gesicht und sprang zurück. »Du Luder, das zahl ich dir heim. Das –« Er ließ die Hände sinken. »Hey, Moment mal. Was ist das für ein Scheißzeug?«

Terrys Lächeln wurde breiter. »Haarspray, Kenny.«

Das kleine Mädchen und eine ältere Frau kamen durch den Flur gerannt.

»Was ist hier los?« rief die Frau.

Ein alter Mann erschien: Vito Grizolli. Er sah aus, als käme er gerade von den Dreharbeiten zu *Der Pate*.

»Kenny hat soeben eine Ladung Haarspray abbekommen«, teilte Terry den Versammelten mit. »Er hat tapfer gekämpft, aber mit dem superstarken Halt konnte er es nicht aufnehmen.«

Die Mutter wandte sich mir zu. »Sie haben das meinem Jungen angetan?«

Ich versuchte, einen Seufzer zu unterdrücken, aber er entkam mir doch. An manchen Tagen sollte man am besten überhaupt nicht aufstehen. »Ich bin Vollstreckungsbeauftragte des Kautionsbüros Plum«, sagte ich zu ihr. »Ihr Sohn ist nicht zu seinem Verhandlungstermin bei Gericht erschienen, und jetzt muß ich ihn vorführen, damit ein neuer Termin festgesetzt werden kann.«

Mrs. Martin schnappte einmal kräftig nach Luft und fauchte ihren Kenny an: »Du warst nicht bei deinem Verhandlungstermin? Was ist eigenlich los mit dir? Weißt du denn gar nichts?«

»Das ist doch alles nur Scheiße«, versetzte Kenny.

Mrs. Martin haute ihm eine runter. »Ich verbiete dir solche

Worte!« Ohne Übergang wandte sie sich an mich. »Und was ist das überhaupt für ein Aufzug, in dem Sie hier erscheinen?« sagte sie. »Wenn Sie meine Tochter wären, würde ich Sie so nicht aus dem Haus gehen lassen.«

Ich wich hastig zurück, ehe sie mir auch eine runterhauen konnte.

»Diese Kinder!« sagte Vito Grizolli. »Was soll nur aus dieser Welt noch werden?«

Und das von einem Mann, der in schöner Regelmäßigkeit seine Mitmenschen umlegte.

Er drohte Kenny mit dem Finger. »Du hättest deinen Gerichtstermin einhalten sollen. Jetzt trag es wie ein Mann. Geh mit ihr und laß deine Anwälte ihre Arbeit tun.«

»Ich hab Haarspray in den Augen«, beschwerte sich Kenny. »Sie tränen wie verrückt. Ich brauch einen Arzt.«

Ich hielt ihm die Hintertür auf. »Hören Sie auf zu jammern«, sagte ich. »Ich krieg dauernd Haarspray in die Augen.«

Ranger wartete unter der Markise. Er trug ein schwarzes T-Shirt und eine schwarze Kampfhose, die in schwarze Stiefel hineingestopft war. Er hatte einen Körper wie Schwarzenegger, dunkles Haar, das er glatt zurückgekämmt trug, und ein Zweihundert-Watt-Lächeln. Er war umwerfend sexy, so nüchtern wie Batman und ein Kopfgeldjäger erster Güte.

Er verpaßte mir die gebündelten zweihundert Watt. »Clever, das mit dem Haarspray.«

»Fang jetzt bloß nicht so an.«

Am Montag morgen erwachte ich mit einem Gefühl innerer Unruhe. Ich wollte endlich Maxine Nowickis Spur aufnehmen, aber ich saß fest, weil ihr letzter Hinweis immer noch nicht entschlüsselt war. Wieder nahm ich mir den Zettel vor, der Frust fraß mich fast auf. Sally Sweet hatte sich immer noch nicht gemeldet. Am liebsten hätte ich ihn gleich noch mal angerufen, aber es war erst acht Uhr, und ich hielt es für sehr wahrscheinlich, daß Transvestiten, die in einer Band spielten, nicht zu den Frühaufstehern gehörten.

Ich war bei meiner zweiten Tasse Kaffee, als das Telefon läutete.

»Ich bin's«, sagte Sally.

Ich las ihm den Zettel Buchstabe für Buchstabe vor.

Schweigen.

»Sally?«

»Moment, Moment, ich überlege. Ich überlege. Ich war fast die ganze Nacht auf und hab ständig mit den Wimpern geklimpert und dem Hintern gewackelt. Das ist nicht so einfach, verstehen Sie.«

Ich konnte im Hintergrund jemanden brüllen hören. »Was ist denn bei Ihnen los?«

»Ach, das ist Sugar. Er hat das Frühstück fertig.«

»Sugar macht Ihnen das Frühstück?«

»Ich telefoniere mit Stephanie«, brüllte Sally zurück.

»Mensch, ich hab niemanden, der mir das Frühstück macht.«

»Tja, man muß eben mit einem Schwulen zusammenleben«, meinte Sally. »Die stehen aufs Kochen.«

Das war bedenkenswert.

»Ich will Sie nicht beim Frühstück stören«, sagte ich. »Ich bin jetzt noch eine Stunde zu Hause, dann fahr ich ins Büro. Wenn Sie's raushaben, können Sie mich ja dort anrufen oder mir auf meinem Anrufbeantworter eine Nachricht hinterlassen.«

»In Ordnung.«

Ich duschte und wappnete mich für einen neuen Tag in der Glut. Ich gab Rex frisches Wasser und eine Handvoll Hamsterfutter, dem er nicht einmal einen Schnupperer gönnte.

Ich hängte mir meine große schwarze Ledertasche über die Schulter, sperrte ab und ging die Treppe hinunter ins Foyer. Draußen dampfte der Asphalt, und die Sonne pulsierte an einem verhangenen Himmel. Den ganzen Weg bis zum Büro spielte ich Savage Garden und kam total aufgedreht an, weil mir der Verkehrsgott lauter grüne Ampeln beschert hatte.

Connie war über eine Akte gebeugt, als ich reinkam. Ihr schwarzes Haar war rund um ihr Gesicht auftoupiert, das reinste Potemkinsche Dorf. Nichts als Fassade. Na ja, Hauptsache, sie zeigte sich nicht von hinten.

»Wenn du mit dem großen Mann reden willst, der ist nicht da«, sagte sie.

Lula schoß hinter einer Reihe Aktenschränke in die Höhe. »Der schiebt heut in der Mittagspause eine schnelle Nummer mit einer Ziege. Ich hab's in seinem Kalender gelesen.«

»Na, wie läuft's?« fragte Connie. »Was Neues in der Nowicki-Sache?«

Ich reichte Connie und Lula eine Kopie des letzten Schreibens. »Alles verschlüsselt.«

»Na, da darfst du mich nicht fragen«, sagte Lula. »Mit Geheimcodes hab ich's nicht so.«

Connie biß sich auf die dickbemalte Unterlippe. »Vielleicht stehen die Zahlen für Buchstaben.«

»Daran hab ich auch schon gedacht, aber rausgekommen ist nichts dabei.«

Eine Zeitlang starrten wir alle drei schweigend auf den Zettel.

»Vielleicht heißt's auch überhaupt nichts«, meinte Lula schließlich. »Vielleicht ist es nur ein blöder Witz.«

Ich nickte. Das war eine Möglichkeit. »Ich hab übrigens Ranger gestern dabei geholfen, einen von unseren Ausbüxern zu stellen«, bemerkte ich. »Kenny Martin.«

Connie lachte. »Vito Grizollis Neffe? Na, das war bestimmt lustig.«

»Er war mit einer Frau da, die ich irgendwoher kenne, aber ich weiß einfach nicht, wo ich sie hintun soll. Ich bin sicher, ich hab sie schon mal gesehen, aber mir fällt nicht ein, wo.«

»Wie sah sie denn aus?«

»Schlank, hübsch, kurzes blondes Haar. Er hat sie Terry genannt.«

»Terry Gilman«, sagte Connie sofort. »Ehemals Terry Grizolli. Sie war ungefähr sechs Stunden mit Billy Gilman verheiratet und hat seinen Namen behalten.«

»Terry Grizolli! Das war Terry Grizolli?« Terry Grizolli war zwei Jahre älter als ich und war die ganze High-School-Zeit hindurch mit Joe Morelli liiert gewesen. Im letzten Jahr war sie vor der Abschlußfeier zur Ballkönigin gewählt worden und hatte einen Schulskandal heraufbeschworen, als sie Joe zu ihrem Begleiter erkoren hatte. Nach ihrem Abschluß hatte sie als professionelle Cheerleaderin für die New York Giants Karriere gemacht. »Die hab ich seit Jahren nicht mehr gesehen«, sagte ich. »Was treibt sie jetzt? Ist sie immer noch Cheerleaderin?«

»Es wird gemunkelt, daß sie für Vito arbeitet. Sie hat einen Haufen Geld, und keiner weiß, wo's herkommt.«

»Du meinst, sie gehört zum Mob?«

»Richtig«, bestätigte Connie.

Als sich die Ladentür öffnete, drehten wir alle drei die Köpfe. Lula war die erste, die sich faßte. »Das ist ja ein irrer Ohrring!«

Es war ein Papagei, der in einem goldenen Reif hin und her schwang, und der Reif hing in einem von Sallys Ohren.

»Den hab ich geschenkt gekriegt, als ich das letztemal unten an der Küste war«, sagte er. »Wenn man da einen Tangaslip kauft, legen sie einem den Ohrring gratis drauf.« Er griff sich plötzlich an den Hintern und zog. »Mensch, ich frag mich, wie die Leute diese Tangas aushalten. Ich krieg Hämorrhoiden davon.«

Die Farrah-Perücke hatte er zu Hause gelassen und zeigte sich zur Abwechslung im Schmuck seines eigenen Haars, einer Mähne dunkelbrauner Korkenzieherlocken. Er trug abgeschnittene Jeans, ein weißes T-Shirt, rote Clogs und silbernen Nagellack.

»Das ist Sally Sweet«, klärte ich Connie und Lula auf.

»Wie süß«, sagte Lula.

Sally reichte mir die Übertragung der verschlüsselten Botschaft und sah sich um. »Ich hab gedacht, hier würden überall Fahndungsblätter an den Wänden hängen und Waffenschränke rumstehen.«

»Wir sind hier doch nicht in Dodge City«, versetzte Lula. »Wir haben immer noch einen gewissen Stil. Die Waffen heben wir im Hinterzimmer auf, wo der Perverse sitzt.«

Ich las laut die entschlüsselte Botschaft. »›Howser Street einhundertzweiunddreißig. Unter der Bank.‹ Das ist die Adresse von Maxines Mutter.«

Sally lümmelte sich auf die Couch. »Als Junge hab ich mir sämtliche alten Filme mit Steve McQueen angeschaut. Der war wirklich ein Kopfgeldjäger.«

»Der war überhaupt der Größte«, sagte Lula.

»Also, was ist jetzt?« fragte Sally. »Fahren wir jetzt in die Howser Street?«

Schreckliche Vorahnungen befielen mich. Wir?

Lula knallte die Schublade des Aktenschranks zu. »Moment mal! Ihr fahrt nicht ohne mich! Überlegt doch mal, wenn was schiefgeht. Könnte doch sein, daß ihr eine starke, gutgebaute Frau wie mich braucht, wenn's hart auf hart geht.«

Ich mag Lula wirklich gern, aber das letztemal, als wir zusammengearbeitet haben, habe ich drei Kilo zugenommen und wäre beinahe wegen Mordes an einem Typen, der schon tot war, festgenommen worden.

»*Ich* fahre in die Howser Street«, sagte ich. »Ich, und sonst niemand. Steve McQueen hat immer allein gearbeitet.«

»Ich will dir ja nicht zu nahe treten«, sagte Lula, »aber ein Steve McQueen bist du nicht. Und wenn was passiert, wirst du noch froh sein, daß ich da bin. Außerdem wird das doch ein Riesenspaß – wir zwei mal wieder im Gespann.«

»Wir drei«, warf Sally ein »Ich komme auch mit.«

»O Mann«, sagte Lula. »Die drei Musketiere.«

Lula warf nur einen Blick auf das Nowicki-Haus und sagte: »Sieht nicht so aus, als ob Maxines Mama viel Zeit drauf verschwendet, Haus und Hof instandzuhalten.«

Wir saßen in Lulas Firebird, Sally hinten, auf einer imaginären Gitarre die Raprhythmen aus dem Radio begleitend. Lula stellte den Motor ab, die Musik brach ab, und Sally war sofort voll da.

»Schaut ziemlich gruslig aus«, sagte er. »Ihr seid doch bewaffnet, Mädels, oder?«

»Oder«, sagte ich. »Auf einer Schnitzeljagd braucht man keine Waffen.«

»Na, das ist ne echte Enttäuschung. Ich hab gedacht, ihr würdet die Tür eintreten und mit Geballer das Haus stürmen. Ihr wißt schon, ein paar Leuten Feuer unterm Hintern machen.«

»Sie sollten den Drogenkonsum beim Frühstück ein bißchen einschränken«, sagte Lula zu Sally. »Wenn Sie so weitermachen, fallen Ihnen die Nasenhärchen aus.«

Ich öffnete meinen Sicherheitsgurt. »Auf der Vorderveranda ist eine kleine Holzbank. Wenn wir Glück haben, brauchen wir überhaupt nicht ins Haus zu gehen.«

Wir überquerten den braunfleckigen Rasen. Lula testete die unterste Verandastufe und blieb stehen, als sie unter ihrem Gewicht knarrte. Vorsichtig stieg sie zur nächsten Stufe hinauf und suchte sich ihren Weg um Bodendielen herum, die offensichtlich durchgefault waren.

Sally folgte ihr auf Zehenspitzen, klapp, klapp, klapp in seinen Clogs. Nicht gerade der dezente Transvestit.

Sie nahmen die Bank an ihren beiden Enden und drehten sie herum.

Kein Zettel mit einer neuen Botschaft klebte an ihrer Unterseite.

»Vielleicht hat sie der Wind weggeblasen«, meinte Lula.

In ganz Jersey bewegte sich kein Lüftchen, aber wir suchten trotzdem die Umgebung ab und verteilten uns, um kein Stückchen Garten auszulassen.

Nichts.

»Hm«, sagte Lula. »Da führte uns jemand an der Nase rum.«

Der leere Raum unter der Veranda war von einem Holzgitter eingeschlossen. Ich ließ mich auf alle viere hinunter und blinzelte durch das Gitter. »Auf dem Zettel stand ›Unter der Bank‹. Das sollte vielleicht heißen unter der Veranda unter der Bank.« Ich lief zum Wagen und holte eine Taschenlampe aus dem Handschuhfach. Platt auf dem Bauch liegend, leuchtete ich mit ihrem Strahl den Lehmboden hinter dem Gitter ab. Und siehe da, direkt unter dem Teil der Veranda, auf dem die Bank stand, lag wieder ein Glasbehälter.

Zwei gelbe Augen funkelten im Licht auf, starrten mich eine Sekunde lang an und verschwanden.

»Siehst du was?« wollte Lula wissen.

»Ja.«

»Und?«

»Da unten sind Augen. Kleine gelbe Funkelaugen. Und Spinnen. Massenhaft Spinnen.«

Lula schauderte.

Sally zerrte wieder an seinem Tanga

»Ich würd ja reinkriechen und das Ding rausholen, aber so ne kräftig gebaute Person wie ich paßt da nicht drunter«, sagte Lula. »Echt schade, daß da nicht ein bißchen mehr Platz ist.«

»Ach, ich glaub schon, daß du da drunterpassen würdest.«

»Nein – äh – bestimmt nicht.«

Ich dachte an die Spinnen. »Ich komm da wahrscheinlich auch nicht drunter.«

»Ich würd's schon hinkriegen«, sagte Sally, »aber ich tu's nicht. Die Maniküre hier hat mich zwanzig Dollar gekostet, die versau ich mir doch nicht, indem ich da unten im Dreck rumkrieche, noch dazu, wo's von Ratten wimmelt.«

Ich ging zu neuerlicher Inspektion in die Knie. »Vielleicht können wir da einen Rechen reinstecken und das Glas rausangeln.«

»Nein, glaub ich nicht«, sagte Lula. »Ein Rechen ist nicht lang genug. Man muß ja von dem Ende rein, und das ist zu weit weg. Und wo willst du jetzt überhaupt einen Rechen herkriegen?«

»Wir können Mrs. Nowicki fragen.«

»Na klar«, versetzte Lula. »So wie der Rasen aussieht, werkelt sie ja von früh bis spät im Garten.« Lula stellte sich auf Zehenspitzen und schaute durch eines der Fenster auf der Seite des Hauses. »Wahrscheinlich ist sie gar nicht da. Sie hätte uns doch auf ihrer Veranda rumoren hören und wär rausgekommen.« Lula lief zu einem anderen Fenster und drückte ihre Nase an die Scheibe. »O-o!«

»Was o-o?« Ich haßte dieses O-o.

»Schau's dir lieber selber an.«

Sally und ich liefen zu ihr und spähten durch das Glas.

Mrs. Nowicki lag niedergestreckt auf dem Küchenboden. Ein blutiges Handtuch war um ihren Kopf geschlungen, und auf dem Boden neben ihr lag eine leere Flasche Jim Beam. Sie hatte ein Baumwollnachthemd an, und ihre nackten Plattfüße waren nach außen gekippt.

»Schaut mir sehr nach toter Mann aus«, stellte Lula fest. »Wenn du einen Rechen willst, mußt du ihn dir schon selber holen.«

Ich klopfte ans Fenster. »Mrs. Nowicki!«

Mrs. Nowicki rührte sich nicht.

»Das kann erst vor kurzem passiert sein«, sagte Lula. »Wenn sie schon länger hier gelegen hätte, wär sie bei dieser Hitze aufgeschwollen wie ein Medizinball. Sie wär geplatzt, und da drinnen wär jetzt alles voll Maden und Gedärm.«

»Mensch, das würd ich gern sehen, Maden und Gedärm«, sagte Sally. »Warten wir doch zwei Stunden und kommen dann wieder.«

Ich wandte mich vom Fenster ab und lief zum Wagen. »Wir müssen die Polizei anrufen.«

Lula war mir dicht auf den Fersen. »Von wegen *wir*. Wenn ich einen Bullen seh, krieg ich die Krätze.«

»Du gehst ja nicht mehr auf den Strich. Du brauchst die Polizei nicht zu fürchten.«

»Tja, das ist eben so ein emotionales Trauma«, sagte Lula.

Zehn Minuten später hielten zwei blau-weiße Fahrzeuge am Bordstein. Carl Constanza stieg aus dem ersten aus, sah mich an und schüttelte den Kopf. Ich kannte Carl seit der Grundschule. Er war immer der magere kleine Junge mit dem schlecht geschnittenen Haar und dem altklugen Zug um den Mund gewesen. Er hatte in den letzten Jahren ein bißchen zugelegt, und er hatte einen guten Friseur gefunden. Den altklugen Zug um den Mund hatte er immer noch, aber insgesamt war er ein netter Mensch und ein ziemlich guter Polizist.

»Schon wieder eine Leiche?« fragte Carl. »Sag mal, willst du einen Rekord aufstellen? Wer im Stadtbereich Trenton die meisten Leichen findet?«

»Sie liegt in der Küche. Wir waren nicht im Haus. Die Tür ist abgeschlossen.«

»Na ja, ich hab zum Fenster reingeschaut und –«

Carl hob abwehrend eine Hand. »Sag nichts. Ich will's lieber nicht hören. Tut mir leid, daß ich gefragt hab.«

Der Polizist aus dem zweiten Auto war zum Fenster gegangen und stand jetzt dort, die Hände an seinem Pistolengürtel. »Ja, da liegt sie«, meldete er, das Gesicht an die Scheibe gedrückt. Er klopfte an das Fenster. »Hey, Lady!« Er drehte sich nach uns um und kniff die Augen gegen die Sonne zusammen. »Sieht mir mausetot aus.«

Carl ging zur Haustür und klopfte. »Mrs. Nowicki? Hier ist die Polizei.« Er klopfte noch einmal, lauter. »Mrs. Nowicki, wir kommen jetzt rein.« Er verpaßte der Tür einen kräftigen Faustschlag, der morsche Rahmen splitterte, und die Tür flog auf.

Ich folgte Carl in die Küche und wartete, während er sich über Mrs. Nowicki beugte und nach einem Lebenszeichen forschte.

Im Spülbecken lagen noch mehr blutige Handtücher, und auf der Arbeitsplatte ein blutiges Messer. Mein erster Gedanke war gewesen, daß man sie erschossen hatte, aber es war nirgends eine Schußwaffe zu sehen, und es gab keine Anzeichen für einen Kampf.

»Ich glaub, das ist was für den Arzt«, sagte Carl zu seinem Kollegen. »Ruf an. Ich weiß nicht genau, was wir hier haben.«

Sally und Lula standen an der Wand.

»Was meinen Sie?« fragte Lula Carl.

Carl zuckte die Achseln. »Weiß auch nicht. Sie schaut ziemlich tot aus.«

Lula nickte. »Das fand ich auch. Sobald ich sie gesehen hab, hab ich mir gedacht, die Frau ist hinüber.«

Der zweite Polizist verschwand, um den Anruf zu erledigen, und Lula schob sich näher an Mrs. Nowicki heran. »Was ist da wohl passiert? Ich wette, sie ist gestürzt und hat sich den Kopf angeschlagen, dann hat sie sich das Handtuch drumgewickelt und ist krepiert.«

Das klang mir ganz vernünftig ... Wenn nicht das Messer gewesen wäre, an dem Blut und Haare klebten.

Lula beugte sich vor und inspizierte das Handtuch, das wie ein Turban geschlungen war. »Das muß ein ganz schöner Schlag gewesen sein. Da ist ja massenhaft Blut.«

Wenn Menschen sterben, ist es im allgemeinen so, daß ihre Körper sich entleeren und sich ziemlich schnell ein unangenehmer Geruch entwickelt. Mrs. Nowicki roch nicht tot. Mrs. Nowicki roch nach Jim Beam.

Carl und ich vermerkten beide diese Ungereimtheit und tauschten einen Blick, als plötzlich Mrs. Nowicki ein Auge öffnete und Lula fixierte.

»Igitt!« Kreischend sprang Lula zurück und fiel gegen Sally. »Sie hat ein Auge aufgeklappt!«

»Damit ich dich besser sehen kann«, krächzte Mrs. Nowicki mit heiserer Raucherstimme.

Carl trat zu ihr. »Wir dachten, Sie wären tot.«

»Noch nicht, Jungchen«, versetzte Mrs. Nowicki. »Aber höllische Kopfschmerzen hab ich, das kann ich Ihnen sagen.« Sie hob zitternd die Hand und betastete das Handtuch. »Ach, ja, jetzt weiß ich's wieder.«

»Was ist denn passiert?«

»Es war ein Unfall. Ich wollte mir die Haare schneiden, und da ist mir die Hand ausgerutscht, und ich hab mich am Kopf geschnitten. Es hat ziemlich stark geblutet, drum hab ich mir ein Handtuch um den Kopf gewickelt und zur Stärkung einen Schluck aus der Flasche genommen.« Mühsam richtete sie sich auf. »Was dann passiert ist, weiß ich nicht mehr genau.«

Lula stemmte eine Hand in ihre Hüfte. »So, wie's aussieht, haben Sie die Flasche leergemacht und dann das Bewußtsein verloren. Sie haben ein bißchen zuviel von Ihrem Stärkungsmittel getrunken.«

»Eher nicht genug, find ich«, murmelte Sally. »Mir hat sie tot besser gefallen.«

»Ich brauch eine Zigarette«, verkündete Mrs. Nowicki. »Hat jemand ne Zigarette?«

Ich hörte draußen Autos vorfahren, dann Schritte im Flur. Carls Kollege kam herein, gefolgt von einem Mann in Zivil.

»Sie ist gar nicht tot«, erklärte Carl.

»Vielleicht war sie's mal«, meinte Lula. »Vielleicht ist sie eine von diesen wandelnden Toten.«

»Vielleicht sind Sie eine Irre«, sagte Mrs. Nowicki. Draußen blinkten die Lichter eines Rettungswagens, zwei Sanitäter kamen in die Küche gelaufen.

Ich drängte mich zur Tür, hinaus auf die Veranda und hinunter zum Rasen. Ich wollte nicht unbedingt dabei sein, wenn sie das Handtuch runternahmen.

»Ich weiß nicht, wie's mit dir ist«, sagte Lula, »aber ich hab genug von dieser Party.«

Mir ging es nicht anders. Carl wußte, wo ich zu finden war, falls es Fragen geben sollte. Nach einem Verbrechen sah das hier sowieso nicht aus. Säuferin schneidet sich im Suff mit dem Küchenmesser ein Loch in den Kopf und verliert das Bewußtsein. So was passiert wahrscheinlich alle Tage.

Wir schwangen uns ins Auto und brausten zum Büro zurück. Ich verabschiedete mich von Lula und Sally, kroch in meinen CRX und fuhr nach Hause. Sobald die Lage sich etwas beruhigt hatte, würde ich mir irgendein langstieliges Instrument besorgen, um die Flasche unter der Veranda hervorzuholen. Ich wollte der Polizei nichts von der Schnitzeljagd erzählen.

In der Zwischenzeit konnte ich ein paar Anrufe erledigen. Die Liste, die Eddie Kuntz mir gegeben hatte, hatte ich nur teilweise abgeklappert. Es konnte nichts schaden, die restlichen Leute anzurufen.

Mrs. Williams, eine Nachbarin von mir, war im Foyer, als ich durch die Tür kam. »Ich hab ein schreckliches Klingeln in meinen Ohren«, sagte sie. »Und mir wird immer schwindlig.«

Eine zweite Nachbarin, Mrs. Balog, stand neben Mrs. Williams und schaute in ihren Briefkasten. »Das ist Arterienverkalkung. Evelyn Krutchka im zweiten Stock hat's ganz schlimm. Ich hab gehört, daß ihre Arterien fast versteinert sind.«

Die meisten Leute in meinem Haus waren alt. Aber es gab auch einige jüngere, zwei alleinerziehende Mütter mit Säuglingen, Ernie Wall und seine Freundin May und noch eine Frau in meinem Alter, die allerdings nur Spanisch sprach. Wir waren der Bodensatz der Gesellschaft, der von Rente, Sozialhilfe oder Einkommen zweifelhafter Zuverlässigkeit lebte. Tennis oder Golf interessierten uns nicht. Wir waren größtenteils eine ruhige, friedliche Gruppe, ohne triftigen Grund bis an die Zähne bewaffnet, gewaltbereit nur dann, wenn ein bevorzugter Parkplatz auf dem Spiel stand.

Ich ging zu Fuß nach oben, weil ich hoffte, das würde den Kuchen neutralisieren, den ich zum Frühstück verdrückt hatte. In meiner Wohnung bog ich unverzüglich nach links in die Küche ab, steckte den Kopf in den Kühlschrank und kramte auf der Suche nach dem perfekten Mittagessen ein bißchen darin herum. Nach ein paar Minuten entschloß ich mich für ein hartes Ei und eine Banane.

Ich setzte mich an meinen Eßtisch, der in einem kleinen Alkoven meines Wohnzimmers steht, aß mein Ei und sah mir die Liste von Privatleuten und Geschäften an, die Kuntz mir gegeben hatte. Zuerst rief ich bei Maxines Reinigung an. Nein, in letzter Zeit hatte niemand sie gesehen. Nein, sie hatte keine Kleider da, die abgeholt werden mußten. Ich telefonierte mit meiner Cousine Marion, die in Maxines Bank arbeitete, und erkundigte mich nach den letzten Transaktionen. Keine neuen Eintragungen, sagte Marion. Die letzte Transaktion datierte zwei Wochen zurück; damals hatte sie dreihundert Dollar am Automaten abgehoben.

Der letzte Name auf der Liste war der eines 7-Eleven-Supermarkts in Nord-Trenton, keinen halben Kilometer von den Wohnungen Eddie Kuntz' und Mama Nowickis entfernt. Die Nachtgeschäftsführerin hatte gerade ihren Dienst angetreten, als ich anrief. Sie sagte, eine Frau, auf die Maxines Beschreibung passe, sei am Abend zuvor dagewesen. Sie erinnerte sich an sie, weil die Frau Stammkundin war. Es war schon spät gewesen, im Laden nicht viel los. Die Frau war recht gesprächig gewesen und hatte ein wenig Abwechslung in die nächtliche Langeweile gebracht.

Ich steckte Maxines Foto in meine Umhängetasche und

machte mich auf den Weg zum 7-Eleven, um die Identifizierung bestätigen zu lassen. Ich parkte direkt vor dem Laden und schaute durch die einbruchssicheren Glasfenster zur Kasse. Vier Männer standen dort und warteten, drei in Anzügen, die von der Hitze und einem langen Arbeitstag zerknittert waren. Als ich in den Laden hineinging, waren es nur noch zwei Männer. Ich wartete, bis sie ihre Einkäufe bezahlt hatten, dann stellte ich mich der Frau an der Kasse vor.

Sie bot mir die Hand. »Helen Badijian. Ich bin die Nachtgeschäftsführerin. Wir haben am Telefon miteinander gesprochen.«

Sie trug das braune Haar zu einem Zopf geflochten, der ihr bis zu den Schultern reichte, und ihr Gesicht war mit Ausnahme der schwarzumrandeten Augen ungeschminkt.

»Ich hab das am Telefon nicht ganz verstanden«, sagte sie. »Sind Sie von der Polizei?«

Ich bemühe mich im allgemeinen, eine direkte Antwort auf diese Frage zu vermeiden. »Vollstreckungsbeauftragte, es geht um Kautionsflucht«, sagte ich und überließ es Helen zu glauben, was sie wollte. Natürlich hätte ich nie vorgegeben, zur Polizei zu gehören. Es ist nicht klug, sich als Polizeibeamtin auszugeben. Aber wenn jemand mich mißverstand, weil er nicht richtig aufpaßte … Das war nicht mein Problem

Helen sah sich Maxines Foto an und nickte. »Ja, das ist sie. Sie ist jetzt nur braungebrannt.«

Damit wußte ich zwei Dinge. Maxine lebte, und sie hatte Zeit, in der Sonne zu sitzen.

»Sie hat zwei Packungen Zigaretten gekauft«, berichtete Helen. »Menthol. Und eine große Cola. Sie sagte, sie hätte noch eine lange Fahrt vor sich. Ich hab sie gefragt, ob sie nicht ein Los kaufen will, weil sie das sonst immer tut – sie kauft jede Woche ein Los. Aber sie hat nein gesagt. Sie sagte, sie hätte einen Lotteriegewinn nicht mehr nötig.«

»Sonst noch was?«

»Nein, das war's schon.«

»Haben Sie gesehen, was für einen Wagen sie gefahren hat?«

»Tut mir leid. Darauf hab ich nicht geachtet.«

Ich ließ meine Karte da und bat Helen, mich anzurufen, wenn Maxine wieder erscheinen sollte. Ich war ziemlich sicher, daß die Karte im Müll landen würde, sobald ich aus dem Laden war, aber ich ließ sie trotzdem da. Die meisten Leute waren durchaus bereit, mit mir zu reden, wenn ich ihnen von Angesicht zu Angesicht gegenüberstand, aber eigene Initiative zu entwickeln, zum Beispiel einen Anruf zu machen, lehnten sie ab. Das roch so nach Verpfeifen, und jemanden zu verpfeifen war uncool.

Ich setzte mich ans Steuer und fuhr noch einmal an den Brennpunkten vorbei... Margies Haus, Maxines Haus, Kuntz' Haus, Mama Nowickis Haus und dem Diner. Nirgends was Verdächtiges. Ich konnte es kaum erwarten, den nächsten Hinweis der Schnitzeljagd in die Hände zu bekommen, aber in der Howser Street waren noch Leute unterwegs. Mrs. Nowickis Nachbar sprengte seinen Rasen. Zwei Jungs übten Bordsteinsprünge mit ihren Skateboards. Ich warte besser, bis es ganz dunkel ist, dachte ich mir. Noch zwei Stunden, dann würde die Sonne untergehen, und alle würden sich in ihre Häuser verkriechen. Und ich konnte mich im Schatten an meine Beute ranpirschen und würde, so hoffte ich, keine Frage beantworten müssen.

Als ich nach Hause kam, saß oben im Flur Joe Morelli, den Rücken an die Wand gelehnt, die langen Beine vor sich ausgestreckt und an den Knöcheln gekreuzt. Neben ihm stand eine braune Papiertüte, und der ganze Flur roch nach Fleischklößen und Marinarasoße.

Ich sah ihn fragend an, ohne was zu sagen.

»Ich wollt nur mal kurz Hallo sagen«, erklärte Morelli und stand auf.

Mein Blick wanderte zu der Tüte hinunter.

Morelli lachte. »Abendessen.«

»Riecht gut.«

»Schrippen mit Fleischklopsen von Pino. Sie sind noch heiß. Ich bin eben erst gekommen.«

Normalerweise hätte ich Morelli nicht in meine Wohnung gelassen, aber es wäre ein Sakrileg gewesen, Pinos Fleischklopse zurückzuweisen.

Ich sperrte auf, und Morelli folgte mir rein. Ich ließ meine Umhängetasche auf den kleinen Tisch im Flur plumpsen und ging in die Küche, holte zwei Teller aus dem Wandschrank und stellte sie auf die Arbeitsplatte.

»Es fällt mir schwer zu glauben, daß das ein rein freundschaftlicher Besuch ist.«

»Na ja, vielleicht nicht nur«, antwortete Morelli, so nahe, daß ich seinen Atem spürte. »Ich dachte, du würdest den ärztlichen Befund über Maxine Nowickis Mutter hören wollen.«

Ich legte die Sandwiches auf die Teller und verteilte den Krautsalat. »Solang es mir dabei nicht den Appetit verschlägt.«

Morelli suchte im Kühlschrank nach einem Bier. »Sie ist skalpiert worden. Wie in den alten Indianerfilmen. Nur wurde in diesem Fall nicht so viel von ihrer Kopfhaut abgerissen, daß es sie umgebracht hat.«

»Das ist ja krank! Wer tut denn so was?«

»Gute Frage. Mama Nowicki redet nicht.«

Ich stellte die Teller auf den Tisch. »Hat man keine Abdrücke auf dem Messer gefunden?«

»Nein.«

»Auch nicht die von Mrs. Nowicki?«

»Richtig. Nicht mal die von Mrs. Nowicki.«

Ich kaute schweigend mein Sandwich und dachte über diese neueste Entwicklung der Dinge nach. Skalpiert. Igitt.

»Du suchst doch ihre Tochter«, sagte Morelli. Es war eine Feststellung, keine Frage.

»Stimmt.«

»Meinst du, es könnte da eine Verbindung geben?«

»Vor zwei Tagen habe ich mit einer von Maxines Freundinnen aus dem Diner gesprochen. Sie hatte eine dick eingebundene Hand, und als ich fragte, sagte sie, sie hätte sich aus Versehen den Finger abgeschnitten. Es wäre ein reiner Haushaltsunfall gewesen.«

»Wie heißt diese Freundin?«

»Margie Soundso. Sie wohnt in der Barnet Street und arbeitet abends im Silver Dollar.«

»Hast du sonst noch Verstümmelungen zu bieten, von denen ich wissen sollte?«

Ich probierte den Krautsalat. »Nein. Das ist schon alles. War nicht viel los diese Woche.«

Morelli sah mich forschend an. »Du verheimlichst doch was.«

»Wie kommst du denn darauf?«

»Ich seh's dir an.«

»Du siehst mir gar nichts an.«

»Du bist mir immer noch böse, weil ich nicht angerufen hab.«

»Ich bin *nicht böse*!« Ich schlug mit der Faust auf den Tisch, daß meine Bierflasche hochsprang.

»Ich wollte ja anrufen«, sagte Morelli.

Ich stand auf und schmiß die leeren Teller und das Besteck zusammen, daß es nur so schepperte. »Du bist ein total gestörter Mensch.«

»Ach ja? Und du kannst einem echt Angst machen.«

»Soll das heißen, daß du vor mir Angst hast?«

»Jeder Mann mit einem Funken Verstand hat Angst vor dir. Kennst du diese Geschichte vom scharlachroten Buchstaben? Du müßtest eigentlich eine Tätowierung auf der Stirn tragen, ›Vorsicht! Gefährliche Frau!‹«

Ich rannte in die Küche und knallte das Geschirr auf die Arbeitsplatte. »Ich bin zufällig eine sehr nette Frau.« Mit zusammengekniffenen Augen drehte ich mich nach ihm um. »Was zum Teufel ist so gefährlich an mir?«

»Eine ganze Menge. Du hast diesen gewissen Blick. Als wolltest du losgehen und Küchenvorhänge aussuchen.«

»Diesen Blick habe ich *nicht*!« schrie ich. »Und wenn ich ihn hätte, dann bestimmt nicht, um *deine* Küchenvorhänge auszusuchen!«

Morelli drängte mich zum Kühlschrank zurück. »Und ganz furchtbar gefährlich ist es, wie's mir unter die Haut geht, wenn du dich so aufregst wie jetzt.« Er drückte sich an mich und küßte mein Ohr. »Und dein Haar… ich liebe dein Haar.« Er küßte mich noch einmal. »Gefährliches Haar, Baby.«

Wahnsinn.

Seine Hände umfaßten meine Taille; sein Knie schob sich zwischen meine Beine. »Und ein gefährlicher Körper.« Seine Lippen streichelten meinen Mund. »Gefährliche Lippen.«

Das verstieß alles gegen das Programm. Gegen mein Programm. »Hör zu, Morelli, die Fleischklopse waren echt eine nette Idee, aber…«

»Halt die Klappe, Stephanie.«

Und dann küßte er mich. Seine Zunge berührte die meine, und ich dachte, na schön, was zum Teufel, vielleicht bin ich wirklich gefährlich. Vielleicht ist dieser Programmverstoß gar nicht so schlecht. Es hatte schließlich mal eine Zeit gegeben, da hatte ich mir nichts mehr gewünscht, als einen Orgasmus mit Morelli. Na also, hier war meine Chance. Wir waren uns schließlich nicht fremd. Und verdient hatte ich's auch.

»Vielleicht sollten wir ins Schlafzimmer gehen«, sagte ich. Weg von den scharfen Messern, für den Fall, daß was schiefgehen sollte und ich in Versuchung käme, ihm eines von ihnen zwischen die Rippen zu stoßen.

Morelli trug Jeans und ein dunkelblaues T-Shirt. Unter dem T-Shirt waren ein Piepser und eine .38er. Er nahm den Piepser ab und legte ihn in den Kühlschrank. Er verriegelte die Wohnungstür und zog im Flur die Schuhe aus.

»Was ist mit der Kanone?« fragte ich.

»Die kommt mit. Diesmal laß ich mich von nichts aufhalten. Wenn du dir's plötzlich anders überlegst, erschieß ich dich.«

»Hm, aber du paßt auf.«

Er hatte die Hand an seinem Reißverschluß. »Okay, ich laß sie auf dem Nachttisch.«

»Ich meine nicht die Kanone.«

Morelli, der schon dabei war, den Reißverschluß aufzuziehen, hielt inne. »Nimmst du nicht die Pille?«

»Nein.« Einmal alle tausend Jahre, da lohnt sich die Pille doch wirklich nicht.

»Und …«

»Hab ich auch keine da.«

»Scheiße«, sagte Morelli.

»Du hast nichts in deiner Brieftasche?«

»Du wirst's nicht glauben, aber das Tragen von Notkondomen ist bei der Polizei nicht Vorschrift.«

»Ja, aber …«

»Ich bin keine achtzehn mehr. Meine Erfolgsquote bei Frauen ist stark gesunken.«

Wie tröstlich. »Du hast wahrscheinlich keinen Bock, mir die gegenwärtige Quote zu verraten?«

»Im Augenblick ist sie gleich null.«

»Wir könnten's mit einem Gefrierbeutel versuchen.«

Morelli lachte. »Du bist echt scharf auf mich.«

»Vorübergehende geistige Verwirrung.«

»Das glaub ich nicht. Du bist schon seit Jahren scharf auf mich. Du hast unsere Doktorspiele in der Grundschule nie vergessen.«

Ich spürte richtig, wie mir die Kinnlade runterfiel, und klappte meinen Mund augenblicklich wieder zu. Die Hände zu Fäusten geballt, um ihn nicht erwürgen zu können, zischte ich: »Du bist ein so blöder Idiot!«

»Ich weiß«, sagte Morelli. »Das ist Veranlagung. Ein Glück, daß ich so süß bin.«

Morelli war vieles, süß war er nicht. Cockerspaniels sind süß. Babyschühchen sind süß. Aber Morelli war nicht süß. Morelli konnte Wasser mit einem Blick zum Kochen bringen. Süß war ein viel zu läppisches Adjektiv, um Morelli zu beschreiben.

Er zupfte mich am Haar. »Ich würd ja zum Laden fahren, aber ich vermute, deine Tür wäre abgesperrt, wenn ich zurückkomme.«

»Dafür spricht einiges.«

»Na ja, dann bleibt nur eines.«

Ich wappnete mich.

- 4 -

Morelli ging ins Wohnzimmer und schnappte sich die Fernbedienung für meine Glotze. »Wir können uns das Baseballspiel anschauen. Die Yankees spielen. Hast du Eis da?«

Ich fand erst mal keine Worte. »Erdbeer am Stiel«, sagte ich dann.

»Na, wunderbar.«

Ich war durch Erdbeereis am Stiel ersetzt worden, und Morelli schien gar nicht unglücklich darüber. Ich hingegen hätte am liebsten irgendwas zusammengeschlagen. Morelli hatte recht – ich war wirklich scharf auf ihn. Er hatte vielleicht auch mit den Küchenvorhängen recht gehabt, ans Besteck wollte ich erst gar nicht denken. Mit reiner Lust kam ich ganz gut zurecht, aber allein bei dem Gedanken an den Wunsch nach einer Beziehung mit Morelli wurde mir angst und bange.

Ich reichte ihm sein Eis am Stiel und setzte mich in den Sessel; nur ja nicht zu ihm aufs Sofa, sonst würde ich womöglich auf ihn losgehen wie eine läufige Hündin.

Gegen halb zehn fing ich an, auf meine Uhr zu sehen. Ich dachte an die Flasche unter Mrs. Nowickis Veranda und überlegte, wie ich an sie rankommen sollte. Ich könnte mir einen Rechen von meinen Eltern leihen. Den Stiel könnte ich mit irgendwas verlängern. Wahrscheinlich würde ich eine Taschenlampe benützen und dann schnell arbeiten müssen, weil das Licht bestimmt auffallen würde. Wenn ich bis zwei Uhr morgens wartete, würden die Chancen, von jemandem gesehen zu werden, wesentlich geringer sein. Andererseits würde der Strahl einer Taschenlampe um zwei Uhr morgens weit mehr Verdacht erregen als um zehn Uhr abends.

»Okay«, sagte Morelli, »was ist los? Warum schaust du dauernd auf die Uhr?«

Ich gähnte und streckte mich. »Es ist spät.«

»Es ist gerade mal halb zehn.«

»Ich geh früh schlafen.«

Morelli schüttelte den Kopf. »Einen Bullen sollte man nie anlügen.«

»Ich hab noch zu tun.«

»Was denn?«

»Nichts Besonderes.«

Draußen klopfte es, und wir drehten beide die Köpfe zur Tür.

Morelli sah mich forschend an. »Erwartest du Besuch?«

»Das ist wahrscheinlich die alte Mrs. Bestler aus dem zweiten Stock. Sie vergißt manchmal, wo sie wohnt.« Ich drückte mein Auge in den Spion. »Nein. Mrs. Bestler ist es nicht.« Mrs. Bestler hatte keine rote Mähne wie Little Orphan Annie. Mrs. Bestler trug niemals hautenges schwarzes Leder. Mrs. Bestlers Brüste waren nicht geformt wie Eistüten.

Ich drehte mich nach Morelli um. »Ich kann dich wohl nicht überreden, zwei Minuten im Schlafzimmer zu warten…«

»Nie im Leben«, antwortete Morelli. »Das laß ich mir doch nicht entgehen.«

Ich schob den Riegel zurück und öffnete die Tür.

»Fragen Sie mich nicht, warum ich das tue«, sagte Sally. »Ich glaub, mich hat das Schnitzeljagdfieber erwischt.« Er hielt mir eine Glasflasche entgegen. »Ich bin noch mal hingefahren und hab sie rausgefischt. Ich hab mir so einen langstieligen Staubwedel geliehen. Die Nachricht hab ich schon entschlüsselt, aber ich weiß nicht, was sie heißen soll.«

»Waren denn da keine Leute, die neugierig geworden sind?«

»Wenn man aussieht wie ich, stellt kein Mensch Fragen. Die sind alle nur heilfroh, daß ich nicht im Vorgarten mit Onkel Fred einen Schieber tanzte.« Er hob den Kopf und musterte Joe. »Wer ist das?«

»Das ist Joe Morelli. Er wollte gerade gehen.«

»Stimmt nicht«, widersprach Morelli.

Sally trat näher an ihn heran. »Wenn sie sagt, daß Sie jetzt gehen, dann gehen Sie auch, denke ich.«

Morelli ließ sich leicht nach rückwärts kippen und wippte grinsend auf den Fersen. »Wollen Sie mich vielleicht dazu zwingen?«

»Denken Sie, das schaff ich nicht?«

»Ich denke, Sie sollten sich helfen lassen, wenn Sie sich das nächste Mal einen Büstenhalter kaufen. Dieses Jahr ist der Apfellook in.«

Sally blickte auf seine Eistüten hinunter. »Die sind mein Markenzeichen. Mit diesen Babys verdien ich ein beschissenes Vermögen.« Er sah wieder hoch und rammte Morelli seine Faust in den Magen.

»Uff!« machte Morelli. Dann zog er die Augenbrauen zusammen und stürzte sich auf Sally.

»Nein!« schrie ich und warf mich dazwischen.

Es kam zu einem kurzen erbitterten Nahkampf. Ich kriegte

eine aufs Kinn und fiel um wie ein Sandsack. Beide Männer bückten sich, um mich aufzuheben.

»Weg da!« schrie ich, mit den Armen wedelnd. »Rührt mich ja nicht an. Von euch zwei infantilen Idioten brauch ich keine Hilfe.«

»Er hat meinen Busen beleidigt«, beschwerte sich Sally.

»So ist das, wenn man einen Busen hat«, brüllte ich ihn an. »Da hagelt's Beleidigungen. Sie sollten sich lieber dran gewöhnen.«

Joe maß Sally mit wütendem Blick. »Wer sind Sie überhaupt? Und was ist das für eine Flasche?«

Sally bot ihm die Hand. »Sally Sweet.«

Joe nahm die Hand. »Joe Morelli.«

So standen sie ein, zwei Augenblicke, dann sah ich, wie Sallys Gesicht rot wurde. Die Adern an Morellis Hals blähten sich auf. Die Hände der beiden blieben ineinander verklammert, ihre Körper zuckten verkrampft. Diese Schwachköpfe versuchten sich im Armdrücken.

»Jetzt reicht's endgültig«, sagte ich. »Ich hol meine Pistole. Und den Sieger erschieß ich.«

Sie starrten mich an.

»Ich muß sowieso weg«, erklärte Sally. »Ich muß heut abend noch spielen, und Sugar wartet draußen im Wagen.«

»Er ist Musiker«, sagte ich zu Morelli.

Morelli trat einen Schritt zurück. »Es ist immer ein Vergnügen, Stephanies Freunde kennenzulernen.«

»Ganz meinerseits«, sagte Sally.

Morelli lachte, als ich die Tür schloß. »Du enttäuschst mich wirklich nie«, meinte er.

»Was sollte dieses blöde Armdrücken?«

»War doch nur Spaß.« Er wies auf die Flasche. »Erzähl mir was darüber.«

»Maxine Nowicki veranstaltet mit Eddie Kuntz so eine Art

Schnitzeljagd und hinterläßt immer wieder irgendwelche Hinweise. Die Botschaften sind immer verschlüsselt. Darum brauchen wir Sally. Der kann jeden Code knacken.« Ich öffnete die Flasche, schüttelte den gefalteten Zettel heraus und las vor, was darauf stand. »›Unser Platz. Mittwoch um drei.‹«

»Ach, wie romantisch«, meinte Morelli. »Da wird mir gleich wieder ganz warm. Vielleicht sollt ich doch noch schnell zum Drugstore fahren.«

»Mal angenommen, du fährst wirklich hin. Wie viele würdest du kaufen? Eines? Oder Vorrat für einen ganzen Monat? Oder vielleicht sogar einen ganzen Karton?«

»Oh, Mann«, sagte Morelli. »Es geht doch um die Vorhänge, stimmt's?«

»Ich möchte nur wissen, wie's laufen soll.«

»Wie wär's, wenn wir von einem Tag zum anderen leben.«

»Das ist ganz okay«, sagte ich. Der Not gehorchend.

»Also, wenn ich jetzt zum Drugstore fahr, läßt du mich dann wieder rein?«

»Nein. Ich bin nicht in Stimmung.« Tatsächlich hatte ich auf einmal verdammt schlechte Laune. Und aus irgendeinem unerfindlichen Grund kam mir dauernd das Bild von Terry Gilman vor Augen.

Morelli kitzelte mich am Kinn. »Wetten, ich kann dich umstimmen?«

Ich verschränkte die Arme über der Brust und sah ihn mit zusammengekniffenen Augen an. »Das glaube ich nicht.«

»Hm«, machte Morelli, »vielleicht hast du recht.« Er streckte sich, dann ging er in die Küche und holte seinen Piepser aus dem Kühlschrank. »Du bist sauer, weil ich nichts verspreche.«

»Bin ich nicht! Ich würde überhaupt keine Versprechungen wollen!«

»Du bist süß, wenn du lügst.«

Ich zeigte mit steifem Arm zur Tür. »Raus!«

Am nächsten Morgen hätte ich Eddie Kuntz anrufen und ihm die neuste Botschaft vorlesen können, aber ich wollte ihn von Angesicht zu Angesicht sprechen. Man hatte Maxine Nowickis Wohnung auf den Kopf gestellt, und zwei Frauen, die ihr verbunden waren, waren körperliche Verletzungen beigebracht worden. Ich hatte den Verdacht, daß da jemand hinter was ganz andrem als Liebesbriefen her war. Und vielleicht war dieser Jemand ja Eddie Kuntz.

Kuntz war gerade dabei, sein Auto zu waschen, als ich vor dem Haus anhielt. Neben ihm auf dem Bordstein stand ein hämmerndes Radio. Er stellte seine Arbeit ein und schaltete den Höllenkasten aus, als er mich sah.

»Haben Sie sie gefunden?«

Ich gab ihm den Zettel mit der entschlüsselten Botschaft. »Das ist das einzige, was ich gefunden habe.«

Er las und knurrte unwillig. »›Unser Platz‹«, sagte er. »Was soll das denn heißen?«

»Ach, Sie wissen gar nichts davon, daß Sie beide einen besonderen Platz hatten?«

»Wir hatten überall besondere Plätze. Woher soll ich wissen, welchen sie meint.«

»Überlegen Sie.«

Eddie Kuntz starrte mich an, und ich glaubte, ein primitives Räderwerk knirschen zu hören.

»Sie meint wahrscheinlich die Bank«, sagte er schließlich. »Wir haben uns das erste Mal im Park getroffen. Sie hat auf ner Bank gesessen und ins Wasser geschaut. Von der Bank hat sie immer geredet, als wär's ein Heiligtum oder so was.«

»Ist das zu glauben!«

Kuntz breitete die Hände aus. »Weiber!«

Ein Lincoln Town Car schob sich an den Bordstein heran. Dunkelblau, getönte Scheiben, einen halben Kilometer lang.

»Tante Betty und Onkel Leo«, sagte Eddie.

»Riesenschlitten.«

»Ja. Ich leih ihn mir manchmal aus, wenn ich mir 'n bißchen extra Knete verdienen will.«

Um Leute darin spazierenzufahren oder um sie totzufahren? Das war mir nicht ganz klar.

»In Ihren Unterlagen steht, daß Sie Koch sind. Aber Sie scheinen ziemlich viel zu Hause zu sein.«

»Ich bin zur Zeit gerade ohne Job.«

»Wann haben Sie das letztemal als Koch gearbeitet?«

»Keine Ahnung. Heut morgen. Da hab ich mir ne Waffel getoastet. Was interessiert Sie das überhaupt?«

»Reine Neugier.«

»Konzentrieren Sie Ihre Neugier zur Abwechslung lieber auf Maxine.«

Tante Betty und Onkel Leo näherten sich uns.

»Hallo«, sagte Tante Betty. »Sind Sie Eddies neue Freundin?«

»Nur eine Bekannte«, antwortete ich.

»Na, ich hoffe, Sie werden bald zur Freundin. Sie stammen doch aus einer italienischen Familie, stimmt's?«

»Halb italienisch, halb ungarisch.«

»Na ja, nicht jeder kann perfekt sein«, meinte sie. »Kommen Sie doch rein und essen Sie ein Stück Kuchen. Ich hab einen wirklich guten Früchtekuchen aus der Bäckerei mitgebracht.«

»Das wird wieder eine Glut heute«, bemerkte Onkel Leo. »Ein Glück, daß wir die Klimaanlage haben.«

»Ja, ihr habt ne Klimaanlage«, sagte Eddie Kuntz. »Ich nicht. Bei mir drüben isses wie in einem Backofen.«

»Ich muß rein«, erklärte Onkel Leo. »Diese Hitze ist mörderisch.«

»Vergeßt den Kuchen nicht«, sagte Tante Betty und folgte Leo die Treppe hinauf. »Ihr seid jederzeit willkommen zu einem Stück Kuchen.«

»Sie unternehmen doch was, um Maxine aufzustöbern, oder?«

fragte Kuntz. »Ich mein, Sie lassen's doch nicht dabei bewenden, auf diese Botschaften zu warten?«

»Ich bin die ganze Liste durchgegangen, die Sie mir gegeben haben. Die Geschäftsführerin vom 7-Eleven hat mir erzählt, daß Maxine am Sonntag abend im Laden war. Sonst hat bisher niemand sie gesehen.«

»Verdammt noch mal, sie muß doch hier sein, wenn sie überall diese Botschaften verstreut. Wieso hat kein Mensch sie gesehen? Sie ist doch kein Phantom?«

»Die Geschäftsführerin vom 7-Eleven hat was gesagt, was mir aufgefallen ist. Sie hat gesagt, Maxine hätte regelmäßig ein Los für die staatliche Lotterie gekauft, aber diesmal meinte sie, sie wäre nicht mehr auf einen Lotteriegewinn angewiesen.«

Kuntz' Mund wurde schmal. »Maxine ist eine Irre. Wer weiß, was in ihrem Kopf so vorgeht.«

Ich vermutete, daß Eddie Kuntz sehr genau wußte, was in Maxines Kopf vorging.

»Sie sind morgen um drei auf dieser Parkbank«, sagte ich. »Ich ruf Sie am Vormittag an, dann sprechen wir alles ab.«

»Ich weiß nicht, mir ist gar nicht wohl dabei. Sie hat mir schon einen Ziegelstein zum Fenster reingeschmissen. Wer weiß, was ihr noch alles einfällt. Was ist, wenn sie mich umbringen will?«

»Na, einen Ziegelstein durchs Fenster zu werfen ist ein bißchen was anderes, als jemanden umzubringen.« Ich sah ihn einen Moment aufmerksam an. »Hat sie denn einen Grund, Sie umbringen zu wollen?«

»Ich hab sie angezeigt. Ist das ein Grund?«

»Für mich wär's keiner.«

Dieser Typ war's nicht wert, daß man seinetwegen in den Knast ging. »Wie Maxine es sieht, kann ich nicht sagen.«

Ich ging, und Kuntz schaltete sein Radio wieder ein. Ich weiß nicht, warum ich das Gefühl gehabt hatte, ihn persönlich aufsuchen zu müssen. Vielleicht wollte ich ihm in die Augen sehen, um ihrem Blick zu entnehmen, ob er Maxines Mutter skalpiert hatte. Leider werden meiner Erfahrung zufolge die Augen als Spiegel der Seele weit überschätzt. Das einzige, was ich in Eddie Kuntz' Augen gesehen hatte, war der glasige Glanz vom Alkoholgenuß des vergangenen Abends.

Ich fuhr bei Mrs. Nowicki vorbei. Die Fenster waren alle verschlossen, die Jalousien runtergelassen. Ich stellte den Wagen ab und ging zur Tür. Auf mein Klopfen rührte sich nichts.

»Mrs. Nowicki«, rief ich. »Ich bin's, Stephanie Plum.« Ich klopfte noch mal und wollte gerade wieder gehen, als die Tür einen Spalt geöffnet wurde.

»Was ist jetzt wieder los?« fragte Mrs. Nowicki.

»Ich würde gern mal mit Ihnen sprechen.«

»Ich Glückspilz!«

»Kann ich reinkommen?«

»Nein.«

Ihr Kopf war rundherum verbunden. Sie war ungeschminkt und ohne Zigarette und sah uralt aus.

»Was macht Ihr Kopf?« fragte ich.

»War schon schlimmer.«

»Ich meine die Verletzung.«

Sie verdrehte die Augen. »Ach das ...«

»Ich muß wissen, wer das getan hat.«

»Ich.«

»Ich hab das Blut gesehen. Und das Messer. Ich weiß, daß Sie sich diese Verletzung nicht selber beigebracht haben. Es war jemand da, der Maxine gesucht hat. Und am Ende haben Sie's abgekriegt.«

»Wollen Sie ne Aussage von mir? Gehen Sie zur Polizei und lesen Sie sie nach.«

»Wissen Sie, daß bei Maxines Freundin Margie auch jemand war und ihr einen Finger abgehackt hat?«

»Und Sie glauben, es war derselbe Kerl?«

»Das erscheint logisch. Und ich glaube, für Maxine wär's besser, wenn ich sie finde, bevor dieser Typ sie erwischt.«

»Das Leben ist hart«, sagte Mrs. Nowicki. »Die arme Maxie. Ich hab keine Ahnung, was sie getan hat. Und ich weiß nicht, wo sie ist. Ich weiß nur, daß sie richtig in der Tinte sitzt.«

»Und der Mann?«

»Er hat gesagt, wenn ich rede, kommt er wieder und bringt mich um. Und ich glaub's ihm.«

»Das ist natürlich alles vertraulich.«

»Ist mir egal. Ich kann Ihnen sowieso nichts erzählen. Sie waren zu zweit. Ich dreh mich um, und da stehen sie mitten in meiner Küche. Mittelgroß. Mittelschlank. Sie hatten Overalls an und Strumpfmasken über den Gesichtern. Sie hatten sogar solche Gummihandschuhe an, wie die im Krankenhaus sie tragen.«

»Und die Stimmen?«

»Nur der eine hat gesprochen, und an der Stimme war nichts Besonderes. Nicht alt. Nicht jung.«

»Würden Sie die Stimme wiedererkennen?«

»Keine Ahnung. Wie gesagt, es war nichts Besonderes an ihr.«

»Und Sie wissen nicht, wo Maxine sich aufhält?«

»Tut mir leid, nein.«

»Versuchen wir's mal anders. Wenn Maxine nicht hier leben und jeden Tag zur Arbeit gehen müßte – wo würde sie dann hingehen?«

»Das ist einfach. Sie würde ans Meer fahren. Sie würde sich die Ozeanluft um die Nase wehen lassen und die Spielhallen auf der Promenande unsicher machen.«

»Seaside oder Point Pleasant?«

»Point Pleasant. Sie fährt immer nach Point Pleasant.«

Das war glaubhaft. Es erklärte die Sonnenbräune und die Tatsache, daß sie in Trenton keinerlei Geschäfte tätigte.

Ich gab Mrs. Nowicki meine Karte. »Rufen Sie mich an, wenn Sie von Maxine hören sollten oder Ihnen irgendwas einfällt, was uns weiterhelfen könnte. Sperren Sie Ihre Türen ab und reden Sie nicht mit Fremden.«

»Eigentlich wollt ich meine Schwester in Virginia besuchen.«

»Das ist eine gute Idee.«

Als ich nach links in die Olden Street abbog, bemerkte ich in meinem Rückspiegel flüchtig einen schwarzen Jeep Cherokee. Schwarze Cherokees sind in Jersey beliebt. Normalerweise würde mir so ein Wagen gar nicht auffallen, aber irgendwo in meinem Unterbewußtsein machte es plötzlich Klick!, und mir wurde schlagartig klar, daß ich diesen Wagen einmal zuviel gesehen hatte. Von der Olden fuhr ich in die Hamilton und dann weiter in die St. James Street. Ich stellte den Wagen auf meinem Parkplatz ab und sah mich nach dem Cherokee um, aber der war verschwunden. Zufall, sagte ich mir. Überreizte Phantasie.

Ich rannte in meine Wohnung rauf, hörte meinen Anrufbeantworter ab, schlüpfte in meinen Badeanzug, stopfte ein Badetuch, ein T-Shirt und Sonnenöl in meine Leinentasche, zog Shorts über und zischte ab an die Küste.

Das Loch in meinem Auspuff war hörbar größer geworden, also drehte ich Metallica noch ein bißchen lauter auf. In weniger als einer Stunde war ich in Point Pleasant, dafür brauchte ich dann zwanzig Minuten für die Suche nach einem billigen Parkplatz auf der Straße. Ich entdeckte schließlich eine Lücke zwei Straßen hinter der Promenade, sperrte ab und hängte mir die Leinentasche über die Schulter.

Wenn man in Jersey lebt, ist ein simpler Strand nicht genug. Die Leute da haben einen Haufen Energie. Die müssen was zu tun haben. Sie brauchen einen Strand mit einer Promenade.

Und auf der Promenade muß es Rummel geben, Karussells und Riesenräder, Spielhallen und Freßbuden. Dazu Minigolf. Und Läden, wo man T-Shirts mit anstößigen Bildern drauf kaufen kann. Viel schöner kann das Leben nicht sein.

Und das Beste überhaupt ist der Geruch. Ich hab mir erzählen lassen, daß es Orte gibt, wo das Meer wild und würzig riecht. In Jersey riecht das Meer nach Sonnenmilch mit Kokosaroma und italienischer Wurst mit gebratenen Zwiebeln und Paprika. Es riecht nach fritierten *zeppoles* und Hot Dogs mit Chili. Der Duft, von der Hitze getragen, die von den Massen sonnenverbrannter Körper auf der Promenade aufsteigt, ist exotisch und berauschend.

Die Brandungswellen klatschen an den Strand, und das Geräusch mischt sich mit dem Klick, Klick, Klick der Flipperautomaten und dem schrillen Kreischen der Sensationshungrigen, die die Riesenrutschbahn runtersausten.

Rockstars, Taschendiebe, biedere Alte, Zuhälter, Dealer, schwangere Frauen in Bikinis, zukünftige Astronauten, Politiker, Psychos, Perverse und Scharen von Familien, die amerikanisch kaufen und italienisch essen – alle kommen sie an die Küste von New Jersey.

Als Kinder sind meine Schwester und ich mit dem Karussell und der Geisterbahn gefahren, haben Zuckerwatte und Eis gegessen. Mein Magen war unerschütterlich, aber Valerie wurde auf der Heimfahrt jedesmal speiübel, und sie übergab sich im Auto. Als ich ein junges Mädchen war, kam ich her, um Jungs kennenzulernen. Und jetzt bin ich auf Menschenjagd hier. Wer hätte das gedacht?

Ich blieb vor einer Eisbude stehen und zeigte Maxines Foto. »Haben Sie diese Frau gesehen?«

Niemand konnte etwas mit Sicherheit sagen.

Ich arbeitete mich die Promenade runter, zeigte immer wieder das Foto, verteilte meine Karten. Ich konsumierte eine Tüte

Pommes, ein Stück Pizza, zwei dicke Karamelbonbons, ein Glas Zitronenlimonade und ein Vanille-Orange-Eis in der Tüte. Als ich ungefähr die Hälfte geschafft hatte, wurde die Verlockung des weißen Sandstrands übermächtig, und ich ließ die Jagd sausen, um statt dessen lieber meinen Körper zu bräunen.

So einen Job, der einem erlaubt, den halben Nachmittag am Strand zu liegen, muß man doch einfach lieben.

Mein Anrufbeantworter blinkte wie blöd, als ich nach Hause kam. Immer wenn das Ding mehr als drei Nachrichten verdauen muß, dreht es durch. Blink, blink, blink, blink – schneller als Rex mit seinen Schnurrhaaren zittern konnte.

Ich drückte auf den Abhörknopf, und es kam gar nichts. »Na, egal«, sagte ich zu Rex. »Wenn's was Wichtiges ist, rufen sie bestimmt noch mal an.«

Rex bremste seinen Lauf im Rad und sah mich an. Rex haßte es, wenn das Gerät blinkte und dann keine Nachricht auf dem Band war. Rex fehlte die Geduld, darauf zu warten, daß die Leute noch mal anriefen. Rex hatte ein Neugier-Problem.

Das Telefon läutete. Ich hob ab. »Hallo?«

»Spreche ich mit Stephanie?«

»Ja.«

»Hier ist Sugar. Sally ist wohl nicht zufällig bei Ihnen?«

»Nein. Ich habe Sally den ganzen Tag nicht gesehen.«

»Ich hab das Essen fertig, und er ist immer noch nicht da. Er hat gesagt, er würde rechtzeitig zu Hause sein, aber bis jetzt ist er nicht erschienen. Ich hab gedacht, er ist vielleicht mal wieder auf Kopfgeldjagd. In letzter Zeit redet er nämlich von nichts andrem mehr.«

»Nein, tut mir leid. Ich hab den ganzen Tag allein gearbeitet.«

Ich zog die Vorhänge im Schlafzimmer auf und schaute zum Parkplatz hinaus. Es war früher Vormittag, und schon lag die

Hitze flirrend auf dem Asphalt. In der Stiller Street, hinter dem Parkplatz, bellte ein Hund. Eine Fliegengittertür wurde quietschend aufgerissen und zugeschlagen. Ich sah blinzelnd in Richtung Hundegebell und bemerkte einen schwarzen Jeep Cherokee, der zwei Häuser entfernt in der Stiller Street stand.

Na und, sagte ich mir, es gibt massenhaft Leute, die schwarze Jeep Cherokees fahren. Trotzdem – an der Stelle hatte ich noch nie einen stehen sehen. Und er erinnerte mich wirklich an den Wagen, der mir gefolgt war. Da schaute man doch am besten mal nach.

Ich trug abgeschnittene Jeans und ein grünes Big-Dog-T-Shirt. Ich schob meine .38er in den Hosenbund und zog das Hemd über die Waffe. So ging ich ein paar Minuten hin und her, um mich daran zu gewöhnen, daß ich eine Waffe trug, aber ich kam mir wie eine Idiotin vor. Schließlich zog ich die Kanone raus und verstaute sie wieder an ihrem Platz in der Keksdose mit dem Bärchenmuster.

Ich fuhr mit dem Aufzug ins Foyer runter, ging zur Haustür raus und marschierte die St. James Street runter bis zur nächsten Ecke. Da bog ich links ab, ging zwei Straßen weiter, bog wieder ab und sah vor mir den Cherokee. Die Fenster waren getönt, aber ich konnte eine schattenhafte Gestalt am Steuer erkennen. Ich schlich näher und klopfte an das Fenster auf der Fahrerseite. Das Fenster surrte abwärts, und Joyce Barnhardt sah lächelnd zu mir raus.

»Ciao«, sagte sie.

»Was zur Hölle soll das werden?«

»Ich überwache dich. Sieht doch ein Blinder.«

»Ich vermute, das hat einen Grund?«

Joyce zuckte die Achseln. »Wir sind beide hinter derselben Person her. Ich dachte mir, es könnte nicht schaden, mal festzustellen, was du bisher unternommen hast, um sie aufzustöbern – bevor ich eingreife und die Sache erledige.«

»Wir sind nicht hinter derselben Person her. Das gibt's gar nicht. Nie im Leben würde Vinnie zwei verschiedenen Ermittlern denselben Auftrag geben.«

»Du scheinst nicht ganz auf dem laufenden zu sein.«

Ich kniff die Augen zusammen.

»Vinnie hatte den Eindruck, daß du überhaupt keine Fortschritte machst, drum hat er mir den Fall Nowicki übergeben.«

»Du spinnst ja.«

Joyce hielt mir ihren Vertrag unter die Nase. »...von der Agentur Vincent Plum beauftragt, Maxine Nowicki zu ergreifen...«, las sie vor.

»Na, das werden wir ja sehen.«

Joyce zog einen Flunsch.

»Und hör auf, mir hinterherzufahren.«

»Wir leben in einem freien Land«, entgegnete Joyce. »Ich kann dir hinterherfahren, soviel ich will.«

Ich stapfte wütend davon, zurück zu meinem Haus. Ich rannte die Treppe rauf, packte meinen Schlüssel und meine Tasche, rannte wieder runter, sprang in meinen CRX und brauste mit Vollgas ab – Joyce dicht an meinem knatternden Auspuff.

Ich versuchte gar nicht, sie abzuschütteln. Ich bog in die Hamilton Street ein, und keine fünf Minuten später war ich im Büro. Joyce parkte mehrere Autolängen weiter hinten und blieb in ihrem Wagen sitzen, während ich in die Agentur stürmte.

»Wo ist er? Wo ist dieser miese kleine Wurm?«

»O-o!« sagte Lula wieder mal.

»Was ist denn jetzt wieder los?« fragte Connie.

»Joyce Barnhardt, falls du's genau wissen willst. Sie hat mir einen Auftrag gezeigt, demzufolge sie bevollmächtigt ist, Maxine Nowicki zu schnappen.«

»Das ist unmöglich«, erklärte Connie. »Die Verträge stelle alle ich aus, und von so einem Vertrag weiß ich nichts. Außerdem gibt Vinnie nie zwei Ermittlern denselben Fall.«

»Ja, aber erinnere dich mal«, sagte Lula. »Diese Joyce ist am Dienstag morgen in aller Frühe hier aufgekreuzt, und dann waren sie und Vinnie fast eine Stunde lang in seinem Büro eingesperrt und haben diese komischen Grunzlaute von sich gegeben.«

»Ich hab wieder meine Kanone vergessen«, sagte ich.

»Ich hab eine da«, sagte Connie, »aber sie wird dir nichts nützen. Vinnie ist gestern nach Nord-Carolina gefahren, um einen Ausbüchser abzuholen. Er kommt erst Ende der Woche zurück.«

»So kann ich nicht arbeiten«, erklärte ich. »Sie kommt mir dauernd in die Quere. Sie verfolgt mich.«

»Das haben wir gleich«, sagte Lula. »Wo ist sie? Ich werd mal mit ihr reden.«

»Sie sitzt draußen in einem schwarzen Cherokee. Aber laß das lieber.«

»Mach dir keine Sorgen«, sagte Lula, schon auf dem Weg zur Tür. »Ich mach's ganz diplomatisch. Wart du inzwischen hier.«

Lula diplomatisch?

»Lula!« schrie ich. »Komm zurück. Ich kümmre mich selbst um Joyce Barnhardt.«

Sie hatte schon den Wagen erreicht und blieb schräg hinter ihm stehen. »Ist er das?« schrie sie mir zu.

»Ja, aber –«

Lula riß unter ihrem T-Shirt eine Pistole heraus, und – peng! Sie schoß ein Riesenloch in Joyces Hinterreifen und hatte die Waffe längst wieder unter ihrem Hemd, als Joyce aus dem Wagen sprang.

Joyce sah den Reifen und sperrte den Mund auf.

»Hast du das gesehen?« sagte Lula zu ihr. »Da ist eben ein Typ vorbeigegangen und hat einfach deinen Reifen plattgeschossen. Und dann ist er davongelaufen wie ein geölter Blitz. Manchmal frag ich mich echt, was aus dieser Welt noch werden soll.«

Joyce schaute von Lula zu ihrem Reifen, von ihrem Reifen zu Lula, mit offenem Mund und völlig sprachlos.

»Tja, ich muß wieder an die Arbeit.« Lula kehrte Joyce den Rücken und rannte zum Büro zurück.

»Ich kann's nicht glauben«, sagte ich zu Lula. »Du kannst doch nicht einfach andrer Leute Reifen durchlöchern.«

»Ach, nein?« sagte Lula nur.

Connie saß an ihrem Schreibtisch. »Hat jemand Lust, heut zum Mittagessen zu Mannie's zu gehen? Mir ist nach Pasta.«

»Ich muß noch was überprüfen«, sagte ich.

»Was denn?« wollte Lula wissen. »Gibt's da 'n bißchen Action? Wenn ja, komm ich mit, weil ich sowieso gerade in Action-Stimmung bin.«

Ich konnte bei meiner Suche nach Maxine tatsächlich gut Hilfe gebrauchen, nur hätt ich mir lieber Ranger geschnappt. Aber das ging schlecht, wo eben jetzt Lula vor mir stand und nach Action hungerte.

»Keine Action«, sagte ich. »Das ist eine langweilige Angelegenheit. Ausgesprochen langweilig, ja.«

»Es geht doch um Maxine, oder? Mann, das ist doch klasse. Die Leiche, die wir's letztemal gefunden haben, war beinah tot. Vielleicht treffen wir diesmal voll ins Schwarze.«

»Aber dann müssen wir deinen Wagen nehmen«, sagte ich zu Lula. »In meinem CRX ist nicht genug Platz, falls wir jemanden mitnehmen müssen.«

»Mir ist's recht«, sagte Lula und holte schon ihre Handtasche aus einer Aktenschublade. »Ich hab 'ne Klimaanlage im Wagen. Und ein zusätzlicher Vorteil ist, daß er hinten steht, da müssen wir nicht an Joyce vorbei und ihr unser Beileid zu dem platten Reifen ausdrücken. Wohin fahren wir überhaupt?«

»In die Muffet Street. In Nord-Trenton.«

»Mit gefällt das immer noch nicht«, erklärte Kuntz. »Maxine ist eine Irre. Die ist zu allem fähig. Und ich sitz da auf der Bank wie auf dem Präsentierteller.«

Lula stand hinter mir auf Kuntz' Veranda. »Wahrscheinlich erwartet uns nur wieder so'n blöder Zettel, der irgendwo unter der Bank angepappt ist. Hören Sie lieber auf zu lamentieren, mit dem Gesicht sehen Sie nämlich aus wie 'ne Heulsuse, und wenn man schon das Pech hat, Kuntz zu heißen, muß man echt auf sein Aussehen achten.«

Kuntz warf Lula einen giftigen Blick zu. »Wer ist das?«

»Ich bin ihre Partnerin«, erklärte Lula. »Wie bei Starsky und Hutch, Cagney und Lacey, dem Lone Ranger und wie-heißt-er-gleich.«

Eigentlich hatten wir mehr Ähnlichkeit mit Laurel und Hardy, aber das ging Eddie Kuntz nichts an.

»Wir kommen schon früher«, sagte ich. »Machen Sie sich keine Sorgen, wenn Sie uns nicht sehen. Wir sind auf jeden Fall da. Sie brauchen nichts weiter zu tun, als sich auf die Bank zu setzen und zu warten.«

»Und wenn's Probleme gibt?«

»Wedeln Sie mit den Armen, wenn Sie Hilfe brauchen. Wir sind nicht weit.«

»Sie wissen, welche Bank es ist?«

»Die neben dem Fahnenmast.«

»Richtig.«

Nebenan streckte Betty den Kopf zur Tür raus. »Hallo, mein Kind. Ist es nicht ein herrlicher Tag? Habt ihr jungen Leute was vor? Wenn ich in eurem Alter wär, würde ich heute ein Picknick machen.«

»Wir arbeiten heute«, antwortete Lula. »Wir verfolgen eine wichtige Spur.«

»Betty«, schrie Leo aus den Tiefen des Hauses. »Wo bleibt mein Sandkuchen? Ich hab gedacht, du bringst mir ein Stück.«

Betty schloß die Tür. Der kühle Luftstrom versiegte.

»Neugierige alte Schachtel«, bemerkte Kuntz. »Hier kann man nichts tun, ohne daß sie's spitz kriegt.«

»Warum bleiben Sie, wenn Sie so unzufrieden sind?«

»Die Miete ist billig. Ich krieg Rabatt, weil ich zur Familie gehöre. Betty ist die Schwester von meiner Mutter.«

»Weißt du, was wir brauchen?« fragte Lula, als sie hinters Steuer rutschte und sich anschnallte. »Wir brauchen eine Verkleidung. Maxine weiß inzwischen bestimmt, wie du aussiehst. Und so, wie ich diesen Teil des Parks in Erinnerung hab, gibt's da kaum Verstecke. Wir müssen uns zeigen und doch versteckt sein.«

Mir war schon Ähnliches durch den Kopf gegangen, nicht, daß wir eine Verkleidung brauchten, aber daß es uns schwerfallen würde, uns unsichtbar zu machen.

»Und ich weiß auch schon, wo wir 'ne gute Verkleidung herkriegen«, fuhr Lula fort. »Perücken und alles.«

Zwanzig Minuten später standen wir bei Sally vor der Tür.

»Ich komm mir schon ein bißchen komisch vor«, sagte ich.

»Weißt du sonst jemanden, der Perücken bieten kann?«

»Ich brauch keine Perücke. Ich stopf meine Haare unter eine Baseballmütze.«

Lula verdrehte die Augen. »O ja, da wird dich bestimmt kein Mensch erkennen.«

Die Tür ging auf, und Sally stand uns gegenüber. Seine Augen waren blutunterlaufen, die Haare standen ihm zu Berge.

»Hoppla«, sagte Lula.

»Was ist los? Haben Sie noch nie einen verkaterten Transvestiten gesehen?«

»Aber klar«, entgegnete Lula. »Massenhaft.«

Wir folgten ihm ins Wohnzimmer.

»Es ist mir ein bißchen peinlich, aber wir wollten Sie um einen Gefallen bitten«, begann ich. »Wir müssen heut nachmittag jemanden heimlich beobachten, und ich hab Angst, daß wir erkannt werden. Da hab ich mir gedacht, Sie könnten uns vielleicht mit einer Verkleidung aushelfen.«

»Wer wollen Sie denn werden – Barbarella, Batgirl, die Hure von nebenan?«

- 5 -

»Eigentlich wollte ich nur eine Perücke leihen«, sagte ich zu Sally.

Er verschwand in Richtung Schlafzimmer. »Was wollen Sie denn haben? Farrah? Orphan Annie? Elvira?«

»Irgendwas, das nicht weiter auffällt.«

Er kam mit einer blonden Perücke zurück und hielt sie mir zur Begutachtung hin. »Die ist aus meiner Marilyn-Kollektion. Sehr beliebt bei alten Knackern, die gern den Hintern versohlt kriegen.«

Igitt, dachte ich, aber Lula machte ein Gesicht, als wollte sie sich das merken, für den Fall, daß sie beschließen sollte, in ihr früheres Gewerbe zurückzukehren.

Sally steckte mir die Haare hoch und zog mir die Perücke über. »Da fehlt noch was.«

»Marilyn-Lippen«, sagte Lula. »Marilyn-Haare ohne Marilyn-Lippen, das läuft nicht.«

»Lippen kann ich nicht malen«, erklärte Sally. »Das macht mir immer Sugar. Und Sugar ist nicht da. Wir hatten einen kleinen Krach, und er ist beleidigt abgedampft.«

»Habt ihr beide oft Krach?« erkundigte sich Lula.

»Nein. Nie. Sugar ist echt unkompliziert. Nur ein bißchen spießig ist er manchmal. Er findet zum Beispiel, ich sollte mich lieber von euch fernhalten, weil euer Geschäft zu gefährlich ist. Deswegen haben wir uns auch gekracht.«

»Du meine Güte«, sagte ich. »Ich möchte auf keinen Fall einen Keil zwischen Sie und Sugar treiben.«

»Keine Sorge. Sugar ist cool. Er ist nur so ne beschissene

Glucke, die sich dauernd um irgendwas sorgt.« Sally klappte einen Schminkkoffer auf, der jedem Profi Ehre gemacht hätte. »Hier ist alles, was ihr braucht.«

Ich wählte einen pinkfarbenen Lippenstift mit Glanz und malte mir einen großen schillernden Schmollmund.

Sally und Lula traten ein paar Schritte zurück und musterten mich kritisch.

»Die Schuhe müssen weg«, sagte Lula. »Die passen nicht zum Kopf.«

Sally stimmte ihr zu. »Die Schuhe sind nicht Marilyn.«

»Ich hab bei Macy's ein paar tolle Schuhe gesehen«, sagte Lula. »Die wären perfekt.«

»Nein! Ich renn jetzt nicht noch zu Macy's. Ich möchte früh genug im Park sein, damit wir Maxine beobachten können.«

»Das dauert doch höchstens ne Minute«, insistierte Lula. »Du wärst garantiert hin und weg von den Schuhen.«

»Nein. Und damit basta.«

»Laß mich nur noch ein bißchen Lippenstift auflegen, dann können wir fahren«, sagte Sally.

Lula und ich tauschten einen bestürzten Blick.

Sally sah uns an. »Ihr wolltet doch nicht einfach ohne mich abhauen?«

»Eigentlich schon«, antwortete ich.

»Das ist Kopfgeldjägersache«, erklärte Lula. »Und von dem Scheiß verstehen Sie nichts.«

»Dafür versteh ich ne Menge von andrem Scheiß. Außerdem glaub ich nicht, daß Sie selber sehr viel von dem Geschäft verstehen.«

Ich starrte an die Wand und dachte, daß es wahrscheinlich gut täte, volle Pulle mit dem Kopf dagegenzurennen. »Hört auf! Wir fahren alle drei. Wir tun alle drei so, als wären wir echte Kopfgeldjäger.«

Sally drehte sich zum Spiegel im Flur und malte seine Lippen. »Wißt ihr, das ist das gute an dem ganzen Transvestitenquark, wenn ich Bock hab, kann ich alles tun, was Frauen tun. Wie zum Beispiel jetzt, wo ich diesen Lippenstift mit Kirschgeschmack nehme.«

Er hatte Ledersandalen an, eine abgeschnittene Jeans, so kurz, daß die halben Pobacken raushingen, und ein ärmelloses T-Shirt. Dazu trug er einen Zwei-Tage-Bart.

»Ich weiß nicht, ob Sie den Frauendreh so ganz raushaben«, meinte Lula. »Vielleicht sollten Sie sich lieber rasieren, anstatt sich über Lippenstift Gedanken zu machen.«

Es war kurz nach eins, als wir den Park erreichten.

»Die Schuhe sind echt Spitze«, sagte Lula, meine neuen Schuhe bewundernd. »Hab ich dir nicht gleich gesagt, daß sie genau das richtige sind?«

»Nuttenschuhe«, stellte Sally fest. »Gottbeschissene Hypersupernuttenschuhe.«

Na, großartig! Genau das, was ich brauche, noch ein Paar Hypersupernuttenschuhe – und noch mal 74 Dollar Belastung auf meinem Kreditkonto bei Macy's.

Wir saßen im Auto auf dem Parkplatz. Direkt vor uns war ein großer künstlicher See. Ein Fußweg umrundete den See, schlängelte sich hier und dort zwischen Baumgruppen hindurch. In einem Löschbetonhäuschen zu unserer Rechten waren eine Imbißstube und die Toiletten. Links war eine Wiese mit Schaukeln und Klettergerüsten aus Holz. Am Seeufer standen Bänke, aber sie waren um diese Tageszeit alle leer. Am frühen Abend, wenn die Temperatur fiel, kamen mehr Leute in den Park, Senioren, um sich den Sonnenuntergang anzusehen, und Familien, um die Enten zu füttern und mit ihren Kindern zu spielen.

»Kuntz setzt sich auf die Bank neben dem Fahnenmast«, sagte ich. »Wir haben ausgemacht, daß er Punkt drei hier ist.«

»Wetten, die legt ihn um«, sagte Sally. »Der gibt da doch eine erstklassige Zielscheibe ab.«

Ich hielt es für höchst unwahrscheinlich, daß Maxine ihn umlegen würde. Die Bank stand zu exponiert. Und es gab keine guten Fluchtwege. Ich hielt Maxine zwar nicht gerade für ein Genie, aber ganz dumm war sie bestimmt auch nicht. Mir sah es eher danach aus, daß Maxine mit Eddie Kuntz Katz und Maus spielte. Und soweit ich feststellen konnte, war sie die einzige, die das Spiel lustig fand.

Ich reichte ihr Foto herum. »So sieht sie aus«, sagte ich. »Wenn ihr sie seht, dann schnappt sie und bringt sie zu mir. Ich überwache das Gebiet zwischen dem Häuschen da und dem Auto. Lula, du übernimmst den Spielplatz. Und Sie, Sally, setzen sich auf die Bank beim Bootssteg. Achten Sie auf Heckenschützen.« Ich verdrehte im Geist die Augen, als ich das sagte. »Und passen Sie auf, daß niemand Kuntz überrumpelt, wenn er sich gesetzt hat.«

Nicht nur hatten Sally und Lula mich beschwatzt, mir Sandaletten mit Plateausohlen und einer raffinierten Verschnürung die halbe Wade rauf zu kaufen, sie hatten es auch noch geschafft, mich dazu zu überreden, meine Shorts gegen einen schwarzen Stretch-Minirock einzutauschen. Es war eine tolle Verkleidung, sie hatte nur den Nachteil, daß ich in dem Aufzug weder rennen, noch sitzen noch mich bücken konnte.

Um zwei erschienen zwei Frauen und begannen, eine Jogging-Runde zu drehen. Nicht Maxine. Ich ging zum Kiosk mit Imbißstube und kaufte einen Beutel Popcorn für die Enten. Zwei ältere Männer hatten die gleiche Idee. Dann kreuzten noch ein paar Jogger auf. Männer diesmal. Noch immer keine Spur von Maxine. Lula hockte auf einer Schaukel und feilte sich die Nägel. Sally hatte sich hinter seiner Bank auf dem Boden ausgestreckt und schien zu schlafen. Na, ist das ein Team?

Kein Mensch hatte sich bisher der Bank neben dem Fahnenmast genähert. Ich hatte sie gleich nach unserer Ankunft von oben bis unten untersucht und nichts Ungewöhnliches entdeckt. Einer der Jogger beendete seine Runde und setzte sich zwei Bänke weiter nieder, um seine Schuhe aufzuschnüren und Wasser aus einer Flasche zu trinken.

Kuntz erschien um 14 Uhr 55 und marschierte schnurstracks zu seiner Bank.

Lula sah von ihrer Maniküre auf, Sally rührte sich nicht. Kuntz blieb einen Moment vor der Bank stehen. Ging hin und her. Nervös. Wollte sich nicht setzen. Er schaute sich um, entdeckte mich am Kiosk und sagte lautlos ein kurzes Wort, Scheiße, vermutlich.

Ich kriegte kurz einen Panikanfall, weil ich dachte, er würde zu mir rüberkommen, aber da drehte er um und ließ sich endlich auf die Bank fallen.

Ein schwarzer Jeep Cherokee rollte auf den Parkplatz und parkte neben Kuntz' Blazer. Joyce Barnhardt war Kuntz gefolgt. Dagegen konnte ich jetzt nicht mehr viel machen. Ich behielt den Wagen eine Weile im Auge, aber es geschah nichts. Joyce wartete ab.

Zehn Minuten vergingen. Fünfzehn. Zwanzig. Nichts tat sich. Der Park hatte sich bevölkert, aber niemand wollte was von Kuntz, und Maxine war nirgends zu sehen. Zwei Typen mit einer Kühlbox gingen zum Wasser runter. Sie hielten an und sprachen mit dem Jogger, der immer noch auf der Bank in der Nähe von Kuntz saß. Ich sah, wie der Jogger verneinend den Kopf schüttelte. Die beiden Typen sahen sich an. Es gab eine kurze Diskussion zwischen ihnen. Dann machte der eine Kerl die Kühlbox auf, holte eine Torte raus und patschte sie dem Jogger mitten ins Gesicht.

Der Mann sprang auf. »Hey, was soll das!« schrie er wütend. »Seid ihr verrückt geworden?«

Lula hopste von der Schaukel und rannte zum Tatort. Joyce

kam vom Parkplatz angelaufen. Kuntz stand von seiner Bank auf. Sogar Sally war auf den Beinen.

Alle umringten sie den Jogger, der einen der Tortenheinis am Hemd gepackt hielt. »Aufhören!« schrien mehrere Leute und versuchten, die beiden Männer zu trennen.

»Ich hab nur meinen Auftrag erledigt«, sagte der Tortentyp. »Eine Frau hat gesagt, ich soll's dem Kerl geben, der auf der Bank beim Brunnen sitzt.«

Ich funkelte Eddie Kuntz wütend an. »Sie Idiot! Sie haben auf der falschen Bank gesessen.«

»Der Brunnen, der Fahnenmast – wie soll ich das auseinanderhalten?«

Der Tortenuntersatz und Klumpen von Schokoladencreme lagen unbeachtet auf dem Boden. Ich scharrte in den traurigen Überresten und fand den Zettel in einen Plastikbeutel eingeschlossen, den ich samt Cremeklumpen in meine Handtasche stopfte.

»Was ist das?« fragte Joyce. »Was hast du da eben eingesteckt?«

»Torte. Die nehm ich meinem Hamster mit.«

Sie packte den Riemen meiner Tasche. »Das will ich sehen.«

»Laß mich los!«

»Erst wenn ich gesehen hab, was du in deiner Tasche hast.«

»Hey, was ist denn hier los?« fragte Lula.

»Halt dich da raus, Fettmops«, sagte Joyce.

»Fettmops«, wiederholte Lula mit schmalen Augen. »Wer ist hier ein Fettmops?«

»Sie, Sie überdimensionales Marzipanschwein.«

Lula packte zu, Joyce quietschte, ihre Augen wurden glasig, sie knallte auf den Boden.

Alle gafften.

»Sie ist anscheinend ohnmächtig geworden«, erklärte Lula

den Gaffern. »Sie gehört wahrscheinlich zu den Frauen, die's nicht aushalten können, wenn Männer sich prügeln.«

»Ich hab's genau gesehen«, sagte ich mit gesenkter Stimme zu Lula. »Du hast sie mit deiner Schockpistole umgelegt.«

»Wer? Ich?«

»So was kannst du nicht machen. Du kannst doch nicht einfach jemanden umnieten, weil er dich Fettmops nennt.«

»Oh, entschuldige vielmals«, sagte Lula. »Das war mir nicht klar.«

Joyce kam langsam wieder zu sich. »Was ist denn passiert?« nuschelte sie. »Hat mich der Blitz getroffen?«

Kuntz schob sich an mich ran. »Ihre Verkleidung gefällt mir. Wollen wir nicht später einen trinken gehen?«

»Nein!«

»Fragen Sie *mich*«, sagte Sally zu Kuntz. »Es ist *meine* Perücke. Und in dem Rock würd ich auch nicht übel aussehen.«

»Heiliger Strohsack«, sagte Kuntz zu mir. »Gehört der zu Ihnen?«

»Ganz recht, ich gehör zu ihr«, erklärte Sally. »Ich bin der Entschlüsselungsexperte, wenn Sie's genau wissen wollen. Ich gehör zum Team.«

»Ein tolles Team«, stellte Kuntz fest. »Eine Schwuchtel und ein Fettmops.«

Lula beugte sich vor. »Jetzt will ich Ihnen mal was sagen. Ich bin kein Fettmops. Ich bin ganz einfach eine starke Frau.« Sie griff in ihre Handtasche und zog die Schockpistole heraus. »Was halten Sie davon, wenn ich Ihnen mal kurz Ihre Hirnzellen durchrühre, Sie schwachsinniger Muskelprotz?«

»Nein!« sagte ich. »Für heute reicht's.«

»Er hat uns beschimpft«, entgegnete Lula. »Er hat Sally eine Schwuchtel genannt.«

»Na schön«, meinte ich. »Ausnahmsweise. Aber dann ist Schluß.«

Lula sah auf ihre Schockpistole hinunter. »Ach, Mist. Ich hab keinen Saft mehr. Die Batterie ist fast leer.«

Kuntz warf nur die Hände hoch, als wollte er sagen, ich geb auf, ich hab ne Niete angeheuert, und machte sich davon. Mehrere Leute halfen Joyce auf die Beine. Lula, Sally und ich retirierten zum Auto.

»Worüber hast du dich überhaupt mit Joyce gestritten?« wollte Lula wissen.

»Ich hab einen neuen Hinweis. Sobald ich die Torte gesehen hab, wußte ich, daß die für Eddie Kuntz bestimmt war und den nächsten Hinweis enthalten würde. Joyce hat gesehen, wie ich den Zettel vom Boden aufgehoben hab.« Ich zog den kleinen Plastikbeutel aus meiner Tasche. »Tatarata!« sang ich.

»Wahnsinn!« sagte Lula. »Du bist Spitze.«

»Wir sind besser als das A-Team«, sagte Sally.

»Ja, nur war beim A-Team kein Transvestit dabei«, stellte Lula fest.

»Mr. T. hatte ein Faible für Schmuck«, sagte Sally. »Ich könnte ja Mr. T. sein.«

»Nichts da. Mr. T. will ich sein. Der war auch wuchtig und schwarz wie ich.«

Sally hatte den Zettel aus dem Beutel genommen und las. »Das ist interessant. Sie wechselt immer wieder den Code. Der hier ist viel raffinierter als die anderen.«

»Können Sie ihn knacken?«

»Hey, ich bin der Codemeister. Ich brauch nur 'n bißchen Zeit.«

Ich stellte den Wagen auf den Parkplatz hinter meinem Haus und lief die Treppe rauf zu meiner Wohnung. Mrs. Delgado, Mr. Weinstein, Mrs. Karwatt und Leanne Kokoska standen gaffend vor meiner Wohnungstür.

»Was ist los?« fragte ich.

»Da hat Ihnen jemand eine Nachricht hinterlassen«, sagte Mrs. Karwatt. »Ich wollte gerade mit dem Müll runter, da hab ich sie gesehen.«

»Ziemlich fies«, sagte Mrs. Delgado. »Die stammt bestimmt von einem dieser Ganoven, hinter denen Sie immer her sind.«

Ich stieg die letzte Stufe hoch und sah mir die Tür an. Die Nachricht war mit schwarzer Wäschetinte geschrieben: »Ich hasse Dich. Und ich werd's Dir heimzahlen.«

»Wer kann das gewesen sein?« fragte Leanne. »Arbeiten Sie vielleicht gerade an einem brisanten Fall? Sind Sie einem Mörder auf den Fersen?«

Ehrlich gesagt, ich hatte keine Ahnung mehr, hinter wem ich eigentlich her war.

»Wäschetinte«, stellte Mr. Weinstein fest. »Die geht nicht so leicht wieder weg. Wahrscheinlich muß man drüberstreichen.«

»Ich ruf Dillon an«, sagte ich und schob den Schlüssel ins Schloß. »Dillon wird mir das schon richten.«

Dillon Ruddick war der Hausmeister. Für ein Lächeln und ein Bier tat er fast alles.

Ich ging in meine Wohnung, und meine Nachbarn machten sich auf der Suche nach neuen Abenteuern davon. Ich legte die Kette und den Riegel vor und ging in die Küche. Mein Anrufbeantworter blinkte. Eine Nachricht.

Ich drückte auf Wiedergabe. »Hier spricht Helen Badijian, die Geschäftsführerin vom 7-Eleven.« Es trat eine kleine Pause ein, irgendwas knisterte. »Sie haben mir Ihre Karte hiergelassen und gesagt, ich soll Sie anrufen, wenn ich was Neues über Miss Nowicki wüßte.«

Ich rief im 7-Eleven an, und Helen selbst meldete sich.

»Ich hab im Moment wahnsinnig viel zu tun«, sagte sie. »Vielleicht könnten Sie später vorbeikommen, so gegen zehn. Ich glaub, ich hab was für Sie.«

Der Tag schien sich doch noch halbwegs annehmbar zu entwickeln. Sally arbeitete an Maxines neuester Botschaft, und die Frau vom 7-Eleven hatte möglicherweise eine Spur.

»Wir müssen feiern«, sagte ich zu Rex in dem Bemühen zu verdrängen, daß mir das Geschmier an meiner Tür doch einen ziemlichen Schock versetzt hatte. »Pop-Tarts für alle.«

Ich schaute in den Schrank, aber es waren keine Pop-Tarts da. Auch keine Kekse, keine Cornflakes, keine Spaghetti in der Dose, keine Suppe, gar nichts. Auf der Innenseite der Schranktür hing ein Zettel. Eine Einkaufsliste. »Großeinkauf machen«, stand darauf.

Ich riß den Zettel runter und stopfte ihn in meine Tasche, um ja nicht zu vergessen, was ich brauchte. Gerade als ich zur Tür raus wollte, klingelte das Telefon.

Es war Kuntz. »Na, wie schaut's aus mit dem Drink?«

»Nein. Kein Drink.«

»Da schneiden Sie sich ins eigene Fleisch«, sagte er. »Ich hab gesehen, wie Sie in der Torte auf dem Boden rumgewühlt haben. War 'n Zettel drin?«

»Ja.«

»Und?«

»Ich arbeite noch dran.«

»Also, so wie ich das seh, bringt uns dieser Zettelkram keinen Schritt vorwärts. Wir kriegen immer nur neue Zettel.«

»Vielleicht haben wir noch mehr. Die Geschäftsführerin vom 7-Eleven hat mich angerufen und gesagt, sie hätte was für mich. Ich fahr später mal bei ihr vorbei.«

»Warum erst später? Warum nicht gleich? Verdammt noch mal, können Sie nicht ein bißchen schneller machen? Ich brauch die Briefe.«

»Vielleicht sollten Sie mir endlich sagen, worum es wirklich geht. Es fällt mir schwer zu glauben, daß Sie wegen ein paar alten Liebesbriefen so ins Schwitzen kommen.«

»Ich hab Ihnen doch gesagt, die könnten peinlich sein.«

»Ach ja, stimmt ja.«

Ich warf einen Blick in meinen Einkaufswagen, um zu sehen, ob ich alles hatte. Ritz-Kräcker und Erdnußbutter, für den Fall, daß mich mal die Lust auf kleine, feine Horsd'œuvres packte, Entenmanns Biskuitkuchen zum Trost bei mieser Stimmung, Pop-Tarts für Rex, Salsa, damit ich meiner Mutter sagen konnte, ich äße Gemüse, Frosties für Überwachungen, bei denen ich nur im Auto rumsitzen mußte, Maischips zur Salsa.

Ich war mitten in der Bestandsaufnahme, als ein anderer Wagen frontal mit meinem zusammenprallte. Ich sah auf: Großmutter Mazur und, einen Schritt hinter ihr, meine Mutter.

Meine Mutter schloß geschmerzt die Augen. »Warum gerade mir das?« fragte sie.

Meine Großmutter sagte: »Wau!«

Ich trug immer noch Perücke und Stretchröckchen. »Ich kann das erklären.«

»Was hab ich nur falsch gemacht?« wollte meine Mutter wissen.

»Ich bin maskiert.«

Mrs. Crandle schob scheppernd ihren Wagen den Gang runter. »Hallo, Stephanie! Wie geht's denn heute?«

»Gut, danke, Mrs. Crandle.«

»Tolle Maskierung«, sagte meine Mutter. »Jeder erkennt dich. Und warum mußt du dich unbedingt als Flittchen maskieren? Warum kannst du dich nicht mal zur Abwechslung als normaler Mensch maskieren?« Sie schaute in meinen Wagen. »Dosenweise Spaghettisoße. Die Frau an der Kasse wird glauben, du kannst nicht kochen.«

Mein linkes Auge bekam Zuckungen. »Ich muß jetzt gehen.«

»Mit dem Aufzug kann man bestimmt gut Männer fangen«, meinte Großmama. »Du siehst aus wie Marilyn Monroe. Ist das eine Perücke? Vielleicht kannst du mir die mal leihen. Ich hätte nichts dagegen, ein paar Männer kennenzulernen.«

»Wehe, du leihst ihr die Perücke!« sagte meine Mutter. »Dann kannst du die Konsequenzen tragen.«

Ich packte meine Einkäufe aus, vertauschte die Perücke mit einer Baseballmütze und den Rock mit Shorts und verbannte die Hypersupernuttenschuhe in die hinterste Ecke meines Schranks. Ich teilte mir mit Rex ein Pop-Tart und machte mir ein Bier auf. Ich rief Dillon an und bat ihn, sich meine Wohnungstür anzusehen, dann kroch ich durchs Schlafzimmerfenster auf die Feuertreppe raus, um in Ruhe nachzudenken. Die Luft war windstill und schwül, der Horizont verhangen. Der Parkplatz war voll. Die Senioren waren um diese Zeit alle zu Hause. Wenn sie überhaupt zum Essen ausgingen, gönnten sie sich höchstens das Vorabendmenü zum Sonderpreis im Diner, und selbst wenn sie mal eine Runde im Park drehten, waren sie spätestens um sechs zu Hause. Aßen sie an ihrem eigenen Tisch, dann meist schon um fünf, weil sich die Mahlzeit sonst mit *Glücksrad* und *Riskant!* überschnitten hätte.

Die meisten Fälle, die ich von Vinnie bekomme, sind reine Routinesachen. Im allgemeinen statte ich den Leuten, die die Kaution abgesichert haben, einen Besuch ab und erklär ihnen, daß sie ihr Haus vergessen können. In neunzig Prozent der Fälle wissen sie, wo er ist, und helfen mir, ihn zur Strecke zu bringen. In neunzig Prozent der Fälle hab ich die Leute, mit denen ich es zu tun habe, ganz gut im Griff. Dieser Fall aber fiel nicht unter die neunzig Prozent. Schlimmer noch, dieser Fall war unheimlich. Eine Freundin hatte einen Finger verloren, und eine Mutter war skalpiert worden. Maxines Schnitzeljagd erschien wie ein Scherz im Vergleich dazu. Und dann auch noch die Drohung an meiner Wohnungstür. »Ich hasse Dich.« Wer konnte so was tun? Die Liste war lang.

Ein Pick-up fuhr in der nächsten Straße vom Bordstein weg, und dahinter kam ein schwarzer Jeep Cherokee zum Vorschein, der die ganze Zeit hinter dem Pick-up gestanden hatte. Joyce.

Ich seufzte und trank den letzten Schluck Bier. Immerhin, man mußte vor Joyces Beharrlichkeit den Hut ziehen. Ich prostete ihr mit der Bierflasche zu, aber es erfolgte keine Reaktion.

Das Problem bei der Arbeit als Kopfgeldjäger ist, daß man die Technik einzig durch praktische Erfahrung lernt. Ranger ist eine große Hilfe, aber Ranger ist nicht immer zur Stelle. Wenn also was Unvorhergesehenes passiert, reagier ich immer erst mal falsch, bevor ich drauf komme, wie man richtig reagiert. Nehmen wir zum Beispiel Joyce. Es liegt auf der Hand, daß ich keine Ahnung hatte, wie ich Joyce loswerden sollte.

Ich kroch durchs Fenster in meine Wohnung zurück, holte mir noch eine Flasche Bier und ein Pop-Tart, klemmte mir das schnurlose Telefon unter den Arm und hockte mich wieder auf die Feuertreppe. Ich aß das Pop-Tart, spülte es mit Bier runter und beobachtete dabei die ganze Zeit den schwarzen Cherokee. Als die zweite Flasche Bier leer war, rief ich Ranger an.

»Schieß los«, sagte Ranger.

»Ich hab ein Problem.«

»Und?«

Ich erklärte ihm die Situation, vergaß auch die Sache mit dem Reifen und die Episode im Park nicht. Danach war Stille. Ich hatte das starke Gefühl, daß er lächelte.

»Wart auf mich«, sagte er schließlich. »Ich werd sehen, was ich tun kann.«

Eine halbe Stunde später hielt Rangers 98 000-Dollar-BMW unten auf dem Parkplatz. Ranger stieg aus, blieb einen Moment stehen und schaute zu mir rauf. Er hatte ein olivgrünes T-Shirt an, das aussah wie auf seinen Körper gemalt, eine Militärtarnhose und eine Sonnenbrille. Ein ganz normaler netter Bürger von New Jersey.

Ich streckte den Daumen in die Höhe.

Ranger lächelte, machte kehrt, ging über den Parkplatz und die Straße runter zu dem schwarzen Cherokee. Er trat neben die Beifahrertür, machte sie auf und stieg in den Wagen. Einfach so. Wenn ich in dem Auto gesessen hätte, wäre die Tür abgesperrt gewesen und ein Kerl wie Ranger wär mir nicht reingekommen. Aber das bin ich, und das da unten war Joyce.

Fünf Minuten später stieg Ranger wieder aus und kam auf den Parkplatz zurück. Ich tauchte durch mein Fenster, rannte zur Tür raus, die Treppe runter und kam rutschend vor Ranger zum Stehen.

»Und?«

»Wieviel liegt dir daran, sie loszuwerden? Soll ich sie umlegen? Ihr einen Knochen brechen?«

»Nein!«

Ranger zuckte die Achseln. »Dann bleibt sie dir.«

Ich hörte einen Automotor anspringen, dann leuchteten drüben in der Straße Scheinwerfer auf. Wir drehten uns beide um und sahen Joyce wegfahren und um die Ecke verschwinden.

»Sie kommt wieder«, sagte Ranger. »Aber heute abend nicht mehr.«

»Wie hast du sie dazu gekriegt, jetzt abzuhauen?«

»Ich hab ihr erzählt, wir zwei wären die nächsten zwölf Stunden schwer beschäftigt, da könnte sie ruhig heimfahren.«

Ich spürte, wie ich rot wurde.

Ranger sah mich mit einem Raubtierlächeln an. »Daß es *heut* nacht sein soll, war gelogen«, sagte er.

Wenigstens war Joyce nun erst mal weg, und ich brauchte mir keine Sorgen zu machen, daß sie mir zum 7-Eleven folgen würde. Ich ging wieder nach oben, bestrich mir ein ungesundes Weißbrot dick mit Erdnußbutter und Marshmallowschnee und setzte mich vor die Glotze, bis es Zeit wurde, Helen Badijian zu besuchen.

Meistens genoß ich mein Einzeldasein, den egoistischen Luxus uneingeschränkter Freiheit. Ich allein betätigte die Fernbedienung, ich allein bestimmte die Farbe des Klopapiers und die Raumtemperatur. Wichtiger noch, ich hatte das zaghafte, hoffnungsvolle Gefühl, ich könnte tatsächlich erwachsen sein. Hätte das Schlimmste der Kindheit hinter mir. Seht her, verkündete ich der Welt, ich hab meine eigene Wohnung. Das ist doch gut, stimmt's?

An diesem Abend war mein Glück des Alleinseins getrübt durch die unverständliche Drohung an meiner Wohnungstür. An diesem Abend fühlte ich mich einsam in meinem Alleinsein und vielleicht sogar ein wenig ängstlich. An diesem Abend vergewisserte ich mich, daß alle Fenster geschlossen und verriegelt waren, als ich aus dem Haus ging.

Auf dem Weg zur Olden Street fuhr ich einen Umweg und behielt dabei den Rückspiegel im Auge. Ich hatte keine Spur von Joyce gesehen, aber Vorsicht war immer schon die Mutter der Porzellankiste. Ich hatte das Gefühl, daß Helen Badijian mir etwas Wichtiges würde sagen können und wollte den Feind nicht zu ihr führen.

Um kurz vor zehn war ich am 7-Eleven. Ich blieb noch eine Weile im Wagen sitzen, um zu sehen, ob Joyce nicht doch erscheinen würde. Um fünf nach zehn war immer noch keine Joyce da, und leider, soweit ich durch die Ladenfenster sehen konnte, offenbar auch keine Helen Badijian. An der Kasse stand ein junger Typ, der mit einem älteren Mann redete. Der Alte wedelte aufgeregt mit den Armen und schien stinksauer zu sein. Der Junge nickte immer nur, ja, ja, ja.

Als ich in den Laden trat, hörte ich, wie der Alte sagte: »Absolut verantwortungslos. Dafür gibt es keine Entschuldigung.«

Ich ging nach hinten und schaute mich um. Helen war nirgends zu sehen.

»Entschuldigen Sie«, sagte ich zu dem jungen Kassierer. »Ich dachte, Helen Badijian wäre heute abend hier.«

Der Kassierer warf einen nervösen Blick auf den alten Mann. »Sie mußte früher gehen.«

»Ich muß sie unbedingt sprechen. Wissen Sie, wo ich sie erreichen kann?«

»Das ist eine gute Frage, Mädchen«, sagte der Alte.

Ich bot ihm die Hand. »Stephanie Plum.«

»Arnold Kyle. Mir gehört der Laden. Vor einer Stunde ungefähr krieg ich einen Anruf von der Polizei, daß der Laden unbesetzt ist. Ihre Freundin Helen ist einfach rausmarschiert, ohne jemandem Bescheid zu geben. Nicht einmal abgesperrt hat sie. Ein Kunde, der Zigaretten kaufen wollte, hat die Polizei angerufen, als er merkte, daß kein Mensch im Laden war.«

Ich hatte ein ganz übles Gefühl. »War Helen mit ihrer Arbeit nicht zufrieden?«

»Zu mir hat sie nie was gesagt«, antwortete Kyle.

»Vielleicht ist sie plötzlich krank geworden und hatte keine Zeit mehr, Bescheid zu geben.«

»Ich hab bei ihr zu Hause angerufen. Kein Mensch hat sie gesehen. Ich hab im Krankenhaus angerufen. Da ist sie auch nicht.«

»Haben Sie hier im Laden nachgeschaut? Im Lager? Im Keller? In der Toilette?«

»Klar, da war ich überall.«

»Kommt sie mit dem Auto zur Arbeit? Steht ihr Wagen noch hier?«

Kyle sah den jungen Kassierer an.

»Ja, der steht noch draußen«, sagte der. »Ich hab gleich daneben geparkt, als ich kam. Es ist ein blauer Nova.«

»Die ist bestimmt mit irgendwelchen Freunden gefahren«, meinte Kyle. »Heutzutage kann man sich doch auf keinen Menschen mehr verlassen. Von Verantwortungsgefühl keine Spur, diese Leute. Kaum kommt was Besseres daher, lassen sie alles stehen und liegen.«

Ich wandte mich an den Kassierer. »Fehlt Geld?«

Er schüttelte den Kopf.

»Kampfspuren? War irgendwas umgeschmissen?«

»Ich war noch vor ihm da«, sagte Kyle. »Es war alles wie immer. Sie scheint einfach rausspaziert zu sein.«

Ich gab ihm meine Karte und erklärte meine Beziehung zu Helen. Wir suchten hinter der Kassentheke nach einer Nachricht, fanden aber nichts. Ich dankte Kyle und dem Kassierer und bat sie, mich anzurufen, wenn sie von Helen hören sollten. Ich hatte die Hände auf die Theke gestützt und blickte nach unten, und da sah ich es. Ein Streichholzheftchen von der Parrot Bar in Point Pleasant.

»Gehört das Ihnen?« fragte ich den Kassierer.

»Nein«, sagte er. »Ich rauche nicht.«

Ich sah Kyle an. »Mir gehört's auch nicht«, sagte er.

»Haben Sie was dagegen, wenn ich's mitnehme?«

»Bedienen Sie sich«, sagte Kyle.

Auf der Heimfahrt schaute ich mindestens sechzigmal in den Rückspiegel. Mein Verfolgungswahn hatte weniger mit Joyce zu tun als mit den Leuten, die möglicherweise Helen Badijian weggezaubert oder entführt hatten. Vor einer Woche noch hätte ich die gleiche Schlußfolgerung gezogen wie Kyle – daß Helen einfach abgehauen war. Jetzt, wo ich von abgehackten Fingern und skalpierten Köpfen wußte, sah ich die Ereignisse in einem trübseligeren Licht.

Ich parkte auf meinem Platz, schaute mich einmal gründlich um, holte tief Luft und sprang aus dem Wagen. Raste über den Parkplatz, durch die Hintertür ins Haus und rauf zu meiner Wohnung. Von der Tür starrte mir immer noch der Haß entgegen. Keuchend und mit zitternder Hand schloß ich auf.

Das ist doch albern, sagte ich mir. Reiß dich gefälligst zusammen. Aber das schaffte ich nicht. Statt dessen sperrte ich mich ein, schaute unters Bett, in sämtliche Schränke und hinter den Duschvorhang. Als ich mich überzeugt hatte, daß ich in Sicherheit war, aß ich den ganzen Biskuitkuchen von Entenmann auf, um meine Nerven zu beruhigen.

Als von dem Kuchen nichts mehr da war, rief ich Morelli an, erzählte ihm von Helen und bat ihn, der Sache nachzugehen.

»Und wie genau hast du dir das vorgestellt?«

»Ich weiß auch nicht. Vielleicht könntest du feststellen, ob sie im Leichenhaus ist. Oder im Krankenhaus, um sich einen abgehackten Körperteil wieder annähen zu lassen. Vielleicht könntest du ein paar von deinen Kollegen bitten, nach ihr Ausschau zu halten.«

»Wahrscheinlich hat Kyle recht«, meinte Morelli. »Wahrscheinlich sitzt sie mit irgendwelchen Freunden in einer Kneipe.«

»Glaubst du das wirklich?«

»Nein«, antwortete Morelli. »Das sag ich nur, damit du endlich auflegst. Ich schau mir nämlich gerade ein Baseballspiel an.«

»Was mich an der Sache wirklich beunruhigt, hab ich dir noch gar nicht gesagt.«

»Und das wäre?«

»Eddie Kuntz ist der einzige, der wußte, daß ich zu Helen Badijian wollte.«

»Und du meinst, er ist dir zuvorgekommen.«

»Ja, der Gedanke ist mir durch den Kopf gegangen.«

»Weißt du, es gab mal eine Zeit, da sagte ich zu mir, wie macht sie das bloß? Wie schafft sie's, immer an solche Irren zu geraten? Aber jetzt frag ich das gar nicht mehr. Jetzt erwarte ich so was von dir.«

»Also, hilfst du mir oder nicht?«

- 6 -

Die Vorstellung, daß ich an Helens Verschwinden schuld sein könnte, belastete mich. Morelli hatte sich bereit erklärt, ein paar Anrufe zu machen, aber das genügte mir nicht. Ich zog das Streichholzheftchen von der Parrot Bar aus meiner Tasche und untersuchte es. Keine hastig hingeworfene Nachricht auf der Innenseite der Klappe und im Grunde nichts, was darauf schließen ließ, daß es Maxine gehörte. Trotzdem wollte ich morgen gleich in aller Frühe nach Point Pleasant fahren.

Ich holte mir das Telefonbuch und schaute unter Badijian nach. Es gab drei. Keine Helen. Zwei wohnten im Stadtteil Hamilton. Einer in Trenton. Ich rief die Nummer in Trenton an. Eine Frau meldete sich und sagte, Helen sei noch nicht von der Arbeit nach Hause gekommen. Kinderleicht. Aber leider nicht die richtige Antwort. Ich hätte gern gehört, daß Helen daheim war.

Okay, dachte ich, vielleicht kümmere ich mich am besten selbst mal um die Sache. Schau mal bei Kuntz zum Fenster rein, ob er Helen an einen Küchenstuhl gefesselt hat. Ich legte meinen schwarzen Vielzweckgürtel um. Pfefferspray, Schockpistole, Handschellen, Taschenlampe, .38er Special. Ich dachte daran, die .38er zu laden, entschied mich dann aber dagegen. Schußwaffen waren mir unheimlich.

Ich zog eine dunkelblaue Windjacke über und stopfte mein Haar unter meine Mütze.

Mrs. Zuppa kam gerade vom Bingo nach Hause, als ich wegging. »Aha, Sie gehen wohl zur Arbeit«, sagte sie, schwer auf ihren Stock gestützt. »Was für eine Waffe tragen Sie?«

»Eine Achtunddreißiger.«

»Mir persönlich ist eine Neun-Millimeter lieber.«

»Ja, die ist gut.«

»Wenn man ein künstliches Hüftgelenk hat und am Stock gehen muß, ist so eine Halbautomatik leichter zu handhaben«, erklärte sie.

Eine nützliche Information, die ich fürs erste speichern und vielleicht an meinem dreiundachtzigsten Geburtstag wieder hervorholen würde.

Es war kaum Verkehr um diese nachtschlafende Zeit. Ein paar Autos in der Olden Street. Keine Autos in der Muffet. Ich fuhr um die Ecke in die Cherry Street und parkte an der nächsten Kreuzung. Von dort aus ging ich zu Fuß zu Kuntz' Haus. In beiden Haushälften brannte Licht. Die Jalousien waren nicht runtergelassen. Ich blieb auf dem Bürgersteig stehen und spitzelte. Leo und Betty saßen Seite an Seite in bequemen Fernsehsesseln vor der Glotze und schauten sich Bruce Willis an.

Nebenan war Eddie am Telefon. Es war ein schnurloses. Ich konnte ihn in seiner Küche hinten im Haus hin und her gehen sehen.

Die Nachbarhäuser waren dunkel. Auf der anderen Straßenseite brannten Lichter, aber es rührte sich nichts. Ich schlich mich zwischen den Häusern hindurch, wobei ich all die Stellen, wo aus unverhüllten Fenstern Licht auf den Rasen fiel, tunlichst mied, und kroch im Schutz der Schatten hinter Kuntz' Haus. Gesprächsfetzen wehten aus dem offenen Fenster zu mir raus. Ja, er liebe sie, sagte Kuntz. Ja, er finde sie sexy, versicherte er. Ich stand in tiefer Dunkelheit und sah durch das Fenster. Er stand mit dem Rücken zu mir. Er war allein, und auf seinem Küchentisch lagen keine abgehackten Körperteile rum. Keine Helen war an den Herd gefesselt. Keine unheimlichen Schreie tönten aus seinem Keller. Die ganze Sache war verdammt enttäuschend.

Allerdings – Jeffrey Dahmer hatte seine Trophäen in seinem Kühlschrank aufbewahrt. Vielleicht sollte ich nach vorn gehen und klopfen, sagen, ich sei zufällig in der Gegend und hätte mir gedacht, ich würde auf den versprochenen Drink vorbeischauen.

Wenn er dann Eis holte, würde ich in seinen Kühlschrank sehen können.

Ich war noch dabei, das Für und Wider dieses Plans zu erwägen, als mir eine Hand auf den Mund gedrückt, ich nach rückwärts gezerrt und an die Hauswand gepreßt wurde. In Todesangst stieß ich mit den Füßen, bekam eine Hand frei und wollte nach dem Pfefferspray greifen, als ich an meinem Ohr eine vertraute Stimme hörte.

»Mit Pfefferspray kommst du mir nicht bei.«

»Morelli!«

»Scht! Was zum Teufel tust du hier?«

»Ich ermittle. Was hast du denn gedacht?«

»Für mich sieht's eher aus wie unbefugtes Betreten von Eddie Kuntz' Grundstück.« Er schob meine Windjacke zur Seite und schaute sich meinen Allzweckgürtel an. »Keine Granaten?«

»Ha, ha! Sehr komisch.«

»Du mußt hier verschwinden.«

»Ich bin noch nicht fertig.«

»Doch, bist du«, widersprach Morelli. »Ich hab Helen gefunden.«

»Na los, sag's mir.«

»Nicht hier.« Er nahm mich bei der Hand und zog mich mit sich Richtung Straße.

Das Licht über Eddies Hintertür ging an, die Fliegengittertür öffnete sich quietschend. »Ist da jemand?«

Morelli und ich erstarrten, an die Seitenwand des Hauses gedrückt.

Eine zweite Tür flog auf. »Was ist los?« rief Leo.

»Hier draußen schleicht jemand rum. Ich hab Stimmen gehört.«

»Betty«, schrie Leo, »hol die Taschenlampe. Und mach das Außenlicht an.«

Morelli gab mir einen Stoß. »Lauf zu deinem Wagen.«

Mich im Schatten haltend, rannte ich um das benachbarte Doppelhaus herum, lief ein Stück die Einfahrt rauf Richtung Muffet und stolperte quer durch Vorgärten zur Cherry Street. Ich kletterte über einen anderthalb Meter hohen Maschendrahtzaun, blieb hängen und fiel kopfüber ins Gras.

Morelli hievte mich bei meinem Allzweckgürtel in die Höhe und schob mich an.

Sein Pick-up stand direkt hinter meinem CRX. Wir sprangen in unsere Autos und zischten ab. Erst auf dem Parkplatz hinter meinem Haus hielt ich wieder an.

Ich stieg aus, sperrte den Wagen ab und wartete lässig, wie ich hoffte, an den CRX gelehnt, ohne mich davon stören zu lassen, daß ich aufgeschrammte Knie hatte und über und über voll Grasflecken war.

Morelli kam rüber und blieb vor mir stehen, die Hände in den Hosentaschen. »Leute wie du sind der Alptraum jedes Polizisten«, sagte er.

»Was ist mit Helen?«

»Sie ist tot.«

Mir blieb die Luft weg. »O Gott, das ist ja furchtbar!«

»Sie wurde in einem Hof ungefähr vier Straßen vom 7-Eleven entfernt gefunden. Viel mehr weiß ich nicht, außer daß es offenbar zu einem Kampf kam.«

»Wie ist sie getötet worden?«

»Das können wir erst mit Sicherheit sagen, wenn wir den Autopsiebefund haben, aber sie hatte Blutergüsse am Hals.«

»Sie ist also erwürgt worden?«

»So sieht's aus.« Morelli hielt einen Moment inne. »Noch was, und das ist nicht für die Öffentlichkeit bestimmt. Ich sag dir das nur, damit du vorsichtig bist. Man hat ihr einen Finger abgehackt.«

Mir drehte sich der Magen um, und ich schnappte krampfhaft nach Luft. Da war ein Ungeheuer los – ein Psychopath. Und ich hatte ihn auf Helen Badijian gehetzt, indem ich sie in meinen Fall hineingezogen hatte.

»Ich hasse diesen Job«, sagte ich zu Morelli. »Ich hasse diese gemeinen Menschen und diese gemeinen Verbrechen und das Leiden, das sie verursachen. Und ich hasse die Angst. Am Anfang war ich zu dumm, um Angst zu haben. Jetzt hab ich eigentlich ständig Angst. Und nun hab ich auch noch Helen Badijian umgebracht.«

»Du hast Helen Badijian nicht umgebracht«, sagte Morelli. »Du darfst dir dafür nicht die Verantwortung geben.«

»Wie hältst du das bloß aus? Wie schaffst du's, jeden Tag zur Arbeit zu gehen und dich mit solchem Abschaum rumzuschlagen?«

»Die meisten Menschen sind gut. Das halt ich mir immer vor Augen, damit ich nicht die Perspektive verliere. Weißt du, es ist so, als hätte man einen Korb voll Pfirsiche. Irgendwo in der Mitte liegt ein verfaulter Pfirsich. Man sucht ihn raus und wirft ihn weg. Und man sagt sich, na ja, so ist das eben mit Pfirsichen – ein Glück, daß ich den faulen rausgenommen habe, ehe er die anderen anstecken konnte.«

»Und was ist mit der Angst?«

»Konzentrier dich auf deine Aufgabe und nicht auf die Angst.«

Das war leichter gesagt als getan. »Ich nehme an, du bist zu Kuntz gefahren, weil du mich gesucht hast?«

»Ich hab dich angerufen, um dir wegen Helen Bescheid zu sagen«, antwortete Morelli, »und du warst nicht zu Hause. Da hab ich mich gefragt, ob du dumm genug wärst, dir Kuntz vorzuknöpfen, und die Antwort war ja.«

»Glaubst du, daß Kuntz Helen getötet hat?«

»Das ist schwer zu sagen. Er ist sauber. Keine Vorstrafen. Die Tatsache, daß er von deinem geplanten Besuch bei Helen wußte, muß nicht unbedingt was bedeuten. Es kann sein, daß da jemand völlig unabhängig am Werk ist und dieselben Spuren aufdeckt wie du.«

»Wenn das so ist, dann ist er mir jetzt voraus. Er konnte noch mit Helen reden.«

»Helen hat vielleicht gar nicht viel gewußt.«

Das war möglich. Vielleicht hatte sie nur das Streichholzheftchen gehabt.

Morelli sah mich scharf an. »Du läßt doch jetzt die Finger von Kuntz?«

»Heute nacht auf jeden Fall.«

Ich machte mir gerade meinen Frühstückskaffee, als Sally anrief.

»Den Code zu knacken war ganz lustig, aber die Botschaft ist doof«, sagte er. »›Der nächste Hinweis liegt in einer Schachtel mit einem großen roten X drauf.‹«

»Das ist alles? Keine Anweisungen, wie die Schachtel zu finden ist?«

»Nein, das war's. Wollen Sie den Zettel haben? Er ist ziemlich mitgenommen. Sugar hat heute morgen die Küche saubergemacht und ihn aus Versehen in den Müll geschmissen. Es war reines Glück, daß ich ihn wiedergefunden hab.«

»Ist er immer noch sauer?«

»Nein. Er hat gerade mal wieder den Putz-und-Koch-und-Verschönerungsfimmel. Heut morgen ist er aufgestanden und hat sofort losgelegt. Erst hat er Waffeln und Würstchen gebraten, Orangensaft ausgepreßt, ein Omelett gemacht und einen Kuchen ins Rohr geschoben, dann hat er von oben bis unten die Küche gewienert, und am Schluß ist er losgezogen und hat neue Kissen für die Couch gekauft.«

»Gott sei Dank. Ich hatte schon Angst, er wär vielleicht wütend, weil ich mir die Perücke ausgeliehen hab.«

»Nein, nein. Er war die gute Laune in Person. Er hat gesagt, Sie könnten sich die Perücke jederzeit ausleihen.«

»Er ist echt nett.«

»Ja, und er macht phantastische Waffeln. Ich hab um zehn eine Probe in Hamilton. Ich kann auf der Fahrt schnell bei Ihnen vorbeikommen und Ihnen den Zettel bringen.«

Ich goß mir eine Tasse Kaffee ein und rief Eddie Kuntz an.

»Sie war hier«, sagte er. »Dieses Luder hat mich gestern nacht bespitzelt. Ich war am Telefon und hab draußen jemand reden gehört. Ich bin sofort rausgelaufen, aber sie ist abgehauen. Sie waren zu zweit. Maxine und noch jemand. Wahrscheinlich eine von ihren dämlichen Freundinnen.«

»Sind Sie sicher, daß es Maxine war?«

»Wer soll's sonst gewesen sein?«

Ich, du Schwachkopf. »Wir haben die Botschaft aus der Torte entschlüsselt. Der nächste Hinweis ist in einer Schachtel mit einem großen roten X drauf. Steht so was vielleicht bei Ihnen im Garten?«

»Nein. Ich schau gerade vorn zum Fenster raus. Ich seh nirgends eine Schachtel.«

»Und hinten?«

»Das ist doch idiotisch. Hinweise und Schachteln und – Scheiße, ich hab die Schachtel gefunden. Sie steht vor der Hintertür auf der Stufe. Was soll ich jetzt tun?«

»Machen Sie sie auf.«

»Kommt nicht in die Tüte. Ich mach die Schachtel nicht auf. Da kann doch ne Bombe drin sein.«

»Es ist keine Bombe drin.«

»Woher wollen Sie das wissen?«

»Das ist nicht Maxines Stil.«

»Haben Sie eine Ahnung. Maxine hat keinen Stil. Maxine ist ein Fall für die Klapse. Wenn Sie solches Gottvertrauen haben, dann kommen Sie doch rüber und machen die Schachtel auf.«

»In Ordnung. Ich komme und mach sie auf. Lassen Sie sie stehen, wo sie ist, ich bin gleich da.«

Ich trank meinen Kaffee aus und gab Rex zum Frühstück ein paar Cornflakes. »Tagesprogramm«, sagte ich zu ihm. »Ich warte, bis Sally den Zettel vorbeibringt. Dann fahr ich rüber zu Kuntz und mach die Schachtel auf. Dann hau ich ab nach Point Pleasant und such Maxine. Na, ist das ein Programm?«

Rex sauste aus seiner Suppendose raus, stopfte sich die Cornflakes in die Backentaschen und sauste wieder zurück in die Dose. Das nennt man Anteilnahme.

Ich überlegte gerade, ob ich von einer zweiten Tasse Kaffee Herzflimmern kriegen würde, als es an der Tür klopfte. Ich machte auf und sah mich einer Blumenlieferantin gegenüber, die fast ganz hinter einem Riesenstrauß versteckt war.

»Stephanie Plum?«

»Ja.«

»Für Sie.«

Wow! Blumen. Ich liebe Blumen, besonders wenn ich sie geschenkt bekomme. Ich nahm den Strauß und trat zurück. Und die Lieferantin sprang in meine Wohnung und richtete eine Kanone auf mich. Es war Maxine.

»Na, na, na«, sagte sie. »Auf so einen alten Trick fallen Sie rein! Wo stammen Sie denn her? Vom Mond?«

»Ich hab gleich gewußt, daß Sie es sind. Ich wollte mit Ihnen reden, drum hab ich mir nichts anmerken lassen.«

»Das glaub ich Ihnen aufs Wort.« Sie stieß die Tür mit dem Fuß zu und sah sich um. »Legen Sie die Blumen auf die Arbeitsplatte in der Küche und stellen Sie sich dann vor den Kühlschrank. Gesicht zum Kühlschrank, Hände an der Tür.«

Ich tat brav, was sie sagte, und sie fesselte mich mit Handschellen an die Kühlschranktür.

»So, und jetzt reden wir«, sagte sie. »Mein Vorschlag ist folgender: Sie hören auf, mich zu belästigen, und ich laß Sie am Leben.«

»Würden Sie mich allen Ernstes erschießen?«

»Ohne mit der Wimper zu zucken.«

»Das glaub ich nicht.«

»Ah, Doktor Allwissend.«

»Was soll diese Schnitzeljagd?«

»Die hab ich mir für das Arschloch ausgedacht. Ich wollte den Kerl mal genauso schikanieren, wie er mich immer schikaniert hat. Aber da mußten Sie sich einmischen, und jetzt nehmen Sie ihm die ganze Drecksarbeit ab. Wieso fallen alle Frauen auf den Typen rein? Wie schafft er das bloß?«

»Also, ich kann nur für mich sprechen. Ich tu's des Geldes wegen.«

»Ich bin echt blöd«, sagte sie. »Ich hab's umsonst getan.«

»Aber hier läuft noch was andres«, sagte ich. »Was Gefährliches. Wissen Sie, daß Ihre Wohnung durchsucht worden ist? Wissen Sie, was Margie und Ihrer Mutter passiert ist?«

»Da will ich jetzt nicht darüber reden. Da kann ich im Moment sowieso nichts tun. Aber eins kann ich Ihnen sagen: Ich krieg das, was dieser Mistkerl, Eddie Kuntz, mir schuldet. Der wird für alles bezahlen, was er getan hat.«

»Dafür, daß er Ihre Mutter skalpiert hat, meinen Sie?«

»Ich meine, dafür, daß er mir die Nase gebrochen hat. Ich meine, dafür, daß er dauernd besoffen war und mich geprügelt hat. Mich betrogen hat. Von meinem Geld gelebt hat. Und mir vorgelogen hat, er würde mich heiraten. Dafür wird der Kerl mir bezahlen.«

»Er hat gesagt, Sie hätten Liebesbriefe mitgenommen, die ihm gehören.«

Maxine warf den Kopf zurück und lachte. Es war ein sympathisches, offenes Lachen aus vollem Hals, von dem ich mich gern hätte anstecken lassen, wenn ich nicht an den Kühlschrank gefesselt gewesen wäre. »Das hat er Ihnen erzählt? Mann, das ist wirklich gut! Eddie Kuntz, der Liebesbriefschreiber. Und Sie sind wahrscheinlich Großaktionärin bei Bill Gates.«

»Ich versuch doch nur, meine Arbeit zu machen.«

»Genau. Und ich versuch zu leben. Ich kann Ihnen nur eines raten: Geben Sie's auf, mir hinterherzuhecheln, Sie werden mich nämlich doch nicht schnappen. Ich will bloß diesem Arschloch noch ein bißchen die Hölle heiß machen, dann bin ich weg. Sobald ich den guten Eddie Kuntz genug gepiesackt habe, verschwinde ich.«

»Haben Sie denn das Geld, um zu verschwinden?«

»Mehr als Gott Äpfel hat. So, und jetzt sage ich Ihnen noch was über diese Schachtel. Die ist voll Hundekacke. Ich bin den ganzen Tag im Park rumgelaufen und hab einen Plastikbeutel damit vollgemacht. Der Zettel mit dem nächsten Hinweis steckt mitten in der Scheiße in dem Beutel. Ich freu mich schon drauf, wenn der Kerl da drin rumwühlt. Und verlassen Sie sich drauf, der ist so scharf darauf, mich zu finden, daß er das auch tun wird. Halten Sie sich also gefälligst zurück und helfen Sie ihm nicht.«

Es schüttelte mich. Hundekacke. Igitt!

»Das ist alles, was ich Ihnen zu sagen habe«, bemerkte Maxine abschließend. »Lassen Sie mich in Ruhe, und hören Sie auf, dem Arschloch zu helfen.«

»Haben *Sie* draußen auf meine Wohnungstür geschmiert?«

Sie wandte sich zum Gehen. »Nein, aber es ist ziemlich cool, was da steht.«

»Sie lassen doch die Schlüssel zu den Handschellen da?«

Sie sah mich an, zwinkerte mir zu und überließ mich meinem Schicksal. Die Wohnungstür fiel hinter ihr zu.

Verdammt! »Ich bin nicht die einzige, die hinter Ihnen her ist!« brüllte ich ihr nach. »Passen Sie auf, daß Joyce Barnhardt, dieses Luder, Sie nicht erwischt!« Scheiße. Jetzt war sie weg. Ich riß an den Handschellen, aber sie hielten. Keine Messer oder andere hilfreiche Küchengeräte in Reichweite. Telefon zu weit weg. Ich konnte mir die Lunge aus dem Leib schreien, und Mr. Wolensky, der Fernsehfreak von gegenüber, würde mich nicht hören. Denk nach, Stephanie. Denk nach! »Hilfe!« brüllte ich. »Hilfe!«

Niemand kam mir zu Hilfe. Nachdem ich ungefähr fünf Minuten lang wie eine Wahnsinnige geschrien und getobt hatte, bekam ich Kopfschmerzen. Ich hörte auf zu schreien und schaute in den Kühlschrank nach einem Mittel gegen Kopfschmerzen. Bananencremekuchen. Es war noch ein Rest vom Sonntag da. Ich aß den Kuchen und spülte ihn mit Milch hinunter. Danach war ich immer noch hungrig und aß etwas Erdnußbutter und einen Beutel kleine Karotten. Ich verdrückte gerade die letzte der Karotten, als es draußen wieder klopfte.

Ich fing von neuem an zu schreien. »Hilfe!«

Die Tür flog auf, und Sally schaute rein. »Hey!« rief er. »Wer hat Sie denn an den Kühlschrank gefesselt?«

»Ich hatte einen kleinen Zusammenstoß mit Maxine.«

»Anscheinend haben Sie verloren.«

»Sie haben sie wohl nicht zufällig draußen auf dem Parkplatz gesehen?«

»Nein.«

Am meisten fürchtete ich, daß sie auf Nimmerwiederfinden entwischt war. Am zweitmeisten fürchtete ich, daß Joyce sie geschnappt hatte.

»Gehen Sie runter ins Souterrain und holen Sie Dillon, den Hausmeister. Sagen Sie ihm, er soll raufkommen und eine Metallsäge mitbringen.«

Zwanzig Minuten später trug ich zwar immer noch ein Armband, aber wenigstens war ich frei. Sally war wieder gefahren, zu seiner Probe. Dillon war mit einem Sechserpack unter dem Arm auf dem Weg nach unten. Und ich machte mich verspätet auf den Weg zu einem Rendezvous mit einer Schachtel voll Hundescheiße.

Als ich unten zu meinem Wagen gehen wollte, brauste Joyce auf den Parkplatz.

»Hallo, Joyce«, sagte ich. »Lange nicht gesehen.« Ich linste in ihr Auto, ob sie da vielleicht Maxine versteckt hätte. »Überwachst du mich immer noch?«

»Blöd werd ich sein! Ich hab Besseres zu tun, als den ganzen Tag rumzusitzen und drauf zu warten, daß jemand eine Torte ins Gesicht kriegt. Ich wollt mich nur von dir verabschieden.«

»Du gibst auf?«

»Ich brauch dich nicht mehr, um Maxine zu finden.«

»Ach was? Wie das?«

»Ich weiß, wo sie sich versteckt. Ich hab jemanden an der Hand, der über Maxines Transaktionen genau Bescheid weiß. Pech, daß du nie im Einzelhandel gearbeitet hast wie ich. Da hab ich eine Menge Verbindungen geknüpft.«

Ihr Fenster schurrte in die Höhe, und sie fuhr mit Vollgas zur Straße hinaus.

Klasse. Joyce hat Verbindungen.

Ich ging zu meinem Wagen und sah, daß jemand einen Zettel unter den Scheibenwischer geklemmt hatte.

›Ich hab dich gewarnt, daß ich dir's heimzahle. Es war mein Ernst. Ich hab dich beobachtet, und ich weiß, daß er hier war. Das ist die letzte Warnung! Laß die Finger von meinem Freund! Wenn ich das nächstemal was mit Benzin übergieße, halt ich auch gleich ein Streichholz dran.‹

Es ging also um irgend jemandes Freund. Da kam mir nur einer in den Sinn. Morelli. Bah! Und ich wäre beinah mit ihm ins Bett gegangen. Ich schlug mir vor die Stirn. Ich war auf dieses ganze Gewäsch von wegen ohne Kondome kein Sex reingefallen. Wo hatte ich nur meinen Verstand gehabt? Ich hätte wirklich gescheiter sein müssen, als irgendwas zu glauben, was Morelli mir erzählte. Und es fiel mir auch gar nicht schwer, der Freundin einen Namen zu geben. Terry Gilman. Diese Drohung roch ja förmlich nach Mafia. Und Connie hatte gesagt, Terry gehöre zum Mob.

Ich beschnupperte mein Auto. Benzin. Ich berührte mit einem Finger die Kühlerhaube. Sie war noch naß. Morellis ausgeflippte Freundin mußte gerade erst hier gewesen sein. Sie hatte das wahrscheinlich getan, während ich am Kühlschrank gehangen hatte. Na ja, nicht weiter schlimm, dachte ich. Ich würde einfach durch die Waschanlage fahren.

Automatisch schob ich den Schlüssel ins Türschloß. Aber der Schlüssel drehte sich nicht; die Tür war nicht abgeschlossen. Ich sah genauer hin und entdeckte die Kratzer im Lack neben dem Fenster. Jemand hatte das Schloß aufgebrochen.

Düstere Vorahnungen befielen mich.

Ich schaute schnell durch das Fenster. Gestohlen war anscheinend nichts. Das Radio sah unversehrt aus. Ich machte die Tür auf der Fahrerseite auf, und der Benzingeruch haute mich um. Ich legte meine Hand auf den Sitz. Er war völlig durchnäßt. Die Bodenmatten waren durchnäßt. Das Armaturenbrett war durchnäßt. Benzin stand in Ritzen und Winkeln.

Scheiße! Gottverdammter Morelli! Ich war wütender auf ihn als auf Terry. Ich sah mich auf dem Parkplatz um. Niemand hier außer mir.

Ich holte mein Handy heraus und wählte. Bei Morelli meldete sich niemand. Auch unter seiner Dienstnummer nicht. Auch nicht unter seiner Funktelefonnummer. Ich trat wütend gegen einen Reifen und fluchte kreativ.

Mein Auto stand in einer Ecke des Parkplatzes, keine anderen Wagen in unmittelbarer Nähe. Im Moment schien es mir das Sicherste, den Wagen einfach stehenzulassen und abzuwarten, bis ein Teil des Benzins sich verflüchtigte. Ich kurbelte sämtliche Fenster runter, lief in meine Wohnung hinauf und rief Lula im Büro an.

»Ich brauch ein Auto«, sagte ich zu ihr. »Meins tut's nicht.«

»Okay, jetzt sag mir noch mal, was es mit dieser Schachtel auf sich hat«, sagte Lula, als sie ihren Firebird am Bordstein vor Kuntz' Haus anhielt.

»Maxine hat gesagt, daß sie voll Hundescheiße ist und wir sie nicht anrühren sollen.«

»Und du glaubst Maxine? Angenommen, es ist eine Bombe?«

»Ich glaub nicht, daß es eine Bombe ist.«

»Okay, aber bist du sicher?«

»Nein, das nicht.«

»Weißt du was, ich bleib vorn auf der Veranda, während du die Schachtel aufmachst. Ich will da lieber nicht dabeisein.«

Ich ging um das Haus herum nach hinten, und da stand die Schachtel, mitten auf der Stufe vor der Hintertür. Sie war quadratisch, ungefähr dreißig Zentimeter mal dreißig Zentimeter, aus dickem Pappkarton, mit Klebeband verschlossen, oben drauf ein rotes X.

Kuntz stand an der Fliegengittertür. »Das hat aber lang gedauert.«

»Sie können von Glück reden, daß wir überhaupt gekommen sind«, versetzte Lula. »Und wenn Sie sich nicht anders benehmen, hauen wir gleich wieder ab. Also, überlegen Sie sich's.«

Ich ging in die Hocke und untersuchte die Schachtel. Kein Ticken. Kein Geruch nach Hundescheiße. Keine Etiketten, die vor gefährlichen Sprengstoffen warnten. Kurz, diese Schachtel konnte praktisch alles enthalten. Oder nichts.

»Scheint mir in Ordnung zu sein«, sagte ich zu Kuntz. »Machen Sie sie auf.«

»Sind Sie sicher, daß das nicht gefährlich ist?«

»Hey!« sagte Lula. »Wir sind ausgebildete Profis. Wir kennen uns mit so was aus. Stimmt's, Stephanie?«

»Stimmt.«

Kuntz starrte die Schachtel an. Er kniff die Lippen zusammen.

»Diese verdammte Maxine.« Er zog ein Schweizer Armeemesser aus seiner Tasche und beugte sich zu der Schachtel hinunter.

Lula und ich entfernten uns diskret.

»Sie sind ganz sicher?« fragte er wieder, das Messer schon gezückt.

»Klar.« Noch ein Schritt zurück.

Kuntz schlitzte das Klebeband auf, zog die Klappen hoch und schaute vorsichtig in die Schachtel hinein. Nichts explodierte, Lula und ich hielten trotzdem weiter Abstand.

»Was zum Teufel?« sagte Kuntz und beugte den Kopf tiefer. »Was ist denn das? Schaut aus wie ein Plastikbeutel, der mit Schokopudding gefüllt ist und oben mit so einem Drahtring zugezwirbelt.«

Lula und ich tauschten einen Blick.

»Der nächste Hinweis steckt wohl in dem Beutel«, meinte Kuntz. Er stupste den Beutel mit einem Finger, sein Gesicht verzerrte sich, und er stieß einen Laut aus, der wie »Äh« klang.

»Stimmt was nicht?« fragte Lula.

»Das ist kein Pudding.«

»Na, sehen Sie's doch positiv«, versetzte Lula. »Wenigstens ist es nicht explodiert.«

»Mensch, schon so spät«, rief ich, auf meine Uhr tippend. »Ich muß los.«

»Ja, ich auch«, sagte Lula. »Ich hab ne Menge zu tun.«

Alle Farbe war aus Kuntz' Gesicht gewichen. »Und was ist mit dem Hinweis?«

»Sie können mich später anrufen oder den Text auf dem Anrufbeantworter hinterlassen. Lesen Sie mir einfach die einzelnen Buchstaben vor.«

»Aber –«

Lula und ich waren schon weg. Am Haus vorbei, durch den Vorgarten, rein in den Firebird und ab. »Und jetzt?« fragte Lula.

»Aufregender kann's ja kaum werden. Kommt nicht alle Tage vor, daß ich eine Schachtel voll Hundekacke zu sehen kriege.«

»Ich muß Maxine suchen. Ich bin inzwischen nicht mehr die einzige, die weiß, daß sie in Point Pleasant ist. Unglücklicherweise steht mein Wagen betriebsunfähig auf dem Parkplatz, und das muß ich erst mal in Ordnung bringen.«

Noch einmal versuchte ich über Handy, Morelli zu erreichen, und erwischte ihn in seinem Auto.

»Deine Freundin hat mich besucht«, sagte ich.

»Ich hab keine Freundin.«

»Lüg doch nicht.«

Ich las ihm den Brief vor und erzählte von meiner Wohnungstür und meinem Auto.

»Wieso glaubst du, daß das meine Freundin war?« wollte Morelli wissen.

»Mir fällt sonst keiner ein, der eine Frau so weit in den Wahnsinn treiben würde.«

»Danke für das Kompliment«, sagte Morelli. »Aber ich bin mit niemandem zusammen. Seit einer Ewigkeit nicht.«

»Und was ist mit Terry Gilman?«

»Terry Gilman würde niemals Benzin über dein Auto schütten. Terry Gilman würde höflich bei dir klopfen und dir die Augen auskratzen, wenn du aufmachst.«

»Wann hast du Terry das letztemal gesehen?«

»Ungefähr vor einer Woche. Ich hab sie zufällig in Fiorellos Deli getroffen. Sie hatte ein kurzes Röckchen an und sah gut aus, aber im Augenblick ist sie nicht die Frau meines Lebens.«

»Ach, und wer ist die Frau deines Lebens?«

»Du.«

»Oh! Wer steckt dann hinter diesen Drohungen?«

»Vielleicht Maxine. Du hast gesagt, es ist passiert, nachdem sie dich an den Kühlschrank gefesselt hatte.«

»Und du meinst, der Freund, den ich in Ruhe lassen soll, ist

Kuntz? Ich weiß nicht recht. Kommt mir ziemlich unwahrscheinlich vor.«

Lula hielt neben dem CRX, und wir stiegen aus, um den Schaden zu begutachten.

»Ich hab keine Ahnung, wie du diese Mengen Benzin wieder loswerden willst«, sagte Lula. »Es ist ja überall. Sogar draußen auf dem Asphalt. Richtige Benzinpfützen.«

Ich würde die Polizei anrufen und Anzeige erstatten müssen, danach würde ich die Sache meiner Versicherung melden. Der Wagen mußte professionell gereinigt werden. Ich hatte wahrscheinlich eine Selbstbeteiligung, aber ich wußte nicht, wie hoch sie war. Spielte im Moment auch keine Rolle. So konnte ich den Wagen auf keinen Fall fahren.

»Ich geh mal rauf und telefoniere«, sagte ich zu Lula. »Wenn ich mich beeile, schaff ich's vielleicht noch rechtzeitig, um doch noch nach Point Pleasant zu fahren und Maxine zu suchen.«

»Weißt du, was ich an Point Pleasant ganz besonders liebe? Dieses köstliche Eis in Tüten, halb Orange und halb Vanille. Vielleicht muß ich mit dir fahren. Vielleicht brauchst du einen Bodyguard.«

Ein blauer Fairlane rollte auf den Parkplatz und hielt hinter uns an.

»Wahnsinn«, sagte Lula. »Das ist die alte Nowicki, stockblau.«

Mrs. Nowicki kroch aus dem Wagen und kam herausfordernd auf uns zu. »Das hab ich gehört. Ich bin nicht stockblau. Wenn ich stockblau wär, ging's mir viel besser.«

Sie trug giftgrünes Spandex und war in voller Kriegsbemalung. In ihrem Mundwinkel hing eine Zigarette, und unter einem giftgrünen Turban, der, wie ich wußte, einen frisch skalpierten Kopf verbarg, lugten karottenrote Kräusellöckchen hervor.

Sie warf einen Blick auf meinen Wagen und brach in schallendes Gelächter aus. »Ist das Ihrer?«

»Ja.«

»Hat Ihnen niemand beigebracht, daß Benzin in den Tank gehört?«

»Wollten Sie was Bestimmtes von mir?«

»Ich verreise«, sagte Mrs. Nowicki. »Und ich hab Ihnen was zu sagen. Maxine wär wütend, wenn sie wüßte, daß ich mit Ihnen rede, aber ich glaub, Sie hatten recht, es ist besser, daß Sie sie finden als – Sie wissen schon.«

»Sie haben von ihr gehört?«

»Sie hat mir ihren Wagen gebracht. Sie hat gesagt, daß sie ihn nicht mehr braucht.«

»Wo ist sie?«

»Sie war in Point Pleasant, genau wie ich vermutet hab. Aber inzwischen haben verschiedene Leute davon Wind bekommen, sagt sie, deswegen ist sie jetzt nach Atlantic City umgezogen. Eine Adresse wollte sie mir nicht geben, aber ich weiß, daß sie gern im Bally's Park Place spielt. Sie bildet sich ein, daß die Chancen da besser sind.«

»Sie sind da ganz sicher?«

»Ziemlich sicher, ja.« Sie zog an ihrer Zigarette, die fast bis zum Filter runtergeraucht war. Blauer Rauch strömte aus ihrer Nase, und sie schnippte den Stummel weg. Er fiel auf den Asphalt, rollte unter meinen Wagen und – puff! Der Wagen ging in Flammen auf.

»Scheiße!« schrien Lula und ich und sprangen zurück.

Der Wagen war nur noch ein riesiger gelber Feuerball.

»Feuer! Feuer!« brüllten Lula und ich.

Mrs. Nowicki drehte sich um. »Was?«

Bumm! Eine Explosion krachte, Mrs. Nowicki fiel auf den Hintern, und ein zweiter Feuerball loderte auf. Lulas Firebird!

»Mein Auto! Mein Baby!« heulte Lula. »Tu doch was! Tu was!«

Leute rannten aus dem Haus, und in der Ferne heulten Sirenen. Lula und ich beugten uns über Mrs. Nowicki, die mit weitaufgerissenen Augen auf dem Boden lag.

»O-o«, sagte Lula. »Sie werden doch nicht wieder toter Mann spielen.«

»Ich brauch eine Zigarette«, sagte Mrs. Nowicki. »Zünden Sie mir eine an.«

Ein Streifenwagen raste mit Blinklicht auf den Parkplatz. Carl Constanza sprang heraus und kam zu mir gerannt. »Nicht schlecht«, sagte er. »Diesmal hast du anscheinend gleich zwei Autos hochgehen lassen.«

»Das eine war Lulas.«

»Müssen wir nach Körperteilen suchen? Als du das letztemal ein Auto in die Luft gejagt hast, haben wir noch hundert Meter entfernt welche gefunden.«

»Einen einzigen Fuß habt ihr gefunden. Die meisten Teile lagen hier auf dem Parkplatz. Ich persönlich glaub immer noch, daß Mrs. Burlews Hund den Fuß da hingeschleppt hat.«

»Und wie schaut's diesmal aus? Müssen wir nach Füßen suchen?«

»Beide Autos waren leer. Mrs. Nowicki hat's umgehauen, aber ich glaub, sie hat keinen Schaden davongetragen.

»Sie hat so wenig Schaden davongetragen, daß sie abgedampft ist«, sagte Lula. »Weil ihre Rostlaube von einem Auto nämlich nicht verschmort ist.«

»Sie ist weg?« quäkte ich. Ich konnte nicht glauben, daß sie einfach abgefahren war, nachdem sie diese Katastrophe verursacht hatte.

»Gerade eben«, sagte Lula. »Ich hab's gesehen.«

Ich schaute zur St. James Street rüber, und ein alarmierender Gedanke schoß mir durch den Kopf. »Meinst du, sie hat das mit Absicht getan?«

»Unsere Autos angezündet, damit wir ihre Tochter nicht verfolgen können? Glaubst du, die ist clever genug, um sich so was einfallen zu lassen?«

Die Feuerwehr fuhr zuerst ab, dann die Polizei, dann die Abschleppwagen. Jetzt war nur noch ein verkohlter, mit Sand bestreuter Fleck auf dem Asphalt übrig.

»Na ja«, sagte Lula. »Wie gewonnen, so zerronnen.«

»Du scheinst ja nicht sehr erschüttert zu sein. Ich dachte, du hättest dieses Auto geliebt.«

»Schon, aber das Radio hat nicht richtig funktioniert, und in der Tür war eine Delle. Jetzt kann ich losgehen und mir ein neues kaufen. Sobald ich den Papierkram erledigt hab, mach ich mich auf die Socken. Autokaufen macht mir einen Riesenspaß.«

Ich haßte Autokaufen. Lieber ließ ich mir eine Mammographie machen. Ich hatte nie genug Geld, um mir ein Auto zu kaufen, das mir wirklich gefiel. Und dann diese Autoverkäufer... Nur Zahnärzte waren noch schlimmer. Ich schauderte unwillkürlich.

»Weißt du, ich bin eben jemand, der positiv denkt«, fuhr Lula fort. »Mein Glas ist nicht halb leer. Mein Glas ist immer halb voll. Darum schaff ich's auch, was aus mir zu machen. Außerdem gibt's massenhaft Leute, die schlimmer dran sind als ich. Wenn ich mir vorstelle, ich hätte den ganzen Nachmittag in einer Schachtel voll Scheiße nach einem Zettel wühlen müssen.«

»Glaubst du, Mrs. Nowicki hat die Wahrheit gesagt, als sie uns erzählt hat, Maxine wäre nach Atlantic City umgezogen? Vielleicht wollte sie uns nur auf eine falsche Fährte locken.«

»Das rauszufinden, gibt's nur eine Möglichkeit.«

»Wir brauchen einen fahrbaren Untersatz.«

Wir sahen einander an und verzogen die Gesichter. Wir wußten beide, wo ein Auto zu haben war. Mein Vater hatte einen blaßblauen 53er Buick in seiner Garage stehen. Immer wieder mal hatte ich mir diese Riesenkiste aus reiner Verzweiflung ausgeliehen.

»Nein, nein, nein«, sagte Lula. »In diesem Zuhälterschlitten fahr ich nicht nach Atlantic City.«

»Wo bleibt deine positive Einstellung? Ich dachte, dein Glas ist immer halb voll?«

»Scheiß auf das halbvolle Glas. In solchen uncoolen Autos fahr ich nicht. Ich hab schließlich einen Ruf zu verlieren. Eine üppige Schwarze in so einem Auto, da denkt doch jeder nur eins. Fünfundzwanzig Dollar fürs Blasen. Nein, wenn man nicht gerade Jay Leno ist, hat man in so ner Kiste nichts zu suchen.«

»Okay, hab ich das richtig verstanden? Wenn ich beschließen sollte, nach Atlantic City zu fahren und kein anderes Auto kriege als den Big Blue, dann kommst du nicht mit?«

»Na ja, wenn's wirklich kein anderes gibt …«

Ich rief Lula ein Taxi und schleppte mich dann die Treppe rauf in meine Wohnung. Drinnen ging ich erst mal zum Kühlschrank und holte mir ein Bier. »Ich muß dir leider mitteilen«, sagte ich zu Rex, »daß ich allmählich den Mut verlier.«

Ich hörte meinen Anrufbeantworter ab und erhielt eine kurze Nachricht von Eddie Kuntz. »Ich hab ihn.«

Kuntz hörte sich auch nicht viel fröhlicher an, als ich ihn zurückrief. Er las mir die Buchstaben einzeln vor. Dreiundfünfzig insgesamt. Dann legte er auf. Keine Frage nach meinem Befinden. Kein freundlicher Gruß.

Ich rief Sally an und wälzte die Last auf ihn ab. »Ach übrigens«, sagte ich, »was fahren Sie für einen Wagen?«

»Einen Porsche.«

Typisch. »Zweisitzig?«

»Gibt's auch andere?«

Platz für mich. Kein Platz für Lula. Sie würde es verstehen. Dienst war schließlich Dienst. Auch daß ihr Auto soeben in die Luft geflogen war, war reine Dienstsache. »Meine Schuld war's jedenfalls nicht«, sagte ich laut. »*Ich* hab die Zigarette nicht geschmissen.«

»Hey, ich glaub, ich bin eben nen Moment hochgebeamt worden«, sagte Sally. »Ich hab zwei Sätze aus dem Jenseits aufgefangen.«

Ich berichtete von unseren verbrannten Autos und Mrs. Nowickis Tip.

»Da werden wir wohl nach Atlantic City fahren müssen«, meinte Sally.

»Was glauben Sie, können wir Lula noch mit in den Porsche reinquetschen?«

»Nicht mal, wenn wir sie schrumpfen würden.«

Ich seufzte in tiefem Bedauern und sagte Sally, wir würden mit meinem Wagen fahren und ich würde ihn um sieben abholen. Um nichts in der Welt würde Lula sich von diesem Ausflug ausschließen lassen.

- 7 -

»Andere Mütter haben Töchter, die heiraten und Kinder bekommen«, sagte meine Mutter. »Ich hab eine Tochter, die Autos in die Luft jagt. Wie konnte das passieren? Von *meiner* Seite der Familie hast du das nicht.«

Wir saßen beim Abendessen. Mein Vater hielt den Kopf tief über seinen Teller gesenkt, und seine Schultern zuckten.

»Was hast du?« fragte meine Mutter ihn.

»Ich weiß auch nicht. Ich muß einfach lachen. Da gibt's Männer, denen passiert's ihr Leben lang nicht, daß irgendeines ihrer Kinder ein Auto in die Luft sprengt, aber meine Tochter läßt gleich drei Autos hochgehen und fackelt dazu noch ein ganzes Bestattungsunternehmen ab. Vielleicht ist das auch eine Art Rekord.«

Wir waren alle sprachlos, das war die längste Rede, die mein Vater in den letzten fünfzehn Jahren gehalten hatte.

»Dein Onkel Lou hat früher auch Autos in die Luft gejagt«, sagte mein Vater zu mir. »Du weißt das nicht, aber es ist wahr. Als junger Kerl hat Louie für Joey den Polypen gearbeitet. Joey hat damals mit Gebrauchtwagen gehandelt und lag im Streit mit den Brüdern Grinaldi, die ebenfalls mit Gebrauchtwagen gehandelt haben. Louie mußte für ihn immer die alten Kisten von den Grinaldis in die Luft sprengen. Er bekam fünfzig Dollar pro Wagen. Das war damals eine Menge Geld.«

»Du warst in der Kneipe und hast getrunken«, sagte meine Mutter zu meinem Vater. »Ich dachte, du wolltest Taxi fahren?«

Mein Vater schob sich eine Ladung Kartoffeln in den Mund. »War nichts los. Niemand hat ein Taxi gebraucht.«

»Und ist Onkel Lou je geschnappt worden?«

»Nein. Lou war clever. Die Brüder Grinaldi haben Lou nie in Verdacht gehabt. Sie glaubten, Joey ließe die Arbeit von Willy Fuchs erledigen. Eines Tages haben sie ihn umgelegt, und von da an hat Lou die Finger von ihren Autos gelassen.«

»Du meine Güte!«

»Ach, es ist alles ganz gut gelaufen«, sagte mein Vater. »Lou ist danach in den Obstgroßhandel eingestiegen und hat was draus gemacht.«

»Ein ausgefallenes Armband hast du um«, bemerkte Großmama. »Ist es neu?«

»Es ist eine Handschelle. Ich hab mir das Ding aus Jux umgelegt und konnte dann den Schlüssel nicht mehr finden. Da mußte ich die eine Hälfte absägen. Ich muß zu einem Schlosser, um mir diese aufmachen zu lassen, aber bis jetzt hatte ich noch nicht die Zeit.«

»Muriel Slickowskys Sohn ist Schlosser«, bemerkte meine Mutter. »Ich könnte Muriel anrufen.«

»Morgen vielleicht. Heute abend muß ich noch nach Atlantic City. Ich habe einen Tip bekommen, den ich überprüfen muß.«

»Da komm ich mit.« Großmama sprang von ihrem Stuhl auf und marschierte zur Treppe. »Ich kann euch helfen. Ich paß da gut rein. In Atlantic City wimmelt's von alten Scharteken wie mir. Ich zieh mich nur schnell um. Bin sofort fertig.«

»Warte! Ich glaube nicht –«

»Heut abend ist sowieso nichts im Fernsehen«, rief Großmama aus dem ersten Stock. »Und mach dir keine Sorgen, ich rüste mich schon richtig aus.«

Ich sprang auf. »Keine Waffen! Sie hat doch nicht etwa immer noch diese Fünfundvierziger?«

»Ich hab überall in ihrem Zimmer danach gesucht und hab sie nirgends gesehen.«

»Hey, ohne Leibesvisitation kommt sie nicht in meinen Wagen.«

»Dann zieh ich lieber Leine«, sagte mein Vater. »Nicht mal unter Todesandrohung würde ich mir diese Frau nackt anschauen.«

Lula, Großmama Mazur und ich standen im Hausflur und warteten darauf, daß Sally uns aufmachen würde. Ich trug einen kurzen Jeansrock, ein weißes T-Shirt und Sandalen. Großmama hatte ein rot-weiß gemustertes Kleid an und dazu weiße Turnschuhe; Lula einen tiefausgeschnittenen roten Stretchfummel, der gerade mal sechs Zentimeter unter ihren Hintern reichte, rote Nylons und hochhackige rote Satinpumps mit Knöchelriemen.

Sally öffnete uns in voller Pracht. Schwarze Schneewittchenperücke, hautenges silbernes Paillettenkleid, das ungefähr sechs Zentimeter unter *seinem* Hintern endete, und hochhackige silberne Plateauschuhe, mit denen er, ohne die schwarze Mähne zu rechnen, gigantische zwei Meter Größe erreichte.

Er musterte mich einmal kurz von oben bis unten. »Ich dachte, wir wollten uns verkleiden.«

»Ich bin als Füchsin verkleidet«, sagte Lula.

»Ja, und ich als alte Frau«, erklärte Großmama.

»Meine Mutter hätte mich nicht fahren lassen, wenn ich mich verkleidet hätte«, sagte ich.

Sally zupfte an seinem Kleid. »Ich bin als Königin von Saba verkleidet.«

»Mädchen«, sagte Lula zu ihm, »du bist eine Wucht.«

»Sally ist Transvestit«, erklärte ich Großmama.

»Ach was«, sagte Großmama. »Ich wollte schon immer mal einen Transvestiten kennenlernen. Ich wollt nämlich immer wissen, was sie mit ihrem Pimmel machen, wenn sie Frauenkleider tragen.«

»Da gibt's Spezialunterhosen, wo alles schön eingeschlagen wird.«

Wir schauten alle drei runter zu der Beule vorn unter Sallys Kleid.

»Na ja«, sagte Sally, »ich krieg immer Ausschlag von den Dingern.«

Lula streckte die Nase in die Luft. »Was riecht hier so? Hmhm, ich rieche, rieche frischen Kuchen.«

Sally verdrehte die Augen. »Ach, das ist Sugar. Der feiert Orgien in der Küche. Er hat in den letzten zwei Stunden mindestens zehn Pfund Mehl verarbeitet.«

Lula drängte sich an Sally vorbei in die Küche. »Mann!« rief sie. »Schaut euch das an! Kuchen, so weit das Auge reicht.«

Sugar stand an der Arbeitsplatte und knetete Brotteig. Er sah auf, als wir hereinkamen, und lächelte verlegen. »Ihr haltet mich wahrscheinlich für komplett verrückt mit meiner Bäckerei.«

»Schätzchen, ich find Sie zum Anbeißen«, erklärte Lula. »Wenn Sie mal eine neue Wohngenossin suchen, rufen Sie mich an.«

»Ich mag den Geruch, wenn man was im Rohr hat«, sagte Sugar. »Wie zu Hause.«

»Wir fahren nach Atlantic City«, sagte ich zu Sugar. »Wollen Sie nicht mitkommen?«

»Danke, aber ich muß gleich einen Kuchen reinschieben, und der Teig hier muß gehen, und dann hab ich noch Bügelwäsche ...«

»Wahnsinn!« sagte Lula. »Man könnte meinen, Sie wären Aschenputtel.«

Sugar pikste mit einem Finger in seinen Teig. »Ich bin keine Spielernatur.«

Wir nahmen uns jeder ein Plätzchen von einem Teller auf dem Tisch, ehe wir uns wieder aus der Küche rausdrängten und nach draußen zum Aufzug gingen.

»Ne richtige kleine Trauerweide«, bemerkte Lula. »Er sieht nicht aus, als hätte er viel Spaß.«

»Er ist viel lockerer, wenn er ein Kleid anhat«, sagte Sally. »Man braucht ihn nur in Frauenkleider zu stecken, und seine ganze Persönlichkeit verändert sich.«

»Warum trägt er dann nicht immer Frauenkleider?« wollte Lula wissen.

Sally zuckte die Achseln. »Ich weiß auch nicht. Wahrscheinlich fühlt er sich da auch irgendwie komisch.«

Wir durchquerten das elegante Foyer und gingen den mit Blumenrabatten gesäumten Weg zum Parkplatz hinunter.

»Da drüben«, sagte ich zu Sally. »Der blaßblaue Buick.«

Sally fielen fast die Augen unter den künstlichen Wimpern aus dem Kopf. »Der Buick? Heiliges Kanonenrohr, das ist *Ihr* Wagen? Der hat Bullaugen. Gottbeschissene Bullaugen! Was hat er denn unter der Haube?«

»Einen V-8.«

»Wow! Ein Achtzylinder! Ein gottbeschissener Achtzylinder!«

»Ein Glück, daß er nicht die Spezialunterhosen anhat«, sagte Lula. »Da würd er sich nen Bruch holen.«

Der Buick war was für Männer. Frauen haßten ihn. Männer

liebten ihn. Meiner Ansicht nach mußte es mit der Größe der Reifen zu tun haben. Vielleicht auch mit der aufgeblähten Eiform… ungefähr wie ein steroidgedopter Porsche.

»Also, fahren wir«, sagte ich zu Sally.

Er nahm mir die Schlüssel aus der Hand und setzte sich hinter das Steuer.

»Bitte vielmals um Entschuldigung«, sagte ich. »Das ist mein Auto. Und ich fahre es auch.«

»So einen Wagen mußt jemand fahren, der Eier hat«, versetzte Sally.

Lula pflanzte sich breitbeinig, die Hände in die Hüften gestemmt, vor ihm auf. »Ha! Und Sie glauben wohl, wir haben keine Eier? Sie werden sich wundern, Sie kleiner Däumling.«

Sally hielt das Lenkrad eisern fest. »Okay, was verlangen Sie? Ich geb Ihnen fünfzig Dollar, wenn Sie mich fahren lassen.«

»Ich will kein Geld«, sagte ich. »Wenn Sie den Wagen fahren wollen, brauchen Sie nur zu fragen.«

»Genau, Sie sollen uns bloß nicht mit diesem Machoscheiß kommen«, sagte Lula. »So was lassen wir uns nicht gefallen. Das läuft bei uns nicht.«

»Das wird echt toll«, sagte Sally. »Ich wollte immer schon mal so'n Ding fahren.«

Großmama und Lula setzten sich hinten rein, ich stieg vorn ein.

Sally zog einen Zettel aus seiner Handtasche. »Eh ich's vergeß, hier ist der neueste Hinweis.«

Ich las ihn vor. »›Letzter Hinweis. Letzte Chance. Blue Moon Bar. Samstag um neun.‹«

Maxine war offensichtlich auf dem Absprung. Sie wollte Eddie noch ein letztes Mal reinlegen. Und wie stand's mit mir? Ich hatte den Verdacht, daß sie auch mich noch ein letztes Mal reinlegen wollte, indem sie mich für nichts und wieder nichts nach Atlantic City hetzte.

Als erstes fällt mir an Atlantic City jedesmal auf, daß es nicht Las Vegas ist. Vegas ist Glitzer von oben bis unten. In Atlantic City locken weniger die Lichter als die guten Parkmöglichkeiten. Die Casinos stehen an der Promenade, aber auf die Promenade pfeifen hier alle. Nach Atlantic City fährt man nicht des Meeres wegen. Nach Atlantic City fährt man des Rummels wegen. Und wenn man zu den Senioren gehört, um so besser. Hier ist die Einkehr zur letzten Chance.

Die Slums schließen nahtlos an die Hintertüren der Casinos an. Da Jersey mit Perfektionismus nichts am Hut hat, ist das kein Problem. Und wenn man erst durch ein paar Slums durch muß, um ins Schlaraffenland zu kommen – halb so schlimm. Man kurbelt sein Autofenster hoch, sperrt die Tür ab und gondelt an Dealern und Zuhältern vorbei zum Parkhaus, wo einem ein aufmerksamer Parkwächter den Wagen abnimmt.

Es ist alles sehr anregend.

Schön, es ist also nicht Las Vegas, aber Monte Carlo ist es auch nicht. Man sieht kaum Versace-Roben in Atlantic City. An den Würfeltischen sitzen immer irgendwelche Typen mit angeklitschtem Haar und einem dicken Ring am kleinen Finger. Und immer stehen irgendwelche Frauen, die wie Barsängerinnen aufgemacht sind, neben den schmierigen Typen mit den dicken Ringen. Hauptsächlich jedoch sieht man in Atlantic City fünfundsechzigjährige Frauen in Trainingsanzügen aus Polyester, die mit Eimern voll Vierteldollarmünzen auf dem Weg zu den einarmigen Banditen sind.

Ich könnte mit Lula und Sally jederzeit nach New York oder Vegas fahren, und wir würden überhaupt nicht auffallen. Nach Atlantic City paßten wir wie die Faust aufs Auge.

In Viererreihe traten wir in den Saal und ließen uns vom Lärm einhüllen, während wir die Kulisse bestaunten – die gespiegelte Decke, den 3-D-Teppich. Die blendenden Lichter, die wogende Menge. Wir schritten durch den Saal, und alten Männern fiel die Kinnlade runter, Croupiers verschlug es die Sprache, Kellnerinnen blieben stehen wie angewurzelt, Chips fielen zu Boden, Frauen starrten uns mit der ungläubigen Neugier an, die im allgemeinen entgleiste Züge auf sich ziehen. Als hätten sie noch nie einen zwei Meter großen Transvestiten und eine Zwei-Zentner-Schwarze mit Ringellöckchen gesehen, die aufgetakelt war wie Cher an einem schlechten Tag.

»Gut, daß ich gestern meinen Scheck von der Sozialhilfe gekriegt hab«, bemerkte Großmama mit Blick auf die Spielautomaten. »Ich spür's, heut hab ich Glück.«

»Und was darf's für Sie sein?« sagte Lula zu Sally.

»Black Jack!«

Und schon waren sie alle drei weg.

»Vergeßt nicht, nach Maxine Ausschau zu halten«, rief ich ihnen hinterher.

Ich streunte eine Stunde lang im Saal rum, verlor beim Würfeln vierzig Dollar, bekam aber für ein Fünf-Dollar-Trinkgeld ein freies Bier. Maxine sah ich nirgends, aber das überraschte mich eigentlich auch nicht. Ich suchte mir einen Platz mit guter Aussicht und ließ mich nieder, um die Leute zu beobachten.

Um halb zwölf erschien Großmama und ließ sich neben mir auf einen Stuhl fallen. »Am ersten Automaten hab ich zwanzig Dollar gewonnen, dann ist's umgeschlagen«, berichtete sie. »Der ganze Abend war nur noch eine einzige Pechsträhne.«

»Hast du noch Geld übrig?«

»Keinen Penny. Aber ganz verschwendet war's trotzdem nicht. Ich hab einen netten Mann kennengelernt. Er hat mich am Zwei-Dollar-Automaten angequatscht, daran kannst du sehen, daß er kein Knicker ist.«

Ich zog die Augenbrauen hoch.

»Du hätt'st mit mir zusammenbleiben sollen. Für dich hätt ich auch noch einen gefunden.«

Das fehlte mir gerade noch.

Ein kleiner weißhaariger Mann kam auf uns zu. »Hier ist Ihr Manhattan«, sagte er zu Großmama und reichte ihr ein Glas. »Und wer ist das?« fragte er, sich mir zuwendend. »Das muß Ihre Enkelin sein.«

»Das ist Harry Meaker«, sagte Großmama zu mir. »Harry ist aus Mercerville und hatte heute abend auch nichts als Pech.«

»Ich hab immer Pech«, erklärte Harry. »Mein Leben lang hab ich Pech gehabt. Ich war zweimal verheiratet, und beide Frauen sind mir weggestorben. Im letzten Jahr hab ich einen doppelten Bypass gekriegt, und jetzt machen die Arterien schon wieder zu. Ich spür's. Und schauen Sie sich das an! Sehen Sie die rote schuppige Stelle da auf meiner Nase? Hautkrebs. Nächste Woche laß ich's rausschneiden.«

»Harry ist mit dem Bus hergekommen«, bemerkte Großmama.

»Prostataprobleme«, erläuterte Harry. »Ich muß gehen. Der Bus fährt in einer halben Stunde. Den will ich auf keinen Fall verpassen.«

Großmama sah ihm nach, als er davonging. »Na, was meinst du? Lebendiger Typ, hm? Jedenfalls noch eine Weile.«

Lula und Sally kamen angeschlichen und setzten sich zu uns.

»Ich hab keine Schüsse gehört, also hat wohl niemand Maxine gesehen«, sagte Lula.

»Maxine war gescheit«, stellte Sally fest. »Sie ist zu Hause geblieben.«

Ich sah ihn an. »Schlechter Abend?«

»Ich bin pleite. Diese Woche muß ich mir die Nägel selber machen.«

»Ich kann sie Ihnen machen«, bot sich Lula an. »In Maniküre bin ich gut. Sehen Sie die kleinen Palmen da auf meinen Fingernägeln? Die hab ich selber draufgemacht.«

»Moment mal«, sagte ich und sprang auf. »Schaut euch die Frau in der türkisgrünen Hose drüben bei den Würfeltischen an. Die mit dem blonden Haar ...«

Die Frau hatte mir den Rücken zugewandt, aber kurz zuvor hatte sie sich einmal umgedreht, und ich hatte ihr Gesicht gut sehen können. Sie hatte große Ähnlichkeit mit Maxine.

Ich war im Begriff, zu ihr zu gehen, als sie erneut den Kopf drehte und mir direkt ins Gesicht blickte. Wir erkannten einander beide im selben Moment. Sie machte auf dem Absatz kehrt und verschwand in einem Menschenknäuel auf der anderen Seite des Tischs.

»Ich seh sie!« sagte Lula, einen Schritt hinter mir. »Laß sie nicht aus den Augen.«

Aber ich hatte sie schon aus den Augen verloren. Der Saal war voller Menschen, und Maxine war nicht in roten Flitter gekleidet wie Lula. Maxine ging in der Menge unter.

»Ich hab sie im Blick«, schrie Großmama. »Sie will zur Promenade.«

Großmama stand in ihren Turnschuhen breitbeinig mitten auf einem Black-Jack-Tisch. Der Geber grapschte nach ihr, worauf Großmama ihm mit ihrer Handtasche eins über die Rübe gab. »Seien Sie nicht so ungezogen«, sagte sie zu dem Geber. »Ich bin nur hier raufgestiegen, damit ich was sehen kann. Wenn ich durch die Osteoporose nicht so geschrumpft wär, hätt ich das gar nicht nötig.«

Ich rannte los. Mich zwischen Gruppen von Spielern durchdrängend, bemüht, niemanden umzumähen, hetzte ich zum Promenaden-Ausgang. In zwei Sekunden war ich aus dem Spielsaal raus und gelangte in den breiten Flur, der zur Tür führte. Vor mir sah ich flüchtig strohgelbes Haar, das durch die breite Glastür verschwand. Immer wieder »Entschuldigung« schreiend, stieß ich Leute weg, die mir im Weg waren. Ich kriegte kaum noch Luft. Zu viele Donuts und nicht genug körperliche Bewegung.

Ich stürmte zur Tür hinaus und sah Maxine vor mir. Sie rannte, als wären die Furien hinter ihr her. Ich gab noch mal Gas. Hundert Meter hinter mir hörte ich Lula und Sally schimpfen.

Maxine bog plötzlich von der Promenade ab in eine Seitenstraße. Ich rannte hinterher, eine Autotür knallte, und ein Motor sprang an. Ich erreichte den Wagen im selben Moment, als er losfuhr. Dann war er weg. Und da Maxine nirgends zu sehen war, vermutete ich, daß auch sie weg war.

Sally hielt schlitternd neben mir an und beugte sich keuchend nach vorn. »Mir reicht's, Mann. Von jetzt ab können mir höhere Absätze gestohlen bleiben.«

Lula rannte direkt in ihn hinein. »Herzinfarkt! Herzinfarkt!«

Wir torkelten alle drei im Kreis rum und schnappten nach Luft, als Großmama angejoggt kam. »Was ist passiert? Hab ich was verpaßt? Wo ist sie?«

»Abgehauen«, sagte ich.

»Mist!«

Drei junge Typen kamen aus den Schatten auf uns zu. Teenager in weiten Schlabberhosen und Baseballstiefeln, die nicht geschnürt waren.

»Hey, Baby«, sagte einer. »Was geht hier ab?«

»Mensch, laßt uns in Ruhe«, versetzte Sally.

»Hoho!« sagte der Junge. »Ein Riesenweib!«

Sally richtete seine Perücke gerade. »Danke.«

Der Junge zog ein Messer aus seiner Hosentasche. »Wie wär's, wenn du mir dein niedliches Handtäschchen gibst, Miststück.«

Sally lupfte seinen Rock, griff in seine knappe Unterhose und zog eine Glock raus. »Und wie wär's wenn ich dir mit dem Messer die Eier abschneide?«

Lula riß eine Pistole aus ihrem roten Satintäschchen, und Großmama zückte ihre langläufige .45er.

»Du hast mir gerade noch gefehlt, Kleiner«, sagte sie.

»Hey, ich will keinen Ärger«, sagte der Junge. »War doch nur Spaß.«

»Ich würd ihn gern abknallen«, sagte Sally. »Ihr verratet mich doch nicht, oder?«

»Das ist nicht fair«, sagte Lula. »*Ich* möchte ihn abknallen.«

»Okay«, meinte Großmama, »wir zählen bis drei, und dann schießen wir alle zusammen.«

»Keine Schießerei!« rief ich.

»Kann ich ihn dann wenigstens windelweich schlagen?« fragte Sally.

»Ihr seid ja alle total bescheuert«, sagte der Junge und trat den Rückzug an. »Was seid ihr überhaupt für Weiber?« Seine Freunde machten sich aus dem Staub, und er lief ihnen hinterher.

Sally schob seine Kanone wieder in seine Unterhose. »Beim Östrogentest bin ich wohl durchgefallen.«

Wir starrten ihn alle drei an, und Großmama sprach aus, was Lula und ich dachten.

»Ich hab gedacht, die Beule da wär Ihr Pimmel«, sagte sie.

»Du lieber Gott«, sagte Sally. »Wofür halten Sie mich, Donner den Wunderhengst? Meine Kanone hat ganz einfach nicht in meine Handtasche gepaßt.«

»Sie sollten sich eine kleinere besorgen«, meinte Lula. »Die große alte Glock da in Ihrer Unterhose verpatzt Ihre ganzen Konturen.«

Eine Viertelstunde hinter Atlantic City schliefen Großmama, Lula und Sally selig und süß. Ich fuhr den schweren Wagen durch die stille Dunkelheit und dachte an Maxine. Sie führte uns an der Nase herum. Ich hatte Maxine zwar gesehen, genau wie ihre Mutter gesagt hatte, aber sie war ein wenig zu mühelos entkommen. Und sie hatte nicht sonderlich überrascht gewirkt, mich zu sehen. Ihr Wagen hatte in einer dunklen Seitenstraße gestanden. Keine Frau allein würde ihr Auto an so einer Stelle parken. Es war viel sicherer und bequemer, den Wagen im Parkhaus abzustellen. Sie war in einem schwarzen Acura abgebraust. Zwar hatte ich sie nicht in das Auto einsteigen sehen, aber ich war ziemlich sicher, daß sie nicht selbst gefahren war. Der Motor war im selben Moment angesprungen, als ich das Knallen der Autotür gehört hatte.

Ich hatte den Verdacht, sie wollte mich auf eine falsche Fährte locken. Vielleicht wohnte sie immer noch in Point Pleasant. Vielleicht hatte sie die Miete für einen ganzen Monat bezahlt und wollte nicht umziehen. Und als sie entdeckt hatte, daß ihre Mutter sie verraten hatte, hatte sie sich dieses Manöver ausgedacht, um mich von Point Pleasant fernzuhalten. Oder vielleicht war auch dies nichts weiter als ein Spiel. Vielleicht hatte Eddie Kuntz die Wahrheit gesagt, als er mir von Maxines James-Bond-Tick erzählt hatte.

Zuerst setzte ich Sally ab, dann Lula und zum Schluß Großmama.

»Mama hat gedacht, du hättest die Kanone gar nicht mehr«, sagte ich zu ihr.

»Na so was«, erwiderte Großmama.

Meine Mutter stand mit verschränkten Armen an der Haustür und schaute uns entgegen. Wenn ich eine gute Tochter gewesen wäre, wär ich reingegangen und hätte noch ein Stück Kuchen mit ihr gegessen. Aber eine so gute Tochter war ich nicht. Ich liebte meine Mutter, aber die Liebe hat ihre Grenzen, wenn man sich gezwungen sieht zu erklären, warum die eigene Großmutter in einem Spielcasino voller Menschen auf den Black-Jack-Tisch geklettert ist.

Ich wartete, bis Großmama im Haus war, dann winkte ich und fuhr in meinem dicken blauen Auto davon. Ich hatte grüne Welle in der Hamilton Street, bog in die St. James ein und kriegte nervöses Magenflattern, als ich an der Ecke einen Haufen Streifenwagen, Feuerwehrautos und Rettungswagen stehen sah. Der ganze Parkplatz hinter meinem Haus war voll. Alles war grell erleuchtet, und das Plärren der Lautsprecher schallte bis zu mir. Rußiges Wasser floß im Rinnstein, und notdürftig bekleidete

Leute, manche nur in Bademänteln, drängten sich auf den Bürgersteigen. Das Ereignis selbst, was immer es gewesen war, schien vorüber zu sein. Die Feuerwehrleute waren dabei zusammenzupacken. Einige der Schaulustigen gingen ihrer Wege.

Angst überfiel mich. ›Das nächste Mal zünde ich ein Streichholz an.‹

Die Straße war blockiert, ich stellte den Wagen deshalb einfach dort ab und rannte über den kleinen Grasstreifen, der den Parkplatz säumte. Ich beschattete meine Augen gegen die blendenden Lichter und blinzelte angestrengt durch dichten Dunst aus Rauch und Dieselabgasen, während ich Fenster zählte, um festzustellen, wo es gebrannt hatte. Erster Stock, dritte Wohnung. Das war meine Wohnung. Die Fensterscheiben waren zerbrochen, und die Mauer rund herum war rußschwarz. Keine der anderen Wohnungen schien Schaden gelitten zu haben.

Mein einziger Gedanke galt Rex. Rex war inmitten all dieser Verwüstung in einem Glaskasten gefangen. Stolpernd rannte ich zur Hintertür des Hauses, ein Wunder herbeiflehend, einzig auf Rex konzentriert. Die Luft, die ich atmete, war schwer und stickig. Alle Wahrnehmungen verzerrt. Hände griffen nach mir, als ich mich durch das Foyer voller Menschen drängen wollte. Ich hörte, wie mein Name gerufen wurde.

»Hier!« schrie Mr. Kleinschmidt. »Hierher!« Er stand neben Mrs. Karwatt, und Mrs. Karwatt hielt Rex' Glaskasten in den Armen.

Ich drängte mich zu ihnen durch und konnte es kaum fassen, daß Rex gerettet war. »Ist ihm auch nichts passiert? Ist er gesund?« fragte ich und hob den Deckel, um mich zu vergewissern, kippte die Suppendose und sah einen verdutzten Rex.

Solche Anhänglichkeit einem Hamster gegenüber ist wahrscheinlich albern, aber Rex ist mein Wohngenosse. Rex nimmt meiner Wohnung die Leere. Und außerdem mag er mich. Da bin ich beinahe sicher.

»Es geht ihm gut«, versicherte Mrs. Karwatt. »Wir haben ihn sofort rausgeholt. Gott sei Dank, daß Sie mir einen Schlüssel zu Ihrer Wohnung gegeben haben. Ich hab die Explosion gehört und bin sofort rübergelaufen. Ein Glück, daß das Feuer in Ihrem Schlafzimmer ausgebrochen ist.«

»Ist jemand verletzt worden?«

»Nein, niemand. Es war nur Ihre Wohnung. Mrs. Stinkowski unter Ihnen hat einen Wasserschaden, und wir stinken alle nach Rauch, aber das ist alles.«

»Das muß ja ein hochbrisanter Fall sein, an dem Sie da arbeiten«, meinte Mr. Kleinschmidt. »Erst sprengt jemand Ihr Auto in die Luft und jetzt Ihre Wohnung. Und das alles an einem Tag.«

Kenny Zale stapfte in schweren Stiefeln zu mir herüber. Ich war mit Kenny in der Grundschule und später, in der High-School, eine Zeitlang mit seinem älteren Bruder Mickey befreundet gewesen. Kenny war jetzt bei der Feuerwehr. Sein Gesicht war schweiß- und rußverschmiert.

»Du warst wohl in meiner Wohnung«, sagte ich zu ihm.

»Vielleicht solltest du mal dran denken, dir einen anderen Job zu suchen.«

»Wie schlimm ist es?«

»Das Schlafzimmer ist hinüber. Da ist das Feuer ausgebrochen. So wie's aussieht, hat jemand eine Feuerbombe durchs Fenster geschmissen. Das Badezimmer läßt sich wieder richten. Das Wohnzimmer ist ziemlich verwüstet. Die Küche hat's kaum erwischt, die muß nur saubergemacht werden. Aber du brauchst neue Böden. Und streichen mußt du auch. Du hast einen Riesenwasserschaden.«

»Kann ich jetzt rein?«

»Ja. Der Zeitpunkt wär gerade richtig. Der Brandmeister ist jetzt noch oben. Der läßt dich sicher kurz durchgehen, damit du ein paar Sachen mitnehmen kannst, die du brauchst, dann muß die Wohnung versiegelt werden, bis die Ermittlungen abgeschlossen sind und er mit Sicherheit sagen kann, daß keine Gefahr mehr besteht.«

»Ist John Petrucci noch der Brandmeister?«

»Ja. Ihr wart ja mal ganz intim.«

»Wir waren mal ne Zeitlang zusammen. Ich würde nicht sagen, daß wir intim waren.«

Er lachte und raufte mir das Haar. »Ich bin froh, daß du nicht in deinem Bett gelegen hast, als das passiert ist. Da wärst du jetzt verschmort.«

Ich ließ Rex bei Mrs. Karwatt, rannte nach oben und schlängelte mich durch das Gewühl im Flur. Vor meiner Wohnung war alles klatschnaß und rußschwarz. Die Luft war beißend. Ich schaute durch die Tür, und alles in mir krampfte sich zusammen. Die Verwüstung war schrecklich. Die Wände waren schwarz, die Fenster alle zerbrochen, die Möbel nur noch durchnäßte, verkohlte Trümmer.

Eigentlich bin ich Meisterin im Verleugnen. Warum, sage ich mir, soll ich mich heute mit Unerfreulichkeiten auseinandersetzen, wenn ich morgen von einem Bus überfahren werden kann. Und wenn man das Problem nur lange genug verschleppt, löst es sich vielleicht ganz von selbst in Wohlgefallen auf. Leider würde sich dieses Problem nicht in Wohlgefallen auflösen. Dieses Problem verweigerte sich der Verleumdung. Dieses Problem war höllisch deprimierend.

»Scheiße!« schrie ich. »Scheiße, Scheiße, Scheiße!«

Die Meute im Flur starrte mich an.

»Okay«, sagte ich. »Jetzt geht's mir schon besser.« Das war natürlich eine Lüge, aber ich sagte es trotzdem.

Petrucci kam auf mich zu. »Hast du eine Ahnung, wer das getan hat?«

»Nein. Du?« Wieder eine Lüge. Ich hatte diverse Ahnungen.

»Auf jeden Fall war's jemand mit einem guten Wurfarm.«

Das konnte Maxine sein. Die Schlagballgröße. Aber irgendwie stimmte es nicht. Das roch mehr nach Mafia … Nach Morellis Freundin Terry.

Vorsichtig trat ich in die Küche. Die Keksdose war unversehrt. Das Telefon schien in Ordnung zu sein. Ruß und Wasser waren überall. Mir kamen die Tränen, und ich biß mir auf die Lippe. Ich würde nicht weinen. Rex war gerettet. Alles andere ist ersetzbar, sagte ich mir.

Wir gingen von Zimmer zu Zimmer – da war nicht mehr viel zu holen. Ein paar Kosmetika aus dem Badezimmer und ein Fön. Ich steckte sie in eine Plastiktüte aus der Küche.

»Na ja, so schlimm ist es eigentlich gar nicht«, sagte ich zu Petrucci. »Ich wollte sowieso schon ewig renovieren. Nur schade, daß es das Bad nicht erwischt hat.«

»Wieso, magst du Orange und Braun nicht?«

»Meinst du, es ist zu spät, das Badezimmer noch abzufackeln?«

Petrucci machte ein peinlich berührtes Gesicht. Als hätte ich ihn aufgefordert, in aller Öffentlichkeit zu furzen. »Bist du versichert?«

»Ja.« Vielleicht.

Mrs. Karwatt wartete mit Rex im Flur. »Alles in Ordnung? Haben Sie eine Unterkunft für die Nacht? Sie könnten bei mir auf der Couch schlafen.«

Ich nahm ihr den Käfig ab. »Das ist sehr nett von Ihnen, vielen Dank, aber ich werd wahrscheinlich zu meinen Eltern fahren. Die haben ein Gästezimmer.«

Die alte Mrs. Bestler war im Aufzug. »Abwärts«, sagte sie, auf ihre Gehhilfe gestützt. »Erster Stock, Damenhandtaschen.«

Die Tür öffnete sich, und der erste, den ich im Foyer sah, war Dillon in seinem Arbeitsanzug.

»Ich wollte grad mal rauf und mich umschauen«, sagte er. »Sie werden wohl einen neuen Anstrich brauchen.«

»Ja, da wird viel Farbe nötig sein.« Meine Lippe begann wieder zu zittern.

»Hey, nun machen Sie sich mal keine Sorgen. Wissen Sie noch, wie Mrs. Baumgarten damals ihren Christbaum abgebrannt hat? Die ganze Wohnung war nur noch Ruß und Asche. Und schauen Sie sie sich jetzt an – wie neu!«

»Ich spendier Ihnen einen Kasten Guinness, wenn Sie mir das Bad zerlegen.«

»Wieso, mögen Sie Orange und Braun nicht?«

Ich war froh, daß ich den Buick auf der Straße stehengelassen hatte, wo man das rußgeschwärzte Haus nicht sehen konnte. Aus den Augen, aus dem Sinn. So halb jedenfalls. In meinem Buick fühlte ich mich still und geborgen, wie im Mutterleib. Herrlich abgeschirmt von der Außenwelt. Die Türen waren abgesperrt, das Treiben fern von mir.

Rex und ich kuschelten uns ins Auto und versuchten, unsere Gedanken zu ordnen. Nach einer Weile begann Rex in seinem Rad rumzutoben, er schien seine Gedanken wieder beisammen zu haben. Bei mir dauerte das länger. Meine Gedanken rasten in alle Richtungen, eine beängstigender als die andere. Irgend jemand wollte mich in Angst und Schrecken versetzen, vielleicht sogar töten. Es bestand die entfernte Möglichkeit, daß es dieselbe Person war, die ihren Mitmenschen die Finger abhackte und Köpfe skalpierte, und der Gedanke, daß so etwas auch auf mich wartete, erschreckte mich.

Ich legte meinen Kopf auf das Lenkrad. Ich war erschöpft und den Tränen nahe. Und ich hatte Angst, wenn ich einmal anfangen würde zu weinen, würde ich lange, lange nicht mehr aufhören.

Ich sah auf meine Uhr. Es war zwei. Ich mußte dringend eine Runde schlafen. Aber wo? Das Nächstliegende wäre gewesen, zu meinen Eltern zu fahren, aber ich wollte ihr Leben nicht in Gefahr bringen. Ich wollte nicht, daß ihr Haus das nächste Ziel einer Feuerbombe werden würde. Wohin also? In ein Hotel? Es gibt keine Hotels in Trenton. In Princeton gibt's ein paar, aber das war vierzig Minuten entfernt, und es widerstrebte mir, das Geld auszugeben. Ich konnte versuchen, Ranger anzurufen, aber kein Mensch weiß, wo Ranger wohnt. Wenn Ranger mich für die Nacht bei sich aufnahm, würde er mich wahrscheinlich am Morgen töten müssen, um dafür zu sorgen, daß sein Geheimnis gewahrt blieb. Lula? Der Gedanke war mir gar nicht geheuer. Lieber Skalpjägern ins Auge sehen, als bei Lula schlafen. Ich dachte an Mary Lou, meine beste Freundin, und an Valerie, meine Schwester, aber die beiden wollte ich auch nicht in Gefahr bringen. Ich brauchte jemanden, der entbehrlich war. Jemanden, um den ich mich nicht sorgen mußte. Jemanden, der Platz hatte.

»O Mann«, sagte ich zu Rex. »Denkst du das gleiche wie ich?«

Ich zerbrach mir noch einmal fünf Minuten lang den Kopf, aber eine bessere Lösung meines Problems fiel mir nicht ein, deshalb ließ ich schließlich den Motor an und fuhr langsam an dem einsamen Feuerwehrauto am Ende der Straße vorbei. Ich bemühte mich, keinen Blick auf meine Wohnung zu werfen, trotzdem sah ich aus dem Augenwinkel die Feuertreppe. Mir zog es das Herz zusammen. Meine schöne Wohnung.

Ich holte tief Atem. Ich wollte nicht sterben. Und ich wollte nicht gehaßt werden. Und auf keinen Fall wollte ich weinen.

»Jetzt mach dir mal keine Sorgen«, sagte ich zu Rex. »Das wird schon alles wieder werden. Wir haben auch früher schon harte Zeiten durchgestanden.«

Ich fuhr die Hamilton Street runter bis zur Chambers und bog dann in die Slater ab. Zwei Straßen weiter fand ich das Haus, das ich suchte. Es war ein bescheidenes braunes Reihenhaus. Nirgends Licht. Ich schloß die Augen. Ich war hundemüde und wär am liebsten einfach sitzengeblieben.

»Vielleicht sollten wir im Auto schlafen«, sagte ich zu Rex. »Morgen können wir uns dann was Dauerhafteres suchen.«

Rex lief in seinem Rad die Vier-Minuten-Meile. Er zwinkerte

mir einmal kurz zu, und das war's. Mit anderen Worten, es ist deine Entscheidung, Süße.

Aber ich wollte nicht im Auto übernachten. Da könnte sich dieser Wahnsinnige jederzeit anschleichen und mich im Schlaf erwischen. Er brauchte nur das Fenster aufzustemmen, und schon könnte er mir sämtliche Finger abhacken. Ich sah wieder zum Haus hinüber. Es war der einzige Ort, wo ich mich sicher fühlen konnte und nicht total ausrasten würde, wenn das Haus zerstört werden würde. Das Haus gehörte Joe Morelli.

Ich holte mein Handy aus der Tasche und wählte.

Es läutete sechsmal, ehe Joe sich mit einem genuschelten Hallo meldete.

»Joe?« sagte ich. »Ich bin's, Stephanie.«

»Geht's um Mord?«

»Noch nicht.«

»Geht's um Sex?«

»Noch nicht.«

»Ich kann mir nicht vorstellen, warum du sonst anrufen solltest.«

»Heut abend hat jemand eine Feuerbombe in meine Wohnung geschmissen, und ich brauch ein Dach über dem Kopf.«

»Wo bist du?«

»Vor deinem Haus.«

An einem der oberen Fenster wurde ein Vorhang beiseite geschoben.

»Ich komm sofort runter«, sagte Joe. »Steig erst aus dem Wagen, wenn ich die Tür aufgemacht hab.«

- 8 -

Ich nahm Rex' Käfig vom Vordersitz. »Also, denk dran«, mahnte ich, »fang jetzt bloß nicht an zu jammern, wie hundstraurig dein Leben ist. Und geh bloß nicht in die Knie, weil Morelli so ein heißer Typ ist. Und heul nicht. Morelli soll uns doch nicht für Verlierer halten.«

Morelli stand auf der kleinen Betonveranda vor seinem Haus. Die Tür hinter ihm war offen, und ich konnte Licht sehen, das vom oberen Stockwerk herabfiel. Er war barfuß und hatte nur eine abgeschnittene Jeans an, die ihm auf den Hüften hing. Sein Haar war vom Schlaf verwirrt, und er hatte eine Pistole in der Hand, die locker an seiner Seite hing.

»Redest du mit jemandem?«

»Nur mit Rex. Ihn macht das alles ein bißchen nervös.«

Morelli nahm mir den Käfig ab und trug Rex in die Küche. Er stellte den Käfig auf das Buffet und knipste die Deckenbeleuchtung an. Es war eine altmodische Küche mit altmodischen Geräten und viel Resopal. Die Schränke waren frisch lackiert, cremefarben, und auf dem Boden lag neues Linoleum. Im Spülbecken stand ein eingeweichter Topf. Bei Morelli hatte es zum Abendessen allem Anschein nach Spaghetti gegeben.

Er stellte eine Tüte Milch und einen Beutel Schwarz-Weiß-Plätzchen auf den kleinen Holztisch, der an die Wand gedrängt stand. Er nahm zwei Gläser vom Abtropfbrett der Spüle, setzte sich an den Tisch und goß ein.

»Also«, sagte er, »willst du's mir erzählen?«

»Ich war heut abend in Atlantic City, weil ich Maxine suchen wollte, und während ich weg war, hat jemand eine Feuerbombe durchs Fenster in mein Schlafzimmer geschmissen. Fast die ganze Wohnung ist ausgebrannt. Zum Glück hatte Mrs. Karwatt meinen Schlüssel und hat Rex gerettet.«

Morelli starrte mich einen Moment lang mit seinem unergründlichen Polizistenblick an. »Erinnerst du dich an die roten Schuhe, die du dir letztes Jahr gekauft hast?«

»Segen ihrer Asche.«

»Ach, verdammt! Ich hatte einiges vor mit diesen Schuhen. Ich hab mir ein paar schlaflose Nächte damit vertrieben, mir vorzustellen, du hättest diese Schuhe an und sonst nichts.«

»Hör auf zu träumen!«

Er nahm sich ein Plätzchen. »Ich hab gesehen, daß du den Buick fährst. Was ist mit deinem Wagen?«

»Ich hab dir doch erzählt, daß jemand ihn mit Benzin übergossen hatte. Tja, und dann ist er in die Luft geflogen.«

»Er ist in die Luft geflogen?«

»Na ja, zuerst hat er Feuer gefangen. Dann ist er in die Luft geflogen.«

»Hm«, machte Morelli und schob die Oberseite seines Plätzchens in den Mund.

Nun kamen mir doch die Tränen.

Morelli hörte auf zu essen. »Moment mal! Ist das alles wirklich wahr? Du hast es nicht erfunden?«

»Natürlich ist es wahr. Was glaubst du denn, warum ich sonst hier bin?«

»Ich dachte –«

Ich sprang so heftig auf, daß mein Stuhl gegen die Wand krachte . »Du hast geglaubt, ich hätt mir das ausgedacht, damit ich mitten in der Nacht hierher kommen und zu dir ins Bett kriechen kann!«

Morellis Mund wurde zu einem schmalen Strich. »Laß mal sehen, ob ich das richtig verstanden hab. Gestern hat tatsächlich jemand dein Auto in die Luft gejagt und deine Wohnung abgefackelt. Und jetzt willst du zu mir ziehen? Sag mal, haßt du mich so sehr? Du bist eine wandelnde Katastrophe! Du bist Calamity Jane in Radlerhosen.«

»Ich bin *keine* wandelnde Katastrophe!« Aber er hatte recht. Ich war eine wandelnde Katastrophe. Und ich würde gleich zu heulen anfangen. Die ganze Brust tat mir weh, und mein Hals fühlte sich an, als steckte ein Baseball drin. »Scheiße«, sagte ich und wischte mir die Tränen aus den Augen.

Morelli streckte die Arme nach mir aus. »Hör mal, es tut mir leid. Ich wollte nicht –«

»Rühr mich nicht an!« kreischte ich. »Du hast vollkommen recht. Ich bin eine Katastrophe. Schau mich doch an. Kein Zuhause. Kein Auto. Und dann auch noch hysterisch. Hast du schon mal eine hysterische Kopfgeldjägerin gesehen? Bitte sehr!«

»Vielleicht war Milch in dem Fall nicht das richtige«, meinte Morelli. »Vielleicht wär jetzt ein Schnaps angebracht.«

»Und das ist noch nicht alles«, schluchzte ich. »Ich hab vierzig Dollar beim Würfeln verloren, und ich war heut abend die einzige, die keine Waffe hatte.«

Morelli zog mich in seine Arme und hielt mich fest. »Das macht doch nichts, Steph. Vierzig Dollar sind kein Beinbruch. Und es gibt viele Leute, die keine Waffe haben.«

»Aber nicht in New Jersey. Und nicht unter den Kopfgeldjägern.«

»Auch in New Jersey gibt's Leute, die keine Schußwaffen haben.«

»Ach, ja? Nenn mir einen!«

Er hielt mich ein Stück von sich ab und lachte. »Ich denke, wir sollten dich jetzt ins Bett bringen. Morgen geht's dir bestimmt wieder besser.«

»Apropos Bett –«

Er schob mich zur Treppe. »Ich hab ein Gästezimmer.«

»Danke.«

»Und ich laß meine Tür offen, falls du dich einsam fühlst.«

Und ich würde meine Tür absperren, falls ich schwach werden sollte.

Als ich erwachte, starrte ich einen Moment völlig desorientiert an eine fremde Zimmerdecke. Ach ja, dachte ich. Meine Zimmerdecke zu Hause war schwarz. Diese hier war weiß. Die Wände waren in blassem Grün mit einem kaum noch erkennbaren Rankenmuster tapeziert. Tröstlich altmodisch. Morelli hatte das Haus von seiner Tante Rose geerbt und hatte nicht viel darin verändert. Die schlichten weißen Vorhänge an den Fenstern waren wahrscheinlich auch noch von Rose ausgesucht worden. Es war ein kleines Zimmer mit einem Doppelbett und einer einsamen Kommode. Auf die Holzdielen vor dem Bett hatte Morelli einen kleinen Flickenteppich gelegt. Es war ein sonniges Zimmer und viel ruhiger als mein eigenes Schlafzimmer, das zum Parkplatz rausging. Ich hatte in einem T-Shirt von Morelli geschlafen und mußte jetzt der rauhen Realität ins Auge sehen, daß ich nichts anzuziehen hatte. Keine saubere Unterwäsche, keine Shorts, keine Schuhe, rein gar nichts. Als erstes würde ich zu Macy's fahren müssen, um mir eine Notgarderobe anzuschaffen.

Auf der Kommode stand ein Radiowecker. Es war neun Uhr. Der Tag hatte ohne mich angefangen. Ich machte die Tür auf und schaute vorsichtig in den Flur raus. Alles war still. Keine Spur von Morelli. An meiner Tür klebte ein Zettel. Er sei schon zur Arbeit gefahren, hatte Morelli geschrieben, und ich solle mich wie zu Hause fühlen. Auf dem Küchentisch liege ein Zweitschlüssel für mich, und er habe mir im Bad frische Handtücher bereitgelegt.

Ich duschte, zog mich an und ging nach unten, um zu frühstücken. Nachdem ich mir ein Glas Orangensaft eingeschenkt hatte, schaute ich nach Rex.

»Es gibt leider nichts dran zu rütteln, daß ich mich gestern nacht total lächerlich gemacht hab«, sagte ich.

Rex schlummerte in seiner Suppendose und zeigte wenig Anteilnahme. Er hatte schon des öfteren erlebt, daß ich mich lächerlich machte.

Ich aß eine Schale Cornflakes und besichtigte das Haus. Es war sauber und aufgeräumt. Im Schrank standen die Grundnahrungsmittel, die Töpfe waren zweite Generation. Sechs Gläser. Sechs Teller. Sechs Suppenschalen. Schrankpapier aus Tante Roses Tagen. Er hatte eine Kaffeemaschine, aber er hatte keinen Kaffee gemacht, überhaupt kein Frühstück. Kein schmutziges Geschirr auf dem Abtropfbrett.

Ich kannte Morellis Wohnzimmermöbel aus seiner Wohnung. Zweckmäßig. Komfort ohne Stil. Sie wirkten fehl am Platz in dem Reihenhaus. Ein Reihenhaus verlangte nach dicken Polstersesseln, Zeitschriften auf dem Couchtisch, Bildern an den Wänden.

Wohnzimmer, Eßzimmer, Küche, alle hintereinander. Da Morellis Haus ein Mittelhaus war, hatte das Eßzimmer keine Fenster. Das machte wahrscheinlich gar nichts. Ich konnte mir nicht vorstellen, daß Morelli das Eßzimmer je benützte. Anfangs, nachdem Morelli umgezogen war, hatte ich ihn mir überhaupt nicht in diesem Haus vorstellen können. Jetzt paßte es zu ihm. Nicht, daß Morelli häuslich geworden wäre. Es war eher so, daß das Haus eine gewisse Unabhängigkeit erworben hatte. Als wären Morelli und das Haus sich einig geworden, friedlich nebeneinander zu leben und es dabei zu belassen.

Ich rief meine Mutter an und berichtete ihr, daß meine Wohnung abgebrannt und ich bei Morelli untergekommen war.

»Was soll das heißen, du bist bei Morelli untergekommen? O mein Gott! Du hast geheiratet!«

»Keine Spur. Morelli hat ein Gästezimmer. Ich zahl ihm Miete dafür.«

»Wir haben auch ein Gästezimmer. Du kannst auch bei uns wohnen.«

»Das hab ich ja schon versucht, und es klappt nicht. Dauernd will jemand ins Bad.« Zu viele wahnsinnige Killer, die mir an den Kragen wollten.

»Angie Morelli kriegt einen Anfall, wenn sie das hört.«

Angie Morelli war Joes Mutter, eine Frau, die in der Burg verehrt und gefürchtet wurde.

»Angie Morelli ist streng katholisch und lang nicht so aufgeschlossen wie ich«, sagte meine Mutter.

Die Morelli-Frauen waren alle streng katholisch. Die Männer pflegten sämtliche Gebote zu brechen. Sie spielten Poker mit dem Antichristen.

»Ich muß Schluß machen«, sagte ich. »Ich wollte euch nur wissen lassen, daß mir nichts passiert ist.«

»Komm doch heut abend mit Joe zum Essen. Ich mache Hackbraten.«

»Wir sind kein Paar. Und ich hab zu tun.«

»Was denn?«

»Einiges.«

Als nächstes rief ich im Büro an. »Meine Wohnung ist abgebrannt«, teilte ich Connie mit. »Ich wohne fürs erste bei Morelli.«

»Guter Schachzug«, sagte Connie. »Nimmst du die Pille?«

Ich räumte die Küche auf, steckte den Schlüssel ein und fuhr ins Einkaufszentrum. Zwei Stunden später hatte ich eine Garderobe für eine ganze Woche und ein Riesenloch im Geldbeutel.

Es war Mittag, als ich ins Büro kam. Connie und Lula saßen an Connies Schreibtisch und aßen chinesisch.

»Nimm dir«, sagte Lula und stieß einen Pappbehälter an. »Wir haben mehr als genug. Reis, Shrimpröllchen und Kung Fu irgendwas.«

Ich nahm mir ein Shrimpröllchen. »Hat Vinnie schon was hören lassen?«

»Kein Wort«, antwortete Connie.

»Und Joyce?«

»Nichts. Und Maxine hat sie auch nicht eingefangen.«

»Ich hab viel über Maxine nachgedacht«, sagte Lula. »Ich

glaub, sie ist in Point Pleasant. Und es würde mich nicht wundern, wenn ihre Mama auch dort ist. Dieser Auftritt in Atlantic City war nichts als ein Täuschungsmanöver, um uns von Point Pleasant wegzulocken. Die ist so schnell abgehauen, daß da was nicht stimmen kann. Der Wagen hat nur auf sie gewartet. Wenn du mich fragst, hat ihre Mama uns reingelegt.«

Ich probierte von dem Kung-Fu-Zeug. »Genau das glaub ich auch.«

Lula und ich standen mitten auf der Promenade, direkt gegenüber der Parrot Bar und hakten uns unsere Piepser an den Hosenbund. Ich hatte signalrote Sportshorts an, die ich bei Foot Locker im Ausverkauf erstanden hatte, und Lula trug Spandex im Tigerlook. Jedesmal, wenn sie den Kopf bewegte, klapperten zehn Zentimeter lange pinkfarbene, giftgrüne und zitronengelbe Perlenschnüre, in die sie ihre blonden Locken reingezwungen hatte. Es waren achtunddreißig Grad im Schatten, das Meer war seidenglatt, der Himmel wolkenlos blau, und im Sand konnte man ein Ei braten. Wir waren hergekommen, um Maxine aufzustöbern, aber ich sah schon, daß Lula nur Augen für die Eisbude hatte.

»Also, der Plan ist folgender«, sagte ich zu ihr. »Du bleibst hier und behältst die Kneipe im Auge, ich geh den Strand und die Promenade ab. Pieps mich an, wenn du Maxine siehst oder jemanden, der zu ihr gehört.«

»Keine Sorge, an mir kommt keiner unbemerkt vorbei. Ich hoffe nur, daß ich diese knochige Alte zwischen die Finger kriege. Mann, der werd ich's geben –«

»Nein! Gar nichts wirst du tun! Wenn du jemanden siehst, bleibst du einfach dran und wartest, bis ich komme.«

»Und wenn ich aus Notwehr handeln muß?«

»Dazu wird's nicht kommen, wenn du dich nicht zeigst. Versuch, nicht aufzufallen.«

»Wenn ich hier nicht auffallen soll, brauch ich aber ein Eis«, sagte Lula und warf den Kopf zurück, daß die Perlen klirrten. »Mit einem Eis in der Hand schau ich aus wie jeder andre hier.«

Ach, zum Teufel, Tallulah, dann geh und hol dir ein Eis.

Zuerst ging ich Richtung Norden. Ich kaufte ein kleines Fernglas, das ich immer wieder auf den Strand richtete, da Maxine mir zum Typ Sonnenanbeterin zu gehören schien. Ich suchte mir meinen Weg langsam und methodisch, klapperte die Bars und die Spielhallen ab, ging immer weiter, bis dorthin, wo es keine Kneipen und Buden mehr gab, wo die Promenade nur noch schlichter alter Bohlenweg war. Nach ungefähr einer Stunde drehte ich um und kehrte zu Lula zurück.

»Ich hab niemanden gesehen, den ich kenn«, sagte Lula, als ich bei ihr ankam. »Keine Maxine. Keine skalpierte Mama. Keine Joyce. Keinen Travolta.«

Ich starrte in die Bar gegenüber und sah auch keinen von diesen Leuten. Ich nahm eine Bürste und ein Gummiband aus meiner Tasche und schnurzte mir das Haar zum Pferdeschwanz hoch. Am liebsten wäre ich schnurstracks in den Ozean gesprungen. Doch ich blieb vernünftig und begnügte mich mit einer Zitronenlimonade. Ich hatte keine Zeit, mich jetzt der Frivolität eines kühlen Bades hinzugeben.

Lula blieb auf ihrer Bank sitzen, ich holte mir die Limonade und nahm meine Wanderung wieder auf, in südlicher Richtung diesmal. An ein paar Wurf- und Glücksradbuden vorbei kam ich zu einer Spielhalle und trat in den kühlen Schatten. An der Wand gegenüber waren die Preise ausgestellt, die man hier mit allerhand Glücks- und Geschicklichkeitsspielen gewinnen konnte. 40 000 Punkte für ein Set Frischhaltebehälter. 9 450 Punkte für einen kleinen Leuchtturm aus Holz. 8 450 Punkte für einen Wecker mit Hundegebell. 98 45 0 für ein Kofferradio. Ich sah die Frau, die vor der Wand stand und die Preise begutachtete, und es hätte mich fast umgerissen. In der einen Hand hielt sie ihre Spielmarken. Die andere Hand war dick bandagiert. Die Frau war schlank und hatte braunes Haar.

Ich drückte mich etwas tiefer in den Hintergrund des Raums und wartete. Ich wollte ihr Gesicht sehen. Sie stand noch einen Moment da und zählte ihre Marken, dann drehte sie sich um und ging zum Einlöseschalter. Es war Margie. Ich sauste hinter ihr am Schalter vorbei, raus auf die Promenade und piepste Lula an. Sie war nicht weit weg. Als sie ihren Piepser hörte, sah sie auf. Ich wartete, bis sie mich gesehen hatte, und winkte ihr.

Margie stand noch am Schalter, als Lula angejoggt kam.

»Was ist?« fragte Lula.

»Ich hab dir doch von Maxines Freundin Margie erzählt.«

»Du meinst die, der sie den Finger abgehackt haben?«

»Richtig. Sie steht da am Einlöseschalter.«

»Point Pleasant ist ja anscheinend echt in.«

Margie nahm von einem Angestellten der Spielhalle einen großen Karton in Empfang und ging zur Seitentür, die auf die Straße hinausführte. Draußen wandte sie sich nach rechts, weg von der Promenade, ging bis zur nächsten Ecke und überquerte die Straße. Wir folgten ihr, Lula vielleicht hundertfünfzig Meter von ihr entfernt, ich etwas weiter zurück. Margie überquerte noch eine Straße, ging weiter und verschwand in einem Haus auf halbem Weg zur nächsten Ecke.

Wir blieben, wo wir waren, und warteten. Aber Margie kam nicht wieder raus. Das Haus war ein ebenerdiger Bungalow mit einer kleinen Veranda vorn. Die umstehenden Häuser sahen nicht viel anders aus. Die Grundstücke waren klein. Auf beiden Straßenseiten parkten Autos.

Für eine professionelle Überwachung waren wir nicht gerüstet. Das Auto, in dem wir nach Point Pleasant gekommen waren, war viel zu auffallend. Mein einziger Trost war, daß uns ein Allerweltsauto auch nicht viel geholfen hätte, da auf der Straße nicht ein freier Parkplatz war.

»Du vermutest also, daß diese Margie mit Maxine zusammen hier ist«, sagte Lula. »Und daß wahrscheinlich auch Maxines Mama hier ist.«

»Ja. Der Haken ist nur, daß ich nicht weiß, ob Maxine jetzt im Haus ist.«

»Ich könnte doch die Avon-Vertreterin spielen«, schlug Lula vor. »Lingeling, hier ist Ihre Avon-Lady.«

»Wenn Maxines Mutter im Haus ist, erkennt sie dich sofort.«

»Ja, und wenn wir hier weiter auf der Straße rumstehen, werden wir demnächst auch erkannt«, sagte Lula.

Da hatte sie recht. »Okay, wir tun folgendes. Wir schauen nach, ob Maxine im Haus ist. Wenn sie nicht da ist, schauen wir mit Margie zusammen ein bißchen fern, bis sie kommt.«

»Guter Plan. Nimmst du die Haustür oder die Hintertür?«

»Die Haustür.«

»Und du möchtest wahrscheinlich nicht, daß ich jemandem eins auf den Pelz brenn?«

»Richtig.«

Lula ging um das Haus herum nach hinten, und ich ging zur Haustür. Ich klopfte zweimal, und Margie machte auf.

Sie riß die Augen auf. »Oh!«

»Hallo«, sagte ich, »ist Maxine da?«

»Nein, sie ist nicht da.«

»Sie haben doch nichts dagegen, wenn ich kurz reinkomm und selbst nachschau?«

Maxines Mutter erschien. »Wer ist da?« Sie zog tief an ihrer Zigarette und ließ den Rauch durch die Nasenlöcher raus wie ein schnaubender Drache. »Ach, Sie sind's. Also wissen Sie, allmählich werden Sie echt lästig.«

Lula kam aus der Küche. »Ich hoffe, es stört niemanden, daß ich einfach reingekommen bin. Die Hintertür war nicht abgesperrt.«

»O Gott!« sagte Mrs. Nowicki. »Auch das noch!«

Auf dem Boden lag eine leere Schachtel, daneben stand eine Lampe.

»Haben Sie die Lampe in der Spielhalle gewonnen?« fragte Lula Margie.

»Die ist für mein Schlafzimmer«, sagte Margie. »Siebenundzwanzigtausend Punkte. Maxine hat gestern eine Friteuse gewonnen.«

»Wir haben fast das gesamte Inventar in diesem Haus zusammengewonnen«, sagte Mrs. Nowicki.

»Wo ist Maxine?« fragte ich.

»Besorgungen machen.«

Lula setzte sich aufs Sofa und griff sich die Fernbedienung für den Fernsehapparat. »Na schön, dann warten wir eben. Sie haben doch nichts dagegen, wenn wir'n bißchen glotzen?«

»Was fällt Ihnen ein!« rief Mrs. Nowicki. »Sie können doch hier nicht einfach reinplatzen und sich's gemütlich machen.«

»Aber klar können wir«, entgegnete Lula. »Wir sind Kopfgeldjägerinnen. Wir können alles tun, was uns gefällt. Wir sind durch ein Idiotengesetz geschützt, das anno 1869 erlassen wurde, als die Leute es noch nicht besser wußten.«

»Ist das wahr?« fragte Mrs. Nowicki.

»Na ja, auf die Handhabung der Fernbedienung erstreckt sich das Gesetz nicht«, sagte ich. »Aber es gibt uns eine Menge Freiraum bei der Verfolgung und Festnahme von Verbrechern.«

In der Einfahrt zwischen den Häusern knirschte Kies. Margie und Mrs. Nowicki sahen sich hastig an.

»Das ist Maxine, stimmt's?« fragte ich.

»Sie machen uns alles kaputt«, sagte Mrs. Nowicki. »Wir hatten das alles so gut geplant, und jetzt verpatzen Sie's.«

»Ich verpatze es? Schauen Sie sich doch mal im Spiegel an! Sie hat man skalpiert, und Ihnen hat man den Finger abgehackt. In Trenton ist eine Verkäuferin ermordet worden. Und Sie machen weiter Ihre bescheuerte Schnitzeljagd.«

»So einfach ist es nicht«, erklärte Margie. »Wir können noch nicht verschwinden. Erst müssen sie zahlen.«

Eine Autotür wurde zugeknallt, und Mrs. Nowicki fuhr in die Höhe. »Maxine!« schrie sie.

Lula rammte Mrs. Nowicki ihre Hüfte in die Seite. Mrs. Nowicki verlor das Gleichgewicht und fiel aufs Sofa. Lula setzte sich auf sie. »Wenn ich Sie abknall, krieg ich Ärger«, sagte sie. »Also bleib ich einfach auf Ihnen hocken, bis Sie die Klappe halten.«

»Ich krieg keine Luft«, keuchte Mrs. Nowicki. »Haben Sie schon mal dran gedacht, kleinere Portionen zu essen?«

Margie sah aus wie ein in die Enge getriebenes Tier, als könnte sie sich nicht entscheiden, ob sie einen Warnschrei loslassen oder selbst versuchen sollte, die Flucht zu ergreifen.

»Setzen Sie sich«, sagte ich zu ihr und zog mein Pfefferspray aus der Tasche. »Und halten Sie sich ruhig.«

Ich war durch die Tür verdeckt, als Maxine reinkam, aber Lula saß wie auf dem Präsentierteller.

»Hallo«, sagte sie.

»Scheiße!« rief Maxine, machte eine schnelle Kehrtwendung und wollte wieder zur Tür raus.

Ich stieß die Tür zu und richtete das Spray auf sie. »Halt! Zwingen Sie mich nicht, das zu gebrauchen!«

Maxine trat einen Schritt zurück und hob die Hände.

»Und jetzt gehen Sie endlich von mir runter, Sie Walroß«, sagte Mrs. Nowicki zu Lula.

Ich hatte ein Paar Handschellen am Hosenbund hängen. Ich reichte es Lula.

»Leg ihr die Dinger an«, sagte ich und wandte mich wieder an Maxine. »Tut mir wirklich leid, daß das nötig ist. Gegen Sie liegt nur eine Lappalie vor. Wenn Sie kooperieren, müssen Sie vielleicht nicht mal in den Knast.«

Lula wollte Maxine gerade die Handschellen anlegen, als beide Haustüren, vorn und hinten, gleichzeitig aufflogen. Joyce

Barnhardt, ganz in Schwarz, mit dem Aufdruck ›Kopfgeldjäger‹ auf dem T-Shirt, stürmte mit gezogenen Pistolen ins Zimmer.

Sie war von drei Frauen begleitet, alle gekleidet wie sie, bis an die Zähne bewaffnet. »Keine Bewegung!« schrien sie im Chor und machten diese komischen Trippelschrittchen in Kauerstellung wie die Bullen im Kino.

Margies neue Lampe wurde umgerissen und fiel krachend zu Boden. Margie, Mrs. Nowicki und Maxine rannten rum wie aufgescheuchte Hühner und versuchten, ihr Eigentum zu schützen. »Nein! Nein!« schrien sie, und »Hilfe!« und »Nicht schießen!« Lula sprang hinter das Sofa und machte sich so klein, wie eine Zwei-Zentner-Frau sich überhaupt machen kann. Und ich brüllte die anderen an, sie sollten aufhören, so zu brüllen.

Es war ein Riesendurcheinander in diesem kleinen Zimmer voller Leute, und plötzlich fiel mir auf, daß Maxine nicht mehr da war. Ich hörte, wie draußen Kies an die Hauswand spritzte, und als ich zum Fenster lief, sah ich Maxine mit Vollgas aus der Einfahrt brausen und die Straße hinunter davonfahren.

Ich hatte keinen Wagen da, es wäre also sinnlos gewesen, rauszulaufen. Und ganz bestimmt würde ich Joyce nicht auch noch helfen, Maxine zu schnappen. Also sagte ich kein Wort. Ich setzte mich in einen wuchtigen Polstersessel und wartete darauf, daß die Situation sich beruhigen würde. Viel lieber wäre ich losgegangen wie eine Furie und hätte Joyce zu Brei geschlagen, aber ich wollte Lula kein schlechtes Beispiel geben.

Joyce hatte ihre Cousinen Karen Ruzinski und Marlene Cwik als Helferinnen rekrutiert. Die dritte Frau kannte ich nicht. Karen hatte zwei kleine Kinder und war vermutlich froh, mal aus dem Haus zu kommen und ein bißchen Abwechslung zu haben.

»Hey, Karen«, sagte ich, »wo sind die Kinder? In der Krippe?«

»Die sind bei meiner Mutter. Sie hat ein Schwimmbecken im Garten. Ein großes, mit einer schönen breiten Umrandung.« Karen legte ihre Kanone auf den Couchtisch und zog eine Geldbörse aus einer Tasche ihrer Hose. »Hier«, sagte sie. »Das ist Susan Elizabeth. Sie kommt dieses Jahr zur Schule.«

Mrs. Nowicki packte Karens Pistole und feuerte einmal. Ein Brocken Mörtel plumpste aus der Decke auf den Fernseher. Alle standen mit einem Schlag wie erstarrt und gafften Mrs. Nowicki an.

Die richtete die Waffe auf Joyce. »Die Party ist vorbei.«

»Sie werden Riesenschwierigkeiten kriegen«, sagte Joyce. »Sie decken eine flüchtige Verbrecherin.«

Ein grimmiges Lächeln erschien auf Mrs. Nowickis Gesicht. »Ich decke gar niemanden, Gnädigste. Schauen Sie sich doch um. Sehen Sie hier irgendwo eine flüchtige Verbrecherin?«

Joyce ging ein Licht auf. »Wo ist Maxine?«

Ich ließ mich von Mrs. Nowickis Lächeln anstecken. »Maxine ist eben gegangen«, sagte ich.

»Du hast sie absichtlich entkommen lassen!«

»Wie kommst du denn darauf?« fragte ich. »Nie im Leben würd ich so was tun. Lula, sag, würde ich so was tun?«

»Niemals!« versicherte Lula. »Du bist ein Profi. Ich muß allerdings sagen, daß dein T-Shirt lange nicht so cool ist wie das von denen.«

»Sie kann nicht weit gekommen sein«, sagte Joyce. »Los, alle raus zum Wagen.«

Mrs. Nowicki kramte in ihren Taschen, fand eine Zigarette und steckte sie sich zwischen die Lippen. »Maxine ist längst über alle Berge. Sie finden sie nie.«

»Nur mal interessehalber«, sagte ich. »Worum geht's hier eigentlich?«

»Um Geld«, antwortete Mrs. Nowicki. Sie und Margie begannen zu lachen. Wie über einen guten Witz.

Morelli hing vor der Glotze, als ich zurückkam. Er schaute sich *Riskant!* an, und neben seinem Sessel standen drei leere Bierflaschen.

»Schlechter Tag?« fragte ich.

»Zuerst mal – das mit deiner Wohnung stimmt tatsächlich. Ich hab's überprüft. Nichts als Ruß und Asche. Ebenso dein Auto. Und um das Maß vollzumachen, hat sich's rumgesprochen, daß wir zusammenleben, und meine Mutter erwartet uns morgen um sechs zum Abendessen.«

»Nein!«

»Doch.«

»Sonst noch was?«

»Der Fall, an dem ich seit vier Monaten arbeite, ist in die Binsen gegangen.«

»Das tut mir leid.«

Morelli winkte verärgert ab. »So was kommt vor.«

»Hast du schon was gegessen?«

Er zog eine Augenbraue hoch und sah mich von der Seite an. »Woran hast du gedacht?«

»An was zu essen.«

»Nein. Zu essen hab ich noch nichts gehabt.«

Ich ging in die Küche und begrüßte Rex, der auf einem kleinen Häufchen diverser Leckerbissen thronte, die Morelli ihm hatte zukommen lassen: eine Weinbeere, ein Minimarshmallow, einen Crouton und eine Nuß. Ich nahm das Marshmallow raus und aß es selbst, um nicht zu riskieren, daß Rex Karies bekam.

»Also, was willst du haben?« fragte ich Morelli.

»Steak, Kartoffelpüree und grüne Bohnen.«

»Wie wär's mit Erdnußbutterbrot?«

»Das wäre meine zweite Wahl.«

Ich machte zwei Erdnußbutterbrote und trug sie ins Wohnzimmer.

Morelli betrachtete sein Brot. »Was sind das für Beulen?«

»Oliven.«

Er klappte das Brot auf und schaute rein. »Wo ist die Marmelade?«

»Nichts Marmelade.«

»Ich glaub, ich brauch noch ein Bier.«

»Mensch, iß es doch einfach!« schrie ich ihn an. »Seh ich vielleicht aus wie eine Köchin vom Ritz? Ich hab auch nicht gerade einen tollen Tag hinter mir, falls es dich interessieren sollte. Aber mich fragt ja keiner.«

Morelli lachte. »Wie war dein Tag?«

Ich ließ mich auf die Couch fallen. »Maxine gefunden und wieder verloren.«

»Nur nicht aufgeben«, meinte Morelli. »Du wirst sie schon wiederfinden. Als Kopfgeldjägerin bist du doch unschlagbar.«

»Ich hab das Gefühl, sie ist kurz davor, endgültig zu verschwinden.«

»Ich kann sie verstehen. Hier in der Gegend treiben sich ein paar gefährliche Typen rum.«

»Ich hab ihre Mutter gefragt, worum es eigentlich geht, und sie hat gesagt, es ginge um Geld. Und dann hat sie gelacht.«

»Du hast ihre Mutter gesprochen?«

Ich brachte Morelli auf den neuesten Stand, und er sah nicht besonders glücklich aus, als ich fertig war.

»Mit dieser Barnhardt muß was geschehen«, sagte er.

»Und? Hast du irgendwelche Ideen?«

»Nur solche, die mich meinen Job kosten würden.«

Ein kleines Schweigen trat zwischen uns ein.

»Wie gut kennst du Joyce eigentlich?« fragte ich.

Er lachte wieder. »Wie meinst du das?«

»Du weißt genau, wie ich das meine.«

»Verlangst du einen umfassenden Rechenschaftsbericht über mein Liebesleben?«

»Dafür würdest du wahrscheinlich Tage brauchen.«

Morelli lümmelte sich noch ein bißchen tiefer in seinen Sessel und streckte seine langen Beine aus. Ein Lächeln lag auf seinen Lippen, und seine Augen waren dunkel und sinnend. »Ich kenn Joyce nicht so gut, wie ich dich kenne.«

Das Telefon läutete. Wir fuhren beide zusammen. Morelli hatte den Apparat neben sich auf dem Tisch. Er meldete sich und sagt dann fast lautlos: »Deine Mutter.«

Ich gestikulierte, nein, nein, aber Morelli lächelte nur und drückte mir den Hörer in die Hand.

»Ich hab heute nachmittag Ed Crandle getroffen«, sagte meine Mutter. »Er sagt, du sollst dir keine Sorgen machen, er wird alles regeln. Er bringt die Formulare hier vorbei.«

Ed Crandle wohnte meinen Eltern gegenüber und war Versicherungsvertreter. Vermutlich bedeuteten seine Worte, daß ich abgesichert war. Normalerweise hätte ich nur in meinem Schreibtisch nachzusehen brauchen. Aber das war nun, da mein Schreibtisch samt allem Inventar in Flammen aufgegangen war, nicht mehr möglich.

»Und dein netter Hausmeister, Dillon Ruddick, hat angerufen, um dir zu sagen, daß deine Wohnung jetzt amtlich versiegelt ist. Du kannst also vorläufig nicht rein. Aber er hat versprochen, gleich in der nächsten Woche mit den Reparaturen anzufangen. Dann hat noch eine Frau namens Sally angerufen. Du sollst sie zurückrufen.«

Ich dankte meiner Mutter, lehnte eine neuerliche Einladung zum Abendessen ab und legte auf, um Sally anzurufen.

»Scheiße«, sagte Sally. »Ich hab eben gehört, was mit Ihrer Wohnung passiert ist. Hey, das tut mir echt leid. Kann ich irgendwas tun? Brauchen Sie ein Bett?«

Ich sagte ihm, ich sei bei Morelli untergekommen.

»Den hätt ich beim Armdrücken leicht niedergerungen, wenn ich nicht diese scheißhohen Absätze angehabt hätte.«

Als ich das Gespräch beendete, hatte Morelli *Riskant!* abgemurkst und zog sich ein Baseballspiel rein. Ich fühlte mich dreckig und verschwitzt, mein Nacken brannte von zuviel Sonne, und ich sah förmlich, wie meine Nase glühte. Ich hätte eben ein Sonnenschutzmittel nehmen sollen.

»Ich geh duschen«, sagte ich zu Morelli. »Es war ein langer Tag.«

»Wird das eine Dusche mit Erotikprogramm?«

»Nein, das wird eine Dusche mit gründlichem Waschprogramm.«

»Ich wollt's nur wissen«, sagte Morelli.

Das Badezimmer war, wie der Rest des Hauses, verblichen, aber sauber. Es war kleiner als das Bad in meiner Wohnung, und die Armaturen waren altmodischer. Aber es hatte eine gewisse antiquierte Grazie. Die Handtücher waren auf einem Bord über der Toilette gestapelt. Morellis Zahnbürste, Zahnpasta und Rasierapparat lagen links auf der Ablage neben dem Waschbecken. Ich hatte meine Sachen rechts hingelegt. ›Er‹ und ›Sie‹. Ich gab mir im Geist einen kräftigen Rempler. Reiß dich zusammen, Stephanie, das ist keine romantische Liebesgeschichte. Das ist das Resultat eines Wohnungsbrands. Über dem Waschbecken war ein Apothekerschränkchen, aber ich brachte es nicht fertig, die Tür zu öffnen. Das wäre mir wie Schnüffeln vorgekommen, und ich hatte auch ein bißchen Angst davor, was ich finden würde.

Ich duschte, putzte mir die Zähne und frottierte mir gerade die Haare, als Morelli an die Tür klopfte.

»Eddie Kuntz ist am Telefon«, sagte er. »Soll er zurückrufen?«

Ich wickelte mich in das große Handtuch ein, machte die Tür einen Spalt auf und streckte meine Hand raus. »Gib her.«

Morelli reichte mir das schnurlose Telefon. Sein Blick saugte sich an meinem Badetuch fest. »Wahnsinn«, flüsterte er.

Ich wollte die Tür zumachen, aber er hielt immer noch das Telefon fest. Ich hielt mit einer Hand das Badetuch und hatte die andere am Telefon, während ich versuchte, die Tür mit dem

Knie zuzudrücken. Ich sah, wie seine Augen dunkel und weich wurden wie geschmolzene Schokolade. Ich kannte diesen Blick. Er war mir jedesmal zum Verhängnis geworden.

»So geht das nicht«, sagte Morelli, dessen Blick jetzt durch den schmalen Türspalt hindurch vom Badetuch zu meinen Beinen wanderte und wieder zurück zum Badetuch.

»Hallo?« schallte Kuntz' Stimme aus dem Telefon. »Stephanie?«

Ich versuchte, Morelli das Telefon zu entwinden, aber er ließ nicht locker. Ich kriegte Herzflattern und begann, an ungewöhnlichen Stellen zu schwitzen.

»Sag ihm, du rufst zurück«, sagte Morelli.

- 9 -

Ich knirschte mit den Zähnen. »Laß das Telefon los!«

Morelli überließ mir den Apparat, aber seinen Fuß zog er nicht aus dem Türspalt.

»Was gibt's?« sagte ich zu Kuntz.

»Ich möchte einen Fortschrittsbericht.«

»Null Fortschritt.«

»Sie würden's mir doch sagen, oder?«

»Natürlich. Ach, übrigens – gestern hat jemand mein Auto mit Benzin übergossen und eine Feuerbombe in meine Wohnung geschmissen. Sie wissen nicht zufällig, wer das gewesen sein könnte?«

»Du meine Güte! Nein. Glauben Sie, daß es Maxine war?«

»Warum sollte Maxine meine Wohnung in Brand stecken?«

»Ich weiß auch nicht. Weil Sie für mich arbeiten?«

Morelli langte rein und packte das Telefon. »Später«, sagte er zu Kuntz, unterbrach die Verbindung und warf den Apparat ins Waschbecken.

»Ich finde nicht, daß das ne gute Idee ist«, sagte ich. Und dachte gleichzeitig, warum nicht? Meine Beine waren frischrasiert, und ich hatte praktisch nichts auf dem Leib, so daß damit ein peinlicher Schritt schon mal entfiel. Und nach allem, was ich mitgemacht hatte, verdiente ich einen Orgasmus. Ich mein, das war das mindeste, was ich für mich tun konnte.

Morelli drängte sich rein und drückte seinen Kopf an meine nackte Schulter. »Ich weiß«, sagte er, »die Idee ist ganz schrecklich.« Sein Mund streifte über meinen Hals gleich unterhalb des Ohrläppchens. Einen Herzschlag lang versanken unsere Blicke ineinander, dann küßte Morelli mich. Sein Mund war sanft, und der Kuß dauerte an. In der High-School hatte meine beste Freundin, Mary Lou, mir erzählt, Morelli hätte flinke Hände. Das Gegenteil war wahr. Morelli verstand sich auf Tempoverzögerung. Morelli wußte gut, wie man eine Frau an den Rand des Wahnsinns trieb.

Wieder küßte er mich, unsere Zungen berührten einander, und der Kuß wurde tiefer. Seine Hände berührten meine Taille, wanderten zu meinem Rücken, drückten mich an ihn, und entweder hatte er einen Wahnsinnsständer, oder sein Schlagstock drückte mir in den Bauch. Ich war ziemlich sicher, daß es ein Ständer war. Und ich dachte, wenn ich diesen schönen großen Zauberstab nur tief in mich reinholen könnte, würden alle meine Sorgen davonfliegen.

»Ich hab welche«, sagte Morelli.

»Was hast du?«

»Kondome. Ich hab einen ganzen Karton. Erstklassige Investition. Spitzenqualität.«

So wie's bei mir abging, hielt ich es für unwahrscheinlich, daß uns der Karton bis Sonntag reichen würde.

Dann begann er wieder, mich zu küssen, meinen Hals, mein Schlüsselbein, den Ansatz meines Busens über dem Handtuch. Und dann fiel das Handtuch zu Boden, und Morelli schob seinen

Mund zu meiner Brust, und mich durchzuckte es wie Feuer. Seine Hände waren überall, streichelten, suchten, reizten. Sein Mund wanderte tiefer, zog eine Schlangenlinie von Küssen zu meinem Nabel, meinem Bauch, meiner – Ogottogott!

Mary Lou hatte mir außerdem erzählt, Morelli hätte eine Zunge wie eine Eidechse, und ich sah dieses Gerücht jetzt bestätigt. Gott segne das Tierreich, dachte ich mit neuem Respekt vor Reptilien. Ich hatte meine Finger in sein Haar gegraben, mein nackter Hintern war an das Waschbecken gepreßt, und ich dachte, mhm, gut! Ich war am äußersten Rand. Ich spürte es kommen – den köstlichen Druck, die Hitze, das verzehrende Verlangen nach der befreienden Explosion.

Und da schob er seinen Mund zwei Zentimeter nach links.

»Mach weiter!« keuchte ich. »Mach weiter! Mach weiter!«

Morelli küßte die Innenseite meines Schenkels. »Noch nicht.«

Ich war der Raserei nahe. »Was soll das heißen, noch nicht.«

»Es ist noch zu früh«, sagte Morelli.

»Soll das ein Witz sein? Es ist nicht zu früh! Darauf warte ich seit Jahren.«

Morelli richtete sich auf, hob mich hoch, trug mich in sein Schlafzimmer und ließ mich auf sein Bett fallen. Er zog sein T-Shirt und seine Shorts aus, ohne mich aus den Augen zu lassen, die groß und dunkel waren unter den schwarzen Wimpern. Seine Hände waren ruhig, aber sein Atem flog. Und dann stand er nackt vor mir, und ich war nicht mehr sicher, ob das klappen würde. Es war so lange her, und er kam mir riesig vor. So hatte ich ihn nicht in Erinnerung. So hatte es sich durch seine Kleider nicht angefühlt.

Er nahm ein Kondom aus dem Karton, und ich rutschte zum Kopfbrett rauf. »Wenn ich's mir recht überlege...«, sagte ich.

Morelli packte mich bei den Füßen, zog mich runter, so daß ich platt auf dem Rücken zu liegen kam, und drückte meine Beine auseinander. »Laß die Überlegungen«, sagte er und küßte mich. Und dann legte er seinen Finger genau auf *die* Stelle. Er bewegte den Finger ein wenig, und jetzt fand ich, er sähe genau passend aus. Gar nicht zu groß. Jetzt dachte ich nur dran, daß ich dieses verdammte Ding irgendwie in mich reinkriegen mußte.

Ich packte zu und versuchte es mit ein bißchen Lenkung, aber Morelli entzog sich mir. »Noch nicht«, sagte er.

Was sollte das bloß dauernd, dieses ›Noch nicht‹? »Ich bin aber soweit.«

»Noch lange nicht«, sagte Morelli und senkte sich tiefer, um noch ein bißchen göttliche Zungenfolter zu praktizieren.

Na schön, wenn ihm das Spaß machte, mir sollte es recht sein, ich fand's ganz toll. Tatsächlich war ich schon fast angekommen. Noch dreißig Sekunden, und ich würde kreischend wie eine ganze Horde Gespenster ins unendliche Nichts fliegen.

Und dann rückte er wieder zwei Zentimeter nach links.

»Ekel«, sagte ich – liebevoll. Ich begann ihn zu streicheln und hörte, wie er bei der Berührung nach Luft schnappte. Ich zog meine Fingerspitze über den kleinen Schlitz oben, und Morelli erstarrte. Ich hatte seine volle Aufmerksamkeit. Ich tauchte mit dem Kopf hinunter und leckte mal kurz.

»O Gott!« keuchte Morelli. »Tu das nicht. Ich bin doch nicht Superman.«

Wer hätte das gedacht? Ich betrieb weiter eingehende Tiefenforschung, und plötzlich wurde Morelli aktiv. Ruckzuck lag ich auf dem Rücken, und Morelli hing über mir.

»Noch nicht«, sagte ich. »Es ist noch nicht soweit.«

Er schnalzte das Kondom. »Von wegen!«

Ätsch, dachte ich.

Am folgenden Morgen erwachte ich eingehüllt in feuchte Laken und warmen Morelli. Wir hatten eine beachtliche Lücke in den

Kondomvorrat gerissen, und ich war sehr entspannt. Morelli regte sich neben mir, und ich kuschelte mich an ihn.

»Mhm«, sagte er.

Zwei Stunden später waren noch ein paar Kondome weniger im Karton, und Morelli und ich lagen bäuchlings und total abgeschlafft auf dem Bett. Sex, dachte ich bei mir, war schon eine tolle Sache, aber wahrscheinlich würde ich jetzt auf Jahre hinaus keinen mehr brauchen. Ich maß die Entfernung vom Bett zum Badezimmer und überlegte, ob ich es schaffen würde.

Das Telefon läutete, und Morelli reichte es mir.

»Ich überleg gerade, was ich heute abend anziehen soll«, sagte Sally. »Was meinen Sie, soll ich als Mann oder als Frau gehen?«

»Mir ist alles recht«, antwortete ich. »Lula und ich gehen als Frauen. Wollen wir uns dort treffen, oder soll ich Sie abholen?«

»Ich treff Sie dort.«

»Okay.«

Ich wandte mich Morelli zu. »Arbeitest du heute?«

»Den halben Tag vielleicht. Ich muß mit ein paar Leuten reden.«

»Ich auch.« Ich wälzte mich aus dem Bett. »Wegen dem Essen heut abend –«

»Denk ja nicht dran, mich sitzenzulassen«, sagte Morelli. »Ich finde dich überall, und dann kannst du was erleben.«

Ich zog ein Gesicht und schaffte es tatsächlich, mich mit kaum einem Wimmern oder Stöhnen ins Badezimmer zu schleppen. Die Sexgöttin war heute morgen eine Spur mitgenommen.

Ich duschte, zog mich an und ging in die Küche runter. Ich hatte Morelli noch nie am Morgen danach gesehen, und ich weiß nicht, was ich erwartet hatte, auf keinen Fall aber dieses Wesen, halb Tier, halb Mensch, das da am Tisch saß und die Zeitung las. Er trug ein ausgeleiertes T-Shirt und zerknitterte helle Shorts. Er hatte einen Stoppelbart, und sein Haar, das schon vor Wochen mal hätte geschnitten werden müssen, war ungekämmt.

Gestern nacht war es sexy gewesen. Heute morgen war es schlicht beängstigend. Ich nahm mir Kaffee und eine Schale Cornflakes und setzte mich gegenüber an den kleinen Tisch. Die Hintertür stand offen, die Morgenluft, die hereinströmte, war kühl. In spätestens einer Stunde würde es wieder heiß und stickig werden. Schon zirpten die Zikaden. Ich dachte an meine eigene Küche und meine traurige verkohlte Wohnung, und schon saßen mir die Tränen in der Kehle. Denk dran, was Morelli dir gesagt hat, dachte ich. Konzentrier dich auf das Positive. Die Wohnung kommt schon wieder in Ordnung. Sie kriegt einen nagelneuen Teppich und einen nagelneuen Anstrich. Schöner als vorher. Und was hatte er über die Angst gesagt? Konzentrier dich auf deine Aufgabe, nicht auf die Angst. Okay, dachte ich, das kann ich. Besonders da ich dem Mann meiner Träume gegenübersaß.

Morelli trank seinen Kaffee aus und las weiter in seiner Zeitung.

Ich ertappte mich bei dem Wunsch, ihm neu einzuschenken. Aber dabei wollte ich es nicht bewenden lassen. Ich wünschte mir, Morelli das Frühstück zu machen. Eier und Schinken und frisch gepreßten Orangensaft. Ich wünschte mir, seine Wäsche zu waschen, sein Bett frisch zu beziehen. Ich sah mich um. Die Küche war nicht schlecht, aber sie hätte gemütlicher sein können. Frische Blumen vielleicht. Und eine Keksdose.

»O-o!« sagte Morelli.

»Was o-o?«

»Du hast diesen Blick... als wärst du gerade dabei, meine Küche neu einzurichten.«

»Du hast keine Keksdose.«

Morelli sah mich an wie eine Außerirdische. »Darüber hast du nachgedacht?«

»Ja, und?«

Morelli ließ sich das einen Moment durch den Kopf gehen. »Ich habe eigentlich nie den Sinn einer Keksdose verstanden«, sagte er schließlich. »Ich mach die Packung auf. Ich esse die Kekse. Ich schmeiß die Packung weg.«

»Ja, aber eine Keksdose macht die Küche gemütlich.«

Wieder sah er mich an, als wäre ich aus dem Weltall gelandet.

»Ich verwahr meine Pistole in meiner Keksdose«, fügte ich erläuternd hinzu.

»Mein Schatz, ein Mann kann seine Pistole nicht in einer Keksdose verstauen. Das geht einfach nicht.«

»Rockford hat's aber getan.«

Er stand auf und gab mir einen Kuß auf den Kopf. »Ich geh jetzt duschen. Wenn du los mußt, bevor ich wieder raus bin, versprich mir, daß du spätestens um fünf zu Hause bist.«

Tja, soviel zum Mann meiner Träume. Ich bedachte ihn mit einem meiner bevorzugten italienischen Handzeichen, was er nicht sah, weil er schon aus dem Raum war. »Scheiß auf die Keksdose«, sagte ich zu Rex. »Und seine Wäsche kann er auch selber waschen.« Ich aß meine Cornflakes auf, spülte die Schale aus und stellte sie in den Geschirrspüler. Dann warf ich meine Umhängetasche über und zischte ab ins Büro.

»Ja, Wahnsinn!« rief Connie, als ich reinkam. »Du hast's getan.«

»Wie bitte?«

»Wie war's? Ich möcht's bitte in allen Einzelheiten wissen.«

Lula sah von dem Stapel Akten auf, den sie gerade sortierte. »Stimmt«, sagte sie, »du hast's getan.«

Ich riß die Augen auf. »Woher wißt ihr das?« Ich roch an mir. »Riech ich?«

»Du strahlst es einfach aus«, sagte Lula. »Totale Entspanntheit.«

»Genau«, stimmte Connie zu. »Rundum glücklich.«

»Das war die Dusche«, sagte ich. »Ich hab heute morgen eine endlos lange Dusche genommen.«

»Ich wollt, ich hätt auch so eine Dusche«, sagte Lula.

»Ist Vinnie da?«

»Ja, er ist gestern spätabends zurückgekommen. Hey, Vinnie«, rief Connie. »Stephanie ist hier.«

Wir hörten ihn aus den Tiefen seines Büros »O Gott« murmeln, dann machte er seine Tür auf. »Was gibt's?«

»Ich sage nur: Joyce Barnhardt.«

»Na und? Ich hab ihr nen Auftrag gegeben.« Vinnie sah mich mit zusammengekniffenen Augen an. »Hey, Mann, hast wohl ne tolle Nacht verbracht?«

»Ich kann es nicht glauben«, rief ich, die Hände hochwerfend. »Ich hab geduscht. Ich hab mir die Haare gewaschen. Ich hab mich geschminkt und frische Sachen angezogen. Ich hab gefrühstückt, und danach hab ich mir die Zähne geputzt. Woher wollen alle wissen, daß ich ne tolle Nacht hinter mir habe?«

»Du siehst anders aus«, sagte Vinnie.

»Rundum zufrieden«, sagte Connie.

»Entspannt«, fügte Lula hinzu.

»Ich will nicht darüber reden«, schrie ich. »Ich will über Joyce Barnhardt reden. Du hast ihr Maxine Nowicki gegeben. Wie kommst du dazu? Nowicki ist mein Fall.«

»Du bist nicht weitergekommen, da habe ich mir gedacht, na schön, soll Joyce mal ihr Glück versuchen.«

»Ich weiß genau, wie Joyce sich diesen Fall geangelt hat«, sagte ich. »Und ich werd's deiner Frau erzählen.«

»Wenn du das meiner Frau erzählst, erzählt die's ihrem Vater, und dann bin ich ein toter Mann. Und ihr seid arbeitslos.«

»Da hat er nicht ganz unrecht«, meinte Lula. »Dann sind wir alle arbeitslos.«

»Ich will, daß du ihr den Fall wieder nimmst. Lula und ich hatten Maxine schon im Kasten, da kam Joyce mit ihrer Schlampentruppe reingestürmt und hat alles vermasselt.«

»Okay, okay«, sagte Vinnie. »Ich red mit ihr.«

»Du nimmst ihr Nowicki weg.«

»Okay.«

»Sally hat angerufen und gesagt, daß er heut abend mit in die Bar geht«, berichtete ich Lula. »Willst du auch mitkommen?«

»Klar, ich möchte doch den Spaß nicht verpassen.«

»Brauchst du ein Auto?«

»O nein«, antwortete Lula. »Ich hab ein neues Auto.« Ihr Blick glitt an mir vorbei zur Tür. »Jetzt brauch ich nur noch den passenden Mann dazu. Er hat auch schon einen Namen.«

Connie und ich drehten uns um. Es war Ranger, ganz in Schwarz, das Haar zum Pferdeschwanz gebunden, im Ohr eine kleine goldene Kreole, die wie die Sonne blitzte.

»Yo«, sagte Ranger. Er starrte mich einen Moment lang an und lächelte. »Morelli?«

»Scheiße«, sagte ich. »Das wird langsam peinlich.«

»Ich wollte die Thompson-Papiere holen«, sagte Ranger zu Connie.

Connie reichte ihm einen Hefter. »Viel Glück.«

»Wer ist Thompson?«

»Norvil Thompson«, antwortete Ranger. »Hat einen Spirituosenladen überfallen, vierhundert Dollar und eine Flasche Wild Turkey mitgenommen. Gleich auf dem Parkplatz hat er angefangen zu feiern. Ein Parkplatzwächter hat ihn dort gefunden, als er seinen Rausch ausschlief, und die Bullen geholt. Zu seinem Gerichtstermin ist er nicht erschienen.«

»Wie immer«, bemerkte Connie.

»Er hat das schon früher gemacht?«

»Zweimal.«

Ranger unterschrieb seinen Vertrag, gab ihn Connie zurück und sah mich an. »Willst du mir dabei helfen, diesen Cowboy einzufangen?«

»Er schießt doch nicht auf mich, oder?«

»Ach«, meinte Ranger, »wenn's so einfach wär.«

Ranger fuhr einen neuen schwarzen Range Rover. Rangers

Autos waren immer schwarz. Sie waren immer neu. Sie waren immer teuer. Und sie waren immer zweifelhafter Herkunft. Ich fragte Ranger nie, woher er seine Autos bekam. Und er fragte mich nie nach meinem Gewicht.

Wir durchquerten die Innenstadt und bogen nach rechts in die Stark Street ab. Nach kurzer Fahrt gelangten wir in ein Viertel heruntergekommener alter Reihenhäuser. Es war Mittag, und Mütter, die von Sozialhilfe lebten, hockten mit ihren Kindern auf den Treppen vor den Häusern, in deren Innerem man kaum atmen konnte vor Hitze.

Ich blätterte den Hefter durch, um mir ein Bild von Thompson zu machen. Schwarz, einsfünfundsiebzig groß, 85 Kilo, Alter vierundsechzig. Erkrankung der Atemwege. Das hieß, daß wir kein Pfefferspray benutzen konnten.

Ranger hielt vor einem zweistöckigen Backsteinhaus. Bandenparolen waren an die Mauer und an die Vortreppe gesprüht. Fast-Food-Verpackungen verstopften den Rinnstein, und der Bürgersteig war mit Müll übersät. Das ganze Viertel roch wie ein riesiger Bohnen-Burrito.

»Der Typ ist nicht so gefährlich, wie es auf dem Papier aussieht«, sagte Ranger. »Eigentlich ist er vor allem eine Nervensäge. Er ist ständig besoffen, drum hat's gar keinen Sinn, ihm mit einer Kanone zu drohen. Er hat Asthma, folglich fällt Spray aus. Und er ist so alt, daß man blöd dasteht, wenn man ihn verprügelt. Wir stecken ihn in Handschellen und tragen ihn raus. Deswegen hab ich dich mitgenommen. Um ihn rauszutragen, braucht's zwei Leute.«

Wunderbar.

Zwei Türen weiter saßen zwei Frauen. »Sie kommen wohl wegen dem alten Norvil?« fragte die eine. »Ist er mal wieder abgehauen, statt brav zum Gericht zu gehen?«

Ranger hob grüßend die Hand. »Hallo, Regina, wie läuft's?«

»Schon besser, wo Sie jetzt hier sind.« Sie drehte den Kopf

nach einem offenen Fenster im Erdgeschoß. »Hey, Deborah«, rief sie. »Ranger ist hier. Er will uns ein bißchen aufheitern.«

Ranger trat ins Haus und ging zur Treppe. »Zweiter Stock«, sagte er.

Ich fing an, kalte Füße zu kriegen. »Was hat sie gemeint, als sie gesagt hat, du wirst sie aufheitern?«

Ranger war auf dem Treppenabsatz im ersten Stock. »Im zweiten Stock haben wir zwei Mieter. Thompson wohnt links. Ein Zimmer mit Bad. Nur ein Ausgang. Um diese Zeit müßte er eigentlich schon zu Hause sein. Regina hätt's mir gesagt, wenn sie ihn hätte weggehen sehen.«

»Ich hab das Gefühl, daß es da noch was gibt, was ich über diesen Typen wissen sollte.«

Ranger war schon halb die nächste Treppe rauf. »Nur, daß er völlig irre ist. Und wenn er seinen Schwanz rauszieht, um zu pinkeln, dann weich lieber aus. Er hat Hanson mal markiert, und Hanson schwört, daß er mindestens vier Meter weg war.«

Hanson war auch Kopfgeldjäger. Er arbeitete meistens für Gold Star Bail Bonds. Hanson war mir nie als jemand aufgefallen, der zum Flunkern neigte. Ich machte deshalb prompt kehrt und rannte die Treppe wieder runter. »Das reicht mir. Ich ruf Lula an, sie soll mich abholen.«

Eine energische Hand packte mich am Schlafittchen. »Kommt nicht in Frage«, sagte Ranger. »Mitgehangen, mitgefangen.«

»Ich möcht mich aber nicht anpinkeln lassen.«

»Dann halt einfach die Augen offen. Wenn er zum Hosenstall greift, stürzen wir uns auf ihn.«

»Also, weißt du, ich könnt ne Menge gute Jobs haben«, sagte ich. »Ich hab's nicht nötig, so was zu tun.«

Ranger hatte den Arm um mich gelegt und zog mich mit sich die Treppe hinauf. »Das hier ist nicht einfach ein Job. Das ist eine Dienstleistung. Wir sorgen für die Aufrechterhaltung des Gesetzes, Baby.«

»Ach, bist du deshalb Kopfgeldjäger geworden? Weil du ans Gesetz glaubst?«

»Nein, ich mach's wegen dem Geld. Und weil die Menschenjagd das ist, was ich am besten kann.«

Wir erreichten Thompsons Tür, und Ranger bedeutete mir, auf die Seite zu gehen, als er klopfte.

»Blöde Ärsche!« schrie jemand aus der Wohnung.

Ranger lächelte. »Norvil ist zu Hause.« Er klopfte noch einmal. »Machen Sie auf. Ich muß mit Ihnen reden.«

»Ich hab euch schon unten auf der Straße gesehen«, sagte Norvil durch die geschlossene Tür, »und wenn ihr denkt, ich mach euch auf, könnt ihr warten, bis ihr schwarz werdet.«

»Ich zähl jetzt bis drei, dann brech ich die Tür auf«, sagte Ranger. »Eins, zwei...« Er drehte am Türknauf, aber die Tür war immer noch abgeschlossen. »...drei!« Keine Reaktion aus der Wohnung. »Verdammter sturer alter Säufer«, sagte Ranger.

Er trat zurück und versetzte der Tür gleich links vom Knauf einen kräftigen Tritt. Holz splitterte, und die Tür flog krachend auf.

»Blöde Ärsche«, schrie Norvil wieder.

Mit der Kanone in der Hand trat Ranger vorsichtig in die Wohnung. »Ist schon okay«, sagte er zu mir. »Er ist nicht bewaffnet.«

Ich folgte Ranger in die Wohnung und blieb neben ihm stehen. Norvil war auf der anderen Seite des Zimmers, mit dem Rücken zur Wand. Rechts von ihm standen ein angeschlagener Resopaltisch und ein einsamer Stuhl. Auf dem Tisch stand ein großer Karton voller Nahrungsmittel: Ritz-Cracker, Schokoflakes, ein Beutel Marshmallows, eine Flasche Ketchup. Und neben dem Tisch stand ein Riesenkühlschrank. Norvil hatte ein verwaschenes T-Shirt mit der Aufschrift ›Benzin kauft man nur bei Bud‹ und eine ausgebeulte, schmutzige Khakihose an. Er hielt einen Karton Eier in der Hand.

»Blöde Ärsche«, schrie Norvil, und eh ich wußte, wie mir geschah – klatsch, klebte mir ein Ei an der Stirn. Ich sprang zurück, und die Ketchupflasche segelte knapp an meinem Ohr vorbei, knallte in den Türrahmen, daß die rote Soße auseinanderspritzte. Es folgten ein Glas mit sauren Gurken und weitere Eier. Ranger kriegte ein Ei auf den Arm, ich eins mitten auf die Brust. Ich drehte mich, um einem Glas Mayonnaise auszuweichen, und bekam ein Ei an den Hinterkopf. Norvil war außer Rand und Band und schmiß alles, was ihm unter die Hände kam... Cracker, Croutons, Maischips, Messer und Gabeln, Suppenschalen und Eßteller. Eine Tüte zerplatzte in seinen Händen, und sofort war das ganze Zimmer in Mehlgestöber eingehüllt. »Gottverdammte Kommunistenschweine«, schrie der Alte, während er im Karton nach weiterer Munition kramte.

»Jetzt!« rief Ranger.

Wir stürzten uns beide auf Thompson und packten seine Arme. Ranger schaffte es, ihm eine Handschelle um das eine Handgelenk zu legen, aber mit dem anderen Arm hatten wir Mühe. Norvil rammte mir den Kopf in die Schulter. Ich verlor den Halt auf dem mit Crackerbröseln und Mehl übersäten Boden und setzte mich hart auf den Hintern. Ich hörte, wie die zweite Handschelle einschnappte, und schaute zu Ranger rauf.

Der lächelte. »Alles in Ordnung?«

»Klar. Alles in bester Butter.«

»Du hast ein ganzes Vier-Personen-Menü auf deinen Kleidern.«

Ranger hatte außer einem kleinen Fleck am Arm, wo das Ei ihn getroffen hatte, überhaupt nichts abbekommen.

»Und wieso siehst du aus wie frisch gewaschen und ich wie ein Ferkel?«

»Erstens hab ich mich nicht mitten ins Zimmer gestellt und mich zur Zielscheibe gemacht. Und zweitens bin ich nicht zu Boden gegangen und hab mich in Mehl gerollt.« Er bot mir die Hand und half mir auf die Beine. »Erste Kampfregel: Wenn die Leute mit Gegenständen rumwerfen, dann geh aus dem Weg.«

»Teufelshure!« brüllte Norvil mich an.

»Moment mal!« brüllte ich zurück. »Ich war längst fällig. Und außerdem geht Sie das überhaupt nichts an.«

»Er nennt jeden Teufelshure«, sagte Ranger.

»Ach so.«

Norvil stellte sich breitbeinig hin. »Mich kriegen Sie hier nicht weg.«

Ich warf einen Blick auf die Schockpistole in Rangers Vielzweckgürtel. »Wollen wir ihm nicht eine reinjagen?«

»Mir dürfen Sie gar keine reinjagen«, sagte Norvil. »Ich bin ein alter Mann. Ich habe einen Schrittmacher. Wenn Sie meinen Schrittmacher vermurksen, kriegen Sie Riesenärger. Da könnt ich vielleicht sogar sterben.«

»Mann«, sagte ich, »wie verlockend!«

Ranger zog eine Rolle Isolierband aus seinem Gürtel und verschnürte Norvils Beine an den Knöcheln.

»Hey, da fall ich um«, lamentierte Norvil. »So kann ich nicht stehen. Ich hab'n Alkoholproblem. Ich fall manchmal um.«

Ranger packte Norvil unter den Armen und kippte ihn nach rückwärts. »Nimm die Füße«, befahl er mir. »Los, runter zum Wagen.«

»Hilfe!« kreischte Norvil. »Ich werd entführt! Ruft die Polizei! Ruft die Moslems!«

Wir schleppten ihn zum ersten Stock runter, und er brüllte immer noch wie am Spieß. Ich hatte Mühe, ihn zu halten, weil er so heftig strampelte. Mein Haar war mit Ei und Mehl verklebt, ich stank wie eine saure Gurke und schwitzte wie ein Schwein. Wir nahmen die zweite Treppe in Angriff; ich stolperte und rutschte den Rest des Wegs auf dem Hintern runter.

»Kein Problem«, sagte ich, als ich mich wieder hochrappelte

und mich fragte, wie viele Wirbel ich mir gebrochen hatte. »Die Powerfrau läßt sich nicht unterkriegen.«

»Die Powerfrau sieht ein bißchen fertig aus«, stellte Ranger fest.

Regina und Deborah saßen immer noch auf der Treppe vor ihrem Haus, als wir Norvil raustrugen.

»Mensch, Mädchen«, sagte Regina, »was haben sie denn mit Ihnen gemacht? Sie sehen ja aus wie ein paniertes Schnitzel.«

Ranger öffnete die Heckklappe des Range Rover, und wir hievten Norvil rein. Ich humpelte rüber zur Beifahrerseite und betrachtete den jungfräulich reinen Ledersitz.

»Keine Sorge«, sagte Ranger. »Wenn er dreckig wird, kauf ich mir einfach ein neues Auto.«

Ich war ziemlich sicher, daß er nur Spaß machte.

Ich stand auf der kleinen Vorderveranda und kramte in meiner Tasche nach dem Schlüssel zu Morellis Haus, als die Tür geöffnet wurde.

»Ach, du meine Güte, am besten ich versuch gar nicht erst zu raten, was da passiert ist«, sagte Morelli.

Ich drängte mich an ihm vorbei. »Kennst du Norvil Thompson?«

»So'n alter Knabe, der Läden ausraubt. Dreht durch, wenn er trinkt – was er immer tut.«

»Richtig. Das ist Norvil. Ich hab Ranger geholfen, ihn in Gewahrsam zu nehmen.«

»Und Norvil wollte nicht.«

»Der hat uns mit allem bombardiert, was er da hatte.« Ich schaute an mir runter. »Ich muß dringend duschen.«

»Armes Ding. Soll ich dir helfen?«

»Nein! Komm ja nicht in meine Nähe!«

»Aber die Keksdose spielt diesmal keine Rolle, oder?«

Ich schleppte mich nach oben ins Badezimmer, zog mich aus

und stellte mich unter das dampfende Wasser. Ich wusch mir das Haar zweimal und machte eine Cremespülung, aber es wurde einfach nicht sauber. Ich trat aus der Dusche und sah es mir an. Es lag an dem Ei. Das war steif und fest geworden wie Beton, und in dem Beton steckten kleine Eierschalensplitter.

»Warum ich?« sagte ich.

Morelli war auf der anderen Seite der Badezimmertür. »Hey, geht's dir gut? Hältst du Selbstgespräche?«

Ich zog die Tür auf. »Schau dir das an!« sagte ich.

»Sieht aus wie Eierschalen.«

»Es geht nicht raus.«

Unter dem Vorwand, mein Haar zu untersuchen, neigte Morelli sich näher; in Wirklichkeit versuchte er unter mein Handtuch zu sehen. »Hm«, sagte er.

»Hör mal, ich brauch Hilfe.«

»Wir haben nicht viel Zeit.«

»Ich mein doch mit meinen Haaren.«

»Schätzchen, ich weiß nicht, wie ich's dir sagen soll, aber ich fürchte, für deine Haare kommt jede Hilfe zu spät. Ich könnte höchstens versuchen, dich davon abzulenken.«

Ich kramte das Apothekerschränkchen durch und fand eine Schere. »Schneid das Ei raus.«

»Na, das wird was werden.«

Fünf Minuten später schaute Morelli von seiner Arbeit auf. Unsere Blicke trafen sich im Spiegel. »Das wär's.«

»Wie schlimm ist es?«

»Weißt du noch, als Mary Jo Krazinski das Ekzem am Kopf hatte?«

Mir fiel die Kinnlade runter.

»So schlimm ist es nicht«, tröstete Morelli. »Hauptsächlich ist es kürzer – an manchen Stellen.« Er strich mit dem Finger über meine nackte Schulter. »Ein paar Minuten zu spät können wir ruhig kommen.«

»Nein! Zu deiner Mutter komm ich nicht zu spät. Deine Mutter macht mir eine Heidenangst.«

Seine Mutter machte allen außer Joe eine Heidenangst. Morellis Mutter hatte Argusaugen. Sein Vater war ein Trinker und ein Schürzenjäger gewesen. Seine Mutter war über jeden Vorwurf erhaben. Sie war eine Hausfrau und Mutter heroischer Dimensionen. Nie versäumte sie die Messe. In ihrer Freizeit arbeitete sie für eine wohltätige Organisation. Und sie ließ sich von niemandem was gefallen.

Morelli schob seine Hand unter mein Badetuch und küßte meinen Nacken. »Dauert doch nur ne Minute, Baby.«

Eine halbe Stunde später rannte ich in meinem Zimmer rum und suchte was zum Anziehen. »Also wirklich! Daß ich mich von dir hab rumkriegen lassen!« sagte ich. »Schau mal, wie spät wir dran sind!«

Morelli, der bereits fertig angekleidet war, lächelte. »So ein kleiner Beischlaf ist doch gar nicht so schlecht«, sagte er. »Ich weiß gar nicht, warum ich's nicht schon früher versucht hab.«

Ich schlüpfte in mein Höschen. »Du hast's nicht früher ausprobiert, weil du vor der Verpflichtung Angst hattest. Und du bist auch bis jetzt noch keine Verpflichtung eingegangen.«

»Ich hab immerhin einen ganzen Karton Kondome gekauft.«

»Das ist eine sexuelle Verpflichtung, mit einer Beziehung hat das nichts zu tun.«

»Aber es ist ein Anfang«, sagte Morelli.

Ich warf ihm einen Blick zu. »Vielleicht.« Ich zog einen kleinen Baumwollfummel aus dem Schrank. Er hatte die Farbe von sonnengebleichtem Stroh und war vorn durchgeknöpft. Ich zog mir das Kleid über den Kopf und glättete ein paar Fältchen mit den Händen.

»Wahnsinn!« sagte Morelli. »Du siehst umwerfend aus in dem Kleid.«

Er drängte sich an mich, bereit für die nächste Runde. »Hey, was soll das?«

»Hast du nicht Lust, ein neues Spiel zu lernen?« fragte er. »Es heißt Mr. und Mrs. Rover.«

»Ich hab Neuigkeiten für dich«, sagte ich. »Ich bügle nicht. Ich esse keinen rohen Fisch. Und ich mach's nicht im Stehen. Wenn du mich jetzt anrührst, greif ich zur Waffe, das schwör ich dir.«

Mrs. Morelli öffnete uns die Tür und gab Joe einen Klaps auf die Wange. »Du Unersättlicher! Genau wie dein Vater, Gott sei seiner schwarzen Seele gnädig.«

Morelli sah lachend zu seiner Mutter hinunter. »Es ist ein Fluch.«

»Meine Schuld war's nicht«, sagte ich. »Ehrlich.«

»Deine Nonna Bella und deine Tante Mary Elizabeth sind hier«, sagte Mrs. Morelli. »Sei also nicht so frech.«

Nonna Bella! Ich bekam einen Riesenschrecken. Nonna Bella hatte Diane Fripp verwünscht, und Diane hatte daraufhin drei Monate lang ununterbrochen ihre Periode gehabt! Ich überprüfte die Knöpfe vorn an meinem Kleid und vergewisserte mich verstohlen, daß ich all meine Unterwäsche wieder anhatte.

Nonna Bella und Tante Mary Elizabeth saßen im Wohnzimmer Seite an Seite auf der Couch. Nonna Bella ist eine kleine, weißhaarige Frau, nach italienischer Tradition stets schwarz gekleidet. Sie war als junges Mädchen nach Amerika gekommen, aber damals war die Burg italienischer als Sizilien, und sie hatte die Bräuche der alten Heimat beibehalten. Mary Elizabeth ist Bellas jüngere Schwester, eine Nonne im Ruhestand. Sie hatten beide Cocktailgläser in den Händen und Zigaretten zwischen den Lippen.

»Aha«, sagte Nonna Bella, »die Kopfgeldjägerin.«

Ich hockte mich mit zusammengedrückten Knien auf die Kante eines Ohrensessels. »Nett, Sie zu sehen, Nonna Bella.«

»Ich höre, Sie leben mit meinem Enkel zusammen.«

»Ich – ich hab ein Zimmer in seinem Haus gemietet.«

»Ha!« rief sie. »Hören Sie auf zu schwindeln, sonst kriegen Sie von mir den bösen Blick.«

Ich war verloren. Noch während ich da auf der Sesselkante hockte, spürte ich das Nahen meiner Periode.

- 10 -

»Den bösen Blick gibt's überhaupt nicht«, sagte Joe. »Versuch doch nicht, Stephanie Angst zu machen.«

»Du glaubst an gar nichts«, sagte Bella. »Und in der Kirche sehe ich dich nie.« Sie drohte ihm mit dem Finger. »Ein Glück, daß ich für dich bete.«

»Das Essen ist fertig«, sagte Mrs. Morelli. »Joseph, hilf deiner Nonna Bella ins Eßzimmer.«

Ich war das erstemal in Mrs. Morellis Haus. Ich war in der Garage und im Garten gewesen. Und natürlich war ich unzählige Male an dem Haus vorübergegangen, immer ängstlich flüsternd, immer im Laufschritt, weil ich fürchtete, gleich würde Mrs. Morelli rauskommen, mich am Ohr ziehen und mich beschuldigen, schmutzige Unterwäsche zu tragen oder meine Zähne nicht geputzt zu haben. Von ihrem Mann war bekannt gewesen, daß er seine Söhne mit dem Gürtel züchtigte. Mrs. Morelli hatte so was nicht nötig. Mrs. Morelli konnte einen mit einem einzigen Wort bändigen. »Also«, pflegte sie zu sagen, und das unglückliche Opfer gestand sofort alles. Nur für Joe galt das nicht. Joe war in ungezügelter Freiheit aufgewachsen.

Das Haus war gemütlicher, als ich erwartet hatte. Es wirkte lebendig, ein Haus, das an den Lärm und das Durcheinander von Kindern gewöhnt war. Zuerst Joe und seine Geschwister und jetzt die Enkelkinder. Die Polstermöbel hatten Schonbezüge und waren blitzsauber. Der Teppich frisch gesaugt. Die Tischplatten poliert. Unter einem der vorderen Fenster stand eine kleine Spielzeugkiste, und neben ihr ein Kinderschaukelstuhl.

Das Eßzimmer war etwas steifer. Auf dem Tisch lag eine Spitzendecke. In einer kleinen Vitrine stand altes Porzellan. Auf dem Kopfende des Tisches warteten zwei Flaschen Wein, schon geöffnet, damit der Wein atmen konnte. Die Fenster hatten weiße Spitzenvorhänge, und unter dem Tisch lag ein burgunderroter Perserteppich.

Wir nahmen unsere Plätze ein, und Mary Elizabeth sprach das Tischgebet, während ich die Antipasti beäugte.

Nach dem Gebet hob Nonna Bella ihr Weinglas. »Auf Stephanie und Joseph. Ein langes Leben und viele Bambini.«

Ich sah Joe an. »Möchtest du das richtigstellen?«

Joe nahm sich von den Ravioli und streute geriebenen Käse darüber. »Nur zwei Bambini. Eine große Familie kann ich mir von meinem Polizistengehalt nicht leisten.«

Ich räusperte mich und warf Morelli einen wütenden Blick zu.

»Okay, okay«, sagte Morelli. »*Keine* Bambini. Stephanie ist zu mir gezogen, weil sie ein Dach über dem Kopf braucht, während ihre Wohnung repariert wird. Mehr steckt nicht dahinter.«

»Hältst du mich für blöd?« fragte Nonna Bella. »Ich hab doch Augen im Kopf, ich seh, was los ist. Ich weiß genau, was ihr tut.«

Morelli nahm sich vom Hühnchen. »Stephanie und ich sind nur gute Freunde.«

Mir blieb der Bissen im Hals stecken. Genau diese Worte hatte er gebraucht, um seine Beziehung zu Terry Gilman zu beschreiben. Wunderbar. Was sollte ich jetzt eigentlich glauben? Daß ich in einer Kategorie mit Terry war? Was willst du denn, du hast ihn doch dazu getrieben, du blöde Kuh. Du hast ihn gezwungen, Bella zu sagen, daß es nichts Ernstes ist. Ja, gut, dachte ich, aber ein bißchen mehr Bedeutung als Terry Gilman hätte er mir schon geben können.

Bella warf plötzlich den Kopf in den Nacken und legte ihre Hände platt auf den Tisch. »Ruhe!«

Mary Elizabeth bekreuzigte sich.

Mrs. Morelli und Joe tauschten einen resignierten Blick.

»Was ist?« flüsterte ich.

»Nonna Bella hat eine Vision«, erklärte Joe. »Das geht mit der Gabe des bösen Blicks Hand in Hand.«

Bella hob ruckartig den Kopf und wies mit zwei Fingern auf Joe und mich. »Ich seh eure Hochzeit. Ich seh euch tanzen. Und ich sehe weiter, daß ihr drei Söhne haben werdet und der Name weitergegeben wird.«

Ich neigte mich zu Joe. »Die Dinger, die du gekauft hast – die waren doch in Ordnung?«

»Beste Qualität.«

»Jetzt muß ich mich hinlegen«, verkündete Bella. »Wenn ich eine Vision gehabt hab, muß ich hinterher immer ruhen.«

Wir warteten, während sie aufstand und langsam die Treppe hinaufstieg. Oben fiel die Zimmertür zu, und Joes Mutter stieß einen hörbaren Seufzer der Erleichterung aus.

»Manchmal ist sie mir richtig unheimlich«, sagte Mary Elizabeth.

Und dann machten wir uns alle über das Essen her und vermieden es, über Ehe, Kinder und verrückte alte italienische Weiber zu sprechen.

Ich trank meinen Kaffee und verdrückte einen ganzen Teller voll selbstgebackener Plätzchen, achtete dabei aber ständig auf die Zeit. Eddie Kuntz würde erst um neun in die Bar kommen, aber ich wollte früher da sein. Ich hatte vor, Lula und Sally in der Kneipe zu postieren, während ich die Straße überwachte.

»Ich danke Ihnen vielmals für die Einladung, es war sehr nett«, sagte ich zu Mrs. Morelli. »Leider muß ich früher gehen. Ich muß heute abend noch arbeiten.«

»Sind Sie einem Flüchtigen auf den Fersen?« erkundigte sich Mary Elizabeth interessiert.

»So in der Richtung, ja.«

»Das klingt aufregend.«

»Das klingt mir wie eine Sünde wider die Natur«, erklärte Nonna Bella, erfrischt dem Gästebett entstiegen, aus dem Flur. »So was ist keine Arbeit für werdende Mütter.«

»Nonna Bella«, sagte ich. »Ich bin wirklich keine werdende Mutter.«

»Sie wissen gar nichts«, versetzte sie. »Ich war auf der anderen Seite. Ich sehe diese Dinge. Ich hab die Gabe.«

»Okay«, sagte ich zu Morelli, als wir ein Stück gefahren waren, »was hat es nun wirklich mit dieser Gabe auf sich?«

»Keine Ahnung. Ich hab mich nie drum gekümmert.« Er bog in die Roebling Street ein und hielt am Bordstein. »Wohin fahren wir überhaupt?«

»Ich will in die Blue Moon Bar. Da wartet Maxines nächster Hinweis auf uns. Bring mich einfach nach Hause, ich nehm dann meinen Wagen.«

Morelli fuhr wieder los. »Ich komm mit. Ich möcht doch nicht, daß meinem ungeborenen Kind was passiert.«

»Das ist überhaupt nicht komisch.«

»Also gut. Die Wahrheit ist, daß es im Fernsehen heute abend sowieso nur Mist gibt, da kann ich genausogut mitkommen.«

Die Blue Moon Bar war unten im Regierungsviertel. Gleich um die Ecke gab es einen öffentlichen Parkplatz, aber man konnte auch direkt vor der Bar auf der Straße parken. Zu beiden Seiten der Kneipe waren kleine Geschäfte, aber sie waren um diese Zeit alle geschlossen. In den siebziger Jahren war die Kneipe eine Disco gewesen, in den Achtzigern ein Sportlertreffpunkt, und im letzten Jahr war sie in ein Pseudo-Brauhaus umgewandelt worden. Sie bestand im wesentlichen aus einem großen Raum mit einem kupferbeschlagenen Bierfaß in der Ecke, auf der einen Seite einem Tresen, der von einem Ende zum anderen reichte, und Tischen in der Mitte. Neben Getränken aller Art gab es in der Blue Moon Bar kleine Mahlzeiten: Pommes frites, fritierte Zwiebelringe, Nachos und gebratenen Mozzarella. Samstag abends war es dort immer zum Brechen voll.

Es war noch früh für die Nachtlichter, und Morelli konnte einen Parkplatz auf der Straße ergattern, gar nicht weit vom Eingang. »Und jetzt?« fragte er.

»Kuntz kommt um neun. Dann werden wir sehen, was passiert.«

»Und was passiert im allgemeinen?«

»Nichts.«

»Mann, ich kann's kaum erwarten.«

Um halb neun kamen Lula und Sally und gingen rein. Kuntz traf eine Viertelstunde später ein. Ich ließ Morelli mit einem Foto von Maxine in dem Pick-up sitzen und folgte Kuntz in die Kneipe.

»Sie sehen ganz anders aus«, sagte Kuntz.

»Ich hatte ein paar Probleme mit meinen Haaren.«

»Nein, das ist es nicht.«

»Ein neues Kleid.«

»Nein. Es ist was andres. Ich kann's nicht orten.«

Gott sei Dank.

Lula und Sally kamen rüber und stellten sich zu uns an den Tresen.

»Was läuft?« fragte Sally.

»Zeitverschwendung und sonst nichts«, antwortete Kuntz. »So ein Quark, diese dämliche Schnitzeljagd.« Sein Blick glitt plötzlich an mir vorbei und heftete sich auf eine Stelle hinter meiner Schulter. Ich drehte den Kopf, um zu sehen, was ihn so fesselte.

Es war Joyce Barnhardt in einem sehr kurzen, sehr engen schwarzen Lederrock und einem signalroten Top.

»Hallo, Stephanie«, sagte Joyce.

»Hallo, Joyce.«

Sie schenkte Kuntz ein blendendes Lächeln. »Hallo, Süßer.«

Ich drehte mich nach Lula um, und wir drückten uns beide die Handkante an den Hals und streckten die Zunge raus.

»Wenn ich solche Titten hätt, könnt ich abräumen«, flüsterte Sally mir zu. »Da könnt ich in einem Jahr genug Geld machen, um in den Ruhestand zu gehen. Ich müßte nie wieder hohe Hacken anziehen.«

»Was tust du hier, Joyce? Ich dachte, Vinnie wollte mit dir reden.«

»Wir leben in einem freien Land«, sagte Joyce. »Ich kann hingehen, wo ich will. Tun, was ich will. Und im Augenblick will ich Maxine erwischen.«

»Warum?«

»Nur aus Jux«, sagte Joyce.

»Blöde Kuh.«

»Dumme Gans.«

»Hure.«

»Schlampe.«

Ich trat Joyce ans Schienbein. Bei ›Schlampe‹ ist bei mir die Grenze. Außerdem hatte ich mir schon seit dem Tag, an dem ich sie mit meinem Mann auf dem Eßtisch erwischte, gewünscht, ihr mal einen kräftigen Tritt zu geben.

Joyce packte mich bei den Haaren.

»Au!« rief ich. »Laß los!«

Sie ließ nicht los. Ich kniff sie in den Arm.

»Moment mal«, sagte Lula. »Ich seh schon, du hast nicht die geringste Ahnung vom Kämpfen. Die Frau hat dich bei den Haaren, und dir fällt nichts Beßres ein, als zu kneifen?«

»Sie kriegt auf jeden Fall einen blauen Fleck davon«, sagte ich.

Joyce riß noch stärker an meinen Haaren. Dann quictschte sie plötzlich einmal kurz und laut und krachte rücklings auf den Boden.

Ich funkelte Lula wütend an.

»Na ja, ich wollt nur mal sehen, ob die neuen Batterien funktionieren«, erklärte Lula.

»Was meinen Sie, was solche Titten kosten würden?« fragte Sally. »Glauben Sie, die würden gut aussehen bei mir?«

»Sally, das sind echte Brüste.«

Sally bückte sich, um das genauer zu untersuchen. »Gottverdammich.«

»O-o«, sagte Lula, »ich weiß nicht, wie ich dir das beibringen soll, aber uns fehlt einer.«

Ich schaute mich um. Kuntz war verschwunden. »Sally, schauen Sie in der Herrentoilette nach. Lula, du schaust dich hier um. Und ich seh nach, ob er draußen ist.«

»Was wird mit Joyce?« fragte Lula. »Vielleicht sollten wir sie rüber in die Ecke schieben, damit niemand über sie stolpert.«

Joyces Augen waren glasig, ihr Mund stand offen. Ihr Atem hörte sich relativ normal an, wenn man bedachte, daß sie gerade ein paar Volt abbekommen hatte.

»Joyce?« sagte ich. »Alles in Ordnung?«

Sie wedelte mit einem Arm.

Eine kleine Menge hatte sich zusammengeschart.

»Ein Schwindelanfall«, teilte ich den Versammelten mit.

»Ich hab mal gelesen, daß die Leute sich manchmal naß machen, wenn sie so nen Schwindelanfall haben«, bemerkte Lula. »Wär das nicht lustig?«

Joyce begann zu strampeln. Ihr Blick wurde langsam wieder scharf.

Lula hievte sie hoch und setzte sie auf einen Stuhl. »Sie sollten mal zum Arzt gehen, wenn Sie das öfter haben«, sagte sie.

Joyce nickte. »Ja. Danke.«

Wir holten Joyce ein kaltes Bier und hauten ab, um Kuntz zu suchen.

Ich ging raus zu Morelli. »Hast du Eddie Kuntz weggehen sehen?«

»Wie sieht er aus?«

»Ungefähr einsachtzig. Bodybuilder. Er hat eine schwarze Hose mit Bügelfalten an und ein schwarzes kurzärmeliges Hemd.«

»Ja, den hab ich gesehen. Der ist vor ungefähr fünf Minuten abgefahren in einem Chevy Blazer.«

»War er allein?«

»Ja.«

»Und es ist ihm niemand gefolgt?«

»Ich hab nichts gesehen.«

Ich kehrte in die Bar zurück und blieb an der Tür stehen, um nach Sally und Lula Ausschau zu halten. Der Saal war inzwischen voller Menschen, und der Lärmpegel war beträchtlich angestiegen. Ich wurde vorwärtsgestoßen, dann plötzlich mit einem Ruck zurückgerissen und sah mich einer wutentbrannten Frau gegenüber, die ich nicht kannte.

»Wußt ich doch, daß Sie's sind!« sagte sie. »Sie Miststück!«

Ich schlug ihre Hände weg. »Haben Sie irgendwelche Probleme?«

»Sie sind mein Problem. Alles war wunderbar, bevor Sie aufgekreuzt sind.«

»Was reden Sie da?«

»Sie wissen genau, wovon ich rede. Und wenn Sie auch nur einen Funken Verstand in Ihrem Nuttenkopf haben, verschwinden Sie schleunigst. So weit weg wie möglich. Wenn Sie das nämlich nicht tun, krieg ich Sie und fackel Sie ab – genau wie Ihre Wohnung.«

»Sie haben meine Wohnung in Brand gesteckt!«

»Blödsinn, ich doch nicht. Seh ich vielleicht verrückt genug aus, um so was zu tun?«

»Ja.«

Sie lachte leise, aber ihre Augen waren klein und hart und überhaupt nicht erheitert. »Glauben Sie, was Sie wollen. Nur lassen Sie die Hände von meinem Freund.« Sie versetzte mir einen groben Stoß und stakste in Richtung der Tür davon.

Ich wollte ihr nach, aber der Typ neben mir hielt mich fest. »So, so«, sagte er, »Sie wollen einen Freund ganz für sich allein?«

»O Mann!« sagte ich. »Geben Sie's auf.«

»Hey«, versetzte er, »war ja nur ne Frage. Kein Grund, gleich eklig zu werden.«

Ich drängte mich an ihm vorbei, aber die Frau war verschwunden. Ich schob mich durch den Saal zur Tür, schaute hinaus, ging wieder rein und schaute mich noch mal um. Kein Glück.

Ich fand Sally und Lula am Tresen.

»Das ist doch unmöglich«, sagte Lula. »Hier stehen die Leute von Wand zu Wand. Man kriegt kaum einen Drink, wie soll man da jemanden finden, den man sucht.«

Ich erzählte ihnen, daß Morelli Kuntz hatte wegfahren sehen, aber von der wütenden Frau sagte ich nichts. Das war eine andere Geschichte. Wahrscheinlich.

»Wenn hier keine Action mehr zu erwarten ist, fahr ich mit Sally in ne Kneipe, die er kennt, wo's gute Musik gibt«, sagte Lula. »Kommst du mit?«

»Nein danke, ich mach Schluß für heute.«

Sally und Lula stießen sich an.

»Und – was war los?« fragte Morelli, als ich wieder in den Pickup einstieg.

»Nichts.«

»Also genau wie immer?«

»Ja, nur war's diesmal noch nichtsiger als sonst.« Ich kramte in meiner Umhängetasche, fand mein Handy und rief bei Kuntz an. Er meldete sich nicht. »Das ist wirklich komisch. Wieso ist er so plötzlich abgebraust?«

»Warst du die ganze Zeit mit ihm zusammen? Vielleicht hat ihm irgend jemand den nächsten Hinweis in die Hand gedrückt, und er ist auf eigene Faust losgezogen.«

Der Pick-up stand immer noch am Bordstein. Vielleicht, dachte ich, sollte ich noch mal in die Kneipe reingehen und ein bißchen rumfragen. »Warte hier«, sagte ich zu Morelli.

»Schon wieder?«

»Ich bin gleich wieder da.«

Ich ging zu dem Barkeeper, der in unserer Nähe bedient hatte, als Joyce zu Boden gegangen war.

»Erinnern Sie sich an den dunkelhaarigen Mann, mit dem ich hier war?« fragte ich. »Er war ganz schwarz angezogen.«

»Klar. Eddie Kuntz.«

»Sie kennen ihn?«

»Nein. Aber so gegen sieben, gleich nachdem ich meinen Dienst angefangen hatte, kam eine Frau rein. Sie hat mir ein Foto von Kuntz gegeben und zehn Dollar und einen Brief für ihn.«

»Wissen Sie, was in dem Brief gestanden hat?«

»Nein. Er war in einem verschlossenen Umschlag. Muß aber was Gutes gewesen sein. Er ist gegangen, sobald er ihn gelesen hatte.«

Na, prächtig.

Ich kehrte zu Morelli zurück, kroch tief in den Sitz und schloß die Augen. »Ich bin echt fertig.«

Morelli ließ den Motor an. »Hört sich an, als wärst du ziemlich wütend.«

»Ja, wütend auf mich selbst. Ich war richtig blöd heut abend. Ich hab mich ablenken lassen.« Schlimmer noch, ich hatte nicht sofort daran gedacht, den Barkeeper zu fragen. Und das war nicht alles, was mich wütend machte. Morelli trug ein großes Stück dazu bei. Er hatte keinen Sinn für Keksdosen. Er hatte seiner Mutter bei Tisch die falsche Antwort gegeben. Und, gern gab ich's ja nicht zu, aber Nonna Bella mit ihrer sogenannten Gabe hatte mir ganz schön Angst gemacht. Mein Gott, angenommen, Bella hatte recht, und ich war tatsächlich schwanger?

Ich sah Morelli an. Sein Gesicht wirkte weich im Schatten, doch selbst in der Dunkelheit konnte ich die papierdünne Narbe erkennen, die seine rechte Augenbraue durchschnitt. Vor einigen Jahren war Morelli in ein Messer gelaufen. Und bei diesem einen Messerstich würde es wahrscheinlich nicht bleiben. Das nächste Mal würde er sich vielleicht eine Kugel einfangen. Kein tröstlicher Gedanke. Und auch der Gedanke an Morelli, den Liebhaber, war nicht tröstlich. Wenn es romantisch wurde, hatte Morellis Aufmerksamkeit in der Vergangenheit immer sehr schnell nachgelassen. Von Zeit zu Zeit waren Funken fürsorglicher Zärtlichkeit für mich aufgeblitzt, aber ich spielte nicht immer die erste Geige. Ich war eine Freundin, genau wie Terry Gilman und die wutschnaubende Frau von vorhin, wer immer sie auch sein mochte.

Ich kam immer mehr zu der Überzeugung, daß Morelli vielleicht gewisse Qualitäten zum Ehemann fehlten. Ganz abgesehen davon, daß er überhaupt nicht heiraten *wollte*. Gut, und jetzt die Hauptsache: Liebte ich Morelli? Ja, verdammt noch mal. Ich liebte ihn schon seit meinem sechsten Lebensjahr.

Ich schlug mir mit der Hand vor die Stirn. »Pah!«

Morelli warf mir einen Blick von der Seite zu.

»Ich denk nur mal eben nach«, sagte ich.

»Muß ja ein toller Gedanke gewesen sein. Du hättest dich beinahe selbst k.o. geschlagen.«

Ja, und warum nicht? Zwar liebte ich Morelli seit Jahren, aber ich hatte auch immer gewußt, daß es das beste wäre, wenn nie was Ernstes daraus werden würde. Die Leidenschaft für Morelli war wie die Leidenschaft für Käsekuchen. Stunden der Qual auf dem Laufband, um das Wabbelfett abzubauen, für einen kurzen Augenblick köstlicher Sättigung.

Na schön, ganz so schlimm war es vielleicht nicht. Morelli war reifer geworden. Wie weit er gereift war, konnte ich nicht sagen. In Wirklichkeit wußte ich nämlich gar nicht viel über Morelli. Eines allerdings wußte ich mit Sicherheit: daß es mir immer schwergefallen war, ihm zu vertrauen. Die Erfahrung hatte mich gelehrt, daß blindes Vertrauen zu Morelli wahrscheinlich nicht geraten war.

Jetzt, wo ich darüber nachdachte, kam mir der Gedanke, daß Liebe vielleicht nicht das richtige Wort war. Verliebtheit war vielleicht besser. Ja, ich war entschieden verliebt.

Den größten Teil der Fahrt nach Hause legten wir schweigend zurück. Morelli hatte ein Programm mit Oldies eingeschaltet, und ich saß auf meinen Händen, um nicht in Versuchung zu kommen, das Radio zu demolieren.

»Du siehst nachdenklich aus«, bemerkte Morelli.

»Mir geht der Brief durch den Kopf, den der Barkeeper Eddie Kuntz gegeben hat. Er sagte, Kuntz wäre sofort abgehauen, nachdem er ihn gelesen hatte.«

»Und?«

»Die anderen Hinweise von Maxine waren alle verschlüsselt. Kuntz konnte sie nicht aufdröseln. Deswegen haben wir uns ja Sally geholt. Sally war immer der einzige, der diese Botschaften lesen konnte.«

Morelli hielt vor seinem Haus an. »Du denkst wohl nicht daran, diese ganze Sache der Polizei zu übergeben?«

Damit ich mich um mein Honorar brachte und Joyce auch noch die Möglichkeit ließ, ihrerseits Maxine zu schnappen? Nie im Leben. »Nein. Daran denke ich weiß Gott nicht.«

In den Fenstern der umliegenden Häuser gingen die Lichter

aus. Früh in die Koje und früh wieder raus hieß, daß man Arbeit hatte und jeden Monat seine Hypothek bezahlen konnte. Von der Chambers Street hörte man das Brummen der Autos, aber in Joes Straße war kein Verkehr.

»Mir ist heute abend noch was Komisches passiert«, bemerkte ich. »Ich hatte in der Kneipe einen ziemlich heftigen Zusammenstoß mit einer Frau.«

Morelli sperrte die Haustür auf und knipste das Licht an. »Und?«

Ich wiederholte Morelli, was die Frau gesagt hatte. »Was hältst du davon?« fragte ich.

»Keine Ahnung. Terry war es offensichtlich nicht.«

»Nein, Terry war es nicht. Aber irgendwas an ihr kam mir bekannt vor. Als hätt ich sie früher schon mal an einem anderen Ort gesehen. Du weißt schon, wie ein namenloses Gesicht im Supermarkt.«

»Und du glaubst, daß sie deine Wohnung demoliert hat?«

»Von der Liste streichen würd ich sie jedenfalls nicht. Hast du vielleicht zufällig vor der Kneipe eine Frau gesehen, die du kennst?«

»Nein. Tut mir leid.«

Unsere Blicke trafen sich, und wir spürten beide den Zweifel, der da war.

Er warf seine Schlüssel auf eine Kommode, zog seine Jacke aus und warf sie über den Stuhl, der im Flur stand. Dann ging er in die Küche, hörte seinen Anrufbeantworter ab, nahm seine Pistole und seinen Piepser ab und legte beides auf die Arbeitsplatte.

»Du mußt die Sache mit dieser Frau an die Ermittlungsabteilung der Feuerwehr weitergeben.«

»Soll ich noch heut abend anrufen?«

Morelli zog mich in seine Arme. »Montag reicht auch noch.«

»Hm«, sagte ich in wenig ermutigendem Ton.

»Was hm?«

»Ich weiß nicht, ob das eine so gute Idee ist.«

Er küßte mich leicht auf den Mund. »Das hier war nie eine gute Idee.«

»Genau. Siehst du, das ist genau das, was ich meine.«

»Ach, Scheiße«, sagte Morelli. »Du wirst doch jetzt nicht anfangen, eine Riesenkomplikation aus der ganzen Geschichte zu machen?«

Meine Stimme stieg um eine Oktave. »Ganz recht, ich werd eine Riesenkomplikation draus machen. Was ist denn das hier überhaupt?«

»Das ist – eine Befriedigung beiderseitiger Bedürfnisse.«

»Ein guter Fick.«

»Hm, ja.«

Ich stieß ihn weg. »Brauchst du nie mehr als einen guten Fick?«

»Im Augenblick nicht. Und du? Willst du behaupten, daß du das nicht brauchst?«

»Ich hab meine Begierden unter Kontrolle.«

»Ja, klar.«

»Es stimmt!«

»Deswegen stehen auch deine Brustwarzen.«

Ich schaute an meinem Kleid runter. Man konnte meine Brustwarzen durch den Baumwollstoff hindurch sehen. »Die sind schon den ganzen Tag so. Da stimmt irgendwas nicht.«

Um Morellis Mund zuckte ein Lächeln. »Du bist total scharf auf mich.«

Und wie scharf ich auf ihn war! Und das machte mich noch wütender. Wo waren meine Prinzipien? Ich konnte seine Antwort auf meine Frage nach der Frau, die mich in der Kneipe angegriffen hatte, nicht recht glauben. Ich witterte eine fortbestehende Beziehung irgendeiner Art zwischen ihm und Terry Gilman. Und hier stand ich und begehrte ihn. Verdammt noch mal.

»Ich komm sehr gut ohne dich zurecht«, erklärte ich.

»Du hältst es nicht mal eine Nacht aus.«

Dieser eingebildete Idiot! »Fünfzig Dollar, daß ich's aushalte.«

»Du willst wetten?« Seine Stimme klang ungläubig.

»Wer zuerst in die Knie geht, zahlt.«

Morelli zog drohend die Brauen zusammen, seine Augen verengten sich. »Gut. Ich werd's bestimmt nicht sein, Süße.«

»Ha!«

»Ha!«

Ich machte auf dem Absatz kehrt und rannte die Treppe rauf. Ich putzte mir die Zähne, zog mein Nachthemd an und kroch ins Bett. Eine halbe Stunde lang lag ich grollend in der Dunkelheit, fühlte mich einsam, wünschte, Rex wäre nicht in der Küche, fragte mich, was in mich gefahren war, daß ich mich auf diese idiotische Wette eingelassen hatte. Angst, dachte ich. Die Angst war in mich gefahren. Die Angst, wieder fallengelassen zu werden. Die Angst, überwältigt zu werden. Die Angst vor defekten Kondomen. Am Ende stand ich auf und ging die Treppe wieder runter.

Morelli lag in seinem Lieblingssessel vor der Glotze. Er maß mich mit einem langen, nachdenklichen Blick.

»Ich wollte nur Rex holen«, sagte ich und rauschte an ihm vorbei.

Morelli beobachtete mich immer noch, als ich mit dem Hamsterkäfig im Arm zurückkehrte. Sein Blick war abwägend und machte mich nervös.

»Was ist?« sagte ich.

»Niedliches Nachthemd.«

Am Sonntag morgen machte ich die Augen auf und dachte über Maxine Nowicki nach. Seit einer Woche arbeitete ich jetzt an dem Fall. Es kam mir vor, als wären es drei. Ich schlüpfte in Shorts und T-Shirt und trug Rex wieder in die Küche runter.

Morelli blickte von seiner Zeitung auf, als ich reinkam. Er warf einen Blick auf mein ungekämmtes Haar und lächelte. »Willst du mir helfen, die Wette zu gewinnen?«

Ich schenkte mir eine Tasse Kaffee ein und betrachtete die weiße Papiertüte auf dem Tisch. »Donuts?«

»Ja. Eigentlich wollt ich in die Kirche, aber dann hab ich lieber Donuts gekauft.«

Ich setzte mich ihm gegenüber und nahm mir ein Cremedonut. »Ich schlag mich jetzt seit einer Woche mit diesem Nowicki-Fall rum und hab den Eindruck, daß ich nicht den geringsten Fortschritt mache.«

»Stell dir vor, wie sich der fröhliche Metzgermörder fühlt. Der hackt die Leute zusammen und macht auch keine Fortschritte.«

»Das ist wahr.« Ich griff hinter mich nach dem Telefon und rief bei Kuntz an. »Meldet sich niemand.«

Morelli warf Rex ein Stück Donut hin und schenkte sich Kaffee nach. »Vielleicht sollten wir da heute morgen mal vorbeifahren.«

Ich horchte auf. »Du hast wohl so'n Gefühl, wie ihr Bullen das nennt?«

»Ein ungutes Gefühl.«

Da mußte ich ihm zustimmen. Auch ich hatte ein ungutes Gefühl. Ich verdrückte zwei Donuts, las die Comics und ging nach oben, um zu duschen. Ich sperrte nicht ab, aber Morelli kam nicht. Gut, sagte ich mir. Um so besser.

Morelli wartete auf mich, als ich runterkam.

»Fertig«, sagte ich.

Morelli musterte die große schwarze Ledertasche, die ich über der Schulter hängen hatte. »Da hast du doch ne Kanone drin, stimmt's?«

»Herrgott noch mal, Morelli, ich bin Kopfgeldjägerin.«

»Hast du die Genehmigung, eine verdeckte Waffe zu tragen?«

»Du weißt genau, daß ich die nicht hab.«

»Dann weg mit der Waffe.«

»Du trägst doch auch eine!«

»Ich bin Polizist.«

Ich prustete verächtlich. »Na wenn schon.«

»Jetzt hör mir mal zu«, sagte Morelli. »Die Sache ist ganz einfach: Ich bin Polizist, und ich kann nicht mit dir aus dem Haus gehen, wenn ich weiß, daß du eine verdeckte Waffe bei dir trägst, obwohl du keine Genehmigung dazu hast. Und außerdem krieg ich Muffensausen, wenn ich mir dich mit einer Kanone in der Hand vorstelle.«

Mit Recht. »Na schön«, sagte ich und nahm die Pistole aus meiner Tasche. »Komm dann bloß nicht hilfeschreiend zu mir gelaufen.« Ich schaute mich um. »Wo soll ich das Ding hintun?«

Morelli verdrehte die Augen und schob die Pistole in eine Kommodenschublade. »Du hattest doch nur die eine, oder?«

»Wofür hältst du mich? Die Frau mit den rauchenden Colts?«

Gleich als erstes bemerkten Morelli und ich, daß Eddie Kuntz' Wagen nirgends zu sehen war. Als zweites fiel uns auf, daß niemand uns die Tür aufmachte. Wir schauten durch das vordere Fenster. Keine brennenden Lichter. Keine Leichen auf dem Boden. Keine Anzeichen eines Kampfs. Kein Kuntz.

Wir standen noch mit plattgedrückten Nasen am Fenster, als der große Lincoln vorfuhr.

»Was ist hier los?« wollte Leo wissen.

»Ich suche Eddie«, erklärte ich. »Haben Sie ihn gesehen?«

Betty kam auf die Veranda raus. »Ist was nicht in Ordnung?«

»Sie suchen Eddie«, sagte Leo. »Wann haben wir ihn das letztemal gesehen? Gestern?«

»Gestern abend«, antwortete Betty. »Er ist kurz nach acht weggefahren. Ich weiß das noch, weil ich gerade die Blumen gegossen hab.«

»War sein Wagen heute morgen hier?«

»Jetzt wo Sie's sagen, nein, ich kann mich nicht erinnern, ihn gesehen zu haben«, sagte Betty.

»Samstag abend«, meinte Leo. »Sie wissen ja, wie das bei jungen Leuten ist.«

Morelli und ich sahen uns an.

»Könnte sein«, sagte Morelli.

Ich gab ihnen meine Karte mit Telefon- und Piepsernummern. »Nur für den Fall«, sagte ich.

»In Ordnung«, sagte Leo, »aber machen Sie sich keine Sorgen. Der macht sich nur nen schönen Lenz.«

Sie verschwanden in ihrem kühlen, dunklen Haus, und die Tür fiel zu. Keine Einladung zum Kuchen.

Morelli und ich gingen zum Pick-up zurück.

»Und jetzt?« sagte ich.

»Wahrscheinlich war der Brief von einer anderen Frau und nicht von Maxine. Das würde auch die Tatsache erklären, daß der Text nicht verschlüsselt war.«

»Glaubst du das wirklich?«

Morelli zuckte die Achseln. »Möglich ist es.«

Ich fixierte das vordere Fenster der Glicks. »Sie beobachten uns. Ich kann sie da stehen sehen, ein paar Schritte vom Fenster entfernt.«

Morelli drehte den Zündschlüssel. »Hast du jetzt was Bestimmtes vor?«

»Ich hab mir gedacht, ich besuche mal Mrs. Nowicki.«

»Was für ein Zufall! Gleich beim Aufwachen heute morgen hab ich gedacht, heut wär doch ein schöner Tag für einen Ausflug ans Meer.«

Die Temperatur war in den Dreißigern. Der Himmel hatte die Farbe von grauem Gips. Und die Luftfeuchtigkeit war so hoch, daß ich sie wie einen Schleier auf meinem Gesicht spürte. Es war überhaupt kein schöner Tag für einen Ausflug, ganz gleich wohin.

»Aber du spielst doch nicht die ganze Fahrt bis nach Point Pleasant Buddy Holly?«

»Was gibt's an Buddy Holly auszusetzen?«

Ich schnitt eine Grimasse. Einen Geschmack hatte dieser Mensch!

Als wir in Point Pleasant ankamen, fing es an zu regnen. Ein schöner stetig strömender Landregen, der den Strand im Nu leerfegte. Regen, wie die Bauern ihn liebten. Allerdings gab es in Point Pleasant keine Bauern – nur verärgerte Urlauber.

Ich lotste Morelli zu dem Bungalow, den die Nowickis gemietet hatten, und wir blieben eine Weile im Auto sitzen und beobachteten des Haus. In der Einfahrt stand kein Wagen. Drinnen brannte nirgends Licht. Nichts rührte sich.

»Sieht aus wie bei Eddie Kuntz«, sagte ich.

»Ja«, sagte Morelli. »Komm, schauen wir uns mal um.«

Wir rannten zur überdachten Veranda und läuteten in der Erwartung, daß niemand uns öffnen würde. Als sich das bestätigte, spielten wir wieder mal die Fenstergucker.

»Wir haben die Party verpaßt«, stellte Morelli fest.

Das vordere Zimmer war ein einziges Chaos. Lampen, Tische, Sofapolster, alles durcheinandergeschmissen. Das waren nicht die Spuren von Joyces Überfall. Das war was ganz anderes.

Ich versuchte, die Haustür zu öffnen, aber sie war abgesperrt. Wir rannten nach hinten und probierten es an der Hintertür. Auch da hatten wir kein Glück.

»Ach verdammt«, sagte ich. »Wetten, da drinnen sind ein Haufen Spuren? Vielleicht sogar Leichen.«

»Nur eine Möglichkeit, das rauszufinden.« Morelli schlug mit seinem Pistolenkolben das Fenster der Tür ein.

Ich sprang zurück. »Mensch, bist du wahnsinnig! Was ist denn in dich gefahren? Hast du den Simpson-Prozeß nicht verfolgt? Auch Bullen können nicht einfach einbrechen.«

Morelli hatte seinen Arm schon durch das Loch im Glas geschoben. »Es war ein Versehen. Außerdem bin ich heute kein Bulle. Heut hab ich frei.«

»Du solltest dich mit Lula zusammentun. Ihr wärt ein Klassepaar.«

- 11 -

Morelli machte die Tür auf, und wir stiegen vorsichtig über die Glasscherben hinweg. Er schaute unter das Spülbecken in der Küche und fand ein Paar Gummihandschuhe, zog sie über und wischte seine Fingerabdrücke von den Türknöpfen. »Du brauchst wegen Fingerabdrücken keine Angst zu haben«, sagte er. »Du warst vor zwei Tagen rechtens hier.«

Wir drehten eine schnelle Runde durch das Haus, um sicherzugehen, daß nirgends Verletzte oder Tote rumlagen. Danach arbeiteten wir uns methodisch von Zimmer zu Zimmer durch. Schränke, Schubladen, Ecken und Nischen, Müllsäcke.

Ihre Kleider waren alle weg und, soweit ich feststellen konnte, auch die Preise, die sie gewonnen hatten. Sie hatten es eilig gehabt. Die Betten waren nicht gemacht. Im Kühlschrank waren noch Nahrungsmittel. Im Wohnzimmer hatte ein Kampf stattgefunden, und niemand hatte sich die Mühe gemacht, danach wieder aufzuräumen. Wir fanden nichts, was uns eine neue Adresse verraten hätte. Keine Drogen. Keine leeren Patronenhülsen. Keine Blutflecken.

Ich konnte aus dem vorhandenen Material nur einen Schluß ziehen, daß sie lausige Hausfrauen waren und wahrscheinlich eines Tages Diverticulitis bekommen würden. Sie ernährten sich anscheinend nur von Wurst und Weißbrot, rauchten wie die Schlote, tranken Unmengen Bier und hielten nichts von Recycling.

»Weg«, sagte Morelli, zog sich die Handschuhe runter und legte sie wieder unter die Spüle.

»Hast du eine Idee?«

»Ja, verschwinden wir hier.«

Wir rannten zum Pick-up hinaus, und Morelli fuhr zur Promenade. »Gleich oben an der Rampe ist eine Telefonzelle«, sagte er. »Ruf die Polizei an und sag, du wärst eine Nachbarin und hättest bemerkt, daß im Haus nebenan ein Fenster eingeschlagen worden ist. Ich will nicht, daß das Haus jedem Einbrecher offensteht.«

Ich unterzog mich einer kurzen Bestandsaufnahme, stellte fest, daß ich sowieso schon klatschnaß war, platschte durch den Regen zum Telefon, machte den Anruf und platschte wieder zurück.

»Alles gutgegangen?« fragte er.

»Es hat ihnen nicht gepaßt, daß ich meinen Namen nicht sagen wollte.«

»Du hättest dir einen ausdenken sollen. Das erwarten die.«

»Bullen sind schon komische Typen«, sagte ich zu Morelli.

»Stimmt«, antwortete er, »ich hab eine Scheißangst vor ihnen.«

Ich zog meine Schuhe aus und schnallte mich an. »Was meinst du, was da in dem Wohnzimmer passiert ist?«

»Irgend jemand war hinter Maxine her, jagte sie durchs Wohnzimmer und kriegte dann von hinten eins mit einem stumpfen Gegenstand drauf. Als er wieder aufgewacht ist, waren die drei Frauen verschwunden.«

»Vielleicht war dieser Jemand Eddie Kuntz.«

»Vielleicht. Aber das erklärt nicht, wieso er immer noch verschwunden ist.«

Irgendwann auf der Heimfahrt hörte der Regen auf, und in Trenton war von einer Abkühlung nichts zu merken. Die Ozonwerte erreichten Rekordhöhe, Klimaanlagen gaben ihren Geist auf, Hunde kriegten Durchfall, die schmutzige Wäsche in den Wäschekörben wurde stockig, sämtliche Nebenhöhlen fühlten sich an, als wären sie mit Zement gefüllt. Morelli und ich nahmen das alles natürlich kaum wahr, da wir ja in Jersey geboren und aufgewachsen waren.

Wir standen tropfend in Morellis Flur, und ich konnte mich nicht entscheiden, was ich als erstes tun sollte. Ich hatte einen Bärenhunger. Ich wollte mich schleunigst umziehen. Ich wollte bei Eddie Kuntz anrufen, um zu sehen, ob er wieder da war. Morelli zeigte mir die Prioritäten, indem er gleich im Flur anfing sich auszuziehen.

»Was tust du denn da?« fragte ich.

Schuhe, Socken und Hemd hatte er schon ausgezogen und machte sich nun an die Shorts. »Ich will nicht das ganze Haus überschwemmen.« Er lachte. »Hast du damit Probleme?«

»Überhaupt nicht«, antwortete ich. »Ich geh rauf und dusche. Hast du *damit* Probleme?«

»Nur wenn du das ganze heiße Wasser verbrauchst.«

Er war am Telefon, als ich wieder runterkam. Ich war sauber, aber trocken wurde ich nicht. Morelli hatte keine Klimaanlage, und um diese Tageszeit geriet man selbst beim Nichtstun ins Schwitzen. Ich inspizierte den Kühlschrank und entschied mich für ein Schinken-Käsebrot, das ich gleich im Stehen aß. Morelli kritzelte irgendwas auf einen Block, während er telefonierte. Es war anscheinend was Dienstliches.

Als er aufgelegt hatte, zupfte er sich ein Stück von dem Schinken ab, den ich draußen gelassen hatte. »Der Fall, an dem ich gearbeitet hab, ist gerade wieder aufgerollt worden. Es hat sich was Neues ergeben. Ich dusch jetzt schnell, und dann muß ich weg. Ich hab keine Ahnung, wann ich wieder zurück bin.«

»Heute? Morgen?«

»Heute. Ich weiß nur noch nicht, wann.«

Nachdem ich mein Brot aufgegessen hatte, räumte ich die Küche auf. Rex war aus seiner Suppendose gekrochen und sah aus, als fühlte er sich vernachlässigt. Ich gab ihm ein kleines Stück Käse und eine Brotrinde. »Allzu gut läuft die Sache nicht«, sagte ich zu ihm. »Dauernd kommen mir Leute abhanden. Jetzt kann ich nicht mal mehr den Typen finden, für den ich arbeite.«

Noch einmal versuchte ich, Eddie Kuntz anzurufen. Niemand meldete sich. Ich suchte mir die Nummer der Glicks aus dem Telefonbuch und rief Betty an.

»Haben Sie Eddie inzwischen gesehen?« fragte ich.

»Nein.«

Ich legte auf und lief eine Weile unschlüssig rum. Draußen klopfte es.

Es war eine ältere Frau.

»Ich bin Joes Patentante, Tina Ragusto«, sagte sie. »Sie sind sicher Stephanie. Wie geht es Ihnen, mein Kind? Ich hab's gerade gehört. Das ist ja wunderbar.«

Ich hatte keine Ahnung, wovon sie redete. Wahrscheinlich war das auch besser so, dachte ich bei mir. Ich wies mit einer unbestimmten Geste zur Treppe. »Joe ist gerade in der Dusche.«

»Ich kann sowieso nicht bleiben. Ich bin noch eingeladen.« Sie übergab mir einen flachen weißen Karton. »Ich wollte das nur vorbeibringen.« Sie hob den Deckel hoch und zog das Seidenpapier auseinander, um mich sehen zu lassen, was darunter lag. Ihr rundes Gesicht verzog sich zu einem breiten Lächeln. »Sehen Sie?« sagte sie. »Josephs Taufkleid.«

Auch das noch.

Sie tätschelte mir kurz die Wange. »Sie sind eine brave kleine Italienerin.«

»Halbitalienerin.«

»Und eine gute Katholikin.«

»Hm...«

Ich blieb an der Tür stehen, während sie zu ihrem Wagen ging, und wartete, bis sie weggefahren war. Sie glaubte, ich wäre schwanger. Sie glaubte, ich würde Joe Morelli heiraten, den Mann, der von Müttern im ganzen Staat zum ›unzuverlässigsten Verehrer, den meine Tochter je hatte‹ erklärt worden war. Und sie hielt mich für eine gute Katholikin. Wie war es denn dazu gekommen?

Ich stand immer noch mit dem Karton in den Händen im Flur, als Joe runterkam. »War jemand da?«

»Deine Patentante. Sie hat mir dein Taufkleid mitgebracht.«

Morelli nahm es aus der Schachtel und sah es sich an. »O Gott! Es ist tatsächlich ein Kleid.«

»Was soll ich damit tun?«

»Schieb's irgendwo in einen Schrank. Und ich wär dir dankbar, wenn du niemandem erzählen würdest, daß ich früher mal Kleider getragen hab.«

Ich wartete, bis Morelli außer Sicht war, dann schaute ich zu meinem Bauch runter. »Nie im Leben«, sagte ich laut. Ich sah mir das Taufkleid an. Es war eigentlich ganz niedlich. Altmodisch. Sehr italienisch. Herrgott noch mal, jetzt packte mich schon wegen Morellis Taufkleid die Rührung. Ich rannte mit dem Ding nach oben, warf es auf Morellis Bett, lief wieder aus dem Zimmer und knallte die Tür zu.

Ich ging in die Küche und rief meine beste Freundin Mary Lou an, die zwei Kinder hatte und sich mit Schwangerschaften auskannte.

»Wo bist du?« wollte sie wissen.

»Bei Morelli.«

»Ja, Wahnsinn! Dann ist es wahr! Du lebst mit Morelli zusammen. Und mir hast du kein Wort davon gesagt! Ich bin schließlich deine beste Freundin. Wie konntest du mir das antun?«

»Ich bin erst seit drei Tagen hier. Es ist überhaupt nichts Aufregendes dran. Meine Wohnung ist ausgebrannt, und Morelli hatte ein freies Zimmer.«

»Du warst mit ihm im Bett. Ich hör's dir an! Wie war's? Los, raus mit den Details!«

»Ich wollte dich um einen Gefallen bitten.«

»Jederzeit.«

»Ich brauch so einen Schwangerschaftstest.«

»Was! Du bist schwanger! Das ist ja irre!«

»Reg dich ab. Ich bin nicht schwanger. Ich will nur ganz sicher sein. Zur Beruhigung, verstehst du? Und ich will mir den Test nicht selbst kaufen, weil es nur ein Riesengequatsche gibt, wenn mich jemand sieht.«

»Ich bin sofort da. Wart auf mich.«

Mary Lou wohnte keinen Kilometer entfernt. Ihr Mann, Lennie, war ganz in Ordnung, auch wenn er die Weisheit nicht mit Löffeln gefressen hatte. Aber Mary Lou hatte auf Intelligenz bei einem Mann noch nie viel Wert gelegt. Mary Lou kam es mehr auf die Verpackung und die Muskeln an.

Mary Lou und ich waren seit unserer Geburt befreundet. Ich wollte immer hoch hinaus, und Mary Lou war immer die mit den schlichten Zielen. Sie wollte heiraten und Kinder haben. Und wenn sie den Kapitän des Footballteams heiraten konnte, um so besser. Genau das hat sie getan. Sie heiratete Lennie Stankovic, der Kapitän des Footballteams war und nach seinem Abschluß an der High-School ins Geschäft seines Vaters eintrat. Stankovic und Söhne, sanitäre Anlagen.

Ich wollte Aladin heiraten und mit ihm auf seinem fliegenden Teppich durch die Lüfte segeln. Man sieht also, wir waren ganz verschieden.

Zehn Minuten später stand Mary Lou vor der Tür. Sie ist zehn Zentimeter kleiner als ich und wiegt zwei Kilo mehr. Aber kein Gramm ihres Gewichts ist Fett. Mary Lou ist eine kompakte Person. Mary Lou ist gebaut wie ein kleiner Schrank.

»Ich hab ihn!« rief sie und schwenkte eine braune Tüte, als sie reinstapfte. Dann blieb sie stehen und sah sich um. »Das ist also Morellis Haus.«

Sie sagte das in dem ehrfürchtigen Ton, der im allgemeinen katholischen Wundern wie weinenden Madonnenfiguren vorbehalten ist.

»O Mann«, sagte sie. »Ich wollte schon immer mal Morellis Haus von innen sehen. Er ist doch nicht da, oder?« Schon war sie auf dem Weg die Treppe rauf. »Ich möchte sein Schlafzimmer sehen.«

»Oh, hier ist es!« kreischte sie, als sie die Tür öffnete. »Wahnsinn! Habt ihr's hier auf dem Bett getan?«

»Ja.« Und auf meinem Bett. Und auf dem Sofa, dem Boden im Flur, dem Küchentisch, in der Dusche…

»Hey!« rief Mary Lou. »Der hat ja einen ganzen Karton voll Kondome. Der muß ja ganz schön rangehen!«

Ich nahm ihr die kleine braune Tüte aus der Hand und machte sie auf. »Das ist also der berühmte Test?«

»Es ist ganz einfach. Du brauchst nur auf diesen Plastikstreifen zu pinkeln und zu warten, bis er die Farbe wechselt. Ein Glück, daß Sommer ist und du ein T-Shirt anhast, meistens macht man sich nämlich den Ärmel naß bei der Prozedur.«

»Ach, Mist«, sagte ich. »Ich muß jetzt gar nicht.«

»Du brauchst ein Bier«, stellte Mary Lou fest. »Bier wirkt immer.«

Wir gingen in die Küche und tranken jeder zwei Bier.

»Weißt du, was in dieser Küche fehlt?« meinte Mary Lou. »Eine Keksdose.«

»Ach, ja, du weißt ja, wie Männer sind.«

»Die haben von nichts eine Ahnung«, sagte Mary Lou.

Ich öffnete die kleine Schachtel und nahm den Beutel aus Alufolie raus. »Ich krieg das nicht auf. Ich bin viel zu nervös.«

Mary Lou nahm mir den Beutel ab. Mary Lou hatte Nagel wie

Rasierklingen. »Wir müssen dabei auf die Zeit achten. Und du darfst den Plastikstreifen nicht schief halten. Du mußt den Urin in der kleinen Kerbe da sammeln.«

»Igitt.«

Wir gingen nach oben, und Mary Lou wartete draußen vor der Tür, während ich den Test machte. Frauenfreundschaften gehen nicht so weit, daß man sich gegenseitig beim Urinieren zuschaut.

»Was passiert?« rief Mary Lou durch die Tür. »Sieht es sehr nach positiv oder nach negativ aus?«

Meine Hand zitterte so stark, daß mir das ganze Ding beinahe ins Klo gefallen wäre. »Bis jetzt seh ich gar nichts.«

»Ich schau auf die Uhr«, sagte Mary Lou. »Es dauert maximal drei Minuten.«

»Drei Minuten!« schrie Mary Lou wieder und machte die Tür auf. »Und?«

Kleine schwarze Punkte tanzte vor meinen Augen. »Ich glaub, ich werd ohnmächtig.« Ich hockte mich hastig auf den Boden und steckte den Kopf zwischen die Knie.

Mary Lou nahm mir den Teststreifen aus der Hand. »Negativ. Ja.«

»Das ist ja noch mal gutgegangen. Ich hatte wirklich Angst. Wir haben jedesmal ein Kondom benutzt, aber Bella hat gesagt –«

»Joes Großmutter Bella?« rief Mary Lou entsetzt. »O Scheiße! Sie hat dich doch nicht am Ende verwünscht? Weißt du noch, wie sie Raymond Cohen verwünscht hat und ihm alle Haare ausgefallen sind?«

»Viel schlimmer, sie hat gesagt, ich wär schwanger.«

»Dann stimmt's auch«, erklärte Mary Lou. »Das Testergebnis ist falsch.«

»Was soll das heißen? Das Testergebnis ist nicht falsch. Die Firma Johnson und Johnson macht keine Fehler.«

»Aber Bella hat die Gabe.«

Ich stand vom Boden auf und spritzte mir Wasser ins Gesicht.

»Bella hat nicht alle Tassen im Schrank.« Im Geiste bekreuzigte ich mich, als ich das sagte.

»Wie lange bist du schon überfällig?«

»Ich bin noch gar nicht überfällig.«

»Moment mal. Du kannst den Test gar nicht machen, wenn du nicht zu spät dran bist. Ich dachte, das wüßtest du.«

»Was ?!«

»Das dauert eine gewisse Zeit, bis das Hormon sich entwickelt. Wann kommt deine Periode?«

»Ich weiß nicht genau. In ungefähr einer Woche, glaub ich. Willst du mir etwa sagen daß dieser Test jetzt nicht gültig ist?«

»Genau das, ja.«

»Scheiße!«

»Ich muß gehen«, sagte Mary Lou. »Ich habe Lennie versprochen, daß ich zum Abendessen Pizza mitbring. Hast du Lust, mit uns zu essen?«

»Nein. Aber trotzdem vielen Dank.«

Nachdem Mary Lou gegangen war, warf ich mich in den Sessel im Wohnzimmer und starrte den leeren Fernsehschirm an. Dieser Schwangerschaftstest hatte mich völlig erschöpft.

Ich hörte draußen einen Wagen vorfahren, dann Schritte auf dem Pflaster. Es war wieder eine nette ältere Dame.

»Ich bin Josephs Tante Loretta«, sagte sie und überreichte mir eine mit Alufolie zugedeckte Auflaufpfanne. »Ich hab's gerade gehört. Und regen Sie sich nicht auf, Kind, solche Dinge passieren nun mal. Wir reden ja nicht drüber, aber Josephs Mutter mußte auch ziemlich schnell heiraten, wenn Sie wissen, was ich meine.«

»Es ist nicht so, wie es aussieht.«

»Das wichtigste ist jetzt, daß Sie gesund essen. Sie müssen sich doch nicht übergeben, oder?«

»Noch nicht.«

»Wegen der Pfanne machen Sie sich mal keine Sorgen. Die können Sie mir bei Ihrer Brautparty zurückgeben.«

Mir schnappte die Stimme über. »Bei der Brautparty?«

»Ich muß jetzt leider gehen«, sagte sie. »Ich muß noch meine Nachbarin im Krankenhaus besuchen.« Sie neigte sich näher zu mir und senkte ihre Stimme. »Krebs«, flüsterte sie. »Ganz schrecklich. Sie verfault bei lebendigem Leib. Ihre inneren Organe sind schon völlig zerfressen, und jetzt hat sie am ganzen Körper offene Stellen. Ich hatte mal eine Cousine, die auch so vom Krebs aufgefressen worden ist. Sie ist ganz schwarz geworden, und kurz bevor sie gestorben ist, sind ihr alle Finger abgefallen.«

»O Gott!«

»Also«, sagte sie, »lassen Sie sich den Auflauf schmecken.«

Ich winkte ihr noch einmal zu, als sie ging, dann trug ich den warmen Auflauf in die Küche. Ich stellte ihn auf die Arbeitsplatte und rammte meinen Kopf ein parmal gegen die Schranktür. Waren denn alle verrückt geworden?

Danach hob ich einen Zipfel der Folie an und schaute drunter. Lasagne. Roch gut. Ich schnitt mir ein Stück ab und schaufelte es auf einen Teller. Ich dachte gerade an eine zweite Portion, als Morelli heimkam.

Er sah die Lasagne und seufzte. »Tante Loretta.«

»Stimmt genau.«

»Das geht jetzt aber wirklich zu weit«, sagte er. »Das muß aufhören.«

»Ich glaub, sie planen sogar schon die Brautparty.«

»Mist.«

Ich stand auf und spülte meinen Teller, um gar nicht erst in Versuchung zu kommen, mir noch ein Stück Lasagne zu nehmen. »Wie ist es heut gelaufen?«

»Nicht allzugut.«

»Möchtest du drüber reden?«

»Ich darf nicht. Ich arbeite mit dem FBI zusammen. Es darf auf keinen Fall was durchsickern.«

»Du vertraust mir nicht.«

Er schnitt ein großes Stück Lasagne ab und setzte sich zu mir an den Tisch. »Natürlich trau ich dir. Aber Mary Lou trau ich nicht.«

»Ich erzähl Mary Lou nicht alles!«

»Schau mal, du kannst ja nichts dafür, aber du bist eine Frau, und Frauen tratschen nun mal.«

»Das ist ja widerlich! So was Sexistisches!«

Er schob sich einen Bissen Lasagne in den Mund. »Ich hab Schwestern. Ich kenn die Frauen.«

»Du kennst nicht *alle* Frauen.«

Morelli sah mich nachdenklich an. »Ich kenn dich.«

Ich spürte, wie mir die Hitze ins Gesicht schoß. »Ja, genau darüber sollten wir mal reden.«

Er lehnte sich auf seinem Stuhl zurück. »Ganz wie du meinst.«

»Ich glaub, ich bin für unverbindliche Abenteuer nicht geschaffen.«

Er ließ sich das einen Moment durch den Kopf gehen, dann nickte er fast unmerklich. »Tja, dann haben wir ein Problem, ich glaube nämlich, daß ich nicht für die Ehe geschaffen bin. Jedenfalls jetzt nicht.«

Na, so eine Überraschung! »Ich hab nicht von Ehe geredet.«

»Na schön, worauf willst du dann raus?«

»Ich will auf gar nichts raus. Ich wollte wahrscheinlich nur Grenzen ziehen.«

»Weißt du was, du gehörst zu den Frauen, die Männer echt wahnsinnig machen. Wegen Frauen wie dir stürzen sich Männer von der Brücke oder ergeben sich dem Suff. Damals in der Bäckerei, das war auch deine Schuld.«

Ich kniff die Augen zusammen. »Würdest du mir das freundlicherweise erklären?«

Morelli lächelte. »Du hast wie ein Marmeladendonut gerochen.«

»Du Ekel! Das hast du damals in Marios Milchbar in der Toilette an die Wand geschrieben. Du hast geschrieben, ich wär warm und süß und so richtig zum Reinbeißen. Und dann hast du auch noch beschrieben, wie du es gemacht hast! Natürlich haben irgendwie meine Eltern davon erfahren, und ich hab drei Monate Hausarrest gekriegt. Du hast überhaupt keine Skrupel!«

Sein Blick verdunkelte sich. »Verwechsle mich nicht mit dem achtzehnjährigen Jungen von damals.«

Ein paar Herzschläge lang starrten wir einander wütend an, dann zerriß das Klirren splitternden Glases die Stille, als irgend etwas durch Morellis Wohnzimmerfenster flog.

Morelli sprang auf und rannte nach vorn. Ich war dicht hinter ihm und wäre beinahe in ihn hineingerannt, als er abrupt stehenblieb.

Mitten in seinem Wohnzimmer lag eine Flasche, und in ihrer Öffnung steckte ein von Feuer geschwärzter Fetzen Stoff. Ein Molotowcocktail, der nicht explodiert war, weil die Flasche beim Aufprall nicht zerbrochen war.

Morelli stürzte in den Flur und zur Haustür raus.

Ich kam gerade noch rechtzeitig, um zu sehen, wie Morelli zielte und auf einen davonfahrenden Wagen feuerte. Nur löste sich kein Schuß. Die Pistole machte lediglich klick, klick, klick. Morelli starrte sie ungläubig an.

»Was ist denn?« fragte ich.

»Das ist deine Kanone. Ich hab sie aus der Kommode geholt, als ich rausgerannt bin. Sie ist überhaupt nicht geladen.«

»Geladene Pistolen machen mir Angst.«

Morelli schüttelte den Kopf. »Was nützt eine Pistole ohne Munition?«

»Man kann den Leuten damit Angst machen. Oder man kann ihnen eine über den Schädel geben. Oder man kann damit Fenster einschlagen … oder Nüsse knacken.«

»Hast du das Auto erkannt?«

»Nein. Hast du den Fahrer gesehen?«

Morelli schüttelte den Kopf. »Nein.« Er lief ins Haus, holte seine Pistole und seinen Piepser aus der Küche und hängte sie an seinen Gürtel. Er rief die Zentrale an und gab eine Beschreibung des Wagens durch. Dann meldete er irgend jemand anderem das Kennzeichen, um den Wagenhalter feststellen zu lassen. Während er auf die gewünschte Auskunft wartete, nahm er aus einer Küchenschublade einen extra Patronenrahmen und steckte ihn ein.

Ich stand hinter ihm und gab mir alle Mühe, ruhig zu bleiben, aber innerlich zitterte ich von Kopf bis Fuß und sah dauernd meine ausgebrannte Wohnung vor mir. Wäre ich zu Hause, in meinem Bett gewesen, als die Flasche explodiert war, so wäre ich umgekommen, bis zur Unkenntlichkeit verbrannt. Ich hatte Glück gehabt und war am Leben geblieben, aber sonst hatte ich so ziemlich alles verloren, was ich besessen hatte. Viel war es ja nicht gewesen – aber es hatte mir gehört. Und jetzt wäre beinahe noch einmal das gleiche passiert.

»Das hat mir gegolten«, sagte ich, froh, daß meine Stimme nicht zitterte und mich verriet.

»Wahrscheinlich«, meinte Morelli. Er murmelte irgendwas ins Telefon und legte auf. »Der Wagen ist vor zwei Stunden gestohlen gemeldet worden.«

Mit einem Geschirrtuch hob er vorsichtig die Flasche auf und steckte sie in eine Papiertüte, die er auf die Arbeitsplatte in der Küche legte. »Zum Glück war der Kerl bei der Auswahl seiner Flasche nicht schlau genug, und zum Glück ist sie auf dem Teppich gelandet.«

Das Telefon läutete, Morelli ging ran.

»Für dich«, sagte er. »Sally.«

»Ich brauch Hilfe«, sagte Sally. »Ich hab heut abend einen Auftritt und komm mit diesem Scheiß Make-up nicht zurecht.«

»Wo ist denn Sugar?«

»Wir hatten schon wieder Krach, und er ist abgehauen.«

»Okay.« Ich reagierte rein automatisch, immer noch wie betäubt von diesem zweiten Anschlag auf mein Leben. »Ich komm gleich rüber.«

»Was ist denn jetzt wieder los?« fragte Morelli.

»Ich muß Sally beim Schminken helfen.«

»Ich komm mit.«

»Nicht nötig.«

»Doch, glaub ich schon.«

»Ich brauch keinen Leibwächter.« In Wirklichkeit wollte ich sagen, ich will nicht, daß du auch noch umgebracht wirst.

»Dann sieh's doch einfach so, daß wir zusammen ausgehen.«

Wir klopften zweimal, und Sally hob fast die Tür aus den Angeln, als er sie aufriß. »Ach Mist«, sagte er, »Sie sind's.«

»Wen haben Sie denn erwartet?«

»Ach, ich hab wahrscheinlich gehofft, es wär Sugar. Schauen Sie mich an! Es ist eine einzige Katastrophe. Ich kenn mich mit diesem ganzen beschissenen Quatsch überhaupt nicht aus. Sonst hilft Sugar mir immer beim Anziehen. Ach, verdammt noch mal, ich hab einfach nicht die richtigen Hormone für diesen Scheißkram.«

»Wohin ist Sugar denn abgehauen?«

»Ich hab keine Ahnung. Wir hatten Krach. Ich weiß nicht mal, wie's angefangen hat. Ich glaub, er war sauer, weil ich seinen Kuchen nicht genug gelobt hab.«

Ich sah mich um. Die Wohnung blitzte vor Sauberkeit. Nirgends ein Stäubchen. Nirgends lag was rum. Durch die Küchentür konnte ich die Arbeitsplatten sehen, die sich fast bogen unter ordentlich aufgereihten Kuchen, Pasteten, Brotlaiben, Gläsern mit Plätzchen und selbstgemachten Karamelbonbons.

»Ich hab nicht mal gemerkt, daß er so außer sich war«, sagte Sally. »Er hat sich angezogen und ist einfach gegangen, als ich in der Wanne in meinem Schaumbad saß.«

Morelli zog eine Braue hoch. »Schaumbad?«

»Hey, hören Sie auf, mich zu frotzeln. RuPaul sagt, man soll gottverdammte Schaumbäder nehmen, also nehm ich Schaumbäder. Das bringt einen mit der eigenen weiblichen Seite in Verbindung.«

Morelli grinste.

Sally hatte ein schwarzes Bikinihöschen an und Strumpfhosen, und in den Händen hielt er eine Konstruktion, die aussah wie ein Korsett mit Brüsten.

»Sie müssen mir helfen«, sagte er. »Da komm ich allein nicht rein.«

Morelli hob abwehrend eine Hand. »Mit mir nicht.«

Sally warf ihm einen giftigen Blick zu. »Was ist denn mit Ihnen los? Sind Sie ein Männerfeind?«

»Nein«, antwortete Morelli. »Ich bin Italiener. Das ist was anderes.«

»Okay«, sagte ich. »Was soll ich jetzt tun?«

Sally schlängelte sich in das Korsett und schob es herum, bis es richtig saß. »Schnüren Sie mir das Ding zu«, sagte er. »Ich brauch 'ne Taille.«

Ich zog an den Schnüren, aber ich kam nicht weit. »Das schaff ich nicht. Ich hab nicht genug Kraft in den Händen.«

Wir sahen beide Morelli an.

Morelli stöhnte angewidert. »Na schön«, sagte er und hievte sich vom Sofa. Er packte die Schnüre, drückte Sally seinen Fuß in den Hintern und riß kräftig.

»Uff!« sagte Sally. Er schaute sich nach Morelli um. »Sie tun das aber nicht das erstemal.«

»Dolan hat mal so ein Ding getragen, als er verdeckt gearbeitet hat.«

»Haben Sie Dolan auch geschminkt?«

»Tut mir leid«, sagte Morelli, »schminken ist nicht mein Ressort.«

Sally sah mich an.

»Kein Problem«, sagte ich. »Ich habe meine Barbiepuppe schon geschminkt, als ich noch nicht mal laufen konnte.«

Eine halbe Stunde später hatte ich ihn so richtig schön nuttig zurechtgemacht. Wir zupften noch ein bißchen an seiner Perücke herum, dann zwängte sich Sally in einen kurzen schwarzen Lederrock und ein schwarzes Ledermieder – wie Madonna als Motorradbraut. Er schob seine Riesenfüße in ein Paar Plateaupumps, und fertig war der Lack.

»Wie liegen Sie in der Zeit?« fragte ich.

Er nahm seinen Gitarrenkasten. »Alles bestens. Also, wie seh ich aus? Bin ich hübsch?«

»Äh – ja… schon.« Wenn man ein Faible für Zwei-Meter-Typen mit O-Beinen, Hakennase und behaarter Brust hatte, die sich anhosten wie zum Walkürenritt.

»Ihr solltet mitkommen«, meinte Sally. »Ich mach euch mit den anderen von der Band bekannt, und dann könnt ihr bleiben und euch die Show anschauen.«

»Na bitte, wenn ich mit ner Frau ausgeh, biete ich ihr auch was«, sagte Morelli.

Wir fuhren alle zusammen im Aufzug hinunter und brausten los, Sally voraus, wir hinterher. Er fuhr ein Stück den Fluß entlang, dann weiter auf die Route 1 nach Norden.

»Es war nett von dir, daß du ihm das Korsett geschnürt hast«, bemerkte ich.

»Klar«, sagte Morelli. »Ich bin eben ein einfühlsamer Mensch.«

Nach ungefähr fünfundzwanzig Kilometern setzte Sally seinen Blinker, um uns wissen zu lassen, daß wir gleich abbiegen mußten. Der Club war auf der rechten Seite des Highway, grell erleuchtet in Rot und Pink. Auf dem Parkplatz standen schon eine Menge Autos. Das Riesenschild auf dem Dach versprach eine Revue schöner Frauen. Sally war vermutlich eine von ihnen.

Sally kroch aus seinem Porsche und zog sein Röckchen gerade.

»Wir spielen hier jetzt schon seit vier Wochen«, sagte er. »Wir gehören schon bald zum Inventar.«

Morelli sah sich auf dem Parkplatz um. »Wo ist Sugars Wagen?«

»Der schwarze Mercedes da.«

»Na, an Erfolg scheint's ihm ja nicht zu fehlen.«

Sally lachte. »Haben Sie ihn schon mal in Frauenkleidern gesehen?«

Wir schüttelten beide die Köpfe.

»Wenn Sie ihn sehen, werden Sie's verstehen.«

Wir folgten Sally durch den Kücheneingang ins Haus.

»Wenn ich vorn reingeh, bringt die Meute mich um«, erklärte er. »Die sind wie Tiere.«

Wir gingen durch einen häßlichen schmalen Flur zu einem Hinterzimmer voller Rauch und Lärm und den Lovelies. Alle fünf waren sie da. Und alle in Lederklamotten unterschiedlichen Stils. Mit Ausnahme von Sugar. Sugar hatte ein blutrotes Satinkleid an, das saß wie eine zweite Haut. Es war kurz und eng und vorn so glatt, daß ich vermutete, er müsse sich einer Operation unterzogen haben. Sein Make-up war makellos. Die Lippen waren voll und leicht aufgeworfen, in einer Glanzfarbe passend zum Kleid geschminkt. Er trug die Marylin-Perücke und sah so phantastisch aus, wie ich an meinem besten Tag nicht aussehen kann. Ich warf einen verstohlenen Blick auf Morelli. Er war offensichtlich ebenso fasziniert wie ich. Ich wandte mich wieder Sugar zu, und da ging mir blitzartig ein Licht auf.

»Die Frau in der Bar war Sugar«, flüsterte ich Morelli zu. »Es war eine andere blonde Perücke, aber ich bin ganz sicher, daß es Sugar war.«

»Na hör mal! Er hat direkt vor dir gestanden, und du hast ihn nicht erkannt?«

»Es ging alles so schnell, und der Saal war dunkel und voller Menschen. Außerdem, schau ihn dir doch an! Er ist umwerfend.«

Sugar entdeckte uns drei, sprang auf und nannte Sally eine undankbare Schlampe.

»Scheiße, was quatscht er denn da?« fragte Sally. »Muß man nicht ne Frau sein, um ne Schlampe zu sein?«

»Du *bist* ne Frau, du Blödmann«, sagte einer der anderen Transvestiten.

Sally packte sein Gemächte und lupfte es ostentativ.

»Ich hätt Sie gern mal unter vier Augen gesprochen«, sagte Morelli zu Sugar.

»Sie gehören nicht hierher, und ich red nicht mit Ihnen«, gab Sugar zurück. »Das hier ist die Künstlergarderobe. Machen Sie, daß Sie rauskommen.«

Mit drei Schritten war Morelli bei Sugar und drängte ihn in eine Ecke. So standen sie ein paar Minuten und redeten, dann trat Morelli zurück. »Hat mich gefreut, euch alle kennenzulernen«, sagte er zu den anderen Bandmitgliedern, die in verlegenem Schweigen von einem Fuß auf den anderen traten. »Bis später«, fügte er zu Sally gewandt hinzu.

Als wir gingen, lehnte Sugar immer noch in der Ecke, und seine Augen klein und glashart, paßten nicht in sein Baby-Doll-Gesicht.

»Hey, was hast du denn zu dem gesagt?« fragte ich.

»Ich hab ihn gefragt, ob er was mit den Feuerbomben zu tun hat.«

»Und – was hat er gesagt?«

»Nicht viel.«

»Als Frau ist er jedenfalls sehr dekorativ.«

Morelli anwortete mit einem ungläubigen Kopfschütteln.

»Ich hab echt einen Moment lang nicht gewußt, ob ich ihm die Fresse polieren oder ihn fragen soll, ob er mal mit mir ausgeht.«

»Bleiben wir und schauen uns die Band an?«

»Nein«, antwortete Morelli. »Wir gehen raus auf den Parkplatz und schauen uns den Mercedes an. Und danach werden wir Sugar überprüfen.«

Der Mercedes war sauber. Sugar ebenso. Keine Vorstrafen für Gregory Stern. Als wir nach Hause kamen, standen zwei Streifenwagen vor Morellis Haus und ein paar Leute standen rum und gafften. Morelli stellte den Pick-up ab, stieg aus und ging zum nächststehenden Beamten, der zufällig Carl Constanza war.

»Wir haben auf dich gewartet«, sagte Carl. »Ich wußte nicht, ob wir dir ein paar Bretter vors Fenster nageln sollen.«

»Nein, nein, für heute nacht geht's so, und morgen hol ich einen Glaser.«

»Fährst du mit rein oder machst du die Meldung morgen?«

»Morgen.«

»Glückwunsch«, sagte Constanza zu mir. »Ich höre, du bist schwanger.«

»Ich bin *nicht* schwanger.«

Constanza nahm mich in den Arm und beugte sich ganz nahe zu mir. »Wärst du's gern?«

Ich verdrehte nur die Augen.

»Okay. Aber denk an mich, falls du dir's anders überlegen solltest.«

Ein alter Mann im Bademantel trat zu Morelli und puffte ihn mit dem Ellbogen. »Genau wie in alten Zeiten, was? Ich weiß noch, wie sie Ziggy Kozaks mit ihren Maschinengewehren durchlöchert haben, bis er nur noch ausgesehen hat wie Emmentaler. Junge, ich sag Ihnen, das waren noch Zeiten.«

Morelli ging ins Haus, holte die Feuerbombe und gab sie Constanza. »Laß die Flasche nach Fingerabdrücken untersuchen. Habt ihr in der Nachbarschaft nachgefragt, ob jemand was gesehen hat?«

»Keine Zeugen. Wir haben sämtliche Häuser abgeklappert.«

»Und der Wagen?«

»Ist bis jetzt nicht gefunden.«

Die Bullen stiegen in ihre Autos und fuhren ab. Die kleine Menschenmenge zerstreute sich. Ich ging mit Morelli ins Wohnzimmer. Einen Moment lang standen wir beide nur da und starrten auf die Glasscherben auf dem Boden.

»Es tut mir ehrlich leid«, sagte ich. »Das ist nur meine Schuld. Ich hätte nicht hierherkommen sollen.«

»Ach, mach dir nichts draus«, erwiderte Morelli. »Das Leben fing sowieso an, langweilig zu werden.«

»Ich könnte ausziehen.«

Morelli packte mich vorn am Hemd und zog mich an sich. »Du hast doch nur Angst, daß du weich werden wirst und mir dann fünfzig Dollar zahlen mußt.«

Ich mußte lächeln. »Danke.«

Morelli neigte sich zu mir runter und küßte mich. Sein Knie war zwischen meinen Beinen und seine Zunge in meinem Mund, und ich kriegte eine Hitzewallung, bei der mir der Magen wegsackte.

Er trat zurück und lachte mich an. »Gute Nacht.«

Ich zwinkerte. »Gute Nacht.«

Sein Lächeln wurde breiter. »Ätsch, ich hab dich!«

Ich zog die Augen zusammen. »Ich geh jetzt schlafen.«

»Ich bin hier unten, falls du dich einsam fühlen solltest. Ich schlaf heut nacht auf der Couch, nur zur Sicherheit, damit keiner durchs Fenster steigt und sich mit meinem Fernseher aus dem Staub macht.«

- 12 -

Ich war früh auf, aber Joe war noch früher. Er hatte die Glasscherben zusammengefegt und aß zum Frühstück Lasagne, als ich in die Küche kam.

Ich goß mir Kaffee ein und warf einen begehrlichen Blick auf die Lasagne.

»Na, nimm doch«, sagte Morelli.

Wenn ich die Lasagne äße, würde ich hinterher was für meinen Körper tun müssen, zum Beispiel eine große Runde joggen. Nicht mein bevorzugter Zeitvertreib. Ich hole mir meine körperliche Bewegung lieber beim Einkaufsbummel. Okay, zum Teufel, ich sollte wahrscheinlich sowieso mal ein paar Runden laufen. Fit fürs Leben und der ganze Quatsch.

Ich setzte mich ihm gegenüber und legte los. »Du arbeitest wohl heute wieder an deinem streng geheimen Fall?«

»Ich hab eine Überwachung.«

Ich haßte Überwachungen. Da hockte man die ganze Zeit allein im Auto rum, bis einem der Hintern einschlief. Und wenn man mal kurz aufs Klo ging, brach genau in dem Moment die Hölle los, und man verpaßte die ganze Show.

Morelli schob seinen leeren Teller weg. »Und was hast du vor?«

»Maxine suchen.«

»Und?«

»Und das ist alles. Ich hab keine Einfälle mehr. Ich hab keine Hinweise mehr. Die ganze Bagage ist verschwunden. Eddie Kuntz ist wahrscheinlich tot. Und Mrs. Nowicki, Margie und Maxine sind für mich auch gestorben. Tot und begraben.«

»Ach, tut das gut, dich heut morgen so positiv zu sehen!«

»Ich fang eben den Tag immer gern richtig an.«

Morelli stand auf und spülte seinen Teller. »Ich muß jetzt los. Wenn du ein normaler Mensch wärst, würde ich sagen, du sollst vorsichtig sein. Da du aber die bist, die du bist, wünsch ich dir nur Hals- und Beinbruch. Ach, ja, um neun kommt jemand, um das Fenster zu reparieren. Kannst du bleiben, bis es fertig ist?«

»Kein Problem.«

Er gab mir einen Kuß auf den Kopf und ging.

»Bißchen komisch komm ich mir schon vor«, sagte ich zu Rex. »Ich bin's nicht gewöhnt, die brave Hausfrau zu spielen.«

Rex hockte sich auf seine Hinterbacken und starrte mich an. Auf den ersten Blick hätte man meinen können, er dächte über meine Worte nach. Wahrscheinlicher war, daß er eine Weintraube haben wollte.

Da ich im Moment nichts Besseres zu tun hatte, rief ich wieder mal bei Eddie Kuntz an. Nichts. »Tot«, sagte ich zu Rex. Es drängte mich rüberzufahren und noch mal mit Betty zu reden, aber ich mußte warten, bis das Fenster repariert war. Ich trank eine zweite Tasse Kaffee. Und dann aß ich ein zweites Stück Lasagne. Um neun Uhr kam der Glaser, gefolgt von einer weiteren netten älteren Dame italienischer Herkunft mit einer freundlichen Gabe. Diesmal war's ein Schokoladenkuchen. Ich verdrückte die Hälfte davon, während ich auf die Fertigstellung des Fensters wartete.

Ich brauchte gar nicht erst an die Haustür zu klopfen, um zu merken, daß Eddie Kuntz nicht daheim war. Kein Auto. Nirgends Licht. Fenster und Türen fest verschlossen. Das einzige, was fehlte, war der Trauerflor.

Also klopfte ich statt dessen bei Betty.

»Ja, was soll ich Ihnen denn sagen?« fragte Betty. »Er ist nicht zu Hause. Wie ich Ihnen neulich schon erklärt hab, wir haben ihn das letztemal am Samstag gesehen.«

Sie wirkte weder besorgt noch beunruhigt. Sie wirkte nur stark angesäuert. Als ginge ich ihr auf die Nerven.

»Kommt so was häufiger vor? Glauben Sie nicht, wir sollten die Polizei benachrichtigen?«

«Der ist auf Tour«, sagte Leo aus seinem Sessel vor der Glotze. »Der hat sich irgendein Flittchen geschnappt und amüsiert sich irgendwo mit ihr. Das ist der ganze Witz. Der kommt nach Hause, wenn er genug hat.«

»Sie haben wahrscheinlich recht«, sagte ich. »Trotzdem könnte es sicher nicht schaden, mal nach dem Rechten zu sehen. Vielleicht sollten wir uns mal seine Wohnung anschauen. Haben Sie einen Schlüssel?«

Leo wurde energisch. »Der ist unterwegs, sag ich Ihnen. Man schnüffelt doch nicht gleich bei jemandem in der Wohnung rum, nur weil der mal ein paar Nächte durchmacht. Was interessieren Sie sich überhaupt so für Eddie? Ich dachte, Sie suchen Maxine Nowicki.«

»Eddies Verschwinden könnte mit dem Fall Nowicki zu tun haben.«

»Jetzt sag ich's Ihnen aber wirklich zum letztenmal, von Verschwinden kann keine Rede sein.«

Klang mir sehr nach Verleugnung, aber was weiß ich schon? Ich setzte mich wieder in den Buick und fuhr zur alten Mrs. Nowicki. Es sah noch verwahrloster aus als beim ersten Besuch. Niemand mähte das Gras, und mitten auf dem Weg lag ein Hundehaufen. Nur weil mir nichts Besseres einfiel, ging ich einmal ums Haus rum und schaute durch die Fenster. Alles totenstill.

Ich setzte mich wieder in den Wagen und fuhr zu Margie. Als ich die Olden Street runtergondelte, sah ich plötzlich den verbeulten alten Fairlane, den Morelli bei Überwachungsaufträgen immer fährt. Er stand gegenüber von dem 7-Eleven, in dem Helen Badijian vor ihrem Tod gearbeitet hatte. Morelli arbeitete mit dem FBI zusammen; ich vermutete deshalb, es handle sich um Drogen, aber eigentlich konnte von Waffenschieberei bis zu Kinderhandel alles dahinterstecken. Und vielleicht hatte er ja auch nur an der Stelle angehalten, um was zu essen und ein kleines Nickerchen zu machen.

Margies Haus sah gepflegter aus als Mrs. Nowickis, aber ebenso verlassen. Auch hier schaute ich durch die Fenster und fragte mich, was Margie mit ihrer Katze angefangen hatte.

Die Nachbarin schaute zu ihrer Haustür raus und erwischte mich.

»Ich wollte zu Margie«, sagte ich hastig. »Wir arbeiten zusammen im Diner, und ich hab sie schon seit ein paar Tagen nicht mehr gesehen. Ich hab mir Sorgen gemacht. Aber sie ist anscheinend nicht zu Hause.«

»Sie ist in Urlaub gefahren. Sie konnte mit dem verletzten Finger nicht richtig arbeiten, darum hat sie freigenommen. Ich glaub, sie ist ans Meer gefahren. Es wundert mich, daß Sie das nicht wissen.«

»Ich wußte, daß sie nicht arbeitet, aber ich hab nicht gewußt, daß sie ans Meer gefahren ist.« Ich sah mich um. »Wo ist ihre Katze? Hat sie die mitgenommen?«

«Nein. In dem Haus, das sie gemietet hat, sind Katzen nicht erlaubt. Ich füttere die Katze. Das macht weiter keine Mühe.«

Ich war schon an der nächsten Ecke, als es mich traf wie ein Schlag. Der Finger! Sie würde zur Nachuntersuchung gehen müssen. Und Maxines Mutter war bestimmt auch noch in Behandlung. Ihr Kopf war noch verbunden gewesen, als ich sie in Point Pleasant gesehen hatte.

Ich raste ins Büro, um im Straßenverzeichnis nachzuschlagen. Connie lackierte gerade ihre Fingernägel, und Lula war mit ihrem Walkman verkabelt. Sie stand mit dem Rücken zu mir und wackelte im Takt zu ihrer Rapmusik mit dem Hintern. Bei jeder Bewegung flogen die Perlenschnüre um ihren Kopf, daß es klirrte. Sie bemerkte mich plötzlich und zog sich die Stöpsel aus den Ohren.

»O-o!« sagte sie. »Morelli macht's dir nicht mehr.«

»Woher willst du das wissen?« schrie ich und warf die Hände hoch. »Ist das noch zu fassen?«

Vinnie schaute um die Ecke. »Was soll der Krach?«

»Stephanie ist hier«, sagte Connie.

Vinnie hatte eine Zigarre im Mund, die bestimmt doppelt so

lang war wie sein Schwanz. »Wo ist Maxine? In fünf Tagen verlier ich mein Geld, Herrgott noch mal! Ich hätt die Barnhardt nie abziehen sollen.«

»Ich bin kurz vor dem Abschluß.«

»Na klar«, sagte Vinnie. »Du bist kurz davor, mich in den Wahnsinn zu treiben.« Er schoß zurück in sein Büro und knallte die Tür zu.

Ich suchte Margies Adresse im Straßenverzeichnis raus und hatte nun ihren Nachnamen. In Trenton gibt es drei Krankenhäuser. Das Helen Fuld war nicht weit von dem Viertel, in dem Mrs. Nowicki wohnte. Margie wohnte etwa gleich weit entfernt vom Helen Fuld und vom St. Francis.

Ich fuhr nach Hause zu Morelli, schnitt mir noch ein Stück Schokoladenkuchen ab und rief meine Cousine Evelyn an, die im Helen Fuld arbeitete. Ich gab ihr die beiden Namen an und bat sie, sich mal umzuhören. Weder Margie noch Mama Nowicki wurden von der Polizei gesucht, sie hatten also (wenn sie noch am Leben waren) keinen Grund, die Termine bei ihren Ärzten platzen zu lassen. Den beiden ging es doch einzig darum, mich nicht zu Maxine zu führen.

Es war drei Uhr, und ich hoffte so halb, es würde bald wieder eine nette ältere Dame italienischer Abstammung aufkreuzen. Mit Abendessen diesmal. Immer wieder schaute ich zum Fenster raus, aber keine Essensbringerin ließ sich sehen. Das stellte mich vor ein echtes Problem: Wenn ich jetzt angefangen hätte, hier in Morellis Küche rumzuwirtschaften und ihm das Abendessen zu kochen, wär ich mir vorgekommen wie in einem Doris-Day-Film.

Evelyn rief an und sagte, heute wär mein Glückstag. Beide Frauen wären im Helen Fuld behandelt worden. Beide Frauen würden zur Nachuntersuchung zu ihren eigenen Ärzten gehen. Sie nannte mir die Namen der behandelnden Ärzte. Ich sagte, ich wäre ihr ewig dankbar. Worauf sie sagte, eine detaillierte Beschreibung von Morellis Bettverhalten würde ihr auch reichen.

Ich rief bei den Ärzten an und log, daß sich die Balken bogen. Ich hätte meinen Termin vergessen, erklärte ich den Sprechstundenhilfen. Beide Frauen hatten Mittwochtermine. Mensch, war ich gut.

Dann schleppte sich Morelli rein, in schweißnassem T-Shirt. Er ging zum Kühlschrank und streckte seinen Kopf ins Tiefkühlfach. »Ich brauch unbedingt eine Klimaanlage in diesem Haus.«

Ich fand, das Wetter sei ganz angenehm im Vergleich zu gestern. Heute konnte man wenigstens dort, wo die Sonne war, einen gelblichen Schimmer hinter dem schmutzgrauen Dunst erkennen.

Er zog den Kopf aus dem Tiefkühlfach, warf seine Kanone auf die Arbeitsplatte und nahm sich ein Bier.

»Schlechter Tag?«

»Wie immer.«

»Ich hab dich in Nord-Trenton gesehen.«

»Hast du mich beschattet?«

»Ich hab das Auto erkannt. Du hast das 7-Eleven überwacht, stimmt's?«

»Unentwegt.«

»Drogen?«

»Falschgeld.«

»Ich dachte, du dürftest mir nichts sagen.«

»Scheiß drauf. Die Freunde vom Finanzministerium haben den ganzen Fall so verbockt, daß es keine Rolle mehr spielt. Seit fünf Jahren, soweit uns bekannt ist, wahrscheinlich länger, kommen aus Trenton falsche Zwanziger. Die Fahnder vom Finanzministerium haben die Quelle geortet. Sie gehen rein, um sich den Kerl zu schnappen. Keine Druckplatten, wo sie eigentlich sein sollten. Kein Papier. Nichts. Und Blüten flattern plötzlich auch keine mehr rum. Wir können nicht mal jemanden festnehmen. Wir stehen da wie ein Haufen gottgerdammte Amateure. Bis plötzlich gestern im 7-Eleven in der Olden Street zwei Zwanziger auftauchen. Also fangen wir wieder von vorn an, überwachen den Laden, um zu sehen, wer da ein- und ausgeht.«

»Der Kassierer wußte nicht, wer ihm die Scheine gegeben hatte?«

»Die wurden erst auf der Bank entdeckt, als der Schalterbeamte sie zur Einzahlung abgezählt hat.«

»Und was meinst du?«

»Ich bin der Meinung, daß wir beim erstenmal den Richtigen hatten. Durch irgendeinen blöden Zufall war das Material nicht da.«

»Mir fällt da gerade was Komisches ein. Wir haben den Tod von Helen Badijian doch ihrer Verbindung mit Maxine zugeschrieben. Aber vielleicht hatte sie mit Maxine gar nichts zu tun. Vielleicht hatte ihre Ermordung mit dem Falschgeldhandel zu tun.«

»Daran hab ich auch schon gedacht, aber die Art, wie sie umgebracht wurde, verweist auf eine Verbindung mit Maxine. Sie ist zwar durch einen Schlag auf den Kopf getötet worden, aber man hatte ihr auch einen Finger abgehackt.«

Ich hatte noch einen viel verrückteren Einfall, aber ich wollte ihn nicht laut aussprechen und dann womöglich als Idiotin dastehen.

Das Telefon läutete, und Morelli ging ran. »Ja, Mrs. Plum«, sagte er.

Ich sprang von meinem Stuhl auf und rannte. Auf halbem Weg durchs Eßzimmer erwischte mich Morelli hinten am Hemd und riß mich mit einem solchen Ruck zurück, daß ich ihm an die Brust flog.

»Deine Mutter«, sagte er und drückte mir das Telefon in die Hand.

»Stephanie«, sagte meine Mutter. »Was hör ich da, du bist schwanger?«

»Ich bin nicht schwanger. Das hier ist eine Wohngemeinschaft und keine Ehe.«

»Überall wird geredet. Alle sind überzeugt, daß du schwanger bist. Was soll ich Mrs. Crandle sagen?«

»Sag ihr, daß ich nicht schwanger bin.«

»Dein Vater will dich sprechen.«

Ich wartete.

»Dad?«

»Ja«, sagte er. »Wie läuft der Buick? Du mußt immer Super tanken, das weißt du?«

»Keine Sorge. Ich tanke immer Super.« Ich tankte *nie* Super. Dieser Schlitten verdiente kein Super. Er war häßlich.

Er gab das Telefon wieder an meine Mutter, und ich konnte förmlich sehen, wie sie die Augen verdrehte.

»Ich hab einen schönen Schmorbraten im Rohr«, sagte sie. »Mit Erbsen und Kartoffelpüree.«

»Okay«, sagte ich. »Ich komm zum Abendessen.«

»Und Joseph bringst du mit.«

»Nein, der hat keine Zeit.«

»Doch, hab ich«, sagte Morelli.

Ich seufzte resigniert. »Er kommt mit.«

»Das wird dir noch leid tun«, sagte ich, als ich das Telefon zurückgab.

»Nichts macht eine Frau so schön wie eine Schwangerschaft», verkündete Großmama.

»Ich bin vielleicht schön, aber schwanger bin ich nicht.«

Großmama beäugte meinen Bauch. »Aber du siehst schwanger aus.«

Es war nur das verdammte italienische Essen. »Alles nur Kuchen«, sagte ich.

»Du solltest versuchen, den Kuchen vor der Hochzeit wieder loszuwerden« meinte sie, »sonst mußt du dir eins von diesen Empirekleidern ohne Taille kaufen.«

»Ich habe nicht die Absicht zu heiraten«, erklärte ich. »Eine Hochzeit findet nicht statt.«

Großmama setzte sich gerader. »Und was ist mit dem Saal?«

»Mit welchem Saal?«

»Wir dachten, du würdest den Empfang im Saal vom polnischen Volkshaus geben. Das ist wirklich der beste Rahmen dafür, und Edna Majewski hat gesagt, sie hätten eine Stornierung, aber du müßtest dich schnell entscheiden.«

»Ihr habt doch nicht etwa einen Saal gemietet?«

»Na ja, Anzahlung haben wir noch keine gemacht«, antwortete Großmama. »Wir waren uns ja wegen des Datums nicht sicher.«

Ich sah Morelli an. »Jetzt erklär du mal, wie die Dinge liegen.«

»Stephanies Wohnung ist durch den Brand beschädigt worden, und sie hat sich bei mir eingemietet, bis die Wohnung repariert ist.«

»Und wie schaut's mit Sex aus?« fragte Großmama. »Schlaft ihr miteinander?«

»Nein.«

Seit Samstag nicht mehr.

»Also, ich an deiner Stelle würd auf Sex nicht verzichten«, sagte Großmama zu mir.

»Herr im Himmel«, sagte mein Vater am Kopfende des Tischs.

Meine Mutter reichte mir die Kartoffeln. »Ich hab die Versicherungsformulare da, die du ausfüllen mußt. Ed hat sich deine Wohnung angesehen. Er sagt, es ist praktisch nichts davon übrig. Außer der Keksdose. Der Keksdose sei nichts passiert, hat er gesagt.«

Ich wartete nur darauf, daß Morelli zur Keksdose einen Kommentar geben würde, aber er war ganz damit beschäftigt, sein

Fleisch zu schneiden. Das Telefon läutete, und Großmama ging in die Küche, um den Anruf anzunehmen.

»Für dich, Stephanie«, rief sie.

»Ich hab überall rumtelefoniert, um dich zu erreichen«, sagte Lula. »Ich hab Neuigkeiten für dich. Kurz bevor wir gehen wollten, hat Joyce Barnhardt bei Vinnie angerufen, und Connie hat reingehört. Joyce hat Vinnie versprochen, sie würde ihn dazu bringen, wie ein Hund zu bellen, wenn er ihr den Fall wiedergibt. Und jetzt darfst du raten.»

»Brauch ich gar nicht.«

»Genau. Und dann hat sie Vinnie erzählt, wie sie's schafft, Maxine auf der Spur zu bleiben. Wir wissen jetzt den Namen von dem kleinen Arschloch, das Joyce hilft.«

»Klasse!«

»Und ich schlag vor, wir beide machen dem Typen einen kleinen Besuch.«

»Jetzt?«

»Hast du was Besseres zu tun?«

»Nein.«

»Gut, dann hol ich dich ab. In den Buick kriegst du mich nämlich nicht noch mal rein.«

Alle hörten auf zu essen, als ich mich wieder an den Tisch setzte.

»Und?« fragte Großmama.

»Es war Lula. Ich muß gleich nach dem Essen gehen. Wir haben eine neue Spur in einem Fall, an dem wir arbeiten.«

»Da könnt ich doch mitkommen«, meint Großmama. »Wie das letztemal.«

»Danke, aber mir wär's lieber, du bleibst zu Hause und kümmerst dich ein bißchen um Joe.«

Großmama zwinkerte Morelli zu, und Morelli machte ein Gesicht wie eine Schlange, der gerade eine Kuh im Hals steckengeblieben ist.

Zehn Minuten später hörte ich draußen einen Wagen vorfahren. Raprhythmen donnerten durchs Haus. Dann wurde die Musik ausgemacht, und einen Augenblick später war Lula an der Tür.

»Wir haben noch einen Haufen Schmorbraten da«, sagte Großmama zu Lula. »Wollen Sie nicht was essen?«

Meine Mutter war schon dabei, ein zusätzliches Gedeck aufzulegen.

»Schmorbraten«, sagte Lula. »Den eß ich echt gern.« Sie setzte sich und schüttelte ihre Serviette auf.

»Ich wollt schon immer mal mit einer Negerin essen«, sagte Großmama.

»Und ich wollt schon immer mal mit einer alten Weißen mit spitzem Hintern essen«, sagte Lula. »Klappt doch prima.«

Sie und Großmama reichten sich die Hände.

»Stark«, sagte Großmama.

Ich fuhr zum erstenmal in dem neuen Firebird, und ich war neidisch.

»Wie kannst du dir als Bürohilfe so ein Auto leisten? Und wieso hat deine Versicherung schon gezahlt, während ich immer noch warte?«

»Erstens hab ich da, wo ich wohn, ne niedrige Miete. Und zweitens lease ich die Kisten immer. Da kriegst du sofort einen neuen Wagen, wenn du deinen gegrillt hast.«

»Vielleicht sollte ich mir das auch mal überlegen.«

»Aber erzähl lieber nicht, daß dir dauernd die Autos in die Luft fliegen. Sonst stufen sie dich als Risiko ein, verstehst du.« Lula fuhr die Hamilton Street runter. »Dieser Typ, dieser Bernie, arbeitet in dem Supermarkt an der Route dreiunddreißig. Wenn er nicht Orangen sortiert, dealt er mit Gras, und das ist die Verbindung zwischen Barnhardt und Mama Nowicki. Nowicki quasselt mit Bernie, und dann quasselt Bernie mit Barnhardt.«

»Joyce hat gesagt, es wäre eine Verbindung aus dem Einzelhandel.«

»Wie wahr!« Lula lachte. »Nach dem, was Connie am Telefon mitgekriegt hat, scheint er ziemlich gehandikapt zu sein.«

»Wieso? Ist er körperbehindert?«

»Er ist häßlich.«

Sie lenkte den Wagen auf den Parkplatz des Supermarkts und hielt in einer Lücke ganz vorn. Um diese Abendzeit kauften nicht viele Leute ein.

»Joyce hat gesagt, er wär ein geiler kleiner Troll. Wenn du also keinen Stoff kaufst, kannst du ihm vielleicht ein paar Gefälligkeiten versprechen.«

»Du meinst sexuelle Gefälligkeiten?«

»Du brauchst ja nicht Wort zu halten«, sagte Lula. »Du brauchst nur zu versprechen. Ich würd's ja für dich tun, aber ich glaub, er ist mehr dein Typ.«

»Inwiefern?«

»Weiß.«

»Und wo find ich ihn?«

»Er heißt Bernie, wie schon gesagt, und arbeitet in der Obst- und Gemüseabteilung. Sieht aus wie ein geiler kleiner Troll.«

Ich klappte die Sonnenblende mit dem Spiegel runter, fuhr mir durch die Haare und legte frischen Lippenstift auf. »Wie schau ich aus?«

«Nach allem, was ich gehört hab, wär's dem Typen auch egal, wenn du bellst und Männchen machst.«

Ich fand ihn ohne Mühe. Er war gerade damit beschäftigt, Grapefruits zu etikettieren, und stand mit dem Rücken zu mir. Er hatte viel krauses schwarzes Haar rund um den Kopf, und oben sah er aus wie ein großes rosarotes Ei. Er war knapp einsfünfzig groß und hatte eine Statur wie ein Hydrant.

Ich warf einen Beutel Kartoffeln in meinen Wagen und pirschte mich an ihn heran. »Entschuldigen Sie«, sagte ich.

Er drehte sich um und schaute mich an. Sein dickes Fischmaul öffnete sich ein wenig, aber Worte kamen keine raus.

»Schöne Äpfel«, sagte ich.

Er gab einen Laut von sich, der wie ein Röcheln klang, und sein Blick wanderte zu meinem Busen.

»Also, wie ist es«, sagte ich, »haben Sie Stoff da?«

»Soll das ein Witz sein? Wofür halten Sie mich?«

»Eine Freundin hat mir erzählt, ich könnte von Ihnen was kriegen.«

»Ach ja? Wer ist denn die Freundin?«

»Joyce Barnhardt.«

So wie seine Augen aufleuchteten, war klar, daß Joyce ihr Marihuana nicht mit schnödem Geld bezahlt hatte.

»Joyce kenn ich«, sagte er. »Aber das heißt nicht, daß ich ihr Stoff verkauft hab.«

»Wir haben noch eine gemeinsame Bekannte.«

»Wen denn?«

»Sie heißt Nowicki.«

Ich beschrieb ihm Mama Nowicki.

»Ach so, das muß Francine sein«, sagte er. »Ich hab ihren Nachnamen nicht gewußt.«

»Gute Kundin?«

»Ja, sie kauft einen Haufen Gemüse.«

»Haben Sie sie in der letzten Zeit mal gesehen?«

Sein Ton wurde lauernd. »Was wär's Ihnen denn wert?«

Mir gefiel der Ton nicht. »Was verlangen Sie?«

Bernie machte Schmatzgeräusche.

»Pfui Teufel.«

»Es ist nur, weil ich klein bin, stimmt's?«

»Nein, natürlich nicht. Ich mag kleine Männer. Die – geben sich mehr Mühe.«

»Dann liegt's an den Haaren. Sie wollen einen Kerl mit Haaren.«

»Die Haare sind unwichtig. Haare interessieren mich nicht. Außerdem haben Sie ja ne Menge Haare, nur halt nicht oben am Scheitel.«

»Woran liegts dann?«

»Mit diesem Geschmatze können Sie keiner Frau imponieren. Das gehört sich einfach nicht. Das ist – billig!«

»Ich dachte, Sie wären ne Freundin von Joyce.«

»Ach so, ich versteh schon.«

»Also wie schaut's aus?«

»Also, ehrlich gesagt, Sie sind nicht so ganz mein Typ.«

»Ich hab's ja gewußt. Ich hab's gleich gemerkt. Es liegt an meiner Größe.«

Lieber Gott, der arme Kerl hatte wirklich einen Komplex wegen seiner Größe. Er konnte doch nichts dafür, daß er klein war und einen Kopf wie eine Bowlingkugel hatte. Ich wollte nicht noch Salz in seine Wunden streuen, aber ich wußte nicht, was ich sagen sollte. Und dann fiel mir Sally ein.

»Nein, an Ihrer Größe liegt's nicht«, sagte ich. »Es liegt an mir. Ich bin lesbisch.«

»Sie verarschen mich!«

»Nein. Wirklich!«

Er musterte mich von oben bis unten. »Ganz sicher? Mensch, so eine Verschwendung. Sie sehen überhaupt nicht lesbisch aus.«

Er glaubte wahrscheinlich, Lesben hätten ein großes L auf der Stirn eingebrannt oder so was.

»Haben Sie ne Freundin?« fragte er.

»Ja, klar. Sie ist – sie wartet im Auto.«

»Die möcht ich sehen.«

»Warum?«

»Weil ich Ihnen das nicht abnehm. Sie wollen mich nur schonen.«

»Hören Sie, Bernie, was ich will, ist eine Auskunft über Nowicki.«

»Erst wenn ich Ihre Freundin gesehen hab.«

Das wurde langsam lächerlich. »Sie ist schüchtern.«

»Okay, dann geh ich raus zu ihr.«

»Nein! Ich hol sie schon.«

Ich lief den Parkplatz raus zum Auto. »Ich bin hier ein bißchen in der Bredouille«, sagte ich zu Lula. »Ich brauch deine Hilfe. Ich brauch ne lesbische Freundin.«

»Soll ich dir eine suchen? Oder soll ich die Rolle spielen?«

Ich erklärte ihr die Situation, und dann rannten wir zu Bernie zurück, der wieder mit seinen Grapefruits beschäftigt war.

»Hey, Kleiner«, sagte Lula. »Was läuft?«

Bernie sah von den Grapefruits auf und kippte beinahe aus den Schuhen. »Wow!«

Bernie hatte wahrscheinlich nicht erwartet, daß meine lesbische Freundin eine schwarze Riesin in pinkfarbenem Spandex sein würde.

»Mann!« stammelte Bernie. »Mann o Mann!«

»Stephanie hat mir erzählt, Sie kennen die alte Nowicki.«

Bernie nickte heftig. »Ja.«

»Haben Sie sie in letzer Zeit mal gesehen?«

Bernie starrte nur.

»Erde an Bernie«, sagte Lula.

»Hä?«

»Haben Sie in letzter Zeit mal die alte Nowicki gesehen?«

»Gestern. Sie war da und hat, Sie wissen schon, 'n bißchen Gemüse gekauft.«

»Wie oft kauft sie Gemüse bei Ihnen?«

Bernie kaute auf seiner Unterlippe. »Schwer zu sagen. Sie kommt nicht regelmäßig.«

Lula legte Bernie einen Arm um die Schultern und erstickte ihn fast an ihrer rechten Brust. »Schauen Sie, Bernie, die Sache ist nämlich die: Wir möchten gern mit der Nowicki reden, aber wir erwischen sie nie, weil sie nie zu Hause ist. Wenn Sie uns da weiterhelfen könnten, wären wir Ihnen echt dankbar. Echt dankbar, ja.«

Eine Schweißperle löste sich von Bernies kahlem Scheitel und rollte an seiner Schläfe hinunter zu seinem Ohr. »O Mann«, sagte er wieder, und ich hörte an seinem Ton, daß er ganz versessen drauf war, uns weiterzuhelfen.

Lula drückte ihn noch ein bißchen fester. »Also?«

»Ich weiß nicht. Ich weiß nicht. Sie redet nie viel.«

»Kommt sie immer allein?«

»Ja.«

Ich gab ihm meine Karte. »Wenn Ihnen etwas einfällt oder wenn Sie Mrs. Nowicki sehen, dann rufen Sie mich gleich an.«

»Klar. Wird gemacht.«

Als wir schon wieder beim Wagen waren, kam mir plötzlich noch so ein verrückter Einfall. »Warte hier«, sagte ich zu Lula. »Ich bin gleich wieder da.«

Bernie war uns zur Ladentür gefolgt und schaute uns durch das Glas nach. »Was ist?« fragte er, als ich zurückkam. »Haben Sie was vergessen?«

»Sagen Sie, als Mrs. Nowicki das Gemüse gekauft hat, hat sie da mit einem Zwanziger bezahlt?«

Er schien verwundert über die Frage. »Ja, stimmt.«

»Haben Sie den Schein noch?«

Er starrte mich einen Moment lang blöd an. »Ich glaub schon...« Er zog seine Brieftasche aus der Hüfttasche seiner Hose und schaute rein. »Ja, da ist er. Er ist der einzige Zwanziger, den ich hab. Er muß es sein.«

Ich kramte in meiner Tasche und fand etwas Geld. Ich nahm zwei Zehner. »Ich tausch mit Ihnen.«

»Und das ist alles?« fragte er.

Ich antwortete mit einem verschmitzten Lächeln. »Vorläufig, ja.«

»Ich würd auch einfach gern mal zuschauen, wissen Sie.«

Ich tätschelte seine Glatze. »Ein guter Gedanke.«

»Viel haben wir ja nicht erfahren«, sagte Lula, als ich zu ihr in den Wagen stieg.

»Wir wissen, daß sie gestern in Trenton war.«

»In Trenton gibt's nicht viele Unterkunftsmöglichkeiten für drei Frauen«, stellte Lula fest. »Hier ist es anders als unten an der Küste, wo's von Motels und Ferienhäusern wimmelt. Die einzigen Hotels, die wir hier haben, sind Stundenhotels.«

Das stimmte. Trenton war die Hauptstadt des Bundesstaats und hatte kein Hotel. Das könnnte vielleicht zu der Folgerung verleiten, daß kein Mensch nach Trenton reisen will, aber diese Vermutung ist meiner Ansicht nach absolut falsch. Trenton ist cool. In Trenton kriegt man alles – nur kein Hotel.

Aber die Tatsache, daß Mama Nowicki mit Bernie Geschäfte machte, brauchte noch lange nicht zu bedeuten, daß sie jetzt gerade in Trenton war.

Wir drehten eine letzte Runde von Eddie Kuntz' Haus zu Nowickis und zu Margies Haus. Alle drei Häuser waren dunkel und verlassen.

Lula setzte mich bei Morelli ab und schüttelte den Kopf. »Dieser Morelli hat ja einen echt duften Hintern, aber ich weiß nicht, ob ich mit einem Bullen zusammenleben wollte.«

Sie sprach mir aus der Seele.

Die Fenster waren geöffnet, um Luft ins Haus zu lassen, und die Geräusche von Morellis Fernseher drangen zur Straße raus. Er schaute sich wieder mal ein Baseballspiel an. Ich legte die Hand auf die Kühlerhaube des Pick-up. Warm. Er war gerade erst nach Hause gekommen. Die Haustür war offen wie die Fenster, aber die Fliegengittertür war verriegelt.

»Hey«, rief ich. »Ist jemand zu Hause?«

Morelli kam barfuß an die Tür. »Das ging aber schnell.«

»Mir kam's nicht so vor.«

Er verriegelte die Fliegengittertür wieder und kehrte zur Glotze zurück.

Ich geh ab und zu mal ganz gern ins Baseballstadion. Man kann in der Sonne sitzen und ein Bier trinken und Hot dogs essen, und es ist richtig was los. Baseball im Fernsehen versetzt mich augenblicklich ins Koma.

Ich wühlte in meiner Tasche, fand den Zwanziger und hielt ihn Morelli hin. »Ich hab mir in Nord-Trenton eine Limo gekauft und das hier rausgekriegt. Wär doch ganz lustig, mal zu prüfen, ob der Schein echt ist.«

Morelli schaute auf. »Hab ich das richtig verstanden? Du hast dir eine Limo gekauft und hast zwanzig Dollar rausgekriegt. Was hast du hingegeben, einen Fünfziger?«

»Na und? Ich will dir eben erst mal nicht sagen, woher ich den Schein hab.«

Morelli prüfte ihn. »Gottverdammich«, sagte er. Er drehte ihn rum und hielt ihn ans Licht. Dann klopfte er auf das Sofapolster neben sich. »Wir müssen mal miteinander reden.«

Ich hatte meine Vorbehalte, als ich mich setzte. »Der Schein ist falsch, stimmt's?«

»Ja.«

»Irgendwie hab ich mir das schon gedacht. Kann man es leicht erkennen?«

»Nur wenn man weiß, worauf man achten muß. In der oberen rechten Ecke ist eine feine Linie von einem Kratzer in der Platte. Das Papier ist wohl auch nicht astrein, aber das kann ich nicht beurteilen. Ich seh's nur an dieser Linie, daß der Schein falsch ist.«

»War der Kerl, den ihr hochnehmen wolltet, aus Nord-Trenton?«

»Nein. Und ich war ziemlich sicher, daß er allein arbeitet. Geldfälscherei in diesem Stil, da sitzen im allgemeinen nur Mama und Papa an der Presse. Sehr kleine Unternehmen.« Er legte seinen Arm auf die Rücklehne der Couch und streichelte mit einem Finger meinen Nacken. »So, und jetzt zu dem Zwanziger ...«

- 13 -

Es war aussichtslos. Morelli würde es mir ja doch rauskitzeln.

»Der Zwanziger stammt von Francine Nowicki, Maxines Mutter«, sagte ich. »Sie hat gestern einen Dealer damit bezahlt.«

Ich erzählte ihm den Rest der Geschichte, und als ich fertig war, hatte er einen seltsamen Ausdruck im Gesicht.

»Ich frag mich, wie du immer in diese Sachen reingerätst. Das ist ... richtig unheimlich.«

»Vielleicht hab ich die ›Gabe‹.«

Sobald ich es gesagt hatte, bedauerte ich es. Die »Gabe« war wie das Ungeheuer unter dem Bett. Besser, es nicht aus seinem Versteck zu locken.

»Ich dachte wirklich, es wär ein Einmannunternehmen«, sagte Morelli. »Der Kerl, den wir unter Beobachtung hatten, paßte genau ins Bild. Wir haben ihn fünf Monate lang überwacht. Und wir sind auf niemanden aufmerksam geworden, der sein Komplize hätte sein können.«

»Das würde im Zusammenhang mit Maxine einiges erklären.«

»Ja, aber ich versteh's trotzdem noch nicht. In diesen fünf Monaten hat dieser Typ nicht einmal eine persönliche Verbindung mit Kuntz oder Maxine aufgenommen.«

»Habt ihr ihn denn mit eigenen Augen dabei beobachet, wie er das Geld unter die Leute gebracht hat?«

»Nein. Das war ja zum Teil das Problem. Wir hatten nichts gegen ihn in der Hand als Indizien.«

»Warum habt ihr dann überhaupt zugeschlagen?«

»Das war die Sache des FBI. Bestimmte Gegebenheiten deuteten darauf hin, daß das Falschgeld von ihm stammte.«

»Aber das war nicht zutreffend.«

»Nein. Gedruckt hat er es jedenfalls nicht.« Morelli sah sich den Zwanziger noch einmal an. »Es ist sehr gut möglich, daß einfach ein Haufen von diesen Zwanzigern im Umlauf ist und Nowickis Mutter ganz unwissentlich einen weitergegeben hat.«

Draußen klopfte es, und Morelli ging zur Tür.

Es war Sally. »Jetzt hat er total durchgedreht!« sagte er. »Er wollte mich umbringen! Dieser arme durchgeknallte Idiot wollte mich doch tatsächlich umbringen.«

Sally sah aus wie ein elefantöses Schulmädchen, das eine Überdosis Testosteron erwischt hat. Karierter Faltenrock, frisch gebügelte weiße Bluse, weiße Frotteesocken und abgeschabte Reeboks. Kein Make-up, keine Perücke, Zweitagebart, und aus dem Ausschnitt der Bluse quoll auch noch schwarzes Brusthaar.

»Wer will Sie umbringen?« fragte ich. Ich vermutete gleich, es handle sich um seinen Wohngenossen, aber angesichts seiner Aufmachung hätte es auch fast jeder andere sein können.

»Sugar. Er ist total ausgerastet, sag ich. Ist am Samstag abend nach unserem Auftritt wütend aus dem Club gerast und erst vor einer Stunde wieder nach Hause gekommen. Er hatte einen Kanister Benzin dabei und ein Feuerzeug und sagte, er würde die ganze Bude abfackeln. Er hat behauptet, er liebe mich. Können Sie sich das vorstellen?«

»Warum nicht?«

»Er hat rumgetobt wie ein Verrückter und geschrien, vorher wär alles wunderbar gewesen, bis Sie aufgekreuzt sind! Danach hätt ich überhaupt nicht mehr auf ihn geachtet.«

»Weiß er denn nicht, daß Sie gar nicht schwul sind?«

»Er hat gesagt, wenn Sie nicht dazwischengekommen wären, hätt sich bei mir bestimmt noch eine Zuneigung zu ihm entwickelt.« Sally fuhr sich mit der Hand durch seine wilde Mähne.

»Das ist wieder mal typisch. Wenn sich schon mal einer in mich verknallt, muß es ein Kerl sein.«

»Hat vielleicht was damit zu tun, wie Sie sich anziehen.«

Sally schaute an seinem Rock runter. »Ich war gerade dabei, das hier anzuprobieren, als er reinplatzte. Ich hab mir nämlich überlegt, ob ich nicht mein Image mal ändern soll. Bißchen was Sportlich-Natürliches.«

Morelli und ich verkniffen uns mit Mühe ein Lachen.

»Jetzt erzählen Sie mal, was passiert ist«, sagte Morelli.

»Hat er die Wohnung angezündet?«

»Nein. Ich hab ihm den Benzinkanister aus der Hand gerissen und zum Fenster rausgeschmissen. Dann wollt er mit seinem Feuerzeug den Teppich anzünden, aber der hat nicht gebrannt. Da sind nur die Fasern geschmolzen, und es hat einen Haufen schwarze Flecken gegeben, die fürchterlich gestunken haben. Synthetik wissen Sie. Am Ende hat er aufgegeben und ist abgehauen, um neues Benzin zu holen. Ich hatte keinen Bock drauf zu warten, bis ich zum Brikett verschmore. Ich hab einfach ein paar Sachen von mir in ein, zwei Müllsäcke gestopft und bin abgedampft.«

Morelli sah ihn ziemlich unfreundlich an. »Und sind hierhergekommen.«

»Ja. So wie Sie im Club mit ihm umgesprungen sind, hab ich mir gedacht, hier wär ich sicher, wo Sie doch auch noch Bulle sind.« Er hob bittend die Hände. »Nur für ein zwei Tage! Ich will wirklich nicht lästig fallen.«

»Ach, Scheiße«, sagte Morelli. »Sie verwechseln wohl mein Haus mit einem Haus für mögliche Opfer wahnsinniger Mörder?«

»Vielleicht ist die Idee gar nicht so schlecht«, meinte ich. »Wenn Sally durchsickern ließe, daß er hier wohnt, würde das vielleicht sogar Sugar anlocken.«

In Wahrheit war ich einfach erleichtert, jetzt die Identität des Brandstifters zu kennen. Und eine zusätzliche Erleichterung war es mir zu wissen, daß es Sugar war. Besser als die Mafia. Und besser als der Kerl, der seinen Feinden die Finger abhackte.

»Die Sache hat nur zwei Haken«, erklärte Morelli. »Erstens kommt bei mir null Begeisterung auf, wenn ich mir vorstelle, daß mein Haus in Flammen aufgeht. Und zweitens wird's uns wenig nützen, Sugar zu schnappen, wenn wir ihn nicht mal eines Verbrechens überführen können.«

»Ach, das ist kein Problem«, sagte Sally. »Er hat mir genau erzählt, wie er Stephanies Wohnung angezündet hat und dann auch noch ihr Haus in Brand stecken wollte.«

»Und Sie wären bereit, das vor Gericht auszusagen?«

»Ich kann Ihnen noch was viel Besseres liefern als eine Aussage. Ich hab draußen im Wagen sein Tagebuch. Das strotzt von saftigen Details.«

Morelli lehnte sich mit verschränkten Armen an die Arbeitsplatte. »Auf diesen Plan laß ich mich nur ein, wenn keiner von euch tatsächlich hier wohnen bleibt. Ihr erzählt allen, die's hören wollen, daß ihr hier wohnt, und geht zweimal am Tag hier rein und raus, damit's echt aussieht. Und ich bring euch für die Nacht an einem sicheren Ort unter.«

»Bring Sally an einem sicheren Ort unter«, sagte ich. »Ich helfe bei der Überwachung.«

»Kommt nicht in Frage«, protestierte Sally. »Ich will auch meinen Spaß haben.«

»Keiner von euch beiden spielt hier Detektiv«, sagte Morelli. »Das brauchen wir gar nicht erst zu diskutieren. Entweder wir machen es so, wie ich sage, oder gar nicht.«

»An was für einen sicheren Ort hast du denn gedacht?«

Morelli überlegte einen Moment. »Ich könnte euch wahrscheinlich bei Verwandten von mir unterbringen.«

»O nein! Da würde womöglich deine Großmutter mich aufstöbern und mit dem bösen Blick belegen.«

»Was soll das heißen?« wollte Sally wissen.

»Na ja, verfluchen«, erklärte ich. »Das ist so was typisch Italienisches.«

Sally schauderte. »Solche Geschichten sind mir echt unheimlich. Ich war mal unten in der Karibik, und da hab ich aus Versehen das Huhn von so ner Voodoohexe überfahren, und die hat dann gesagt, sie würde machen, daß mir eines Tages der Schwanz abfällt.«

»Und?« fragte Morelli. »Ist er abgefallen?«

»Noch nicht, aber ich glaub, er wird kleiner.«

Morelli schnitt eine Grimasse. »Ich will das lieber nicht hören.«

»Ich übernachte bei meinen Eltern«, sagte ich. »Und Sally kann mitkommen.«

Wir musterten beide Sally in seinem Rock.

»Haben Sie eine Jeans im Auto?« fragte ich.

»Ich weiß überhaupt nicht, was ich mithab. Ich hab's so eilig gehabt. Ich wollte auf jeden Fall weg sein, bevor Sugar mit einer neuen Ladung Benzin ankommt.«

Morelli rief seine Dienststelle an, um Sugar festnehmen zu lassen, und dann holten wir Sallys Sachen aus dem Auto. Wir ließen den Porsche am Randstein stehen, hinter dem Buick, und zogen an den unteren Fenstern alle Jalousien zu. Dann rief Morelli seinen Vetter Mooch an und machte mit ihm aus, daß er Sally und mich um neun in der Gasse hinter seinem Haus abholen würde.

Dreißig Minuten später bekam Morelli einen Anruf von der Zentrale. Zwei uniformierte Beamte waren zu Sallys Wohnung rübergefahren. Sie hatte schon lichterloh gebrannt, als sie angekommen waren. Das ganze Haus war evakuiert worden, es gab keine Verletzten. Und das Feuer war inzwischen unter Kontrolle, wie die Zentrale meldete.

»Er muß sofort wiedergekommen sein«, sagte Sally. »Ich hab

gedacht, er würde das mit dem Feuer lassen, wenn ich weg bin. Es muß ihm ja das Herz gebrochen haben, seine ganzen Kuchen und Pasteten abzufackeln.«

»Es tut mir wirklich leid«, sagte ich. »Soll ich mit Ihnen rüberfahren? Wollen Sie es sehen?«

»Mich kriegen keine zehn Pferde in die Nähe dieser Wohnung, solange Sugar nicht in einer Zwangsjacke steckt. Außerdem war es sowieso nicht meine Wohnung. Ich hab nur von Sugar gemietet. Die Möbel haben alle ihm gehört.«

»Na siehst du, das ist doch schon viel besser«, meinte meine Mutter, als sie mir die Tür öffnete. »Dein Zimmer ist schon fertig. Wir haben gleich das Bett frisch bezogen, nachdem du angerufen hattest.«

»Das ist nett«, sagte ich. »Wenn's euch recht ist, laß ich Sally in meinem Zimmer schlafen, und ich kriech bei Großmama Mazur unter. Es ist ja nur für ein zwei Tage.«

»Sally?«

»Er kommt gleich. Er muß noch seine Sachen aus dem Wagen holen.«

Meine Mutter spähte über meine Schulter und erstarrte, als Sally durch die Tür kam.

»Hi, Leute«, sagte Sally.

»Was läuft?« gab Großmama prompt zurück.

»Herr im Himmel«, sagte mein Vater aus seinem Sessel im Wohnzimmer.

Ich brachte Rex in die Küche und stellte seinen Käfig auf die Arbeitsplatte. »Kein Mensch darf wissen, daß Sally und ich hier wohnen.«

Meine Mutter war blaß. »Ich werde niemandem ein Sterbenswörtchen sagen. Und ich bring jeden um, der was verlauten läßt.«

Mein Vater war aufgestanden. »Was ist denn das für eine Aufmachung?« fragte er, auf Sally deutend. »Ist das ein Kilt. Sind Sie Schotte?«

»Quatsch«, sagte Großmama. »Der ist kein Schotte. Der ist Transvestit... Er klappt seinen Pimmel nur deshalb nicht ein, weil er davon Ausschlag kriegt.«

Mein Vater sah Sally an. »Soll das heißen, daß Sie eine von diesen Fummeltrinen sind?«

Sally richtete sich ein bißchen höher auf. »Haben Sie Probleme damit?«

»Was für ein Auto fahren Sie?«

»Einen Porsche.«

Mein Vater warf die Hände hoch. »Na bitte! Einen Porsche! Nicht mal einen amerikanischen Wagen. Was ist los mit euch armen Irren? Ihr müßt dauernd gegen den Strom schwimmen. Unserem Land ist es gutgegangen, als alle noch amerikanische Autos kauften. Und jetzt! Überall japanische Blechkisten, und das ganze Land steckt in einer tiefen Krise.«

»Der Porsche ist ein deutsches Auto.«

Mein Vater verdrehte die Augen. »Deutschland! Tolles Land. Kann nicht mal einen Krieg gewinnen. Glauben Sie vielleicht, die werden mir helfen, daß ich aus meiner Sozialversicherung das rauskrieg, was mir zusteht?«

Ich packte einen der Müllbeutel. »Kommen Sie, bringen wir das rauf.«

Sally folgte mir. »Ist das auch wirklich okay so?«

Ich war schon halb im ersten Stock. »Klar. Mein Vater mag Sie. Das hab ich gleich gemerkt.«

»Nein, ich mag ihn nicht«, rief mein Vater uns hinterher. »Für mich hat der nicht alle Tassen im Schrank. Und ein Mann, der in einem Rock so erbärmlich aussieht, hat die patriotische Pflicht, sich im Schrank zu verstecken, wo niemand ihn sehen kann.«

Ich stieß die Tür zu meinem alten Zimmer auf, stellte den Müllbeutel rein und gab Sally frische Handtücher.

Sally stand vor dem Spiegel, der auf der Rückseite der Tür angebracht war.

»Finden Sie auch, daß ich in dem Rock erbärmlich ausseh?« fragte er.

Ich betrachtete den Rock. Ich wollte Sally nicht kränken, aber er sah aus wie ein Mutant vom Planeten der Affen. Er war wahrscheinlich einer der üppigst behaarten Transvestiten, die je einen Strumpfgürtel getragen haben.

»Na ja, unmöglich ist es nicht gerade, aber ich denk, Sie sind mehr der Typ für den engen geraden Rock. Und Leder sieht gut aus bei Ihnen.«

»Dolores Dominatrix.«

Eher Wanda der Wehrwolf. »Das Sportlich-Natürliche würde Ihnen schon stehen«, fuhr ich fort, »aber Sie müßten halt viel rasieren.«

»Na, darauf kann ich verzichten«, sagte Sally. »Das haß ich.«

»Sie könnten's mit Wachs versuchen.«

»Mann, das hab ich einmal probiert. Das hat sauweh getan.«

Er konnte froh sein, daß er keine Eierstöcke hatte.

»Und was tun wir jetzt?« sagte Sally. »So früh kann ich noch nicht ins Bett gehen. Ich bin ein Nachtmensch.«

»Wir haben keinen Wagen, das schränkt uns natürlich ein bißchen ein, aber Morelli wohnt nur ungefähr einen Kilometer von hier. Wir könnten rüberlaufen und schauen, ob sich da was tut. Sehen Sie doch mal Ihre Sachen durch, ob Sie was Dunkles mithaben.«

Fünf Minuten später kam Sally in schwarzen Jeans und einem verwaschenen schwarzen T-Shirt runter.

»Wir machen noch einen Spaziergang«, sagte ich. »Ihr braucht nicht auf uns zu warten. Ich hab einen Schlüssel.«

Großmama schob sich an mich heran. »Willst du die Kanone?« flüsterte sie.

»Nein, aber danke für das Angebot.«

Den ganzen Weg zu Morelli hatten Sally und ich sämtliche Fühler ausgefahren. Im Gegensatz zu Lula, die nie zugeben konnte, daß sie Angst hatte, fühlten sich Sally und ich ganz wohl in der beiderseitigen Gewißheit, daß uns die Angst vor Sugar gehörig beutelte.

An der Ecke kurz vor Morellis Haus blieben wir stehen und machten Inspektion. Auf beiden Seiten der Straße standen Autos. Keine Lieferwagen. Der Pick-up war auch da, Morelli war also wohl zu Hause. Die Jalousien waren noch runtergelassen, und es brannte Licht. Ich vermutete, daß irgend jemand das Haus überwachte, aber ich konnte den Beobachter nicht entdecken.

Das hier war eine gute Gegend. Ähnlich wie die, in der meine Eltern wohnten. Nicht ganz so wohlhabend. Die Häuser waren größtenteils von alten Leuten bewohnt, die ihr gesamtes Erwachsenenleben hier verbracht hatten, oder von jungen Paaren, die gerade am Anfang standen. Die Alten mußten mit ihrer Rente auskommen, sammelten Wertmarken, kauften Turnschuhe im Ausverkauf im K-Mart, taten nur das Nötigste, um ihre Häuser instandzuhalten, froh, daß ihre Hypotheken abbezahlt waren und sie in ihren Häusern bleiben konnten, wenn sie nur brav ihre Steuern bezahlten. Die jungen Paare malerten und tapezierten und richteten ihre Häuser mit Möbeln von Sears ein. Und hofften, daß ihre Grundstücke im Wert steigen würden, so daß sie sich bald was Besseres in Hamilton würden leisten können.

Ich sah Sally an. »Glauben Sie, daß Sugar Sie hier suchen wird?«

»Wenn er mich nicht hier sucht, dann auf jeden Fall Sie. Er hat eine Stinkwut auf Sie.«

Wir gingen ein Stück weiter und beobachteten von der anderen Straßenseite aus Morellis Haus. Ein Schuh scharrte auf dem Pflaster hinter uns, und eine Gestalt glitt aus den tiefen Schatten. Morelli.

»Macht ihr einen kleinen Spaziergang?« fragte er.

Mein Blick ging an ihm vorbei zu dem Motorrad, das auf der schmalen Auffahrt stand. »Ist das eine Ducati?«

»Ja. Ich komm leider nicht oft dazu, sie zu fahren.«

Ich trat näher ran. Es war die 916er Supermaschine. Rot. Das Motorrad meiner Träume. Nicht dumm, eine Verfolgungsjagd auf so einer Maschine. Schneller und manövrierfähiger als ein Auto. Jetzt, da ich wußte, daß er eine Ducati besaß, war mir Morelli noch sympathischer.

»Bist du allein hier draußen?« fragte ich.

»Im Moment ja. Um zwei kommt Roice.«

»Sie haben Sugar wohl noch nicht geschnappt?«

»Wir suchen das Auto, aber bis jetzt ohne Erfolg.«

Scheinwerfer leuchteten am Ende der Straße auf, und wir drängten uns alle in den Schatten des Hauses. Der Wagen rollte an uns vorbei und bog zwei Straßen weiter unten ab. Wir lösten uns wieder aus der Dunkelheit.

»Hat Sugar außerhalb der Band Freunde?« fragte Morelli Sally.

»Er hat massenhaft Bekannte. Aber nicht viele enge Freunde. Als ich damals zur Band kam, hatte Sugar einen Liebhaber.«

»Und was meinen Sie, würde er zu ihm gehen, wenn er Hilfe braucht?«

»Glaub ich nicht. Das war keine freundschaftliche Trennung.«

»Wie sieht das Programm der Band aus? Haben Sie demnächst einen Auftritt?«

»Wir haben am Freitag eine Probe, und am Samstag spielen wir im Club.«

Das schien eine Ewigkeit entfernt. Und Sugar hätte schon sehr dumm sein müssen, um sich da zu zeigen. Aber es war ja auch dumm von ihm gewesen, Morelli zu attackieren. Bullen reagieren empfindlich, wenn jemand einen Kollegen anpinkelt.

»Setzen Sie sich mit den anderen Mitgliedern der Band in Verbindung«, sagte Morelli zu Sally. »Erzählen Sie ihnen, daß Sie mit Stephanie und mir zusammenwohnen. Und fragen Sie, ob sie Sugar gesehen haben.«

Ich sah Morelli an. »Du rufst mich doch an, wenn sich was tut?«

»Klar.«

»Hast du meine Piepsernummer?«

»Sie ist in meinem Gedächtnis unauslöschlich eingeprägt.«

Die Masche kannte ich. Er würde mich nicht anrufen. Höchstens wenn alles vorbei war.

Sally und ich überquerten die Straße, betraten Morellis Haus, marschierten hindurch und gingen durch die Hintertür wieder raus. Ich blieb einen Moment im Hof stehen und dachte an Morelli, der schon wieder im Schatten untergetaucht war. Die Straße schien verlassen. Mir wurde unheimlich. Wenn Morelli einfach so verschwinden konnte, dann konnte das auch Sugar.

Einmal in der Woche ging Großmama Mazur zum Friseur und ließ sich die Haare waschen und legen. Manchmal machte ihr Dolly eine Spülung, dann kam Großmama mit aprikosenfarbenem Haar wieder nach Hause, aber die meiste Zeit lebte sie mit ihrem naturgegebenen Stahlgrau. Großmama trug ihr Haar kurz, mit Dauerwelle zu kleinen Löckchen gedreht, die in schnurgeraden Reihen über ihre glänzende Kopfhaut marschierten. Die Löckchen blieben wunderbar in Form bis zum Ende der Woche, dann pflegten sie allmählich zusammenzufallen und sich zu verwursteln.

Ich hatte mich immer gefragt, wie Großmama dieses außerordentliche Kunststück fertigbrachte. Und jetzt wußte ich es. Sie rollte ihr Kopfkissen unter ihrem Hals zu einer Wurst, so daß ihr Kopf das Bett kaum berührte. Und sie schlief wie eine Tote. Die Arme auf der Brust gekreuzt, stocksteif und gerade wie ein Brett, mit offenem Mund. Die ganze Nacht bewegte sie keinen Muskel, und sie schnarchte wie ein besoffener Holzfäller.

Um sechs Uhr kroch ich völlig gerädert aus dem Bett. Ich hatte insgesamt vielleicht dreißig Minuten Schlaf gehabt die ganze Nacht. Ich schnappte mir irgendwas zum Anziehen und ging ins Bad. Dann schlich ich mich runter und machte Kaffee.

Eine Stunde später hörte ich über mir Geräusche und erkannte die Schritte meiner Mutter auf der Treppe.

»Du siehst ja schrecklich aus«, sagte sie. »Geht's dir nicht gut?«

»Hast du schon mal mit Großmama in einem Zimmer geschlafen?«

»Sie schläft wie eine Tote.«

»Du sagst es.«

Oben knallten Türen, und meine Großmutter schrie meinen Vater an, er solle gefälligst das Bad freimachen.

»Ich bin eine alte Frau«, rief sie. »Ich kann nicht den ganzen Tag warten. Was tust du überhaupt da drinnen?«

Neuerliches Türenknallen, dann kam mein Vater in die Küche und setzte sich an den Frühstückstisch. »Ich muß heut morgen mit dem Taxi los«, sagte er. »Jones ist in Atlantic City, und ich habe ihm versprochen, daß ich seine Schicht übernehme.«

Das Haus meiner Eltern war schuldenfrei, und mein Vater bekam von der Post eine anständige Pension. Des Geldes wegen hätte er nicht Taxi fahren müssen. Aber er mußte ab und zu einfach raus aus der Bude, weg von meiner Mutter und meiner Großmutter.

Die Treppenstufen knarrten, und einen Augenblick später erschien Sally an der Tür zur Küche. Das Haar stand ihm in wüsten Zotteln vom Kopf ab, seine Augen waren halb geschlossen, er war barfuß und stand mit hängenden Schultern da, eingezwängt in einen alten rosa Bademantel von mir, aus dessen zu kurzen Ärmeln seine dichtbehaarten Arme baumelten.

»Mann«, sagte er, »hier geht's ja zu wie in einem Irrenhaus. Ich mein, wie spät ist es denn eigentlich?«

»Donnerwetter«, sagte mein Vater mit brummigem Gesicht, »er hat schon wieder Frauenkleider an.«

»Das Ding hat im Schrank gehangen«, erklärte Sally. »Wahrscheinlich hat's die Kleiderfee mir dagelassen.«

Mein Vater machte den Mund auf, um etwas zu entgegnen, aber meine Mutter warf ihm einen scharfen Blick zu, und er klappte gehorsam den Mund zu.

»Was essen Sie denn da?« erkundigte sich Sally.

»Cornflakes.«

»Stark!«

»Möchten Sie auch welche?«

Er schlürfte zur Kaffeemaschine. »Nur Kaffee.«

Großmama Mazur fegte geschäftig herein. »Was ist los? Ich hab doch nichts verpaßt?«

Ich saß am Tisch und konnte ihren Atem an meinem Hinterkopf fühlen. »Stimmt was nicht?«

»Ich schau mir nur grade deine neue Frisur an. So was hab ich noch nie gesehen, überall hinten diese Riesenlöcher.«

Ich schloß die Augen. Das Ei. »Wie schlimm ist es?« fragte ich meine Mutter.

»Wenn du mal eine Stunde Zeit hast, solltest du vielleicht zum Friseur gehen.«

»Ach, und ich hab gedacht, das wär so ne Punkfrisur«, sagte Sally. »In Lila säh es bestimmt irre aus. Vielleicht noch 'n bißchen Gel rein, damit's besser absteht.«

Nach dem Frühstück machten Sally und ich wieder einen Spaziergang rüber zu Morelli. Im Hof hinter dem Haus machten wir halt, und ich rief Morelli auf meinem Handy an.

»Ich bin im Hof«, sagte ich. »Ich wollte nicht durch deine Hintertür marschieren und womöglich weggepustet werden.«

»Kein Problem.«

Morelli stand in der Küche am Spülbecken und wusch seine Kaffeetasse aus. »Ich wollte gerade los«, bemerkte er. »Sie haben Kuntz' Wagen gefunden. Auf dem Parkplatz vorm Wochenmarkt am Bahngleis.«

»Und?«

»Das ist alles.«

»Blut? Einschußlöcher?«

»Nichts dergleichen«, antwortete Morelli. »Der Wagen ist in erstklassigem Zustand. Auf den ersten Blick sieht's aus, als wär nichts gestohlen worden. Kein Vandalismus. Keinerlei Spuren eines Kampfs.«

»War er abgeschlossen?«

»Ja. Ich vermute, er wurde irgendwann heut in den frühen Morgenstunden dort abgestellt. Wenn er länger dort gestanden hätte, sähe er jetzt nicht mehr so gut aus.«

»Ist hier gestern nacht noch irgendwas passiert?«

»Nein. Alles war ruhig. Was hast du heute vor?«

Ich zupfte an meinem Haar. »Ich geh zum Friseur.«

Morelli lachte. »Du willst meine erstklassige Arbeit zunichte machen?«

»Du hast doch nicht mehr aus meinem Haar rausgeschnitten, als absolut notwendig war?«

»Nein«, antwortete Morelli, immer noch lachend.

Im allgemeinen lasse ich mein Haar bei Mr. Alexander im Einkaufszentrum machen. Aber leider hatte Mr. Alexander an diesem Tag keinen Termin frei und konnte mich nicht einschieben, ich beschloß daher, zu Großmamas Friseur zu gehen, dem ›Kurz und Schnittig‹ in der Hamilton Street. Mein Termin war um halb zehn. Aber eigentlich war das unwichtig. Ich besaß inzwischen einen so hohen Unterhaltungswert, daß ich zu jeder Tages- oder Nachtzeit ins ›Kurz und Schnittig‹ hätte kommen können, ohne warten zu müssen.

Wir verließen das Haus durch die vordere Tür, und ich bemerkte den Lieferwagen, der auf der anderen Straßenseite stand.

»Grossman«, sagte Morelli.

»Hat er eine Ducati in dem Wagen?«

»Nein. Er hat eine Funkanlage und ein Rätselheft.«

Ich liebäugelte mit dem Porsche mit den butterweichen Ledersitzen. Ich wußte, ich würde sehr cool darin aussehen.

»Vergiß es«, sagte Morelli. »Nimm den Buick. Der ist wie ein Panzer, falls du in Schwierigkeiten geraten solltest.«

»Mensch, ich will zum Friseur«, entgegnete ich. »Wie soll ich da in Schwierigkeiten geraten?«

»Bei dir weiß man nie, mein Schatz.«

Sally stand zwischen dem Porsche und dem Buick. »Also, welchen nehmen wir jetzt?« fragte er.

»Den Porsche«, antwortete ich. »Ja, ganz entschieden den Porsche.«

Sally schnallte sich an. »Mit dem Wagen ist man in einer lumpigen Sekunde auf hundert.« Er ließ den Motor an und katapultierte uns vom Bordstein weg.

»Hey!« rief ich. »Wir sind hier in einer Wohngegend. Nicht so schnell!«

Sally warf mir durch seine gespiegelte Sonnenbrille einen Blick zu. »Ich fahr aber gern schnell! Geschwindigkeit ist was Tolles.«

Ich stemmte mich mit den Händen gegen das Armaturenbrett. »Stoppschild! Stoppschild!«

»Der steht auf der Stelle«, sagte Sally und latschte auf die Bremse.

Ich flog gegen den Schultergurt. »Mensch!«

Sally tätschelte mit liebevoller Hand das Lenkrad. »Dieser Wagen ist das totale technische Superevent.«

»Sind Sie auf Drogen?«

»Quatsch. Doch nicht so früh am Tag«, versetzte Sally. »Wofür halten Sie mich? Für einen Penner?«

Er bog in die Hamilton Street ein und brauste zum ›Kurz und Schnittig‹. Er parkte und musterte den Laden über den Rand seiner Sonnenbrille hinweg. »Der letzte Schrei.«

Dolly hatte das Erdgeschoß ihres einstöckigen Hauses zum Friseursalon umfunktioniert. Ich war als kleines Mädchen regelmäßig hier gewesen, um meine Stirnfransen geschnitten zu bekommen, und seitdem hatte sich nichts verändert. Mittags oder samstags war der Laden immer rammelvoll. Da es noch relativ früh am Morgen war, saßen nur zwei Frauen unter den Hauben; Myrna Olsen und Doris Zayle.

»Hallo, hallo«, schrie Myrna, um das Brummen der Trockner zu übertönen. »Ich hab grade das von deiner Hochzeit mit Joseph Morelli gehört. Herzlichen Glückwunsch.«

»Ich hab immer gewußt, daß ihr beide mal heiraten würdet«, erklärte Doris und schob die Trockenhaube über ihrem Kopf hoch. »Ihr seid füreinander geschaffen.«

»Hey, ich hab gar nicht gewußt, daß ihr verheiratet seid«, sagte Sally. »Klasse!«

Alle starrten Sally an. Nie kamen Männer ins ›Kurz und Schnittig‹. Und Sally sah heute fast wie ein richtiger Mann aus – bis auf den Lippenstift und die glitzernden Ohrgehänge.

»Das ist Sally«, stellte ich vor.

»Nur keinen Streß«, sagte Sally und begrüßte die Damen mit hocherhobener Rapperfaust. »Ich hätt gern Maniküre. Meine Nägel sind echt im Eimer.«

Sie starrten ihn verwirrt an.

»Sally ist Transvestit«, erklärte ich.

»Na so was«, sagte Myrna. »Stellt euch das vor!«

Doris beugte sich neugierig vor. »Tragen Sie Frauenkleider?«

»Meistens Röcke«, antwortete Sally. »Für Kleider ist meine Taille zu lang. Sie schmeichelt mir nicht. Ich hab natürlich ein paar lange Roben. Bei langen Kleidern ist das was andres. In einem langen Kleid sieht jeder gut aus.«

»Als Transvestit führt man doch sicher ein wahnsinnig aufregendes Leben«, sagte Myrna.

»Na ja, es ist ganz okay, aber wenn sie anfangen, einen mit Bierflaschen zu beschmeißen, wird's unangenehm«, sagte Sally. »Wenn man da eine abkriegt, ist das gar nicht lustig.«

Dolly begutachtete meine Haare. »Was hast du denn da gemacht? Das sieht ja aus, als hätten sie dir die Haare büschelweise ausgerissen.«

»Sie waren mit Ei verklebt und sind ganz hart geworden, und da mußte ich mir die Stellen rausschneiden lassen.«

Myrna und Doris sahen einander augenrollend an und krochen wieder unter ihre Hauben.

Eine Stunde später stiegen Sally und ich wieder in den Porsche. Sally hatte kirschrote Fingernägel, und ich sah aus wie Großmama Mazur. Ich schaute in den Spiegel an der Sonnenblende und hätte am liebsten losgeheult. Mein von Natur aus lockiges Haar war kurzgeschnitten, und perfekt gedrehte Lokkenröllchen bedeckten meinen ganzen Kopf.

»Ätzend«, sagte Sally. »Das sieht ja aus wie lauter gottbeschissene Hundewürstchen.«

»Sie hätten mir sagen sollen, was sie da machte!«

»Ich hab nichts gesehen. Ich hab gewartet, daß meine Nägel trocken werden. Die Maniküre ist echt eins A.«

»Fahren Sie mich zu Joe. Ich hol mir meine Pistole und geb mir die Kugel.«

»Ach was, die ganze Schose muß nur 'n bißchen aufgelockert werden«, erklärte Sally. Er langte mit einer Hand zu mir rüber. »Kommen Sie, ich mach es Ihnen. So was kann ich gut.«

Ich schaute wieder in den Spiegel, als er fertig war. »Igitt!« Ich sah aus wie Sally.

»Na also, ich hab's Ihnen doch gesagt«, meinte er. »Ich kann das. Ich hab ja auch Naturlocken.«

Na ja, besser als die Hundewürstchen war es auf jeden Fall.

»Vielleicht sollten wir mal nach Nord-Trenton rüberfahren«, schlug ich vor. »Nach Eddie Kuntz sehen. Womöglich sitzt er seelenruhig in seiner Küche beim Mittagessen.«

Sally trat aufs Gas, daß es mir den Kopf zurückriß.

»Raketenstart«, sagte er.

»Wie lange haben Sie den Wagen schon?«

»Drei Wochen.«

Bei mir läuteten alle Alarmglocken. »Haben Sie einen Führerschein?

»Hatte mal einen.«

Na, prima.

Der große Lincoln stand vor der Glickschen Hälfte des Hauses. Vor der Kuntzschen Hälfte stand natürlich kein Auto.

»Schaut nicht gut aus«, sagte ich zu Sally.

»Ja, vielleicht haben den alten Eddie Kuntz schon die Fische gefressen.«

Ich hatte mir vorgestellt, daß Onkel und Tante Glick jetzt, da man Eddies Wagen verlassen aufgefunden hatte, jammernd die Hände ringen würden. Vielleicht würden sie sogar verstört genug sein, um mich in Eddies Haus zu lassen, das ich mir zu gern mal von innen ansehen wollte.

Leo Glick machte die Tür auf, noch bevor ich geklopft hatte.

»Ich hab Sie kommen sehen«, sagte er. »Was ist das überhaupt für eine neumodische Fehlkonstruktion, in der Sie da gekommen sind? Sieht ja aus wie ein silbernes Riesenei.«

»Das ist ein Porsche«, erklärte Sally.

Leo musterte ihn mit zusammengekniffenen Augen. »Hey, tragen Sie immer Ohrringe?«

»Ich hatte heut mal Bock, mich ein bißchen aufzumotzen«, antwortete Sally und schüttelte den Kopf, um Leo in den vollen Genuß seines Ohrschmucks kommen zu lassen. »Sehen Sie, wie sie in der Sonne funkeln? Geil, oder?«

Leo wich einen Schritt zurück, als hielte er Sally für gefährlich. »Was wollen Sie?« fragte er mich.

»Sie haben wohl nicht von Eddie gehört?«

»Nein, hab ich nicht. Und ich muß Ihnen sagen, daß ich allmählich die Nase voll davon hab, daß dauernd jemand nach ihm fragt. Erst kreuzen in aller Frühe die Bullen hier auf, um uns mitzuteilen, daß sie seinen Wagen gefunden haben. Na und, wenn schon! Er hat seinen Wagen eben irgendwo stehen gelassen. Als nächstes steht irgendeine Tussi vor der Tür und will wissen, wo er ist. Und jetzt kommen Sie mit Miss Amerika.«

»Was für eine Tussi? Wissen Sie ihren Namen?«

»Joyce.«

Das hatte mir gerade noch gefehlt. Wieder Joyce.

»Wer ist draußen?« rief Betty aus dem Haus. Sie schaute Leo über die Schulter. »Ach, Sie sind's. Was müssen Sie uns dauernd belästigen? Warum kümmern Sie sich nicht um Ihre eigenen Angelegenheiten?«

»Es wundert mich, daß Sie sich um Ihren Neffen keine Sorgen machen. Wo sind eigentlich seine Eltern? Sind die nicht beunruhigt?«

»Seine Eltern sind in Michigan. Auf Verwandtenbesuch«, erklärte Leo. »Und wir machen uns keine Sorgen, weil Eddie immer schon ein Schlawiner war. Er macht so was andauernd. Wir dulden ihn hier nur, weil er zur Familie gehört. Wir lassen ihm das Haus zu einer billigen Miete, aber deswegen sind wir noch lange nicht seine Kindermädchen.«

»Haben Sie was dagegen, wenn ich mich bei Ihnen mal umsehe?«

»Und ob ich was dagegen habe!« sagte Leo. »Ich laß keine Schnüffler in mein Haus.«

»Sowieso läutet das Telefon schon ohne Unterbrechung, seit die Polizei hier war. Alle wollen wissen, was los ist«, steuerte Betty bei.

»Ja, ich warte nur darauf, daß das Fernsehen hier vorfährt und ich in den Nachrichten durch den Kakao gezogen werd, weil *ihr* Neffe ein elender Taugenichts ist.«

»Er ist auch dein Neffe«, sagte Betty.

»Nur angeheiratet, das zählt praktisch nicht.«

»So schlimm ist er doch gar nicht«, sagte Betty.

»Er ist ein Taugenichts!«

- 14 -

Sally und ich standen neben dem Porsche am Bordstein und beobachteten die Glicks, die uns armewedelnd zu verscheuchen suchten.

»Die wirken wie … Lahme«, bemerkte Sally.

»Als ich das erstemal mit ihnen zusammentraf, hatte ich den Eindruck, daß sie Kuntz mochten. Wenigstens Betty. Sie hat mich gleich zu einem Stück Kuchen eingeladen. Sie war herzlich. Beinahe mütterlich.«

»Vielleicht haben die beiden den guten alten Eddie abgemurkst. Vielleicht hat er ja seine Miete nicht bezahlt. Oder vielleicht hat er Bettys Kuchen nicht gewürdigt.«

Ich glaubte nicht, daß sie Eddie Kuntz abgemurkst hatten, aber ich fand ihr Verhalten ausgesprochen seltsam. Wenn ich hätte definieren müssen, was sich in ihm ausdrückte, so hätte ich gesagt, Angst und Wut. Sie wollten unbedingt verhindern, daß ich meine Nase in ihre Angelegenheiten steckte. Das konnte entweder bedeuten, daß sie was zu verbergen hatten, oder aber, daß sie mich nicht mochten. Da ich mir nicht vorstellen konnte, daß jemand mich nicht mögen könnte, vermutete ich, daß sie was zu verbergen hatten. Und da war wiederum das Nächstliegende, daß sie was verheimlichen wollten, was sie über Eddie Kuntz wußten. Zum Beispiel wär's ja möglich, daß die Leute, die ihn entführt hatten, mit Onkel Leo und Tante Betty Kontakt aufgenommen und sie gründlich das Gruseln gelehrt hatten.

Oder, ein anderer Gedanke: Vielleicht hatte Kuntz mit den Falschgeldgeschäften zu tun und war untergetaucht. Vielleicht war der Brief, den man ihm durch den Barkeeper hatte zukommen lassen, eine Warnung gewesen. Vielleicht hatte Eddie Onkel Leo mitgeteilt, daß es ihm gut ging, und hatte ihm eingebleut, ja den Mund zu halten und niemanden ins Haus zu lassen, weil sonst was Drastisches passieren würde. Mensch, vielleicht waren seine Schränke randvoll mit Stapeln von Zwanzigern!

Betty stand immer noch da und tat, als wollte sie eine Schar Gänse verscheuchen, rief jetzt aber leise »Weg!« dazu.

»Lassen Sie mich doch jetzt mal ans Steuer«, sagte ich zu Sally. »Ich wollte immer schon mal einen Porsche fahren.« Ich wollte auch immer schon gern am Leben bleiben.

Mein Piepser meldete sich, und ich warf einen Blick auf die Nummer, die in der Anzeige erschien. Sie war mir nicht bekannt. Ich holte mein Handy aus der Umhängetasche und wählte.

Die Stimme am anderen Ende klang aufgeregt. »Hey, das war prompt!«

Ich blinzelte mein Handy an. Als würde mir das helfen, klarer zu denken. »Wer ist überhaupt dran?«

»Bernie! Sie wissen schon, der Gemüsemann. Ich hab Neuigkeiten für Sie. Gerade ist Francine Nowicki reingekommen. Sie wollte Gemüse kaufen, Sie verstehen, was ich meine.«

O ja! »Ist sie noch da?«

»Ja. Ich war clever. Ich hab gesagt, ich könnt ihr erst in meiner Pause was besorgen, und dann hab ich Sie sofort angerufen. Ich mein, Ihre Freundin hat doch gesagt, sie wird's mir danken und so.«

»Ich bin schon unterwegs. Sorgen Sie auf jeden Fall dafür, daß Mrs. Nowicki bleibt, bis ich komme.«

»Ihre Freundin ist doch auch dabei?«

Ich unterbrach die Verbindung und sprang in den Wagen. »Wir haben soeben einen Treffer gelandet«, sagte ich, schnallte mich an und steckte den Zündschlüssel rein. »Mama Nowicki ist beim Gemüseeinkauf.«

»Stark!« sagte Sally. »Gemüse ist kosmisch.«

Ich wollte ihm nicht sagen, was für Gemüse Bernie verkaufte. Ich fürchtete, er würde Bernies Bestände aufkaufen und für Maxines Mutter nichts übriglassen.

Ich trat das Gaspedal durch, und wir brausten los.

»Wow! Warpgeschwindigkeit, Mr. Sulu«, sagte Sally. »Klasse!«

Zehn Minuten und ein paar zerquetschte später landete ich auf dem Parkplatz des Supermarkts und hielt an. Ich schrieb Bernie ein kleines Briefchen, in dem ich ihn bat, Francine Nowicki nicht mehr ›Gemüse‹ zu verkaufen, als sie für einen Tag brauchte, und ihr zu sagen, den Rest könne sie sich morgen holen. Nur für den Fall, daß es mir heute nicht gelingen würde, an ihr dranzubleiben. Ich unterschrieb den Brief mit ›Gruß und Kuß, Ihre neue Freundin Stephanie.‹ Und dann fügte ich hinzu, daß auch Lula ihm liebe Grüße sende.

»In der Gemüseabteilung bedient so ein kleiner Typ mit Glatze namens Bernie«, erklärte ich Sally. »Geben Sie ihm nur den Brief hier, und hauen Sie gleich wieder ab. Wenn Sie Maxines Mutter sehen, zeigen Sie sich auf keinen Fall. Geben Sie nur Bernie den Brief, und kommen Sie gleich wieder her, damit wir ihr folgen können, wenn sie rauskommt.«

Sally rannte mit seinen langen Beinen über den Parkplatz. Seine Ohrringe glitzerten in der Sonne unter seinem Zottelhaar. Er stieß die große Glastür auf und wandte sich zur Gemüseabteilung. Einen Moment lang verlor ich ihn aus den Augen, dann erschien er wieder in meinem Gesichtsfeld.

»Sie war da«, berichtete er, als er sich wieder in das kleine Auto schob. »Ich hab sie bei den Äpfeln stehen sehen. Mit diesem dicken Verband um den Kopf kann man sie gar nicht übersehen. Sie hat einen Schal drüber, aber man sieht trotzdem, daß darunter ein Verband ist.«

Ich hatte einen Parkplatz neben einem Lieferwagen gewählt, wo wir nicht so leicht zu sehen sein würden. Schweigend beobachteten wir die Tür.

»Da!« rief Sally. »Sie kommt raus.«

Wir rutschten tiefer in unsere Sitze, aber das war gar nicht nötig. Mrs. Nowicki hatte ihren Wagen vorne auf der anderen Seite des Platzes stehen. Und sie war überhaupt nicht vorsichtig. Ein Tag wie jeder andere im Leben einer Hausfrau. Man fährt zum Einkaufen und nimmt bei Bernie gleich noch ein Päckchen Gras mit.

Sie fuhr einen alten vergammelten Escort. Wenn sie tatsächlich in Falschgeld schwamm, gab sie es jedenfalls nicht für Autos aus. Ich wartete, bis sie ein Stück gefahren war, dann kroch ich aus meiner Lücke und folgte ihr. Nach ungefähr einem Kilometer hatte ich eine deprimierende Ahnung, wohin sie wollte. Nach einem weiteren Kilometer war ich sicher. Sie fuhr nach Hause. Maxine war nicht Albert Einstein, aber ich hielt sie auch nicht für dumm genug, sich im Haus ihrer Mutter zu verstecken.

Mrs. Nowicki parkte vor ihrem Haus und ging rein. Hätte ich den Verdacht gehabt, daß Maxine sich im Haus befand, so hätte ich als Kopfgeldjägerin mit Fug und Recht das Haus mit gezogener Schußwaffe stürmen dürfen. Aber ich hatte nicht die Absicht, das zu tun. Erstens hatte ich keine Schußwaffe bei mir. Und zweitens wäre ich mir wie eine Idiotin vorgekommen.

»Ich denk, es kann nicht schaden, wenn ich mal mit ihr rede«, sagte ich.

Sally und ich klopften, und Mrs. Nowicki machte uns auf. »Schau einer an!« sagte sie.

»Wie geht es Ihrem Kopf?« Ich versuchte es auf die freundliche Tour, weil ich hoffte, sie damit aus der Reserve locken zu können.

Sie zog an ihrer Zigarette. »Meinem Kopf geht's glänzend. Wie geht's Ihrem Auto?«

Sehr freundlich. »Ich hab der Versicherung so leid getan, daß sie mir diesen Porsche geschenkt haben.«

»Na klar, wer's glaubt wird selig«, entgegnete sie. »Der Porsche gehört dem Freak.«

»Haben Sie Maxine in letzter Zeit gesehen?«

»Seitdem sie unten in Point Pleasant abgehauen ist, nicht mehr.«

»Sie sind früh wieder zurückgekommen.«

»Ich konnte keinen Sand mehr sehen«, versetzte sie. »Was interessiert Sie das überhaupt?«

Ich drängte mich an ihr vorbei ins Wohnzimmer. »Sie haben doch nichts dagegen, wenn ich mich ein bißchen umschau?«

»Haben Sie einen Durchsuchungsbefehl?«

»Den brauch ich gar nicht.«

Sie folgte mir durchs Haus. »Das ist doch reine Schikane.«

Es war ein kleiner Bungalow. Ebenerdig. Leicht zu sehen, daß Maxine nicht hier war. »Sie sind anscheinend beim Packen.«

»Ja, ich schmeiß mein ganzes Dior-Zeug raus. Ich hab beschlossen, daß ich jetzt nur noch Versace trag.«

»Wenn Sie Maxine sehen ...«

»Klar, dann ruf ich Sie an.«

Neben der Tür stand ein Sessel und ein kleiner Beistelltisch. Auf dem Tisch lag eine .38er.

»Rechnen Sie damit, daß Sie die brauchen werden?« fragte ich.

Mrs. Nowicki drückte ihre Zigarette in dem Aschenbecher neben der Kanone aus. »Vorsicht ist die Mutter der Porzellankiste.«

Als wir wieder im Wagen saßen, meldete sich mein Piepser. In der Anzeige erschien die Nummer meiner Mutter.

Großmama Mazur meldete sich auf meinen Rückruf. »Wir

wollten nur wissen, ob du zum Abendessen zu Hause bist«, sagte Großmama.

»Wahrscheinlich.«

»Und Sally?«

»Sally auch.«

»Ich hab gesehen, daß er Straß in den Ohren hatte, als er heute wegging. Was meinst du, soll ich mich zum Abendessen umziehen?«

»Nicht nötig.«

Ich fuhr noch einmal zum Supermarkt zurück. Nach einem letzten Detail mußte ich Bernie noch fragen.

Sally und ich torkelten durch die Hitze in den klimatisierten Laden. Bernie war gerade dabei, Salatköpfe von angefaulten Blättern zu säubern, als er uns bemerkte. Seine Augen wurden groß wie Untertassen, und als wir zu ihm traten, konnte er kaum noch stillstehen vor lauter Aufregung.

»O Mann«, sagte er, »Sie sind wieder da! Wahnsinn!« Er strahlte Sally an und fuchtelte mit den Händen in der Luft herum, als wollte er ihn am liebsten in die Arme schließen. »Ich hab mir vorhin schon gedacht, daß Sie's sind, aber ich war nicht sicher. Aber wie ich Sie jetzt wiedergesehen hab, war's mir klar. Sie sind Sally Sweet! Mann, ich bin bestimmt ihr größter Fan. Ja, echt, Ihr größter Fan. Der Club ist schon fast mein zweites Zuhause. Diese Revue ist einfach eine Wucht. Ihr Typen seid spitze! Und diese Sugar! Die ist echt die Größte. Die könnte mir gefallen. Das ist bestimmt die schönste Frau, die ich je gesehen hab.«

»Sugar ist ein Mann«, sagte ich.

»Hören Sie auf!«

»Hey«, sagte ich. »Ich kenne mich da aus.«

»Ach ja. Hatt ich ganz vergessen. Sie sehen so normal aus.«

»Hat Francine Nowicki wieder mit einem Zwanziger bezahlt?«

»Ja. Ich hab ihn hier.« Er zog ihn aus seiner Hemdtasche. »Und ich hab getan, was Sie mir geschrieben haben. Ich hab ihr nur Gemüse für einen Tag gegeben. Ist mir, ehrlich gesagt, ziemlich schwergefallen, ich hätt nämlich einen Riesendeal machen können. Sie hatte einen Haufen Geld bei sich. Sie hätten das Bündel Zwanziger sehen sollen, das sie rausgezogen hat, da wär ein Pferd dran erstickt.«

Ich nahm ihm den Zwanziger ab und schaute ihn mir an. In der Ecke war die feine Linie, die da eigentlich nicht hingehörte.

Bernie stellte sich auf Zehenspitzen und versuchte, mir über die Schulter zu spähen. »Was interessieren Sie sich so für den Zwanziger? Ist der gezinkt oder was?«

»Nein. Ich wollte nur sehen, ob er echt ist.«

»Und? Ist er echt?«

»Ja.« Eine echte Blüte.

»Wir müssen jetzt wieder fahren«, sagte ich. »Vielen Dank, daß Sie mich angerufen haben.«

»War mir ein Vergnügen.« Er richtete seine Glotzaugen wieder auf Sally. »War riesig, Sie kennenzulernen«, sagte er. »Wären Sie so nett und würden mir ein Autogramm geben?«

Sally zog den schwarzen Stift aus Bernies Hemdtasche und schrieb »Mit den besten Wünschen von Sally Sweet« auf Bernies Glatze.

»So, Kumpel«, sagte er.

»O Mann!« Bernie sah aus, als würde er vor lauter Glück gleich platzen. »O Mann! Das ist echt stark.«

»Geben Sie oft solche Autogramme?« fragte ich Sally.

»Ja, aber wenn ich sonst den Leuten auf die Köpfe schreib, hab ich nicht so viel Platz.«

»Hm.«

Ich stromerte zu den Keksen rüber, um mir was zum Mittagessen rauszusuchen, und dachte an Morelli. Ob er wohl immer noch vor dem 7-Eleven saß? Ich könnte ihm einen Haufen Zeit und Mühe sparen. Ich war ziemlich sicher, daß Maxines Mutter dem Kassierer die falschen Zwanziger angedreht hatte. Der Laden war in ihrem Viertel. Und sie dachte sich offensichtlich überhaupt nichts dabei, die Blüten in Umlauf zu bringen. Wenn ich Morelli in meinen Verdacht einweihte, würde er wahrscheinlich das 7-Eleven aufgeben und Francine Nowicki überwachen. Das wäre ein Vorteil, dann würde ich das nicht mehr zu tun brauchen. Der Nachteil wäre allerdings, daß ich mich nicht darauf verlassen konnte, daß er mich einbeziehen würde, wenn es in die Endrunde ging. Und wenn er Maxine dingfest machte und ich nicht dabei war, würden weder Vinnie noch ich unser Geld bekommen.

Sally und ich entschieden uns für einen Karton Feigenkekse und zwei Dosen Limonade. Nachdem wir bezahlt hatten, setzten wir uns zum Essen in den Wagen.

»Jetzt klären Sie mich mal über Ihre Ehe auf«, sagte Sally. »Ich habe immer gedacht, Morelli bumst nur mit Ihnen.«

»Wir sind nicht verheiratet. Und er *bumst* nicht mit mir.«

»Na klar.«

»Also schön, wir haben mal ne Zeitlang miteinander gebumst. Aber nicht lange. Und bumsen stimmt sowieso nicht. Das klingt so gewalttätig. Bei uns war das was anderes – äh – das war reifer Sex.«

»Reifer Sex ist toll.«

Ich nickte zustimmend und schob mir noch einen Keks in den Mund.

»Aber Sie haben ne Schwäche für Morelli, stimmt's?«

»Ich weiß es selber nicht. Irgendwas ist da. Ich krieg nur nicht raus, was es ist.«

Wir dachten darüber nach, während wir unsere Feigenkekse kauten.

»Wissen Sie, was ich nicht kapier?« bemerkte Sally schließlich. »Ich versteh nicht, wieso die sich alle vor fünf Tagen noch so angestrengt haben, uns abzuschütteln, und die alte Nowicki jetzt wieder quietschvergnügt in ihrer Hütte sitzt. Es hat ihr doch überhaupt nichts ausgemacht, daß wir bei ihr angetanzt sind.«

Er hatte recht. Da hatte sich offensichtlich etwas verändert. Meine Befürchtung war, daß Maxine sich inzwischen endgültig aus dem Staub gemacht hatte. Wenn ihre Tochter auf dem Weg in ein neues Leben war, brauchte Mrs. Nowicki nicht mehr so vorsichtig zu sein. Und Margie auch nicht. Wir waren nicht bei Margie vorbeigefahren, aber ich war sicher, sie packte gerade zu Hause ihre Sachen und erklärte ihrer Katze, warum Frauchen jetzt lange, lange weg sein würde. Wahrscheinlich würde sie ihrer Nachbarin, der Katzenhüterin, als Bezahlung einen Packen falscher Zwanziger in die Hand drücken.

Aber sie konnte ja noch gar nicht verschwinden. Sie mußte ja noch zum Arzt. Und Francine auch. Ein Glück für mich, denn mit den Überwachungsmöglichkeiten haperte es bei mir ein bißchen. Ich war nicht das FBI. Ich hatte nicht die raffinierten Geräte, die denen zur Verfügung standen. Ich hatte nicht mal ein Auto. Ein silberner Porsche, ein 53er Buick und ein roter Firebird waren als Überwachungsfahrzeuge nicht gerade geeignet. Ich würde mir einen fahrbaren Untersatz suchen müssen, der total unauffällig war, wenn ich mich morgen vor Mrs. Nowickis Haus setzen wollte.

»Nein!« sagte Morelli. »Meinen Pick-up leih ich dir nicht. Du bist für jedes Auto einen tödliche Gefahr.«

»Bin ich nicht!«

»Doch. Als ich dir das letztemal ein Auto geliehen hab, ist es in die Luft geflogen, weiß du noch?«

»Wenn du mir das zum Vorwurf machen willst...«

»Und wie war's mit deinem eigenen Pick-up? Und deinem CRX? Auch in die Luft geflogen.«

»Genau genommen ist der CRX verbrannt.«

Morelli schloß gequält die Augen und schlug sich mit der Hand vor die Stirn. »O Gott!«

Es war kurz nach vier. Sally saß im Wohnzimmer vor der

Glotze, Morelli und ich waren in der Küche. Morelli war gerade erst nach Hause gekommen und sah aus, als hätte er wieder einen gelungenen Tag hinter sich. Wahrscheinlich hätt ich einen günstigeren Zeitpunkt abwarten sollen, um ihn nach dem Pick-up zu fragen, aber ich mußte um fünf zum Essen bei meinen Eltern sein. Vielleicht würde eine andere Taktik was bringen. Ich zog meine Fingerspitze über sein schweißnasses T-Shirt und lehnte mich an ihn. »Du siehst – erhitzt aus.«

Sein Mund wurde schmal. »Erhitzt? Ich komm fast um vor Hitze.«

»Na, vielleicht könnte ich was dagegen tun.«

Er kniff die Augen zusammen. »Versteh ich das richtig, du bietest Sex im Tausch für den Pick-up?«

»Äh – nein, eigentlich nicht.«

»Was bietest du dann?«

Ich wußte selbst nicht, was ich bot. Ich hatte vorgehabt, es auf die spielerische Art zu versuchen, aber Morelli spielte nicht mit.

»Ich brauch jetzt ein Bier«, sagte er. »Der Tag war elend lang, und er wird noch länger. In einer Stunde muß ich Grossmann ablösen.«

»Wißt ihr was Neues über Kuntz' Auto?«

»Nichts.«

»Und am 7-Eleven, hat sich da was verändert?«

»Nichts.« Er trank von seinem Bier. »Wie war dein Tag?«

»Ziemlich ereignislos.«

»Wen willst du eigentlich überwachen?«

»Mrs. Nowicki. Sie ist wieder in ihrem Haus. Ich war dort, um mit ihr zu reden, und da hat sie gerade gepackt.«

»Das heißt nicht unbedingt, daß sie dich zu Maxine führen wird«, meinte Morelli.

Ich zuckte die Achseln. »Was anderes hab ich nicht.«

»Glaub ich dir nicht«, entgegnete Morelli. »Du hast noch was anderes in petto.«

Ich zog eine Augenbraue hoch. Ach ja?

Morelli warf die leere Bierflasche zum Altglas. »Ich hoffe nur, das hat nichts mit dieser Falschgeldsache zu tun, an der ich arbeite. Wenn ja, würde ich dir raten, lieber keine Beweise zu unterschlagen.«

»Sprichst du mit mir?«

Er kam einen Schritt näher und drängte mich gegen die Arbeitsplatte. »Also, wieviel ist dir mein Pick-up wert?«

»Ziemlich viel.«

Sein Blick glitt zu meinem Mund. »Wieviel?«

»So viel nicht.«

Morelli trat zurück und sagte angesäuert: »Frauen!«

»Ich kann dir meinen Wagen nicht leihen«, sagte mein Vater. »Der muß morgen zum Kundendienst. Ich hab einen Termin. Was paßt dir an dem Buick nicht?«

»Der Buick taugt nicht für Überwachungen«, erklärte ich. »Der erregt überall Aufsehen.«

Wir saßen bei Tisch, und meine Mutter verteilte Kohlrouladen. Plopp, drei Kohlrouladen auf den Teller. Ich öffnete den Knopf an meinem Hosenbund und griff nach meiner Gabel.

»Ich brauch ein neues Auto«, sagte ich. »Wo bleibt mein Versicherungsgeld?«

»Du brauchst eine geregelte Arbeit«, versetzte meine Mutter. »Was Festes, mit Sozialleistungen. Du wirst nicht jünger. Wie lang kannst du das noch machen, in Trenton hinter Ganoven herjagen? Wenn du eine feste Anstellung hättest, könntest du ein Auto auf Raten kaufen.«

»Ach, die meiste Zeit ist meine Arbeit ganz ordentlich. Das ist nur jetzt dieser mistige Fall.«

»Du lebst von der Hand in den Mund.«

Was konnte ich da noch sagen? Sie hatte ja recht.

»Ich könnte dir was als Schulbusfahrerin besorgen«, sagte

mein Vater, mit seinen Kohlrouladen beschäftigt. »Ich kenn den Mann, der fürs Personal zuständig ist. Diese Schulbusfahrer verdienen ganz gut.«

»Neulich war im Fernsehen was über Schulbusfahrer«, warf Großmama ein. »Da waren zwei Fahrer drunter, die hatten blutende Hämorrhoiden, weil die Sitze überhaupt nichts taugen.«

Mein Auge hatte wieder zu zucken begonnen. Ich drückte einen Finger darauf.

»Was ist mit deinem Auge?« fragte meine Mutter. »Hast du wieder dieses Zucken?«

»Ach, beinah hätt ich's vergessen«, sagte Großmama. »Heut war eine von deinen Freundinnen da. Sie hat dich gesucht. Ich hab gesagt, du wärst arbeitsmäßig unterwegs. Sie hat mir einen Brief für dich gegeben.«

»Wer? Mary Lou?«

»Nein, nicht Mary Lou, die kenn ich doch. Es war jemand, den ich nicht kenn. Eine wirklich hübsche Person. Wahrscheinlich ist sie so eine Kosmetikerin wie die im Einkaufszentrum. Sie hatte nämlich die Schminke pfundweise im Gesicht.«

»Doch nicht Joyce!«

»Nein, ich sag dir doch, ich hab sie nicht gekannt. Der Brief liegt in der Küche. Auf der Arbeitsplatte, neben dem Telefon.«

Ich stand auf und ging raus, um mir den Brief anzuschauen. Er steckte in einem kleinen verschlossenen Umschlag. »Stephanie« stand in sauberen Druckbuchstaben vorn drauf. Es sah aus wie eine Einladung zu einer Brautparty oder einer Geburtstagsfeier. Ich riß den Umschlag auf und schnappte entsetzt nach Luft. Der Text war kurz und bündig. »Krepieren sollst Du, Du Miststück.« Und in kleinerer Schrift stand darunter, er würde zuschlagen, wenn ich es am wenigsten erwartete. Geschrieben war das alles auf ein Kochrezeptkärtchen.

Aber noch mehr als der Inhalt des Briefes erschreckte mich die Tatsache, daß es Sugar gelungen war, schnurstracks in das

Haus meiner Eltern zu marschieren und Großmama die Nachricht in die Hand zu drücken.

Ich setzte mich wieder an den Tisch und verdrückte ruckzuck noch eine Roulade. Ich wußte nicht, was ich tun sollte. Ich mußte meine Familie warnen, aber ich wollte sie auf keinen Fall zu Tode erschrecken.

»Also?« fragte Großmama. »Was war in dem Brief? Ausgesehen hat es wie eine Einladung.«

»Ach, das war eine Frau, die ich durch die Arbeit kenne«, erklärte ich. »Sie ist eine ziemlich unangenehme Person, wenn sie also noch mal vorbeikommen sollte, laßt sie auf keinen Fall ins Haus. Am besten macht ihr ihr gar nicht auf.«

»O mein Gott!« rief meine Mutter. »Noch eine Verrückte! Sag mir nur, daß sie es nicht darauf abgesehen hat, dich zu erschießen.«

»Na ja, genau genommen…«

Meine Mutter bekreuzigte sich. »Heilige Maria, Mutter Gottes…«

»Die Heilige Maria brauchst du jetzt nicht gleich anzurufen«, sagte ich zu meiner Mutter. »So schlimm ist es auch wieder nicht.«

»Was soll ich tun, wenn sie sich noch mal blicken läßt?« erkundigte sich Großmama. »Soll ich ihr ein nettes kleines Loch verpassen?«

»Nein! Ich will nur nicht, daß ihr sie zum Tee einladet.«

Mein Vater nahm sich noch von den Kohlrouladen. »Tu das nächstemal nicht so viel Reis rein«, sagte er.

»Frank«, fuhr meine Mutter ihn an, »hörst du eigentlich zu?«

Mein Vater hob den Kopf. »Was denn?«

Meine Mutter schlug sich vor die Stirn.

Sally hatte die ganze Zeit tief gebeugt über seinem Teller gesessen und Rouladen reingeschaufelt, als stünde eine Hungersnot bevor. Jetzt schaute er hoch und sah mich an, und ich konnte förmlich hören, wie es in seinem Gehirn arbeitete. Hübsche Person. Dick geschminkt. Ein Brief, unangenehme Person. »O-o«, sagte Sally.

»Ich muß gleich nach dem Essen wieder weg«, sagte ich zu meiner Mutter. »Ich muß heut abend arbeiten.«

»Ich hab Schokoladenplätzchen zum Nachtisch.«

Ich legte meine Serviette auf den Tisch. »Ich pack sie mir ein.«

Meine Mutter sprang auf. »Nein, laß mich das machen.«

Im Viertel herrschten strenge Bräuche. Fürs Einpacken waren die Mütter zuständig. Nichts daran zu rütteln. Keine Ausnahmen. Im ganzen Land achtete jeder nur darauf, wie er Arbeit loswerden konnte. In unserem Viertel hüteten die Hausfrauen ihren Aufgabenbereich mit Militanz. Selbst berufstätige Mütter lehnten es kategorisch ab, das Einpacken von Pausebroten oder Resten anderen zu überlassen. Zwar wurden von Zeit zu Zeit andere Familienmitglieder herangezogen, den Küchenboden zu putzen, die Wäsche zu machen oder die Möbel zu polieren, aber keiner konnte den Ansprüchen der Hausfrau wirklich genüge tun.

Ich nahm die Tüte mit den Plätzchen und zog zusammen mit Sally ab. Es war noch früh, wir hätten eigentlich noch nicht zu gehen brauchen, aber ich fühlte mich dem Verhör nicht gewachsen. Es gab keine Möglichkeit, meiner Mutter schonend beizubringen, daß ein mordlustiger Transvestit es auf mich abgesehen hatte.

Meine Mutter und Großmama hatten uns zur Tür gebracht und warteten dort, während wir in den Wagen stiegen. Da standen sie, kerzengerade, mit gefalteten Händen und fest aufeinandergepreßten Lippen. Gute ungarische Frauen und Mütter. Meine Mutter fragte sich wahrscheinlich, was sie falsch gemacht hatte, wieso ich mit einem Mann, der Straßohrringe trug, rumzog. Meine Großmutter wünschte wahrscheinlich, sie könnte uns begleiten.

»Ich hab einen Schlüssel«, rief ich ihnen zu. »Ihr könnt also ruhig absperren.«

»Ja«, fügte Sally hinzu, »und am besten bleiben Sie von den Fenstern weg.«

Meine Mutter bekreuzigte sich wieder.

Ich ließ den Wagen an. »Wir müssen dem endlich ein Ende machen«, sagte ich zu Sally. »Ich hab's satt, ständig Angst haben zu müssen und dauernd drauf zu warten, daß Sugar plötzlich irgendwo aus dem Gebüsch springt und mir die Haare anzündet.«

»Ich hab mit allen aus der Band geredet, aber keiner hat was von ihm gehört.«

Ich fuhr in Richtung Chambers Street. »Erzählen Sie mir was von Sugar«, sagte ich. »Das, was Sie der Polizei gesagt haben.«

»Wir haben ungefähr sechs Monate zusammen gewohnt, aber ich weiß nicht sehr viel über ihn. Seine Eltern leben in Ohio. Die sind nicht damit fertig geworden, daß er schwul ist, drum ist Sugar abgehauen. Ich bin seit ungefähr einem Jahr bei der Band, aber am Anfang war ich die meiste Zeit mit den Leuten von den Howling Dogs zusammen.

Vor sechs Monaten hatte Sugar dann diesen Riesenkrach mit seinem Freund, John. John ist ausgezogen, und ich bin eingezogen. Aber mit mir war's natürlich nicht wie mit John, ich mein, ich war nicht sein Liebhaber. Wir waren nur eine Wohngemeinschaft.«

»Aber Sugar wollte das nicht wahrhaben.«

»Nein, anscheinend nicht. Mann, das ist eine echte Scheiße, unsere Wohngemeinschaft war nämlich wirklich ideal. Sugar hat nen richtigen Putzfimmel. Er war dauernd am wienern. Und ich, ich hab dafür überhaupt keinen Sinn, da war das natürlich cool. Ich mein, bei uns gab's nie Streit, wer mit dem Staubsaugen dran ist oder so. Und mit dem ganzen Frauenkram kennt er sich aus wie ne Eins. Der kann einem auf Anhieb sagen, welches Make-up man nehmen muß, welches Rouge, und welches Haarspray das beste ist. Sie hätten mich sehen sollen, bevor ich bei ihm eingezogen bin. Ich war der reinste Barbar. Ich mein, ich hab zwar mit zwei Frauen zusammengelebt, aber ich hab nie drauf geachtet, wie die sich zurechtgemacht haben. Diese ganze Schminkerei war mir immer viel zu kompliziert.

Aber Sugar hat sich da ausgekannt. Er hat sogar meine Kleider zusammen mit mir ausgesucht. Das war was, was wir immer gemeinsam gemacht haben. Wir sind immer zusammen einkaufen gegangen. Der hatte nen richtigen Einkaufstick. Manchmal hat er mir auch einfach was zum Anziehen mitgebracht. Da mußte ich nicht mal selber losziehen.«

Aha, daher die Shorts, aus denen der halbe Hintern rausgequollen war.

»Er hatte Frauenkleider an, als er Großmama den Brief gebracht hat«, sagte ich. »Um als Frau durchzugehen, braucht er doch diverses Spezialgerät. Ich halte es für ziemlich unwahrscheinlich, daß Sugar noch die Zeit hatte, irgendwas aus der Wohnung mitzunehmen. Also hat er entweder eine zweite Wohnung, oder er hat neues Zeug gekauft.«

»Wahrscheinlich hat er alles neu gekauft«, meinte Sally. »Sugar verdient einen Haufen Geld. Das Fünffache von dem, was ich verdien. Manche Sachen kriegt man nur in New York, aber das ist kein großes Problem.«

»Wirklich schade, daß er die Wohnung abgebrannt hat. Wir hätten da vielleicht was gefunden.«

»Ja, und das Tagebuch hat die Polizei.«

Die Vernunft riet mir, die ganze Sache Joe zu übergeben, aber bei genauerer Überlegung fand ich, das lohne sich nicht. Die Polizei war bereits motiviert genug, Sugar aufzustöbern. Wahrscheinlich machten sie sowieso schon alle Anstrengungen. Wir brauchten einen anderen Ansatz. Wir brauchten Ranger.

Ich rief ihn unter seiner Privatnummer an, versuchte es auf

seinem Piepser und erreichte ihn schließlich an seinem Autotelefon.

»Hilfe!« sagte ich.

»Tatsächlich!«

Ich brachte ihn auf den letzten Stand.

»Abartig«, sagte Ranger.

»Genau, was soll ich jetzt tun?«

»Mach ihm die Hölle heiß. Rück ihm auf den Pelz und versuch, ihn bis aufs Blut zu reizen.«

»Mit anderen Worten, ich soll mich als Zielscheibe anbieten.«

»Außer du weißt, wo er wohnt. Dann fahren wir da einfach hin und schnappen ihn uns. Aber das weißt du wohl nicht?«

Ich warf einen Blick in meinen Rückspiegel und sah Rangers schwarzen BMW ungefähr hundert Meter hinter mir an den Bordstein fahren.

»Wie hast du mich gefunden?« fragte ich.

»Ich war in der Gegend. Ich hab dich in die Chambers einbiegen sehen. Sag mal, hat der Kerl Glitzer in den Ohren?«

»Ja.«

»Schick!«

»Okay, wir klappern jetzt Sugars Stammlokale ab. Mal sehen, ob wir da ein bißchen Unruhe stiften können.«

»Ich häng im Wind, Baby.«

Was immer das auch bedeuten mochte.

»Ich hab nen genauen Plan gemacht«, sagte Sally, als er den Wagen auf einen kleinen Parkplatz neben einem Restaurant in der Stadtmitte fuhr. »Das ist die erste Station.«

Auf dem Schild an der Hauswand stand: »Dantes Inferno«. Sehr vielversprechend.

»Lassen Sie sich von dem Namen nicht beeindrucken«, sagte Sally. »Es ist nur ein Restaurant. Es gibt da besonders pikantes Essen. Und Sugar mag pikantes Essen.«

Das Restaurant bestand aus einem einzigen großen Raum. Die Wände waren mit Pseudofresken dekoriert, die bocksbeinige Unholde bei neckischem Spiel in der Hölle zeigten. Sugar war nicht da.

Zwei Männer winkten Sally zu, und Sally winkte zurück. Er ging durch den Saal zu ihrem Tisch.

»Hey, Kumpel«, sagte er. »Ich bin auf der Suche nach Sugar. Ihr habt ihn wohl nicht zufällig heut abend gesehen?«

»Nein, leider«, sagten sie. »Wir haben Sugar die ganze Woche nicht gesehen.«

Nach Dantes Inferno drehten wir eine Runde durch alle Bars und Restaurants, die Sally auf seiner Liste hatte, aber ohne Erfolg.

»Wissen Sie, das ganze ist ziemlich grotesk«, sagte Sally schließlich. »Da rennen wir rum und suchen Sugar, aber ganz ehrlich gesagt, ich würd mir in die Hose scheißen, wenn er plötzlich auftauchte. Ich mein, der Kerl ist doch total durchgeknallt. Der wär imstande, mich mit seinem beschissenen Feuerzeug anzuzünden.«

Ich bemühte mich, nicht daran zu denken. Ich tröstete mich damit, daß ja Ranger in der Nähe war – irgendwo. Und ich bemühte mich, vorsichtig zu sein, hellwach und auf der Hut, Augen und Ohren offen zu halten, um sofort reagieren zu können. Ich sagte mir, wenn Sugar es drauf abgesehen hätte, mir ins Gesicht zu springen und sich handgreiflich an mir zu rächen, hätte ich eine Chance. Wenn er mich aber einfach um die Ecke bringen wollte, würde er das wahrscheinlich schaffen. Der Kugel eines Mannes, der nichts mehr zu verlieren zu haben glaubt, entgeht man nicht so leicht.

Die Sonne war untergegangen, und es war dunkel geworden, meinem Nervenkostüm nicht zuträglich. Zu viele Schatten jetzt. Sally hatte fast in jeder Kneipe und jedem Restaurant, wo wir gewesen waren, Bekannte getroffen. Keiner hatte angegeben, Sugar gesehen zu haben, aber das mußte nicht unbedingt die Wahrheit sein. Die Schwulen hielten zusammen, und Sugar war beliebt. Es war meine Hoffnung, daß jemand gelogen und einen Anruf gemacht hatte, der Sugar auf die Beine bringen würde.

»Wieviel Lokale haben wir jetzt noch vor uns?« fragte ich Sally.

»Noch ein paar Clubs. Das Ballroom heben wir uns für zuletzt auf.«

»Meinen Sie, Sugar ist in Frauenkleidern unterwegs?«

»Das ist schwer zu sagen. Kommt auf seine Stimmung an. In voller Montur würde er sich wahrscheinlich sicherer fühlen. Jedenfalls geht's mir immer so, das weiß ich. Du knallst die Schminke drauf und fühlst dich affenstark.«

Das konnte ich nachvollziehen. Je größer meine Unsicherheit, desto dicker mein Make-up. In diesem Moment zum Beispiel hätte ich mir liebend gern die Augenlider mit leuchtend blauem Lidschatten beschmiert.

Wir schauten ins Strip, ins Mama Gouches und ins Curly. Blieb nur noch das Liberty Ballroom. Ich fuhr durch das Regierungsviertel, das nachts immer wie ausgestorben ist. Riesige leere Parkplätze, die im gespenstischen Licht von Halogenlampen liegen. Menschenleere Gebäude mit schwarzen Fenstern wie tote Augen. Unheimlich.

Das Ballroom war ein Stück weiter, neben einem Altenheim, einem riesigen Kasten, den alle nur das Endlager nannten.

Den ganzen Abend hatte Sally den Leuten, die wir getroffen hatten, erzählt, daß wir zum Abschluß ins Ballroom gehen würden. Jetzt, da wir hier waren, packten mich Angst und finstere Vorahnungen. Ich wußte einfach, daß Sugar da drinnen war. Ich wußte, daß er auf uns wartete.

Ich stellte den Wagen ab und schaute mich nach Ranger um. Er war nirgends zu sehen. Natürlich, weil er im Wind hängt, sagte ich mir. Den Wind kann man nicht sehen. Oder vielleicht ist der Wind auch nach Hause gebraust, um sich vor der Glotze niederzulassen.

Sally, der neben mir saß, spürte es auch. Wir sahen einander an und verzogen die Gesichter.

»Packen wir's an«, sagte ich.

- 15 -

Sally und ich blieben an der Tür stehen und schauten uns um. Tresen und kleine Tische vorn. Eine kleine Tanzfläche hinten. Sehr dunkel. Sehr voll. Sehr laut. Ich hatte immer gehört, das Ballroom sei eine Schwulenkneipe, aber ganz offensichtlich verkehrten hier nicht nur Schwule.

»Was tun denn die ganzen Unschwulen hier?« fragte ich Sally.

»Das sind Touristen. Der Wirt hier stand nämlich kurz vor der Pleite, müssen Sie wissen. Er hatte den Laden für die Schwulen aufgemacht, aber in Trenton gab's nicht genug Schwule, um ihn in Schwung zu bringen. Da hat Wally sich was einfallen lassen – er hat ein paar Typen angeheuert, die täglich reinkommen und hier miteinander tanzen und 'n bißchen knutschen, damit's aussieht, als wär hier echt was los. Das hat sich ziemlich schnell rumgesprochen, und auf einmal sind die Leute gekommen. Alle, die mal Schwule unter sich sehen wollten.« Sally lächelte. »Und jetzt ist der Laden in.«

»Wie Sie.«

»O ja. Ich bin total in.«

Sally winkte jemandem zu. »Sehen Sie den Kerl im roten Hemd? Das ist Wally, der Wirt. Er ist ein Genie. Er hat sich noch nen Trick einfallen lassen. Eintagsfliegen kriegen das erste Getränk umsonst.«

»Eintagsfliegen?«

»Yuppies, die mal für einen Tag coole Schwule spielen wollen.

Diese Typen, wissen Sie, die meinen, es wär ein Kick, sich mal in die Klamotten der holden Gattin zu werfen. Die sind hier genau richtig. Man kriegt ein Getränk umsonst und ist außerdem noch in. Was will man mehr, hm? Und wenn man Lust hat, kann man die Ehefrau mitbringen, und die kann sich mal nen Abend lang als Lesbe versuchen.«

Die Frau, die neben mir stand, steckte in einem knappen Mieder und Hot pants aus schwarzem Leder. Ihr rotes Haar war von einem teuren Friseur zu kleinen Krissellöckchen gedreht, und sie hatte einen braunen Lippenstift aufgelegt.

»Hallo!« trällerte sie mich an. »Hast du Lust zu tanzen?«

»Nein, danke«, sagte ich. »Ich bin nur eine Touristin.«

»Ich auch!« quietschte sie. »Ist das nicht ein tolles Lokal? Ich bin mit meinem Mann Gene hier. Er möchte mich mal mit einer Frau Wange an Wange tanzen sehen.«

Gene sah sehr proper aus in seiner hellen Hose und dem karierten Freizeithemd mit dem gestickten Pferdchen auf der Brusttasche. Er schwenkte sein Glas und beugte sich an seiner Frau vorbei zu mir herüber. »Cola mit Rum«, sagte er. »Möchten Sie auch eine?«

Ich schüttelte den Kopf. »Ich hab eine Kanone in meiner Tasche«, sagte ich. »Eine große.«

Gene und Gattin machten sich davon und verschwanden im Gewühl.

Sally hatte den Vorteil, daß er fast zwei Meter groß war. Suchend drehte er seinen Kopf hin und her.

»Sehen Sie ihn?« fragte ich.

»Nein.«

Mir war das Liberty Ballroom nicht geheuer. Zu voll, zu viele Menschen. Ich wurde ständig rumgestoßen. Hier würde sich Sugar mit Leichtigkeit an mich ranpirschen können – wie Jack Ruby, als er Lee Harvey Oswald erschoß. So könnte es mir ergehen. Eine Kugel in den Bauch, und ich würde nur noch Geschichte sein.

Sally legte mir die Hand in den Rücken, um mich vorwärtszuschieben, und ich sprang kreischend in die Höhe.

»Was ist? Was ist?« schrie Sally und schaute sich in heller Panik um.

Ich drückte meine Hand aufs Herz. »Ich glaub, ich bin ein bißchen nervös.«

»Bei mir rebelliert der Magen«, sagte Sally. »Ich brauch unbedingt was zu trinken.«

Die Idee fand ich gut und ging mit ihm zum Tresen. Ständig drehten sich Leute nach ihm um, blieben stehen, starrten ihn an und riefen: »Hey, das ist doch Sally Sweet. Sally, ich bin ein großer Fan von dir.« Und Sally sagte dann jedesmal: »Klasse, Mann, das ist echt cool.«

»Was willst du trinken?« fragte er mich.

»Bier. Aber aus der Flasche.« Wenn Sugar mich wirklich angreifen sollte, würde ich ihm mit der Flasche den Schädel einschlagen. »Ich wußte gar nicht, daß Sie so berühmt sind«, sagte ich. »Hier kennt Sie ja jeder.«

»Das kann man sagen«, meinte Sally. »Mindestens die Hälfte von den Typen hier haben mir schon mal nen Fünfer ins Strumpfband geschoben. Ich bin ne Lokalgröße.«

»Sugar ist hier irgendwo in der Gegend«, sagte der Barkeeper, als er Sally die Getränke brachte. »Er hat mich gebeten, dir den Brief hier zu geben.«

Der Brief steckte auch in so einem adretten kleinen weißen Umschlag wie der, den Großmama von Sugar erhalten hatte. Sally machte den Umschlag auf und las.

»›Verräter‹«

»Das ist alles?« fragte ich.

»Das ist alles. ›Verräter‹.« Sally schüttelte den Kopf. »Der ist echt nicht mehr zu retten. Der spinnt total. Aber 'n Spinner ist wenigstens noch komisch. Das hier ist überhaupt nicht komisch.«

Ich kippte eine Ladung Bier und mahnte mich zur Ruhe. Gut, Sugar war vielleicht ein bißchen irre. Aber es könnte schlimmer sein. Wenn zum Beispiel der Fingerabhacker hinter mir her wäre. Das wäre wirklich beunruhigend. *Der* hatte schon jemanden umgebracht. Von Sugar wußten wir nicht mit Sicherheit, ob er ein Killer war. Wer Brände legte, mußte noch lang kein Killer sein. Also, totaler Quatsch, sich schon vorher aus der Ruhe bringen zu lassen.

Ranger stand plötzlich neben mir. »Yo«, sagte er.

»Gleichfalls.»

»Ist der Typ hier?«

»Anscheinend. Wir haben ihn aber noch nicht gesichtet.«

»Bist du bewaffnet?«

»Mit einer Bierflasche.«

Er lächelte breit. »Gut zu wissen, daß du alles im Griff hast.«

Ich machte Ranger und Sally miteinander bekannt.

»Hey, Mann!« sagte Sally und starrte Ranger mit aufgerissenen Augen an. »Wahnsinn!«

»Sagt mir mal, wen wir eigentlich suchen«, schlug Ranger vor.

Das wußten wir selbst nicht genau.

»Marilyn-Perücke, rotes Kleid mit kurzem Rock«, klärte uns der Barkeeper auf.

»Okay«, sagte Ranger. »Wir gehen jetzt durch den Saal und suchen den Kerl. Tut so, als wär ich nicht hier.«

»Hängst du dich wieder in den Wind?« fragte ich.

Ranger lachte. »Hey, du Klugscheißerin.«

Vorsichtig drängten wir uns nach hinten durch, wo die Leute tanzten. Frauen tanzten mit Frauen. Männer tanzten mit Männern. Und ein Mann und eine Frau um die Siebzig, die anscheinend von einem anderen Stern stammten und versehentlich auf der Erde gelandet waren, tanzten miteinander.

Zwei Männer hielten Sally an, um ihm mitzuteilen, daß Sugar ihn suchte.

»Danke«, sagte Sally aschfahl im Gesicht.

Zehn Minuten später hatten wir den ganzen Raum abgegrast und nichts gefunden.

»Ich brauch noch was zu trinken«, sagte Sally. »Ich brauch was zu rauchen.«

Mir fiel Mrs. Nowicki ein. Niemand überwachte sie. Ich konnte nur hoffen, daß sie bleiben würde, um ihren Arzttermin wahrzunehmen. Prioritäten, sagte ich mir. Als Tote hätte ich herzlich wenig von meinem Kopfgeld.

Sally machte sich zur Bar davon, und ich ging zur Damentoilette. Ich stieß die Tür mit der Aufschrift »Toiletten« auf und ging den kurzen Gang hinunter. Herrentoiletten auf der einen Seite. Damentoiletten auf der anderen Seite. Am Ende des Flures der Hinterausgang. Die Tür fiel hinter mir zu und dämpfte den Lärm von draußen.

In der Damentoilette war es kühl und noch ruhiger. Ich bekam kurz einen Schrecken, als ich sah, daß sie leer war. Ich schaute unter die drei Kabinentüren. Keine roten Schuhe Größe 42. Sei nicht albern, dachte ich bei mir. Sugar würde doch nicht in die Damentoilette gehen. Er war schließlich ein Mann. Ich trat in eine Kabine und schloß die Tür ab. Ich saß da und genoß die Stille, als draußen die Tür geöffnet wurde und jemand reinkam.

Plötzlich fiel mir auf, daß keines der üblichen Geräusche zu hören war. Die Schritte hatten angehalten, und nun war nichts mehr zu hören. Keine Handtasche wurde geöffnet. Kein Wasser wurde aufgedreht. Keine Kabinentür wurde geöffnet und geschlossen. Irgend jemand stand da mucksmäuschenstill draußen vor den Kabinen. Großartig. Mit dem Slip in den Kniekehlen auf dem Klo erwischt. Ein Alptraum.

Wahrscheinlich nur meine überreizte Phantasie. Ich holte tief Luft und versuchte, ruhig und regelmäßig zu atmen, aber ich schaffte es nicht, und das Herz hämmerte mir bis zum Hals. Im Geist sah ich meine Umhängetasche durch und stellte fest, daß die einzige wirkliche Waffe, die ich mithatte, mein Pfefferspray war.

Hohe Absätze klapperten draußen auf dem gefliesten Boden, und ein Paar Schuhe kam in Sicht. Rot.

Scheiße. Ich schlug mir mit der Hand auf den Mund, um nicht zu wimmern anzufangen. Jetzt war ich auf den Beinen. Und ich war voll bekleidet. Und mir war speiübel.

»Rauskommen«, sagte Sugar.

Ich griff nach meiner Tasche, die ich am Haken an der Tür aufgehängt hatte, aber ehe ich sie zu fassen bekam, sprengte es den Riegel, die Tür wurde aufgerissen, und meine Tasche flog mit ihr davon.

»Alles hab ich für ihn getan«, sagte Sugar mit tränenüberströmtem Gesicht. »Ich hab die Wohnung saubergehalten, ich hab ihm alles gekocht, was er gern ißt. Und es hat geklappt – bis Sie aufgekreuzt sind. Er hat mich gemocht. Ich weiß es. Sie haben alles verpfuscht. Jetzt hat er nur noch diese Kopfgeldjägerei im Sinn. Ich kann nachts nicht mehr schlafen. Die ganze Zeit hab ich Angst, daß ihm was passiert, daß er vielleicht umgebracht wird. Er hat in diesem grausamen Geschäft nichts zu suchen.«

In der einen Hand hielt er eine Kanone, mit der anderen wischte er sich immer wieder die Tränen weg. Beide Hände zitterten, und er machte mir eine Heidenangst. Ich glaubte nicht, daß er ein Killer war, aber ein versehentlicher Schuß ist genauso tödlich wie ein vorsätzlicher.

»Sie sehen das alles ganz falsch«, sagte ich. »Sally hilft mir doch nur beim Entschlüsseln von Nachrichten. Er tut nichts Gefährliches. Und außerdem mag er Sie wirklich. Er findet Sie ganz toll. Er ist draußen. Er sucht Sie schon den ganzen Abend.«

»Ich hab meinen Entschluß gefaßt«, erklärte Sugar. »Und dabei bleibt's auch. Ich räum Sie aus dem Weg. Nur so kann ich Sally schützen. Nur so kann ich ihn zurückgewinnen.« Er deutete mit der Kanone zur Tür. »Los, wir gehen jetzt raus.«

Oh, gut, dachte ich. Das war eine Chance. Wenn wir durch den Saal gehen würden, würde Ranger ihn töten. Vorsichtig schob ich mich zur Tür und trat in den Korridor, ganz langsam, um Sugar nicht zu einer Unbedachtheit zu veranlassen.

»Nein, nein«, sagte Sugar. »Sie gehen in die falsche Richtung. Er wies auf die Tür am anderen Ende. »*Da* runter.«

Verdammt.

»Und machen Sie ja keine Dummheiten. Ich schieß Sie tot«, drohte er. »Ohne mit der Wimper zu zucken. Für Sally tu ich alles.«

»Sie haben doch schon genug Schwierigkeiten. Wollen Sie jetzt auch noch einen Mord begehen?«

»Klar, warum nicht?« entgegnete er. »Ich steck sowieso schon zu tief drin. Jeder Bulle in Trenton sucht mich. Und ist Ihnen klar, was aus mir werden wird, wenn sie mich einsperren? Keiner wird da freundlich mit mir umgehen. Da bin ich im Todestrakt besser dran. Da kriegt man wenigstens eine Zelle für sich allein. Und ich hab gehört, sie stellen einem sogar einen Fernseher rein.«

»Ja, aber früher oder später werden Sie hingerichtet.«

Die Tränen begannen von neuem zu fließen, aber seine Wimperntusche hielt stand. Der Mann kannte sich wirklich aus mit Kosmetik.

»Schluß jetzt mit dem Gequatsche«, sagte er und entsicherte die Pistole. »Raus. Los! Sonst erschieß ich Sie gleich hier. Sie können's mir glauben.«

Ich öffnete die Tür und schaute raus. Rechts war ein kleiner Parkplatz für die Angestellten, links standen zwei Müllcontainer. Eine einsame nackte Glühbirne über der Tür erleuchtete den Platz. Hinter den Müllcontainern war eine asphaltierte Einfahrt. Danach kam ein Stück Rasen, und jenseits erhob sich das Altenheim. Einen besseren Ort für meine Hinrichtung hätte er sich nicht aussuchen können. Alles war menschenleer, und Geräusche würden nicht weit tragen. Und er hatte gleich mehrere Fluchtmöglichkeiten. Er konnte sogar einfach ins Haus zurückkehren.

Mir war schlecht, und mein Kopf fühlte sich an, als wäre er aus Watte. »Moment mal«, sagte ich. »Ich muß noch mal rein. Ich hab meine Tasche vergessen.«

Er schloß die Tür hinter sich. »Da, wo Sie hingehen, brauchen Sie Ihre Tasche nicht.«

»Wo ist denn das?«

»Weiß ich auch nicht genau. Wo man eben landet, wenn man tot ist. Los, jetzt steigen Sie in den Müllcontainer, damit ich Sie erschießen kann.«

»Sind Sie verrückt geworden? Ich steig nicht in den Müllcontainer. Das ist ja ekelhaft.«

»Na schön, dann nicht. Dann erschieß ich Sie eben hier.« Er drückte ab und klick!

Keine Kugel in der Kammer. Eine übliche Vorsichtsmaßnahme.

»Mist!« sagte er. »Ich kann auch nichts richtig machen.«

»Haben Sie überhaupt schon mal eine Schußwaffe in der Hand gehabt?«

»Nein, aber das bißchen Schießen kann doch nicht so kompliziert sein.« Er musterte die Waffe. »Aha, ich seh schon. Der Typ, von dem ich das Ding geliehen hab, hat eine Kugel rausgelassen.«

Wieder richtete er die Waffe auf mich, doch ehe er abdrücken konnte, sprang ich hinter einen der Müllcontainer. Peng! Eine Kugel traf den Container. Und noch einmal peng! Wir waren beide so sehr in Panik, daß wir uns völlig kopflos verhielten. Ich rannte zwischen den Containern hin und her wie eine Schießbudenfigur, und Sugar feuerte auf Schatten.

Er feuerte fünfmal, dann war Sense. Er hatte keine Munition mehr. Ich streckte den Kopf aus meinem Versteck.

»Scheiße!« sagte er. »Ich bin so ein Versager, daß ich nicht mal jemanden erschießen kann. O Mist!« Er griff in seine rote Handtasche und zog ein Messer raus.

Er befand sich zwischen mir und der Hintertür. Ich hatte eigentlich nur die Möglichkeit, wie der Teufel um das Haus rum zu laufen oder über den Grasstreifen zum Altenheim. Er schien mir sportlicher als ich, aber er hatte ein enges Kleid und hohe Absätze an, ich hingegen Shorts und Turnschuhe.

»Ich geb nicht auf!« rief er. »Ich bring Sie mit bloßen Händen um, wenn's sein muß. Ich reiß Ihnen das Herz raus.«

Die Vorstellung gefiel mir gar nicht. Ich schoß ab wie eine Rakete, quer über den Grasstreifen, und rannte volle Pulle auf das Altenheim zu. Ich war schon mal in dem Gebäude gewesen. Um diese Nachtzeit stand immer ein Wächter an der Tür. Vorn war das Haus gut erleuchtet. Erst kam eine Glastür, dann der Wächter. Hinter dem Wächter war ein Foyer, in dem die alten Leute rumzusitzen pflegten.

Ich konnte Sugar hinter mir hören. Er keuchte und schnaubte und brüllte immer wieder, ich solle stehenbleiben, damit er mich abstechen könne.

Ich donnerte durch die Tür und schrie nach dem Wächter, aber es kam kein Wächter. Ich schaute über die Schulter zurück und sah das Messer blitzend auf mich niedersausen. Ich wirbelte zur Seite, und die Messerklinge schlitzte den Ärmel meines Rangers-Trikots.

Auf den Sofas im Foyer saßen überall Senioren.

»Hilfe!« schrie ich. »Rufen Sie die Polizei! Holen Sie den Wächter.«

»Gibt keinen Wächter mehr«, erklärte eine Frau. »Budgetkürzungen.«

Sugar nahm einen neuen Anlauf.

Ich sprang zurück, packte den Stock irgendeines alten Knackers und begann damit auf Sugar einzuschlagen.

Ich gehöre zu den Leuten, die sich einbilden, im Katastrophenfall würden sie über sich selbst hinauswachsen – Kinder aus einem Bus retten, der halsbrecherisch über ein Brückengeländer hing; bei Autounfällen erste Hilfe leisten; Menschen aus brennenden Häusern befreien. In Wirklichkeit verliere ich in einem Notfall völlig den Kopf, und wenn dann trotzdem alles ein gutes Ende nimmt, hat das mit meinem heroischen Verhalten nichts zu tun.

Ich hieb blindlings auf Sugar ein. Mir lief die Nase, und ich brüllte und fauchte wie ein Tier. Es war reiner Zufall, daß ich mit einem meiner Stockschläge das Messer erwischte. In hohem Bogen flog es durch die Luft.

»Du Miststück!« kreischte Sugar. »Ich hasse dich! Ich hasse dich!« Er stürzte sich auf mich, und wir gingen beide zu Boden.

»Also, zu meiner Zeit hätten sich zwei Frauen niemals so geprügelt«, verkündete eine Alte. »Das kommt nur von der ganzen Gewalt, die sie im Fernsehen zeigen.«

Ich wälzte mich mit Sugar auf dem Boden und schrie unaufhörlich: »Rufen Sie die Polizei! Rufen Sie die Polizei!« Sugar packte mich bei den Haaren und riß, und als ich nach rückwärts fiel, erwischte ich ihn mit meinem Knie zwischen den Beinen und stieß ihm seine Eier bestimmt gute zehn Zentimeter in den Körper. Er fiel von mir ab, krümmte sich zusammen und übergab sich.

Ich wälzte mich auf den Rücken und sah Ranger in die Augen, der über mir stand.

Er lächelte wieder mal sein unwiderstehliches Lächeln. »Brauchst du Hilfe?«

»Hab ich mir in die Hose gepinkelt?«

»Sehen tut man nichts.«

»Gott sei Dank.«

Ranger, Sally und ich standen auf dem Bürgersteig vor dem Altenheim und schauten zu, wie die Polizei mit Sugar davonfuhr. Ich hatte so gut wie aufgehört zu zittern, und meine aufgeschrammten Knie hatten aufgehört zu bluten.

»Jetzt steh ich sauber da«, bemerkte Sally. »Nie im Leben komm ich allein in das Scheißkorsett rein. Und wie ich mich schminken soll, weiß ich auch nicht.«

»Tja, das Leben eines Transvestiten ist schwer«, sagte ich zu Ranger.

»Du sagst es«, antwortete Ranger.

Wir gingen rüber auf den Parkplatz, wo unsere Autos standen. Der Abend war feucht, kein Stern am Himmel. Vom Dach des Gebäudes hörte man die Klimaanlage dröhnen, und durch die offene Tür drangen Musik und Stimmengewirr auf den Parkplatz raus.

Sally schwenkte unwillkürlich seinen Kopf im Takt zur Musik. Ich bugsierte ihn in den Porsche und bedankte mich bei Ranger.

»Ist mir immer ein Vergnügen, dich in Aktion zu sehen«, sagte Ranger.

Ich fuhr los in Richtung Hamilton Street. Mir fiel auf, daß die Knöchel meiner Hände am Lenkrad weiß waren, und ich versuchte ganz bewußt, mich zu entspannen.

»Mann, jetzt bin ich so richtig aufgeheizt«, sagte Sally. »Machen wir doch noch 'n paar Kneipen. Ich kenn da einen Riesenladen in Princeton.«

Ich war soeben mit knapper Not dem Tod entronnen. Meine Unternehmungslust hielt sich in Grenzen. Ich hatte nur den Wunsch, mich irgendwo niederzusetzen, wo's still und nicht bedrohlich war, und die Plätzchen meiner Mutter zu essen.

»Ich muß mit Morelli reden«, sagte ich. »Die Kneipentour laß ich lieber, aber fahren Sie ruhig. Sie brauchen sich ja jetzt wegen Sugar keine Sorgen mehr zu machen.«

»Der arme kleine Kerl«, sagte Sally. »Im Grunde ist er kein schlechter Mensch.«

Das stimmte wahrscheinlich, aber im Moment fiel es mir sehr schwer, viel Anteilnahme für ihn aufzubringen. Er hatte mein Auto und meine Wohnung demoliert, und er hatte mich umbringen wollen. Und als wäre das nicht genug, hatte er auch noch mein Rangers-Trikot ruiniert. Vielleicht würde ich morgen, wenn ich meine gute Laune wiedergefunden hatte, großmütiger sein können. Im Augenblick neigte ich mehr zu Verdrossenheit.

An der Chambers Street bog ich ab und hielt wenig später vor Morellis Haus. Der Pick-up stand nicht mehr auf der Straße, die Ducati war nicht zu sehen. Unten im Haus brannte Licht. Ich nahm an, Morelli war von Sugars Festnahme informiert worden und hatte die Überwachung aufgehoben. Ich nahm meine Plätzchentüte und kroch aus dem Porsche.

Sally rutschte hinters Steuer. »Bis später, Kumpel«, sagte er und heizte ab.

»Bis später«, sagte ich, aber die Straße war schon leer.

Ich klopfte an die Fliegengittertür. »Yo!« rief ich laut, um den Fernseher zu übertönen.

Morelli machte mir auf. »Stimmt es, daß du im Altenheim einen Ringkampf aufgeführt hast?«

»Ah, du hast's schon gehört.«

»Meine Mutter hat angerufen. Sie hat gesagt, Thelma Klapp hätte sie angerufen und erzählt, du hättest gerade eine hübsche Blondine windelweich geprügelt. Thelma meinte, du wärst doch schwanger, da solltest du dir solche Eskapaden nicht erlauben.«

»Die hübsche Blondine war keine Frau.«

»Was ist in der Tüte?« wollte Morelli wissen.

Für Plätzchen hatte Morelli einen Riecher. Ich nahm mir eines und reichte ihm den Rest. »Ich muß mir dir reden.«

Morelli machte es sich auf dem Sofa bequem. »Ich höre.«

»Es geht um Francine Nowicki, Maxines Mutter …«

Morelli richtete sich auf. »Ich bin voll da. Was ist mit Francine Nowicki?«

»Sie hat wieder einen falschen Zwanziger unter die Leute gebracht. Und von meinem Informanten hab ich gehört, daß sie einen ganzen Packen bei sich hatte.«

»Ach, deshalb warst du so scharf drauf, sie zu überwachen. Du glaubst, daß sie in diese Falschgeldgeschichte verwickelt ist und demnächst abhaut – zusammen mit Maxine.«

»Ich hab das düstere Gefühl, daß Maxine schon weg ist.«

»Wieso interessiert dich die Geschichte noch, wenn du glaubst, daß sie weg ist?«

Ich nahm mir noch ein Plätzchen. »Ich weiß es ja nicht mit Sicherheit. Und vielleicht ist sie nicht so weit weg, daß ich sie nicht doch noch aufstöbern kann.«

»Besonders wenn ihre Mutter oder ihre Freundin sie verpfeifen.«

Ich nickte. »Das ist immer eine Möglichkeit. Also, wie schaut's aus, kann ich deinen Pick-up nehmen?«

»Wenn sie morgen früh noch da ist, laß ich einen Überwachungswagen abstellen.«

»Sie hat um drei einen Arzttermin.«

»Was hat dich plötzlich bewogen, mich einzuweihen?«

Ich drückte mich tiefer ins Sofa. »Ich hab keinen Bock mehr auf diesen Job. Ich hab nicht die nötige Ausrüstung. Außerdem bin ich hundemüde. Ich hab gestern nacht kaum geschlafen, und der Tag heute war ein einziger Alptraum. Dieser Kerl hat mich heut abend mit Kugeln bombardiert, und dann hat er mich mit einem Messer in der Hand durch die Gegend gehetzt. So was vertrag ich einfach nicht!« Ich wollte mein Plätzchen essen, aber meine Hand zitterte so heftig, daß ich Mühe hatte, es zum Mund zu führen. »Schau mich doch mal an. Ich bin nur noch ein Wrack.«

»Adrenalinüberschuß«, konstatierte Morelli. »Sobald das nachläßt, schläfst du wie eine Tote.«

»Sag so was nicht.«

»Ach was, morgen geht's dir wieder besser, du wirst schon sehen.«

»Kann schon sein. Im Augenblick wünsch ich mir nur, daß du mir hilfst. Ich hätte früher mit dir reden sollen.«

Morelli stand auf. »Ich hol mir ein Glas Milch. Willst du auch eines?«

»Gern.«

Ich streckte mich auf dem Sofa aus. Das, was er über den Adrenalinüberschuß gesagt hatte, war richtig gewesen. Ich hatte jetzt aufgehört zu zittern und fühlte mich nur noch erschöpft.

Einen Moment lang war ich verwirrt, als ich die Augen öffnete. Dann erkannte ich, daß ich auf Morellis Sofa eingeschlafen war. Es war Morgen. Sonnenlicht strömte durch die vorderen Fenster, und ich roch Kaffeeduft. Morelli hatte mir die Schuhe ausgezogen und mir eine leichte Decke übergelegt.

Ich schlurfte in die Küche und goß mir eine Tasse Kaffee ein.

Morelli schnallte gerade seine Pistole an. »Ich muß los«, sagte er. »Ich hab gestern abend noch deine Mutter angerufen und ihr gesagt, daß du hier bist. Sonst hätte sie sich vielleicht Sorgen gemacht.«

»Danke. Das war nett von dir.«

»Fühl dich wie zu Hause. Wenn irgendwas los ist, kannst du mich über den Piepser erreichen.«

»Überwacht ihr die alte Nowicki?«

Morelli blieb stehen. »Die ist schon weg. Ich hab gestern nacht noch jemanden hingeschickt. Das Haus ist leer.«

»Mist!«

»Vielleicht kriegen wir sie doch noch. Eine Fahndung ist schon rausgegangen. Das FBI hat einen langen Arm.«

»Aber der Arzttermin –«

»Den hat die Nowicki gestern abgesagt.«

Er spülte den Rest seines Kaffees hinunter, stellte die Tasse ins

Spülbecken und zischte ab. Im Eßzimmer blieb er plötzlich stehen und starrte einen Moment zu seinem Schuh runter. Als überlegte er. Ich sah, wie er einmal kurz den Kopf schüttelte. Dann machte er kehrt, lief zurück in die Küche, zog mich an sich und küßte mich. Gierig.

»O Mann«, sagte er und ließ mich los. »Mich hat's echt erwischt.«

Und dann war er weg.

Meine Mutter schaute mich erwartungsvoll an, als ich in die Küche kam. Na? sagte der Blick. Hast du mit ihm geschlafen?

Meine Großmutter saß mit einer Tasse Tee am Tisch. Mein Vater war nirgends zu sehen. Und Sally saß, wieder in meinem alten rosaroten Bademantel, am Kopfende des Tischs und mampfte Schokoladenplätzchen.

»Hey, Kumpel«, sagte er zu mir.

»Sally hat uns erzählt, was gestern abend los war«, bemerkte Großmama. »Schade, daß ich nicht dabei war. Sally hat gesagt, du wärst bombastisch gewesen.«

»Ausgerechnet im Altenheim mußt du dich prügeln«, sagte meine Mutter. »Was hast du dir nur dabei gedacht? Du weißt doch, wie die tratschen.«

»Bis jetzt haben schon drei Leute angerufen«, berichtete Großmama. »Ich bin noch nicht mal dazugekommen, meinen Tee zu trinken. Bei uns geht's zu, als wären wir Filmstars.«

»Also, was gibt's Neues?« fragte ich Sally. »Haben Sie heute schon was vor?«

»Ich zieh um. Ich hab ne neue Bude gefunden. Gestern abend hab ich zufällig ein paar Freunde getroffen, die noch jemanden für ihre WG suchen. Sie haben ein Haus in Yardley.«

»Ach, schade«, sagte Großmama. »Ich hab mich schon so dran gewöhnt, Sie hier in diesem rosa Bademantel sitzen zu sehen.«

Ich pusselte rum, bis Sally aus dem Haus war. Dann duschte ich und räumte mein Zimmer auf. Ich ärgerte mich, daß Mrs. Nowicki mir entwischt war. Nur weil ich nicht früh genug mit Morelli geredet hatte. »Ach verdammt!« schrie ich laut. Jetzt fehlte nur noch, daß Joyce Barnhardt Maxine schnappte.

»Scheiße!«

Meine Mutter klopfte an die Tür. »Geht's dir nicht gut?«

Ich öffnete die Tür. »Nein, mir geht's gar nicht gut. Ich hab einen Riesenfrust! Ich hab den ganzen Fall vermurkst, und jetzt muß ich auch noch Angst haben, daß Joyce Barnhardt mich aussticht.«

Meine Mutter prustete verächtlich. »Joyce Barnhardt! Joyce Barnhardt kann dir nicht das Wasser reichen! Du bist doch tausendmal besser als diese Person.«

»Meinst du wirklich?«

»Sieh einfach zu, daß du den Fehler, den du gemacht hast, korrigierst. Ich bin sicher, es ist nicht so schlimm. Diese Frau, hinter der du her bist, muß doch irgendwo sein.«

»So einfach ist das nicht. Alles, was mir weiterhelfen könnte, ist mir durch die Lappen gegangen.« Bis auf Bernie, den Lustmolch, nach dem ich weiß Gott keine Sehnsucht hatte.

»Bist du dir ganz sicher?«

Nein, eigentlich nicht.

»Du hast recht«, sagte ich. »Es kann nicht schaden, ein paar Dinge noch mal zu überprüfen.« Ich packte meine Umhängetasche und lief zur Treppe.

»Kommst du zum Abendessen nach Hause?« fragte meine Mutter. »Es gibt Brathuhn und hinterher Erdbeerkuchen.«

»Ja, zum Essen bin ich da.«

Draußen wartete der Buick und setzte meiner Stimmung einen kräftigen Dämpfer auf. Es ist schwer, in dem dicken alten Ding die Powerfrau zu mimen. Viel einfacher wäre es zum Beispiel auf einer Ducati.

Ich kroch auf den großen, breiten Sitz und schaute über das Steuerrad hinweg auf die blaßblaue Kühlerhaube, die sich ins Unendliche dehnte. Ich drehte den Schlüssel und gab Gas. Der Wagen tat einen Sprung und sauste die Straße runter.

Morelli hatte Mrs. Nowickis Haus überprüft, aber bei Margie war er nicht gewesen. Es bestand eine kleine Chance, daß Mrs. Nowicki bei Margie war.

Ich war wenig zuversichtlich, als ich vor Margies Haus anhielt. Kein Auto stand davor, weder ihr eigenes noch das von Mrs. Nowicki. Ich ging zur Tür und stellte fest, daß sie abgesperrt war. Auf mein Klopfen rührte sich nichts. Ich schlich ums Haus herum und schaute durch die Fenster. Alles war still. Kein Zeichen von Leben. Kein schmutziges Frühstücksgeschirr auf dem Küchentisch. Keine achtlos auf den Boden geworfenen Socken. Keine Katze irgendwo in einem Sessel zusammengerollt. Die Nachbarin zeigte sich nicht. Vielleicht hatte sie sich schon daran gewöhnt, daß ich ab und zu vorbeikam, um zu schnüffeln.

Ich ging über den Rasen und klopfte bei ihr.

Im ersten Moment schaute sie mich verdutzt an, dann fiel ihr ein, wer ich war. »Ach ja, Sie sind Margies Freundin«, sagte sie.

»Ja, und ich bin immer noch auf der Suche nach Margie.«

»Sie haben sie genau verpaßt. Sie war einen Tag zu Hause, und jetzt ist sie wieder weggefahren.«

»Wissen Sie, wohin?«

»Ich hab nicht gefragt. Ich nehme an, sie ist wieder runter ans Meer.«

»Vielen Dank«, sagte ich. »Irgendwann werd ich sie schon erwischen.«

Ich setzte mich in den Wagen und beschimpfte mich erst mal ein paar Minuten. »Wie kann man nur so blöd sein«, sagte ich. »Blöd, blöd, blöd.«

Da ich schon mal unterwegs war, dachte ich, was soll's, ich

werd einen letzten verzweifelten Versuch machen und noch mal bei Maxines Mutter vorbeifahren.

Auch vor ihrem Haus stand kein Wagen, aber ich hielt trotzdem an und ging zur Tür. Ich klopfte, und die Tür öffnete sich von selbst. »Hallo!« rief ich. Keine Antwort. Ich ging von Zimmer zu Zimmer und war tief erleichtert, keine Toten, Skalpierten oder Zerstückelten zu finden.

Maxines Mutter hatte nicht gut gelebt. Die Matratze des Doppelbetts hatte in der Mitte eine Riesenmulde. Die Laken waren fadenscheinig. Eine verwaschene Chenilledecke diente als Bettdecke und Überwurf. Laken und Decke waren voller Brandlöcher von Zigaretten. Die Möbel waren alt und zerschrammt, auch mit Politur nicht mehr zu retten; die Teppiche voller Flecken. Die Waschbecken verfärbt und angeschlagen. Der Mülleimer in der Küche war randvoll mit leeren Schnapsflaschen. Und das ganze Haus roch nach kaltem Rauch und Moder.

Ich fand keine rasch hingeworfenen Notizen, die über Reisepläne Auskunft gegeben hätten; keine aus Zeitschriften rausgerissenen Anzeigen für Kreuzfahrten oder ähnliches; keine sorglos liegengelassenen falschen Zwanziger. Mrs. Nowicki war weg und hatte nicht die Absicht zurückzukehren. Die offene Tür sprach eine deutliche Sprache. Sollen sie doch die Bude auf den Kopf stellen, sagte die Tür. Ich zieh weiter.

Ich setzte mich wieder in den Buick und versuchte, mir auf das Ganze einen Reim zu machen, aber ich hatte bei weitem nicht genug Informationen. Ich wußte, daß Margie, Maxines Mutter und Maxine zusammenhielten wie Pech und Schwefel. Ich wußte, daß Francine Nowicki einen Packen falscher Zwanziger hatte. Ich vermutete, daß Eddie Kuntz Maxine nicht nur wegen peinlicher Liebesbriefe in die Finger kriegen wollte. Und ich wußte, daß irgend jemand nicht mal davor zurückschreckte zu töten, um an Maxine ranzukommen.

Das Verwirrendste an der ganzen Geschichte war, fand ich,

Eddie Kuntz' Verschwinden. Seit vier Tagen war nichts mehr von ihm gesehen oder gehört worden. Eigentlich, dachte ich, hätte ihn die Flut inzwischen an Land spülen müssen.

Jetzt habe ich Margie und Maxine überprüft, dachte ich. Eigentlich sollte ich jetzt auch noch mal nach Eddie Kuntz sehen. Aber, um ehrlich zu sein, mir graute davor, mich von neuem mit Betty und Leo auseinandersetzen zu müssen. Es wurde allmählich unangenehm. Trotzdem konnte ich ja vorbeifahren und mich dann entscheiden, ob ich mich länger aufhalten wollte.

Ich legte den Gang ein, fuhr in die Muffet Street und hielt vor dem Haus der Glicks an. Weder rechts noch links schien jemand zu Hause zu sein. Kein Lincoln Town Car am Bordstein. Es juckte mich in den Fingern vor Neugier. Zu gern hätte ich mal kurz gegen Eddies Haustür gestoßen, um zu sehen, ob sie sich auch von selbst öffnen würde wie die von Francine. Vielleicht würde ich ja sogar ein bißchen nachhelfen können, da niemand zu Hause war.

Mein Herz schlug Purzelbaum. Stephanie, Stephanie, Stephanie, du solltest nicht mal denken, was du denkst. Stell dir vor, du wirst drinnen erwischt! Okay, das wäre ziemlich peinlich, das mußte ich zugeben. Ich brauchte jemanden, der für mich Schmiere stand. Ich brauchte Lula. Das Büro war ungefähr zehn Minuten entfernt.

Ich holte mein Handy raus und wählte.

»Ja, klar«, sagte Lula. »Im Schmierestehn bin ich gut. Ich komm sofort.«

»Ich werd versuchen, da reinzukommen«, erklärte ich ihr. »Mein Handy nehm ich mit. Bleib du drüben auf der anderen Straßenseite sitzen und ruf mich sofort an, wenn Betty oder Leo nach Hause kommen. Dann geh ich einfach zur Hintertür raus.«

»Du kannst dich auf mich verlassen«, versicherte Lula.

Ich fuhr bis zur nächsten Ecke, bog ab und parkte. Dann ging ich zu Fuß zum Haus zurück und stieg die paar Stufen zur Veranda rauf. Sicherheitshalber klopfte ich erst mal bei den Glicks. Alles blieb still. Ich schaute durchs Fenster. Drinnen rührte sich nichts. Drüben bei Kuntz machte ich es genauso. Dann versuchte ich, die Tür zu öffnen. Sie war abgesperrt. Ich lief nach hinten. Auch da kein Glück. Ich hätte Ranger anrufen sollen statt Lula. Vor Ranger war kein Schloß sicher. Ich hatte mal eine Garnitur Nachschlüssel, aber ich konnte nicht mit ihnen umgehen, drum hab ich sie weggeworfen.

Ich musterte das Fenster neben der Hintertür. Es war einen Spalt offen. Kuntz hatte keine Klimaanlage. Auf dem Küchenboden konnte man wahrscheinlich Brot backen. Ich schlich mich zum Fenster und schob es an. Es klemmte. Ich schaute mich um. Rundherum war alles still. Keine Hunde bellten. Keine Nachbarn waren beim Blumengießen. Nirgends spielten Kinder. Es war viel zu heiß. Alle waren drinnen, ließen die Klimaanlage auf vollen Touren laufen und sahen fern. Glück für mich.

Vorsichtig schleppte ich eine Mülltonne zum Fenster und kletterte rauf. Ich kniete mich hin, verpaßte dem Fenster von unten einen kräftigen Stoß, und schon sauste es nach oben. Niemand schrie: »Hey, Sie! Was machen Sie da?« Das war sehr beruhigend. Ich meine, es war ja auch kein Einbruch in dem Sinne, schließlich hatte ich nichts zerbrochen.

Ich schob das Fenster wieder runter und rannte durchs Haus nach vorn, um mich zu vergewissern, daß die Glicks nicht inzwischen nach Hause gekommen waren. Als ich den Lincoln nicht sah, fühlte ich mich etwas sicherer. Mein Herz fand beinahe seinen normalen Rhythmus wieder. Zuerst nahm ich mir das obere Stockwerk vor, ging methodisch von Zimmer zu Zimmer. Als ich unten angekommen war, schaute ich zum Fenster raus und sah den roten Firebird zwei Häuser weiter am Bordstein stehen. Die Küche durchsuchte ich zuletzt. Milch im Kühlschrank. Und oben im Schlafzimmer hatten schmutzige Kleider auf dem Boden gelegen. Es sah nicht so aus, als hätte er eine längere Reise vorgehabt.

In der Kramschublade neben dem Spülbecken fand ich zwei Schlüsselringe. An dem einen hingen mehrere Schlüssel. An dem anderen nur einer. Meine Mutter wohnte auch in einem Doppelhaus, und in ihrer Kramschublade lagen auch zwei Schlüsselringe. An dem einen hingen die Ersatzschlüssel für Haus und Auto. An dem anderen der Schlüssel für nebenan.

- 16 -

Ich sah auf meine Uhr. Ich war seit einer halben Stunde im Haus. Ich sollte mein Glück wahrscheinlich nicht überstrapazieren, aber ich wollte unbedingt noch eine schnelle Runde durch das Glicksche Haus drehen. Wär doch eine Riesenhilfe, wenn ich auf dem Küchentisch eine Lösegeldforderung finden würde. Der Schlüssel in der Schublade rief mir zu: Probier's! Probier's! Okay, was konnte schlimmstenfalls passieren? Die Glicks würden mich erwischen, und das würde sicher nicht lustig werden. Aber es würde nicht passieren, weil Lula ja Schmiere stand.

Ich steckte den Schlüssel ein, zog das Fenster wieder so weit runter, daß nur noch ein offener Spalt blieb, schlüpfte zur Tür raus und schob den Schlüssel bei den Glicks ins Schloß. Bingo! Die Tür sprang auf.

Das erste, was mir auffiel, war der Schwall kühler Luft, der mir entgegenschlug. In Betty Glicks Küche war es eiskalt. Es war, als marschierte man direkt in einen Kühlschrank. Der Linoleumboden war fleckenlos sauber. Die Küchengeräte waren nagelneu. Rustikal war die Parole. An den Wänden hingen holzgeschnitzte Herzen in Rot und Blau mit sinnigen kleinen Sprüchen. Unter dem hinteren Fenster stand ein Kiefernholztisch mit gedrechselten Beinen. Der Toaster trug eine Folklorehaube. Topflappen und Geschirrtücher hatten ein Hühnchenmuster, und in einer bunten handbemalten Schale verbreitete das unvermeidliche Potpourri Orangenduft.

Leider konnte das Potpourri nicht die Tatsache verbergen, daß es in Betty Glicks Küche eklig roch. Betty sollte mal ihren Abfluß reinigen. Oder vielleicht sollte Betty mal den Müll ausleeren. Ich sah eilig die Schränke und Schubladen durch. Entdeckte nichts Ungewöhnliches. Auch keine toten Ratten oder verwesende Hühnerkadaver. Der Mülleimer war sauber geschrubbt und mit einem frischen Plastikbeutel versehen. Woher kam dann dieser Geruch? Es gab ein Telefon in der Küche, aber keinen Anrufbeantworter, den man hätte abhören können. Der Block neben dem Telefon war unbeschrieben, wartete noch auf wichtige Notizen. Ich warf einen Blick in den Kühlschrank und in den Besenschrank, der in eine kleine Speisekammer umfunktioniert worden war.

Auf der Seite, wo der Besenschrank war, war der eklige Geruch stärker, und plötzlich wußte ich, was ich da roch. O-o, dachte ich, nichts wie raus hier, Stephanie. Aber Stephanie hörte nicht auf mich. Stephanie pirschte sich näher an die Geruchsquelle ran. Stephanie peilte die Kellertür neben dem Besenschrank an.

Mein Handy steckte in meiner Umhängetasche, und meine Umhängetasche hing über meiner Schulter. Ich schaute kurz in die Tasche, um mich zu vergewissern, daß das Handy eingeschaltet war. Ja. Es funktionierte.

Ich öffnete die Kellertür und machte Licht. »Hal-lo«, rief ich. Wenn mir jemand geantwortet hätte, wäre ich in Ohnmacht gefallen.

Ich war halb die Treppe runter, als ich die Leiche sah. Ich hatte erwartet, Eddie oder vielleicht Maxine zu finden. Aber es war keiner von beiden. Es war ein Mann in einem Anzug. Ende fünfzig, Anfang sechzig vielleicht. Mausetot. Man hatte ihn auf eine Zeltplane gelegt. Nirgends Blut. Ich war keine Expertin, aber so wie der Mann aussah, mit vorquellenden Augen und hängender Zunge, war er bestimmt keines natürlichen Todes gestorben.

Und was zum Teufel hatte das nun zu bedeuten? Wie kam Betty zu einer Leiche in ihrem Keller? Ich weiß, es klingt verrückt, aber ich fand es besonders seltsam, weil Betty offensichtlich eine so reinliche Hausfrau war. Der Keller hatte einen gefliesten Boden und eine schalldämpfende Decke. Auf der einen Seite war der Wäscheraum, auf der anderen ein Vorrats- und Lagerraum, in dem irgendwelche großen Geräte oder Maschinen standen, die ebenfalls mit einer Zeltplane zugedeckt waren. Ein ganz normaler Keller – bis auf die Leiche.

Ich rannte die Treppe wieder hoch und platzte genau in dem Moment in die Küche, als vorn Betty und Leo ins Haus kamen.

»Was zum Teufel!« rief Leo. »Was haben Sie hier zu suchen?«

Ich hatte das starke Gefühl, daß es höchst ungesund wäre, mich länger in Bettys Küche aufzuhalten, darum schoß ich schnurstracks zur Hintertür.

Peng! Eine Kugel zischte an meinem Ohr vorbei und bohrte sich in den Türpfosten.

»Halt!« brüllte Leo. »Bleiben Sie auf der Stelle stehen!«

Er hatte den Karton, den er mit hereingebracht hatte, fallen lassen und hielt eine Automatic auf mich gerichtet. Und er sah mit einer Kanone in der Hand weit professioneller aus als Sugar am vergangenen Abend.

»Noch ein Schritt zur Tür, und ich leg Sie um«, sagte Leo. »Und bevor Sie krepieren, hack ich Ihnen die Finger ab.«

Ich starrte ihn entgeistert an.

Betty verdrehte die Augen. »Du immer mit diesen Fingern«, sagte sie zu Leo.

»Hey, das ist mein Markenzeichen, okay?«

»Ich find's bloß albern. Das ist doch in irgend so einem

Film vorgekommen. Bestimmt denken alle, du machst das nur nach.«

»Na und? Da täuschen sie sich eben. Ich hab's zuerst getan. Ich hab schon vor Jahren in Detroit Finger abgehackt.«

Betty hob den Karton auf, den Leo fallen gelassen hatte, trug ihn in die Küche und stellte ihn auf die Arbeitsplatte. Dem Aufdruck war zu entnehmen, daß er eine Kettensäge enthielt. Black and Decker, 120 PS.

Igitt.

»Sie werden's nicht glauben«, sagte ich, »aber in Ihrem Keller liegt ein Toter. Sie sollten vielleicht die Polizei rufen.«

»Also wirklich, wenn einmal was schiefläuft, geht gleich alles daneben«, sagte Leo. »Ist Ihnen das auch schon mal aufgefallen?«

»Wer ist der Mann?« fragte ich. »Der, der da unten im Keller liegt.«

»Nathan Russo. Aber das braucht Sie nicht zu kümmern. Er war mein Partner und ist nervös geworden. Ich mußte seine Nerven beruhigen.«

Das Telefon in meiner Umhängetasche dudelte.

»Verdammt noch mal«, sagte Leo, »was ist denn das? Eins von diesen Mobiltelefonen?«

»Genau. Es ist wahrscheinlich besser, ich geh ran. Es könnte meine Mutter sein.«

»Legen Sie Ihre Tasche da auf die Arbeitsplatte.«

Ich legte sie auf die Arbeitsplatte. Leo kramte mit seiner freien Hand drin rum, fand das Telefon und schaltete es aus.

»Na, das ist jetzt vielleicht eine schöne Bescherung«, sagte er. »Schlimm genug, daß ich *eine* Leiche verschwinden lassen muß. Jetzt sind's schon *zwei*.«

»Ich hab dir ja gleich gesagt, du sollst es nicht im Keller machen«, warf Betty ein. »Ich hab's dir gesagt!«

»Mensch, ich hatte zu tun«, versetzte Leo. »Ich hatte nicht

viel Zeit. Und mir ist nicht aufgefallen, daß du groß dabei geholfen hast, das Geld zusammenzukriegen. Glaubst du vielleicht, es ist einfach, so einen Haufen Geld zu machen?«

»Ich weiß, es ist eine dumme Frage«, bemerkte ich, »aber was ist eigentlich aus Eddie geworden?«

»Eddie!« Leo warf die Hände hoch. »Das alles wäre nicht passiert, wenn dieser Penner nicht gewesen wär!«

»Er ist doch nur ein junger Kerl«, sagte Betty. »Er ist kein schlechter Mensch.«

»Nur ein junger Kerl? Er hat mich ruiniert! Mein Lebenswerk – puff! Wenn er hier wär, würd ich ihn auch kaltmachen.«

»Solche Reden will ich nicht hören«, sagte Betty. »Er gehört zur Familie.«

»Haha! Warte nur, bis du auf der Straße stehst, weil dein nichtsnutziger Neffe uns um unsere Pension gebracht hat. Warte nur, bis du in ein Pflegeheim mußt. Glaubst du, die nehmen dich nur deiner schönen Augen wegen? Da täuschst du dich gewaltig.«

Betty stellte ihre Einkaufstüte auf den kleinen Küchentisch und begann auszupacken. Orangensaft, Brot, Haferflocken, eine Rolle Müllsäcke. »Wir hätten von den Müllsäcken gleich zwei Rollen nehmen sollen«, sagte sie.

Ich schluckte. Ich konnte mir lebhaft vorstellen, was sie mit den Müllsäcken und der Kettensäge vorhatten.

»Dann fahr doch noch mal zurück in den Laden«, sagte Leo. »Ich fang inzwischen unten schon an, und du holst noch eine Rolle Müllsäcke. Wir haben sowieso die Steaksoße vergessen. Ich wollte heut abend Steaks grillen.«

»Mein Gott«, sagte ich. »Wie können Sie dran denken, Steaks zu grillen, wenn in Ihrem Keller ein Toter liegt?«

»Essen muß man immer«, sagte Leo.

Betty und Leo standen mit dem Rücken zum Seitenfenster. Ich spähte über Leos Schulter und sah hinter dem Fenster kurz Lulas Kopf auftauchen. Die Perlenschnüre flogen.

»Hörst du dieses komische scheppernde Geräusch?« fragte Leo seine Betty.

»Nein.«

Sie standen beide still und lauschten.

Lula schoß ein zweitesmal in die Höhe. »Da ist es wieder!«

Leo drehte sich um, aber Lula war schon wieder verschwunden.

»Das bildest du dir ein«, sagte Betty. »Das kommt von dem ganzen Streß. Wir sollten mal Urlaub machen. Irgendwo hinfahren, wo's schön ist, zum Beispiel nach Disney World.«

»Ich weiß genau, was ich gehört hab«, behauptete Leo. »Und ich hab was gehört.«

»Also mir wär's lieber, du würd'st dich jetzt endlich beeilen und sie umbringen«, sagte Betty. »Ich möchte hier nicht so rumstehen. Was ist, wenn von den Nachbarn jemand rüberkommt? Was meinst du, wie das aussieht?«

»Runter«, sagte Leo zu mir.

»Und mach bloß keine Schweinerei«, mahnte Betty. »Ich hab da unten grade erst geputzt. Am besten erwürgst du sie wie Nathan. Das war sauber.«

Es war das zweitemal innerhalb von vierundzwanzig Stunden, daß jemand eine Kanone auf mich gerichtet hielt, und ich war jenseits der Angst. Ich schwankte zwischen eiskaltem tödlichem Entsetzen und einer Stinkwut. In meinen Magen hatte die Furcht ein Riesenloch gefressen, der Rest meines Körpers brannte vor Verlangen, Leo bei der Hemdbrust zu packen und seinen Kopf gegen die Wand zu knallen, bis ihm die Plomben aus den Zähnen fielen.

Ich vermutete, daß Lula schon auf dem Weg war, Hilfe zu holen, die Polizei zu alarmieren. Und ich wußte, daß ich jetzt versuchen mußte, Zeit zu gewinnen, aber es fiel mir schwer, einen klaren Gedanken zu fassen. Ich schwitzte Blut in Bettys eiskalter Küche.

»Ich v-versteh das nicht«, sagte ich zu Leo. »Warum bringen Sie alle um?«

»Ich töte nur, wenn ich muß«, antwortete Leo. »Aufs Geratewohl tu ich's bestimmt nicht. Ich hätte diese Verkäuferin nicht getötet, aber sie hat Betty die Skimaske runtergerissen.«

»Und sie machte so einen netten Eindruck«, bemerkte Betty. »Aber was blieb uns andres übrig?«

»Ich bin auch nett«, sagte ich.

»Und dabei haben wir von ihr überhaupt nichts erfahren«, fuhr Leo fort. »Ich hab ihr den Finger abgeschnitten, um ihr zu zeigen, daß es mir ernst ist, aber sie hat trotzdem nicht geredet. Was soll man von so jemandem halten? Sie hat nur gesagt, Maxine wäre in Point Pleasant. Na toll. Point Pleasant. Maxine und zwanzigtausend andre Leute.«

»Vielleicht war das alles, was sie wußte.«

Leo zuckte die Achseln.

Ich suchte krampfhaft nach einer weiteren Frage. »Wissen Sie, was ich noch nicht verstehe? Ich versteh nicht, warum Sie nur Mrs. Nowicki skalpiert haben. Den andern haben Sie allen einen Finger abgeschnitten.«

»Ich hatte mein Werkzeug vergessen«, erklärte Leo. »Und sie hatte nur dieses blöde Küchenmesser im Haus. Mit einem Küchenmesser kann man keine gute Arbeit machen. Außer, es ist superscharf.«

»Ich sag dir ja dauernd, du sollst Gingko nehmen«, fuhr Betty ihn an. »Du vergißt wirklich alles.«

»Laß mich mit deinem verdammten Gingko in Ruhe. Ich weiß nicht mal, was Gingko ist.«

»Eine Pflanze«, sagte Betty. »Jeder nimmt das.«

Leo verdrehte die Augen. »Na toll!«

Draußen vor dem Fenster tauchte Lula wieder auf. Diesmal hatte sie eine Pistole in der Hand. Sie kniff die Augen zusammen und zielte, und peng! Das Fenster zersprang in tausend Scherben, und ein Topflappen mit Hühnchenmuster, der an einem Haken an der Wand gegenüber hing, hüpfte in die Höhe.

»Heiliges Kanonenrohr!« rief Leo, noch während er zur Seite sprang und sich nach dem Fenster umdrehte.

»Lassen Sie die Kanone fallen, Sie fieser alter Knochen«, schrie Lula. »Wenn Sie nicht auf der Stelle die Kanone fallen lassen, jag ich Ihnen eine Kugel in den Hintern!«

Leo schoß auf das Fenster. Lula erwiderte das Feuer und zertepperte die Mikrowelle. Betty und ich krochen unter den Tisch.

In der Ferne heulten Sirenen.

Leo rannte zur Haustür. Schüsse krachten, gemischt mit Flüchen von Leo und Lula. Draußen blinkten Blaulichter.

»Diesen Teil hasse ich«, sagte Betty.

»Sie haben das schon mal erlebt?«

»Na ja, nicht in dieser Form. Das letztemal ist es viel ordentlicher zugegangen.«

Betty und ich hockten immer noch unter dem Tisch, als Morelli reinkam.

»Entschuldigen Sie«, sagte Morelli zu Betty. »Ich würde Miss Plum gern unter vier Augen sprechen.«

Betty kroch unter dem Tisch hervor und stand auf. Sie machte ein Gesicht, als wüßte sie nicht, wohin.

Ich kroch ebenfalls raus. »Du solltest sie vielleicht festnehmen«, sagte ich zu Morelli.

Morelli reichte sie an einen uniformierten Kollegen weiter und funkelte mich wütend an. »Was zum Teufel ist hier los? Ich melde mich, weil ich angepiepst werde, und hör Lula kreischen, daß du gerade erschossen wirst.«

»Na ja, dazu ist er nicht gekommen.«

Morelli zog die Nase hoch. »Was ist das für ein Geruch?«

»Ein Toter im Keller. Leos Partner.«

Morelli machte kehrt und rannte runter. Eine Minute später kam er lächelnd wieder rauf. »Das ist Nathan Russo.«

»Und?«

»Der Blütenhändler, dein Freund und Helfer. Das ist der Mann, den wir überwacht haben.«

»So klein ist die Welt.«

»Eine Druckerpresse ist auch unten. Unter einer Zeltplane.«

Ich spürte, wie plötzlich mein ganzes Gesicht entgleiste und mir die Tränen in die Augen schossen. »Er wollte mich umbringen.«

»Das Gefühl kenn ich«, sagte Morelli. Er nahm mich in den Arm und küßte mich auf den Kopf.

»Ich will aber nicht weinen«, sagte ich. »Da werd ich immer ganz fleckig im Gesicht, und meine Nase fängt an zu laufen.«

»Also jetzt bist du nicht fleckig«, stellte Morelli fest. »Jetzt bist du kreideweiß. Der Kerl da unten hat mehr Farbe als du.«

Er führte mich durchs Haus zur Veranda, wo Lula hin und her rannte, als hätte sie Hummeln unterm Hintern. Morelli drückte mich auf die Stufe nieder und sagte, ich solle meinen Kopf zwischen meine Beine stecken.

Nach einer Weile hörte das Hämmern in meinem Kopf auf, und ich hatte nicht mehr das Gefühl, mich übergeben zu müssen. »Gleich geht's mir wieder gut«, sagte ich.

Lula setzte sich neben mich. »Jetzt hab ich zum erstenmal eine Weiße gesehen, die wirklich weiß war.«

»Geht nicht weg«, sagte Morelli. »Ich muß mit euch beiden reden.«

»Ja Sir, Boss«, antwortete Lula.

Morelli kauerte neben mir nieder und senkte seine Stimme. »Du warst doch nicht widergesetzlich im Haus?«

»Nein.« Ich schüttelte nachdrücklich den Kopf. »Die Tür war offen. Ich wurde reingebeten. Der Wind hat die Tür aufgestoßen …«

Morelli sah mich mit zusammengekniffenen Augen an. »Wie wär's, wenn du dich für eines entscheidest?«

»Was gefällt dir am besten?«

»Ach, hör auf«, sagte Morelli.

Er ging wieder ins Haus, in dem es jetzt von Bullen wimmelte. Ein Rettungswagen war eingetroffen. Völlig überflüssigerweise. Es war niemand verletzt worden, und die Leiche im Keller würde der Leichenwagen mitnehmen. Nachbarn hatten sich auf dem Bürgersteig rund um den Rettungswagen versammelt. Andere standen auf den Veranden auf der anderen Straßenseite. Betty und Leo saßen in zwei getrennten Streifenwagen. Von jetzt an würde man sie von einander fern halten und getrennt vernehmen.

»Danke, daß du mich gerettet hast«, sagte ich zu Lula. »Mann, diesem Topflappen hast du vielleicht den Garaus gemacht.«

»Ja, bloß hatte ich eigentlich auf Leo gezielt. Tut mir leid, daß ich dich nicht rechtzeitig gewarnt hab. Die Verbindung war dauernd gestört. Ein Glück, daß ich gleich zu Morelli durchgekommen bin.«

Vorn an der Straßenecke kam mit quietschenden Bremsen ein schwarzer Jeep zum Stehen, und ein nackter Mann sprang raus.

»Gottverdammich!« rief Lula. »Diesen nackten Typen kenn ich doch.«

Ich war schon aufgesprungen und rannte. Der nackte Typ war Eddie Kuntz! Eddie sah die Menschenmenge vor seinem Haus und huschte sofort schamhaft hinter ein Gebüsch. Ich hielt mit einem Riesenrutscher direkt vor dem Busch an und riß die Augen auf. Kuntz war von Kopf bis Fuß tätowiert, mit drastischen Parolen wie »Bleistiftschwanz«, »Frauenschläger« und »Ich mag's am liebsten von hinten«.

»Du meine Güte!« sagte ich nur.

Kuntz schnaubte vor Wut. »Sie haben mich gefangengehalten. Sie haben mich am ganzen Körper tätowiert.«

Lula, die inzwischen neben mir stand, sagte: »Ich find, mit dem Bleistiftschwanz waren sie noch großzügig. Ich find, Bleistiftstummel wär passender.«

»Ich bring sie um«, sagte Kuntz. »Ich krieg sie, und dann bring ich sie um.«

»Maxine?«

»Und bilden Sie sich bloß nicht ein, daß Sie Ihre tausend Dollar kriegen.«

»Der Wagen, mit dem Sie da eben gekommen sind –«

»Der gehört dieser anderen Kopfgeldjägerin. Der mit den Titten. Sie hat gesagt, sie hätte den Polizeifunk abgehört und wär auf dem Weg hierher. Sie hat mich in der Olden Street aufgelesen. Da hat Maxine mich abgesetzt. Genau vor dem 7-Eleven!«

»Wissen Sie, wohin Maxine wollte?«

»Zum Flughafen. Alle drei. Sie fahren einen blauen Honda Civic. Das mit den tausend nehm ich übrigens zurück. Bringen Sie mir die Fotze, und ich mach Sie reich.«

Ich rannte zum Firebird. Lula hinter mir her. »Ich bin dabei«, sagte sie. »Ich bin dabei.«

Wir sprangen in den Wagen, und Lula schoß ab, noch ehe ich meine Tür richtig zu hatte.

»Die fahren bestimmt die Route eins«, sagte ich. »Darum haben sie ihn in der Olden Street abgesetzt. Sie fahren bestimmt zur eins raus.«

Auf zwei Rädern bogen wir in die Olden ein, rasten bis zur Abzweigung und fuhren auf die Schnellstraße in Richtung Norden.

In meiner Aufregung hatte ich vergessen zu fragen, zu welchem Flughafen die drei Frauen überhaupt wollten. Genau wie Lula hatte ich einfach angenommen, sie führen nach Newark. Ich warf einen Blick auf den Tacho und sah, daß wir um die hundertsechzig fuhren. Lula drückte das Gaspedal durch, ich lehnte mich in den Sitz zurück und schaute weg.

»Diesem Scheißkerl haben sie's gegeben«, sagte Lula. »Mir tut's beinah leid, daß wir Maxine kassieren müssen. Die Frau hat echt Stil.«

»Sehr kreativ«, bestätigte ich.

»Einfach Klasse.«

Eigentlich fand ich es des Guten etwas zuviel. Ich hatte für Eddie Kuntz wirklich nichts übrig, aber daß Maxine ihn von oben bis unten mit Nadeln gepiesackt hatte, fand ich schon ein bißchen happig.

Ich hielt nach dem blauen Honda und gleichzeitig nach Joyce Ausschau. War doch wieder mal typisch, daß Joyce gerade im richtigen Moment erschienen war, um Eddie Kuntz aufzulesen. Wenn irgendwo ein nackter Mann rumstand, würde Joyce ihn finden, darauf konnte man sich verlassen.

»Da sind sie!« schrie ich. »Am Straßenrand.«

»Ich seh sie«, sagte Lula. »Maxine ist anscheinend von den Bullen aufgehalten worden.«

Nicht von den Bullen. Von Joyce Barnhardt, die ein rotes Blinklicht auf das Dach ihres Jeeps gesetzt hatte. Wir bremsten hinter Joyce ab und rannten nach vorn, um zu sehen, was los war.

Joyce stand auf dem Bankett und hielt eine Pistole auf Maxine, Mrs. Nowicki und Margie gerichtet. Die drei Frauen lagen vor Joyce auf dem Boden, die Hände mit Handschellen auf dem Rücken gefesselt.

Joyce lächelte, als sie mich sah. »Du bist ein bißchen spät dran, Süße. Ich hab unsere Flüchtigen schon aufgegabelt. Pech für dich.«

»Blöde Kuh«, brummte Lula mit wütend zusammengekniffenen Augen.

»Du hast drei Personen gefesselt, Joyce, aber nur eine von ihnen hat sich strafbar gemacht. Du bist nicht berechtigt, die beiden anderen Frauen festzuhalten.«

»Ich kann festhalten, wen ich will«, entgegnete Joyce. »Du bist ja nur sauer, weil ich dir zuvorgekommen bin.«

»Ich bin sauer, weil du dich verhältst wie eine unprofessionelle Gans.«

»Paß auf, was du sagst«, schrie Joyce. »Wenn du mir die Laune verdirbst, landest du mit deiner Freundin, dem Walroß, auch da unten auf dem Boden. Ich hab noch Handschellen übrig.«

»Moment mal«, sagte Lula. »Walroß?«

Joyce richtete ihre Waffe auf Lula und mich. »Ihr habt genau dreißig Sekunden, um eure fetten Ärsche hier wegzubewegen. Und ich würd euch beiden raten, euch nach einem neuen Job umzuschauen, denn eins ist ja wohl klar: Die Kopfgeldjägerin bin ich.«

»Klar«, antwortete Lula. »So einen coolen Job verdienen wir gar nicht. Ich hab mir schon überlegt, ob ich mir nicht was in der neuen Hähnchenbraterei suchen soll, die gerade aufgemacht hat, zum dummen Huhn. Ich hab gehört, da kann man essen, soviel man will. Warten Sie, ich helf Ihnen, die Frauen in Ihren Wagen zu verfrachten.«

Lula hievte Maxine in die Höhe, und als sie sie zu Joyce rüberschob, gab Joyce einen Laut von sich, der wie »Och» klang, und sackte zusammen.

»Hoppla«, sagte Lula. »Schon wieder so'n Schwindelanfall.«

Ausgelöst durch einige Volt aus Lulas Schockpistole.

Auf dem Rücksitz von Joyces Wagen stand ein Matchsack. Ich durchsuchte ihn und fand die Schlüssel zu den Handschellen. Ich befreite Mrs. Nowicki und Margie von ihren Fesseln und sagte: »Sie sind frei. Ich bin nicht bevollmächtigt, Sie festzuhalten, aber Sie werden vom FBI gesucht, es wäre vielleicht nicht dumm, wenn Sie sich stellen.«

»Ja, klar«, antwortete Mrs. Nowicki. »Mach ich sofort.«

Lula klopfte Maxine den Straßenstaub von den Kleidern, während Mrs. Nowicki und Margie unschlüssig am Straßenrand standen.

»Was ist mit Maxie?« fragte Margie. »Können Sie sie nicht auch freilassen?«

»Tut mir leid. Maxine muß sich bei Gericht melden.«

»Macht euch keine Sorgen«, sagte Maxine zu ihrer Mutter und Margie. »Es wird schon alles klappen.«

»Ich fühl mich aber gar nicht wohl dabei, dich einfach so im Stich zu lassen«, sagte Mrs. Nowicki.

»Ach, denk dir nichts dabei«, versetzte Maxine. »Wir sehen uns, sobald ich das erledigt hab.«

Mrs. Nowicki und Margie stiegen in den blauen Honda und fuhren davon.

Joyce lag immer noch auf dem Boden, hatte aber angefangen, ein bißchen zu zucken, und eines ihrer Augen war offen. Ich wollte nicht, daß Joyce womöglich überfallen wurde, während sie langsam wieder zu sich kam, darum hoben Lula und ich sie hoch und bugsierten sie in den Jeep. Dann nahmen wir die Schlüssel und sperrten sie sicher und geborgen in ihrem Wagen ein. Die kleine rote Lampe auf ihrem Dach blinkte immer noch unverdrossen, es war damit zu rechnen, daß früher oder später ein Bulle anhalten würde, um nach dem Rechten zu sehen. Da sie so eine kleine rote Lampe von Gesetzes wegen eigentlich gar nicht haben durfte, war es durchaus möglich, daß Joyce deshalb Schwierigkeiten bekam. Aber vielleicht auch wieder nicht. Joyce wußte, wie man mit Polizisten umgehen mußte.

Maxine war auf der Fahrt zur Polizei nicht sehr gesprächig, ich vermutete, sie wäre damit beschäftigt, sich ihre Geschichte zurechtzulegen. Sie sah jünger aus als auf dem Foto. Nicht so nuttig. Vielleicht läuft das so, wenn man seine Wut raustätowiert. Ähnlich, wie wenn man einem Ertrunkenen neues Leben einhaucht. Gute Luft rein, schlechte Luft raus. Aber vielleicht lag's auch an dem Hundert-Dollar-Haarschnitt und dem Fünfundsiebzig-Dollar-DKNY-T-Shirt. Maxine sah nicht aus, als hätte sie Geldschwierigkeiten.

Die Polizeidienststelle Trenton ist in der North Clinton Street in einem nüchternen roten Backsteingebäude untergebracht.

Der Parkplatz sieht aus wie ein Käfig – eine riesige asphaltierte Fläche, die von einem drei Meter hohen Maschendrahtzaun umgeben ist. Er soll den Diebstahl von Polizeifahrzeugen verhindern, aber es gibt im Leben keine Sicherheit.

Als wir auf den Platz fuhren, sahen wir zwei Streifenwagen direkt hinter dem Gebäude stehen. Eben wurde Leo Glick aus einem der Wagen rausgeholfen. Er schaute in unsere Richtung und verzog angewidert den Mund. Seine Augen funkelten wütend.

»Gehen wir einer Szene lieber aus dem Weg«, sagte ich zu Lula. »Bringen wir Maxine vorn rein, dann braucht sie Leo gar nicht zu begegnen.«

Wenn ich meine eingefangenen Delinquenten zu den üblichen Bürozeiten ablieferte, konnte ich sie meistens direkt dem Richter vorführen, aber das Gericht hatte für heute schon geschlossen, ich wandte mich deshalb an den Diensthabenden. Ich drückte ihm meine Papiere in die Hand und übergab ihm Maxine.

»Ach, ich hab eine Nachricht für Sie«, sagte er. »Morelli hat vor ungefähr fünf Minuten angerufen und seine Nummer hinterlassen. Sie sollen ihn zurückrufen. Sie können gleich im Dienstraum telefonieren.«

Ich ging rüber, wählte und wartete darauf, daß Morelli sich melden würde.

»Da du in der Dienststelle bist, nehme ich an, daß du Maxine erwischt hast«, sagte Morelli.

»Ich erwische jeden, den ich erwischen will.«

»Oha, da kriegt man's ja gleich mit der Angst.«

»Das war nur dienstlich gesprochen.«

»Ich brauch einen Bericht über die Vorfälle bei den Glicks.«

Ich sagte nichts davon, wie ich mir den Schlüssel zum Haus verschafft hatte, und erzählte ihm den Rest.

»Wieso warst du eigentlich so schnell da?« fragte ich am Schluß.

»Ich saß wieder vor dem 7-Eleven.« Es trat eine kurze Pause

ein, in der ich im Hintergrund Leute reden hören konnte. »Kuntz ist ausgesprochen kooperativ«, berichtete Morelli. »Er ist so wütend, daß er bereit ist, uns alles zu sagen, was wir wissen wollen. Er sagte, Maxine wäre auf dem Weg zum Flughafen.«

»Ja. Ich hab sie auf Route eins geschnappt.«

»Allein?«

»Nein.«

»Ich warte«, sagte Morelli.

»Margie und Mrs. Nowicki waren bei ihr.«

»Und?«

»Und ich hab sie gehen lassen. Ich durfte sie nicht festnehmen.« Und ich hatte sie gern ziehen lassen. Es fiel mir schwer zu glauben, daß sie etwas mit dem Falschgeldhandel zu tun hatten. Maxine hätte ich im übrigen auch am liebsten laufen lassen. Ich hatte den Verdacht, daß sie Leo um Geld erpreßt hatten und jetzt auf dem Weg in ein unbeschwertes Leben waren. Eigentlich war das ja schrecklich, aber irgendwie wünschte ich mir, sie würden es schaffen.

»Du hättest mich sofort informieren sollen. Du hast doch gewußt, daß ich mit Maxines Mutter reden will.«

Morelli war wütend. Er sprach mit seiner Polizistenstimme.

»Sonst noch was?« fragte ich.

»Das wär's im Moment.«

Ich streckte dem Telefon die Zunge raus und legte auf. Ich kam mir sehr reif vor.

Mein Vater hing in seinem Sessel vor der Glotze und schaute ein Baseballspiel an. Meine Großmutter saß kerzengerade auf der Couch und schnarchte, und meine Mutter saß neben ihr und häkelte. Das war ein allabendliches Muster, und das Ritual hatte etwas Tröstliches. Das ganze Haus schien in eine Art gesättigter Schläfrigkeit zu fallen, wenn das Geschirr gespült und nur noch das gedämpfte Getöse des Baseballspiels zu hören war.

Ich saß auf den Stufen vor dem Haus meiner Eltern und tat gar nichts. Ich hätte natürlich irgendwo tief im Innern was tun können, nachdenken zum Beispiel, über mein Leben oder das Leben von Mutter Teresa oder das Leben im allgemeinen, aber das reizte mich im Moment nicht. Das einzige, was mich im Augenblick reizte, war der Luxus, nichts zu tun.

Nachdem ich Maxine abgeliefert hatte, war ich bei meiner Wohnung vorbeigefahren und hatte erfreut festgestellt, daß die Reparaturarbeiten Fortschritte machten. Ich hatte Mrs. Karwatt und Mrs. Delgado besucht, war dann zu Morelli zurückgefahren und hatte meine wenigen Habseligkeiten gepackt. Die Gefahr hatte sich verzogen, und wäre ich jetzt weiter bei Morelli geblieben, so hätte das nach verbindlicher Beziehung ausgesehen. Es gab aber keine verbindliche Beziehung zwischen uns, das war der Haken. Es gab heißen Sex und echte Zuneigung zwischen uns, aber die Zukunft war völlig offen. Außerdem machte Morelli mich wahnsinnig. Morelli wußte instinktiv genau, wie er mich zu nehmen hatte. Ganz zu schweigen von Nonna Bella. Ganz zu schweigen von den zahllosen Morellispermien, die wacker versuchten, den Damm des Kondoms zu brechen.

Mein Auge begann zu zucken, und ich legte einen Finger darauf. Na bitte, da sehen Sie, was Morelli bei mir auslöst – Augenzucken.

Da war es schon besser, bei meinen Eltern unterzukriechen. Ich brauchte ja nur ein paar Wochen durchzuhalten, dann konnte ich wieder in meine eigene Wohnung ziehen, und mein Leben würde wieder normal werden. Und dann würde auch mein Auge aufhören zu zucken.

Es war fast zehn, und auf der ganzen Straße rührte sich nichts. Die Luft war windstill und schwül. Die Temperatur war etwas gefallen. Oben am Himmel mühten sich ein paar Sterne, die Dunstglocke über Trenton zu durchdringen, allerdings ohne viel Erfolg.

Ein paar Straßen weiter ließ jemand einen Basketball springen. Klimaanlagen brummten, und eine einsame Grille zirpte in einem Garten.

Ich hörte das Heulen eines Motorrads. Könnte sein, dachte ich, daß ich den Fahrer kenne. Das Geräusch war atemberaubend. Nicht das Donnern einer Harley. Es war das Zischen einer Rakete. Die Maschine kam näher, und endlich sah ich im Licht der Straßenlampe an der Ecke die Umrisse. Es war eine Ducati. Schnell, wendig und sexy. Die perfekte Maschine für Morelli.

Er lenkte sie an den Bordstein und nahm seinen Helm ab. Er trug Jeans und Stiefel und ein schwarzes T-Shirt und sah aus wie ein Mann, der eine Frau um ihren Schlaf bringt. Er klappte den Ständer raus und kam zu mir.

»Ein schöner Abend zum Draußensitzen«, sagte er.

Ich mußte dran denken, wie ich mal im Pfadfinderlager gewesen war und mich zu nah ans Feuer gesetzt hatte und meine Stiefel zu rauchen angefangen hatten.

»Ich hab mir gedacht, es würde dich vielleicht interessieren, wie die Vernehmung gelaufen ist.«

Ich beugte mich begierig vor. Natürlich interessierte mich das!

»Es war der reinste Sängerwettstreit«, sagte Morelli. »Ich hab noch nie so viele Leute erlebt, die so versessen drauf waren, sich selber in die Pfanne zu hauen. Leo Glick hat eine ellenlange Vorstrafenliste, wie sich jetzt rausgestellt hat. Er ist in Detroit aufgewachsen, hat da für die Angio-Familie gearbeitet. Als Vollstrecker. Vor zwanzig Jahren fand er, er würde langsam zu alt für so schwere körperliche Arbeit, und ging bei einem Drucker in die Lehre, den er im Knast kennengelernt hatte. Der Drucker, Joe Costa, hatte eine Garnitur echt guter Pressen. Leo hat drei Jahre bei Costa gelernt, und eines Tages war Costa plötzlich tot. Leo hat keine Ahnung, wie es dazu kam.«

Ich verdrehte die Augen.

»Genau«, meinte Morelli. »Der Meinung bin ich auch. Na, kurz und gut, Leo und Betty sagten Detroit Lebewohl und zogen nach Trenton und machten nach zwei Jahren ihren eigenen Betrieb auf.

Leo kannte Nathan Russo aus Detroit. Der hatte da für die Angios die Schutzgelder kassiert. Er hat ihn überredet, nach Trenton zu kommen und das Geld für ihn zu waschen. Es war alles ganz clever eingefädelt. Nathan hatte eine Reinigung. Betty war die Kurierin, sie hat in ihren Wäschesäcken das Geld hin und her geschleppt. Sehr hygienisch.«

»Das ist ja schauderhaft.«

Morelli grinste.

»Und Maxine?« fragte ich.

»Maxine hat Kuntz geliebt, aber Kuntz ist ein echtes Arschloch. Ein Schläger. Maxine war nicht die erste, die er geprügelt hat. Und er macht seine Frauen auch noch auf andere Art fertig. Maxine hat er dauernd erzählt, sie wäre strohdumm.

Na ja, eines Tages gibt's einen Riesenkrach, und Maxine haut mit Kuntz' Wagen ab. In seiner Wut zeigt Kuntz sie an und läßt sie verhaften. Maxine kommt auf Kaution wieder frei und ist natürlich fuchsteufelswild. Sie kehrt zu Kuntz zurück und spielt ihm die reuige Geliebte vor. Aber in Wirklichkeit will sie sich natürlich nur rächen. Kuntz hat ihr gegenüber damit angegeben, was für ein gerissener Gangster er ist, und hat ihr von dem Falschgeldhandel erzählt. Maxine löchert ihn so lange, ihr die Druckplatten zu zeigen, bis dieser Idiot eines Tages, während Leo und Betty im Supermarkt sind, rübergeht und das ganze Zeug holt, die Platten, das Rechnungsbuch und einen Matchsack voller Zwanziger. Daraufhin vögelt Maxine ihn, bis ihm schwarz vor Augen wird, schickt ihn mit der Aussicht auf die nächste Runde in die Dusche und haut mit dem ganzen Zeug ab.«

»Die Frau ist wirklich Spitze.«

»Ja«, sagte Morelli. »Die gute Maxine ist Spitze. Am Anfang

war's nur als Spiel gedacht. Um Kuntz richtig die Hölle heiß zu machen. Der sollte bei dieser sogenannten Schnitzeljagd Blut schwitzen. Aber dann kam Leo dahinter und begann die Jagd auf Maxine nach altbewährter Detroiter Art. Er knüpfte sich Margie und Maxines Mutter vor, aber die beiden hatten natürlich von Tuten und Blasen keine Ahnung.«

»Nicht mal, nachdem er ihnen mit dem Messer zu Leibe gerückt war, um sie zum Reden zu ermuntern.«

»Genau. Leo ist nicht gerade ein Menschenkenner. Er weiß nicht, daß man einen Stein nicht zum Bluten bringen kann. Na, wie dem auch sei, als Maxine von den Verstümmelungen erfährt, ist bei ihr Schluß mit lustig, und sie beschließt, ihre Mutter und Margie einzuweihen und aufs Ganze zu gehen.

Sie hat sich inzwischen die Rechnungsbücher angeschaut und weiß, daß sie es mit Leo zu tun hat. Sie ruft ihn an und nennt ihm die Bedingungen. Eine Million in echtem Geld für die Platten und die Bücher.«

»Hatte Leo denn überhaupt so viel Geld?«

»Anscheinend. Maxine leugnet die Erpressung natürlich.«

»Wo ist die Million?«

Morelli machte ein Gesicht, als gefiele ihm dieser Teil der Geschichte besonders gut. »Das weiß niemand. Ich persönlich glaube, daß sie bereits außer Landes ist. Es ist gut möglich, daß man am Ende Mrs. Nowicki und Margie überhaupt nichts wird vorwerfen können und Maxine allenfalls den Autodiebstahl und ihr Nichterscheinen beim Gericht. Für die Erpressung gibt es keinen Beweis.«

»Und was ist mit der Entführung von Eddie Kuntz?«

»Keine Anzeige. Wenn man dir den ganzen Hintern mit ›Bleistiftschwanz‹ volltätowiert hätte, würdest du dann damit an die Öffentlichkeit gehen wollen? Außerdem waren die meisten dieser Tätowierungen nicht von Dauer. In der ersten Nacht, nachdem Eddie entführt worden war, hat Maxine ihn mit einer

Flasche Gin in ein Zimmer gesperrt. Er hat sich vollaufen lassen, bis er bewußtlos geworden ist, und als er aufwachte, war sein ganzer schöner Körper nur noch eine einzige Tätowierung.«

Ich schaute mir die Ducati an und fand sie supercool und dachte, wenn ich eine Ducati hätte, wär ich echt die Größte.

Morelli stieß mich mit dem Knie an. »Hast du Lust auf eine Spritztour?«

Natürlich hatte ich Lust auf eine Spritztour. Ich brannte darauf, meine Beine um diese hundertneun Pferde zu pressen und zu spüren, wie sie losbrausten.

»Darf ich fahren?« fragte ich.

»Nein.«

»Warum nicht?«

»Es ist *meine* Maschine.«

»Wenn ich eine Ducati hätte, würd ich dich schon fahren lassen.«

»Wenn du eine Ducati hättest, würdest du einen kleinen Piefke wie mich wahrscheinlich keines Blickes würdigen.«

»Weißt du noch, als ich sechs war und du acht und du mich mit List und Tücke dazu gekriegt hast, mit dir in eurer Garage Eisenbahn zu spielen?«

Morelli kniff die Augen zusammen. »Das brauchen wir doch jetzt wirklich nicht wieder durchzukauen.«

»Ich durfte nie die Eisenbahn sein. *Du* warst immer die Eisenbahn. *Ich* mußte immer der Tunnel sein.«

»Ich hatte eben die bessere Eisenbahnausrüstung.«

»Du bist mir was schuldig.«

»Ich war acht Jahre alt!«

»Und wie war's damals, als du sechzehn warst und mich in der Bäckerei hinter der Eclair-Vitrine verführt hast?«

»Wieso, was soll da gewesen sein?«

»Ich war nie oben. Ich war immer nur unten.«

»Das ist was ganz andres.«

»Das ist nichts andres. Das ist genau das gleiche.«

»Herrgott noch mal«, sagte Morelli. »Dann steig schon auf.«

»Du läßt mich fahren?«

»Ja, ich laß dich fahren.«

Ich strich mit der Hand über die Maschine. Ihr Körper war glatt und schnittig und rot.

Morelli hatte hinten am Rücksitz einen zweiten Helm hängen. Er machte ihn los und gab ihn mir. »Wie schade, da verschwinden all die schönen Locken.«

Ich setzte den Helm auf. »Jetzt ist es zu spät für Schmeicheleien.«

Es war eine Weile her, seit ich das letztemal ein Motorrad gefahren hatte. Ich schwang mich auf die Ducati und sah mir alles genau an.

Morelli setzte sich hinter mich. »Du kannst die Kiste doch fahren?«

Ich ließ die Maschine einmal aufheulen. »Klar.«

»Und du hast einen Führerschein?«

»Den Motorradführerschein hab ich gemacht, als ich noch mit Dickie verheiratet war.«

Er legte mir die Arme um die Taille. »Damit sind wir quitt.«

»Bei weitem nicht.«

»Voll und ganz«, sagte er. »Diese Fahrt wird so toll werden, daß du *mir* was schuldig bist, wenn sie vorbei ist.«

O Mann.